이븐 바투타의
오디세이

12세기의 지리학자 알 이드리시가 제작한 세계지도.

중세의 모험가가 전해주는 진귀한 이야기

이븐 바투타의 오디세이

데이비드 웨인스 지음 | 이정명 옮김

산처럼

이븐 바투타의 오디세이 : 중세의 모험가가 전해주는 진귀한 이야기, 데이비드 웨인스, 이정명, ISBN : 978-89-90062-39-0-03810

이븐 바투타의 오디세이
중세의 모험가가 전해주는 진귀한 이야기

지은이 데이비드 웨인스
펴낸이 윤양미
펴낸곳 도서출판 산처럼

등 록 2002년 1월 10일 제1-2979호
주 소 서울시 종로구 내수동 72번지 경희궁의 아침 3단지 오피스텔 412호
전 화 725-7414
팩 스 725-7404
E-mail sanbooks@paran.com

제1판 제1쇄 2011년 3월 10일

값 18,000원

ISBN 978-89-90062-39-0 03810

*잘못된 책은 서점에서 바꾸어 드립니다.

| 머리말과 감사의 말 |

여러 학자와 저술가의 수세대에 걸친 노고 덕분에, 우리는 이븐 바투타와 그의 유일한 저작을 더 깊이 이해하고 감상할 수 있게 됐다. 《여행기*The Travels*》라는 짧은 제목으로 알려진 이 책은 2002년에 영역 축약본이 새로이 개정 출판되는 등 저자인 이븐 바투타와 함께 오늘날까지 여전히 독자들을 매혹시키고 있다. 여러 권으로 구성된 아랍어 최신 개정판은 1997년에, 다른 곳도 아닌 모로코에서 출간됐다. 순수주의자들은 그 무엇도 《여행기》의 원어 전집을 대신할 수 없다고 주장할지 모른다. 하지만 보다 넓은 독자층에게는 10여 개 언어로 번역된 이븐 바투타가 소중한 차선책이 된다.

오늘날 이븐 바투타의 모험여행을 다룬 저작은 필연적으로 보다 겸손한 목표를 지니게 된다. 일종의 축약 번역본과 마찬가지로 이 저작에 소개된 자료들도 선별과정을 거쳐야 했다. 또한 축약 번역본의 취지에 입각하여, 가능한 한 이븐 바투타의 생생한 서술을 통해 독자들이 그의 여행 경험을 직접 '들을 수 있게' 하려는 것이 이 저작의 목표이기도 했다. 이와 같은 목적에 충실하고자 본문에서 이븐 바투타가 직접 했던 말은 큰따옴표와 인용문으로 강조했다.

한편 장마다 붙은 제목은 전적으로 나의 책임이다. 제1장에서 이븐 바투타는 기독교도와 무슬림(이슬람교도)을 아우르는 중세 여행기 작가의 일원으로서, 특히 그와 동시대인이면서 연장자였던 마르코 폴로와 함께 간단히 서술된다. 여기서 강조할 것은 두 사람의 여행기가 여행자 본인과 '편집자'의 의식적인 공동작업이었다는 사실이다. 이들은 흔한 말로 중세판 '유령 작가'였던 셈인데, 이름이 공개됐다는 점만 다를 뿐이다. 그러나 두 작품 모두, 최종 작품에 대한 편집자의 실질 기여도를 둘러싸고 현대 비평가들의 논쟁이 계속되고 있다. 또한 제1장은 이븐 바투타의 서술에 대한 현대의 비평적 견해를 다룬다. 제2장에서는 이븐 바투타의 여행이 낯선 독자들을 위해, 그가 방문했던 장소를 여행하면서 겪었던 경험들을 소개한다. 이를 통해 독자들은 중세의 여행이 태국으로 떠나는 열흘짜리 '휴가' 같은 현대의 여행과는 그 개념부터가 달랐음을 여실히 느끼게 될 것이다. 제3장부터 마지막 장까지는 음식, 성지순례, 그리고 여성을 포함한 광범위한 '기타' 범주를 다룬다. 이는 이븐 바투타가 목적의식을 가지고 체계적으로 다루었던 여행 주제라기보다는 전체 서술 속에 흩뿌려놓은 관심사 또는 호기심이라고 해야 맞을 것이다. 그러나 모두 합쳐놓으면 본문에서 상당한 부분을 차지한다.

나는 아랍어 원전을 영어로 훌륭하게 옮겨놓은 H. A. R. 깁과 C. F. 베킹엄의 번역본을 활용하되 아브드 알 하디 알 타지의 최근 개정판을 저본으로 사용했다. 약간의 다른 해석이 타당하다고 여겨질 때는 실례를 무릅쓰고 영역본의 내용을 수정했다. 아랍어의 영어 음역은 비전문가인 독자들에게 아주 끔찍한 일이 될 수 있기 때문에, 필연적으로 등장할 수밖에 없었던 어수선한 부호와 구불구불한 선들을 피하기 위해 발음부호를 모두 생략했다.

여러 친구와 동료가 이 책의 출판에 기여했다. 제목을 두고서 출판사와 설왕설래하다 랭커스터 대학교의 친구 더못과 트리시와 의논했는데, 그 결과 책의 내용을 더할 나위 없이 잘 표현해주는 '오디세이'라는 핵심단어를 찾아낼 수 있었다. 마드리드 대학교의 마누엘라 마린 교수는 친절하게도 음식과 접대를 다룬 제3장을 읽어주었다. 이는 우리가 중세 아랍의 요리문화를 공동으로 연구하며 밀접하게 협력했던 주제이기도 하다. 레이덴 대학교의 렘케 크룩 교수는 전체 원고를 모두 읽고 여러 가지 귀중한 제안을 해주었으며 특히 마지막 장에 많은 도움을 주었다. 내 전작 중 한 권의 출판을 훌륭하게 맡아주었던 I. B. 토리스 출판사의 알렉스 라이트와 함께 일할 수 있어서 정말 기뻤다. 내 컴퓨터 기술이 타자기 시대의 수준을 벗어나지 못한 터라 각종 도판을 출판사에 전자 송신하는 일을 맡아준 질리언 테일러의 도움은 너무나도 소중했다. 그리고 마지막으로, 가장 큰 후원자로서 전체 원고를 모두 읽고 수없이 많은 의견을 제시했으며, 오랜 시간 동안 우리 생활에 쉼 없이 끼어드는 이븐 바투타의 존재를 아주 기쁘게 감당해준 카우저에게 이 책을 바친다.

차례

머리말과 감사의 말 • 5

제1장 여행기, 작가, 그리고 비평가

동시대 사람들 : 마르코 폴로와 이븐 바투타 • 18 | 여행기와 비평가 • 21 | 유럽의 이븐 바투타 수용 • 23 | 이븐 바투타와 현대의 비평가들 • 25 | 대안적 접근방식 • 37 | 이븐 바투타와 그의 세계 • 51

제2장 여행

이븐 바투타의 첫 번째 성지순례 • 65 | 남쪽으로 • 81 | 인더스 강 유역으로 : 아나톨리아의 모험 • 86 | 킵차크한국의 손님 • 99 | 인도여행 • 107 | 중국행 • 114 | 고향으로 • 118 | 후기 • 123

제3장 음식과 접대

음식 • 137 | 접대(환대) • 145 | 아나톨리아의 접대 • 165 | 킵차크한국 • 171 | 델리 술탄국 • 179

제4장 성지와 성자, 그리고 기적과 경이

독실한 신앙심과 수피즘 • 195 | 이븐 바투타와 수피 교단들 • 199 | 이븐 바투타의 영적 여행 • 213 | 무덤을 비롯한 축복받은 장소의 방문 • 217 | 아라베스크 • 238 | 기적 : 이븐 바투타 • 242 | 시라즈 • 251 | 후라산 • 254 | 인도 : 델리 술탄국 • 257 | 무함마드 븐 투글루크 • 260 | 남쪽여행 • 267

제5장 '타자' 이야기

'타자' 로서의 여성 • 280 | 종교적 '타자'와 인종적 '타자' • 306 | 에필로그 • 332

용어 사전 • 340
지은이 주 • 345
참고문헌 • 353
옮긴이의 말 • 362
찾아보기 • 365

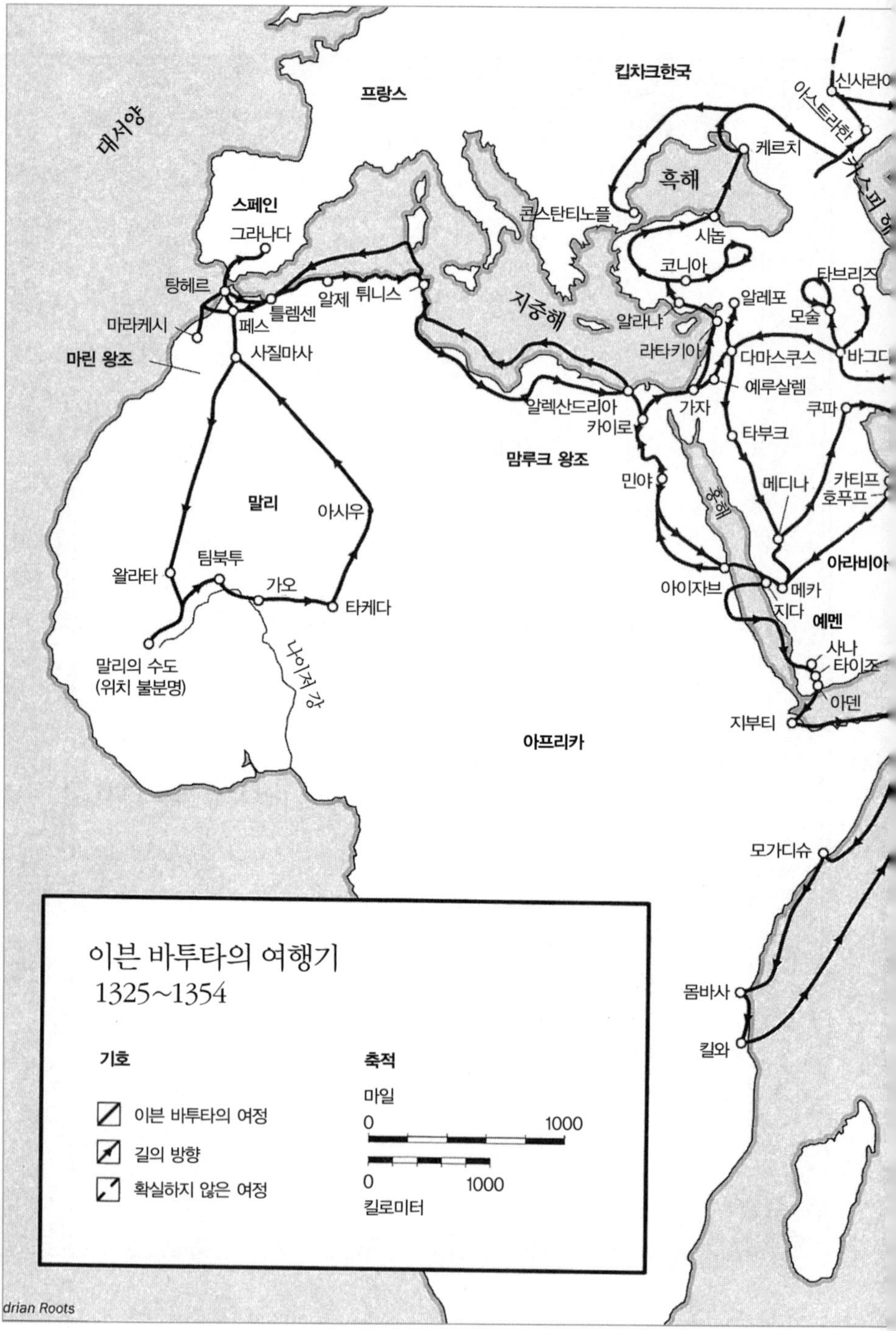

이븐 바투타의 여행기
1325~1354
기호
이븐 바투타의 여정
길의 방향
확실하지 않은 여정
축적
마일
0
1000
0
1000
킬로미터
대서양
프랑스
킵차크한국
스페인
그라나다
탕헤르
마라케시
마린 왕조
페스
틀렘센
알제
튀니스
사질마사
지중해
흑해
콘스탄티노플
시놉
코니아
케르치
아스트라한
신사라이
타브리즈
모술
바그다드
알레포
알라냐
라타키아
다마스쿠스
예루살렘
가자
알렉산드리아
카이로
맘루크 왕조
민야
쿠파
타부크
메디나
카티프
호푸프
아라비아
아이자브
메카
지다
예멘
사나
타이즈
아덴
지부티
말리
아시우
왈라타
팀북투
가오
타케다
말리의 수도
(위치 불분명)
나이저 강
아프리카
모가디슈
몸바사
킬와
drian Roots

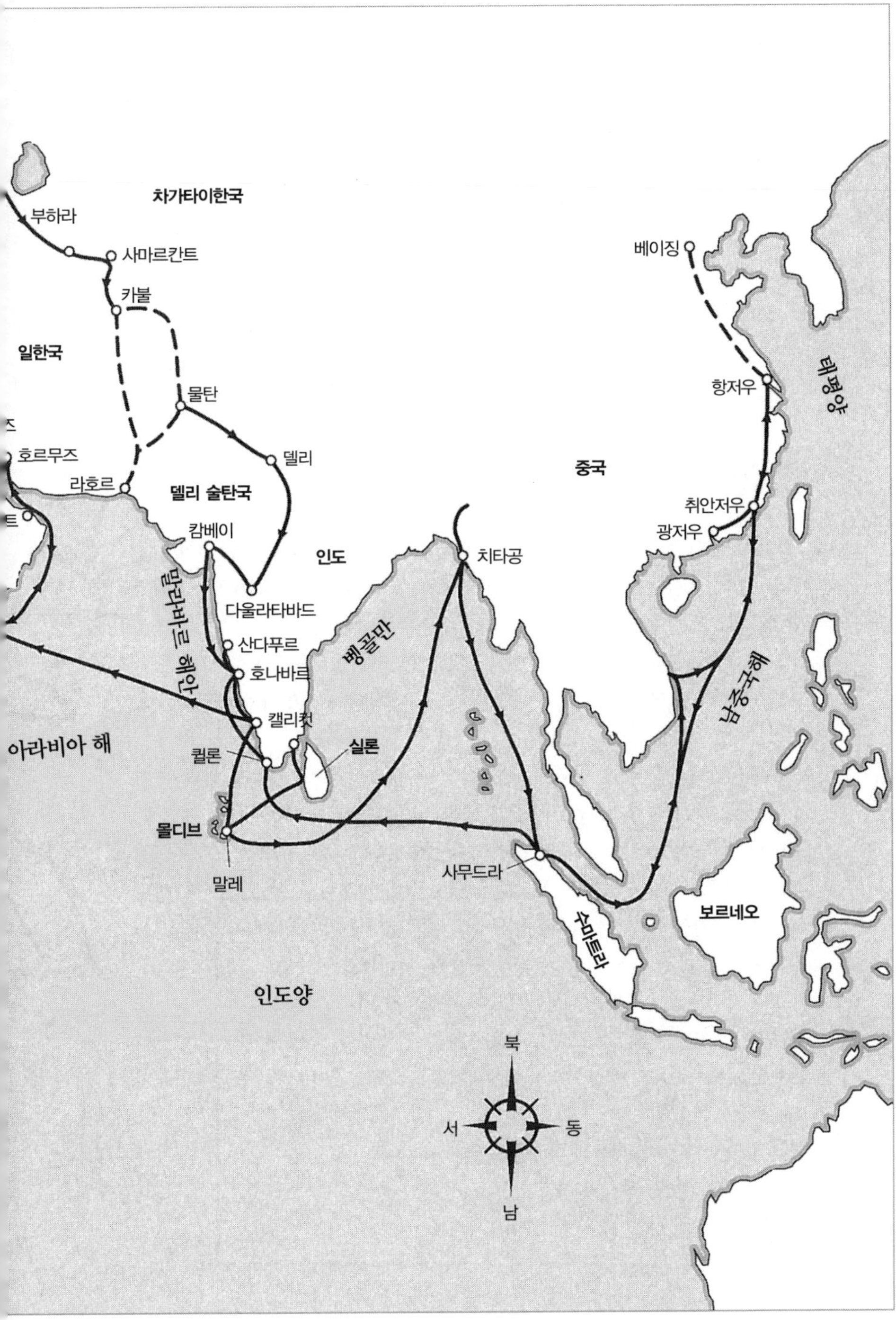

차가타이한국
부하라
사마르칸트
카불
일한국
물탄
호르무즈
델리
라호르
델리 술탄국
캄베이
인도
다울라타바드
말라바르 해안
산다푸르
호나바르
벵골만
캘리컷
아라비아 해
퀼론
실론
몰디브
말레
치타공
사무드라
수마트라
베이징
항저우
태평양
중국
취안저우
광저우
남중국해
보르네오
인도양
북
서
동
남

| 일러두기 |

1. 이 책은 데이비드 웨인스(David Waines)의 *The Odyssey of Ibn Battuta: Uncommon Tales of a Medieval Adventurer*(I. B. Tauris & Co. Ltd, 2010)를 완역한 것이다.
2. 이슬람 문화와 관련된 용어를 한국어로 옮기면서는 이슬람 전문가인 정수일이 완역한 《이븐 바투타 여행기》(창비, 2001)를 일부 참고했으며, 참고한 부분은 본문에 옮긴이 주를 달았다.
3. 본문의 아랍어 고유명사는 원저의 영문 표기에 준해 음역했다. 단, 《기초 아랍어》(정수일, 단국대학교출판부, 1995)를 참고하여 아랍어의 로마자 'dh'는 한글 'ㅈ'으로, 로마자 'kh'는 한글 'ㅎ'으로 표기했다. 예를 들어 로마자 'dh'는 '줄 히자, 짐마, 지크르, 나비즈, 샤와자, 무아진' 등으로, 로마자 'kh'는 '하라브, 샤이흐, 아히, 하티브, 한카, 루하미야, 루함, 부르하니, 샤마흐, 히르카, 하툰, 하딤, 알하시' 등으로 표기했다.
4. 그 밖의 외래어 인 · 지명은 외래어 맞춤법 표기에 맞추어 표기했다.
5. 본문의 인 · 지명 등에 필요한 한자나 영문은 원칙적으로 처음 나왔을 때만 표기했다.
6. 원저는 이븐 바투타의 직접 서술을 이탤릭체로 표기했으나 이 책에서는 큰따옴표와 인용문으로 처리했다.
7. 본문의 《코란》 구절은 다음의 책을 참고했다.
   《꾸란 주해》, 최영길 옮김, 세창출판사, 2010.
   《성 꾸란》(상, 중, 하), 김용선 옮김, 박영사, 1983.

제1장

여행기, 작가, 그리고 비평가

IBN BATTUTA 01

중세는 역동하는 세상이었다. 유럽 사람이건 중동 사람이건 너나 할 것 없이, 땅과 바다에 도사리는 비슷한 위험을 무릅쓰고서 크고 작은 무리를 지어 여행길에 올랐다. 홀로 하는 여행은 거의 없었다. 짧기도 하고 길기도 했던 여행은 그 이유도 다양했다. 상인은 물건을 실어날랐고 왕과 술탄과 교황은 군대를 움직였다. 대사와 그 수행단은 정치적 임무를 띠고 파견됐으며 선교단은 신앙의 영적 승리를 위해 해외로 모험을 떠났다. 보통 사람들은 일거리를 찾거나 혹은 가족 문제로 여행길에 올랐다. 학자들도 동참했던 순례자의 모험여행은 영성 강화를 위한 탐색이거나, 아니면 "길 닿는 대로 방랑한다"는 제프리 초서(1343?~1400. 영국의 시인, 철학자. 《켄터베리 이야기》의 지은이—옮긴이)의 말처럼 단순한 호기심으로 다른 장소와 문물을 직접 보고 경험하기 위해 시작됐다. 여행에는 강과 해로를 건너기 위한 다양한 운송수단을 활용할 줄 아는 여행안내자 및 운수전문가의 기술과 노동이 절대적으로 필요했다. 또한 왕국 혹은 대륙이

맞붙은 땅을 넘나드는, 진정으로 역동하는 집단 그 자체인 대상隊商의 도움을 받아야 했음은 두말할 나위 없다. 간단히 말하자면 중세의 여행자 중에는 부자도 있었고 항상 어디로든 움직여야 직성이 풀리는 사람도 있었다. 가장 큰 규모의 이동은 동양의 부족 혹은 민족이 주기적으로 중동과 유럽을 향한 사례로, 엄밀히 말하자면 여행보다는 이민이 옳겠다. 훈족은 로마 제국으로 향했고 투르크족과 몽골족은 아바스 제국으로 향했는데, 이는 단지 두 가지 예시일 뿐이다.

무수한 사람들이 여행을 했지만 그 경험을 이야기로 남겨놓은 이는 거의 없었다. 실제로 여행 자체에는 문학적 혹은 지성적 목적이 없었다. 하지만 글을 읽고 쓸 줄 아는 교육받은 사람들 중에서 여행기록을 남기고 싶은 욕구가 있거나 혹은 그렇게 해야 할 이유가 있는 경우에는 경험담을 남겨놓기도 했다. 여행은 무슬림 영토 전역에 사는 학자, 글을 아는 상인, 혹은 학자이면서 상인인 많은 이들의 삶에 커다란 영향을 미쳤다. 물론 유일한 목적은 아니겠으나, 이들은 여행을 통해 종교적 혹은 세속적 지식을 습득하고자 했다. 종교적 목표를 품은 '지식 탐구자'는 종교에 관한 학습의 자금을 대줄 수 있는 사람이면 남자든 여자든 그들이 어디에 살든 상관하지 않고 찾아나섰다. 반드시 돈만이 목적은 아니었다. 무슬림의 경전인 《코란》과 그 주해, 혹은 전설로 구전되어온 예언자 무함마드의 삶에 대한 정보가 있는 곳이면 어디든 달려갔다. 그러나 이러한 목적은 그 자체로 끝이었고 여행자가 탐구의 경험을 자세히 서술하는 동기가 되지는 못했다. 그러나 여행이란 무릇 생각의 지평이 넓게 열려 있는 터라 여행의 끝에 다른 목적이 생겨날 수도 있었다. 예컨대 역사가 알 마수디(957년 사망)는 현재까지 전해지는 저서, 특히 《황금 초원*Muruj al-Dhahab*》에서 여행의 규모를 은근히 암시하고 있지만 여행기를 따로 남겨놓지는 않았다. 그의 역사 연구방법은 극단적 회의주의와 맹신을 거부하면서도 선배 역사가들이 내린 결론을 무비판적으로 모방하는 양상을 보였다. 그는 광범위한 여행을 통해 직접적인 경험과 끊임없는 관찰을 함으로써 과거의 민족과 나라에 대한 많은 정보를 얻고 또 이를 역사 연구방법으로 활용했다.[1] 바그다드에서 태어난 알 마수디는 멀리 인도까지 모험에 나섰으며 성도聖都 메카와 메디나의 순례는 물론 아라비아의 여러 지역을 돌아 동아프리카 해안 지역의 섬들까지 여행했다.

동시대의 인물로 알 마수디보다 젊었던 지리학자 알 무카다시는 예루살렘 토박이로, 이슬람 영토를 다룬 그의 선구적 지리학 책에 언급된 내용 말고는 신상에 대해 거의 알려진 바가 없다. 그는 최소한 990년까지는 생존했던 것으로 보인다. 알 무카다시의 저서 《지역의 이해를 위한 최선의 구획*Ahsan al-Taqasim fi Marifat al-Aqalim*》은 제목부터 체계적인 구성을 짐작케 한다. 이슬람 세계는 14개 지역으로 나뉘며 이를 다시 세분하면 아랍 지역은 여섯 곳, 비아랍 지역은 여덟 곳이다. 이 책에는 날씨, 생산품, 특산물, 통화, 그리고 관습을 포함한 지역별 특성과 해당 지역 내외를 가로지르는 주요 통행로의 목록이 소개되어 있다. 알 무카다시는 이 책의 체계에 대해 "내가 직접 목격한 것, 믿을 만한 사람에게서 내가 들은 것, 이 주제와 기타 관련사항들에 대하여 내가 책에서 찾은 것"[2] 등 세 가지 자료에서 얻은 정보를 바탕으로 구성했다고 말했다. 그는 이베리아 반도(아랍어로는 알안달루스)를 제외하면 책에 상술된 모든 지역을 직접 방문했다고 분명히 언급했다. 그럼에도 불구하고 여행 자체에 대한 설명은 나와 있지 않아서 이슬람의 문학적 지도책이라는 평가를 받았다. 역사가 알 마수디의 경우처럼 알 무카다시에게도 여행은 지리학 연구에 필수불가결한 요소였다. 두 사람은 직접 관찰과 조사를 바탕으로 정보를 범주화하여 선임자들의 연구방법을 뛰어넘고자 했다.

그러니 대단한 작품이든 아니든, 위대한 여행자가 반드시 여행기 작가가 되는 것은 아니었다. 실제로 여행의 서술은 모두 합쳐봐야 얼마 되지 않았고, 우연한 상황이 벌어지지 않았거나 다른 사람이 쓴 장려의 글이나 헌사 같은 것이 없었다면 그나마도 더 적었을 것이다. 이에 대한 실증 사례는 중세 초기 유럽에서 찾아볼 수 있다. 이슬람교가 발흥한 지 얼마 안 된 7세기에 예루살렘 여행길에 나섰던 어느 기독교도의 순례기가 라틴어로 서술되어 있다. 679년부터 704년까지 이오나(스코틀랜드 서쪽 연안의 섬으로 초기 기독교의 중심지—옮긴이)의 수도원장이었던 아돔난은 어느 날 뜻하지 않게 갈리아 출신 주교의 방문을 받았다. 아르쿨프 주교는 팔레스타인 지역의 여러 성소를 둘러본 후 배를 타고서 돌아오다가 거센 풍랑을 만나 영국 해안에 이르렀다. 아돔난은 아르쿨프가 직접 겪은 모험담을 재미있게 듣고는 후세를 위해 이야기로 남겨놓기로 결정하며 이렇게 말했다. "나는 그의 믿을 만하고 책임 있는 설명을 우선 서판에 받아 적었다. 그리고 지금 짧은 에세이 형식으로 양피지에 옮겨 적고 있다."[3] 또 다른 예는 724년에서 730년까지 시리아와 성지(예루살렘이 있는 고대 팔레스타인 지역으로 오늘날에는 이스라엘, 팔레스타인 지구, 요르단과 레바논 일부가 포함된다. 예루살렘은 유대교 · 기독교 · 이슬람교의 성지다—옮긴이)를 여행했던 영국인 순례자 윌리발드(8세기 바이에른 아이히슈테트의 주교—옮긴이)의 서술이다. 그는 유럽으로 돌아와 독일에서 주교 생활을 하며 후게부르크(독일 하이덴하임 수도원의 영국인 수녀. 780년에 활약했다—옮긴이)라는 이름의 수녀에게 생생한 경험담을 받아쓰도록 했다. 하지만 반세기가 지나고 나서야 성인 윌리발드의 이야기가 공개됐다. 그 충성스러운 수녀는 회의론자들의 논평을 일축하고자, 중세 여행기에 흔히 등장하는 사과의 글 말미에 설명을 붙여놓았다. "우리는 하이덴하임 수도원에서 그의 구술로 이야기를 들었다. 그의 부제와 여러 명의 성직자가 이 일의 증인이다. 내가 굳이 이 말을 하는 이유는, 이제 다시는 그 어느 누구도 이 이야기가 완전히 허튼소리라고 말하지 못하도록 하기 위해서다."[4] 거센 폭풍우와 한 수녀의 변함없는 헌신으로 이 이야기는 운 좋게도 최초의 여행기라는 지위를 얻게 됐다. 약간 다른 방식으로 현재까지 전해지는 진귀한 문서는 이베리아 반도에서 중동까지 여행한 1173년경의 기록이다. 이 익명의 히브리어 원고는 투델라(스페인 북부의 도시—옮긴이)의 벤하민이라는 사람이 썼다고, 역시 익명으로 씌인 짧은 서문은 밝히고 있다. 학자들은 이 서문의 내용을 사실로 받아들이고는 있지만 여행자의 신원을 확증하는 구체적인 증거가 전혀 없는 상황이다. 언제, 어디서, 어떻게 그 서문이 본문에 첨부됐는지도 역시 미스터리다.

| 동시대 사람들 : 마르코 폴로와 이븐 바투타

앞선 사례의 '협동 작업'은 우연이었다. 그러나 오늘날 전하는 다른 여행기들은 그와 반대로 의식적이고 긴밀한 동업자적 협동의 산물이었다. 중세를 통틀어 가장 위대한 여행자였던 두 사람도 이와 같은 방식으로 각자 그 유명한 작품들을 만들어냈다. 베네치아 사람인 마르코 폴로는 17살이었던 1272년 중국의 몽골로 모험여행을 시작했고 그로부터 23년 동안 아버지, 삼촌과 함께 이탈리아를 떠나 있었다. 그는 1324년 1월에 69살의 나이로 사망했다. 바로 그때 마르코 폴로보다 젊은 동시대 사람이자 무슬림이었던 샴스 알 딘 아부 압달라 무함마드 븐 압달라 븐 이브라힘 알 루와티 알 탄지가 여행 채비를 서두르고 있었다. 이븐 바투타라는 이름으로 더 유명한 그는 메카와 메디나 성지순례부터 시작할 계획이었다. 그는 1325년 6월 22살의 나이로 고향 탕헤르(아프리카 북서부 끝에 있는 모로코의 항구도시—옮긴이)의 가족을 떠났다. 그는 거의 30년 동안의 해외생활 끝에 완전히 귀향했다. 이븐 바투타와 마르코 폴로 모두 미래의 독자를 위해 매혹적인 이야기들을 무수히 많이 모아놓았지만, 막상 그 모험을 세상에 알리는 일은 각자의 노고만으로는 되지 않았다.

1298년 마르코 폴로는 제노바의 감옥에 갇혔다. 그곳에서 피사 출신의 루스티첼로에게 자세한 여행담을 들려주었다. 그는 영국 왕실을 둘러싼 아서 왕의 모험담으로 유명한 작가였다. 루스티첼로는 책을 쓰고 난 다음 짧은 서문에서, 자신의 벗이 동양에서 보고 배운 것을 다른 사람들에게 알려주지 못할까봐 매우 안타까워했으며 동시에 "독자들에게 즐거움을 줄 뿐만 아니라 (감옥의) 한가로운 시간도 이용하고"[5] 싶어 했다고 썼다. 그로부터 약 60년 후인 1356년경에 이븐 바투타는 시인이자 이슬람 법학자이며 신학자였던 무함마드 이븐 주자이에게 여행담을 이야기했다. 이븐 주자이는 모로코를 통치했던 마린 왕조(중세 모로코의 이슬람 왕조로 스페인의 기독교 세력과 오랜 다툼을 벌였다—옮긴이)의 술탄 아부 이난 파리스(재위 1348~58)의 '신성한 명

령'에 따라 이븐 바투타의 공동저자로 임명됐다. 지루할 정도로 긴 여행기의 서문에서 그가 스스로 밝힌 임무는, 이븐 바투타의 구술을 정리하여 "그 안에서 무엇이 유용한 이야기인지를 명확히 파악하고……간결하고 세련된 문체에 힘을 기울여 독자들의 기호에 맞게 알기 쉽도록 각색하여, 사람들로 하여금 이 기이한 이야기에서 즐거움을 찾게 하는 한편, 진주의 값어치는 조개 껍데기를 벗겨낼 때 더욱 높아진다는 이치에 부합하는 편찬 작업"[6]을 해내는 것이었다. 루스티첼로보다 훨씬 거창한 문장으로 씌어졌지만 어쨌든 이 참조문 역시 나중 사람의 임무란, 여행의 기록과 정보제공자와 벌인 토론을 통해 얻어진 엄청난 양의 정보를 일관되고 읽기 편한 글로 바꾸는 것이라고 말하고 있다. 루스티첼로가 서문에서 밝힌 마르코 폴로의 이야기는 이븐 바투타에 대한 이븐 주자이의 이야기와 똑같다고 말할 수 있다. "그러나 그가 말한 것은 그가 기억해낼 수 있는 극히 작은 일부분에 불과했다." 하지만 두 사람이 각자 방랑의 세월에서 불러내온 극히 작은 그 일부분들은 실로 놀라움 그 자체였다. 이븐 바투타의 경우를 보면, 그가 제공한 자료를 가지고 이븐 주자이가 만들어낸 책의 분량은 마르코 폴로 여행기의 몇 배에 달했다. 두 여행자는 모두, "세계의 다양한 지역에 사는 다양한 종족과 그 지역적 특성(루스티첼로)"이나 "각 나라의 통치자들과 그곳의 학식 높은 유명한 사람들과 신심 깊은 성자들(이븐 주자이)"을 배우기 위해서 이 책을 읽고자 하는 사람들, 혹은 이들에게 책을 읽어주게 될 사람들에게 즐거움과 정보, 감동을 주고픈 공통의 야망을 품고 있었다. 루스티첼로와 이븐 주자이 역시 후게부르크 수녀와 마찬가지로, 자신에게 맡겨진 편집의 노고를 강조하고 서술의 신뢰성을 역설했다.

| 여행기와 비평가

여행기는 그 본성상 낯설고, 심지어 전혀 알려진 바 없는 머나먼 땅의 서술이기 때문에, 읽어서 알게 됐든 혹은 크게 읽혀지는 소리를 듣고서 알게 됐든 최초의 독자들로부터 복합적인 반응을 얻게 마련이었다. 어떤 사람은 저자의 의도대로 기분전환용 오락거리로 받아들였고, 또 어떤 사람은 새롭고 신비로우며 흥미진진한 세상의 지식을 얻을 수 있다고 여겼다. 하지만 후게부르크 수녀가 익히 경험했듯 회의론자는 어디에나 있게 마련이었다. 마르코 폴로의 동시대 독자들은 그의 여행기에 엇갈린 반응을 보였다. 어떻게 보면 여행기는 그저 진기한 이야기들의 모음일 뿐이었다. 하지만 좀 더 깊은 층위에서 보자면, 유럽 사람들은 다른 세상이 존재한다는 사실, 다시 말해서 그때까지 구체적으로 알려진 바 없던 중국 같은 나라가 유럽 사회와는 그 어떤 유사성도 없는 상태에서 무역과 상업을 통해 부를 축적한 대도시를 소유했다는 사실을 좀처럼 받아들이기가 어려웠을 것이다. 한편 현대 비평가들의 수용방식은 훨씬 철저하고 섬세하다. 마르코 폴로는 정보제공자로서 상당한 의심을 받았다. 예를 들어, 일부 중국 학자들은 중국에 다녀왔다는 마르코 폴로의 주장 자체를 불안한 시선으로 바라본다. 이 문제에 대해서는 아직 평가가 끝나지 않았다는 주장도 있지만 마르코 폴로의 주장 자체를 아예 일축해버리는 견해도 있다. 사실 북중국과 남중국에 대한 그의 서술은 모순적이며, 전자는 사실로 여겨지지만 후자는 간접적으로 전해들은 내용으로 평가된다. 특히 오류가 가득하다는 평가를 받고 있는 일본에 대한 설명은 16세기 이전까지 유럽에 알려진 일본에 관한 언급으로 유일하다. 더구나 보다 급진적인 수정주의자들의 견해에 따르면 현재까지 알려진 바와 달리 그가 감옥에 투옥된 것은 사실이 아니며, 루스티첼로가 프랑스어 혹은 프랑코-이탈리아어(12세기부터 르네상스까지 사용됐던 프랑스어와 이탈리아어가 뒤섞인 언어 형태—옮긴이)로 여행기를 쓴 것이 아니라 베네치아어로 된 마르코 폴로의 원저를 번역했을 뿐이다. 그러나 불행하게도 그 원저는 존재하지 않는다. 따라서 애초에 어떤 언어로 씌어졌는지는 확증적 판단이 불가능하다. 최근 중요 연구를 통해 이 문제를 다루었던 존 라너는 그의 작품이 진정으로 기여한 바는 "그때 전후로, 어느 한 사람이 그처럼 새롭고 광범위한 지리적 지식의 집합체를 서구 사회에 전해준 적은 없었다"[7]는 사실이라고 결론내렸다.

이처럼 현대의 학문은 중세 여행기의 고전과 그 창작자를 정밀한 연구주제로 삼아 과거 역사에 대한 우리의 이해를 높여준다. 이븐 바투타도 예외는 아니었다. 그가 살았던 당시에도 여행 이야기에 의구심을 표하는 사람들이 있었다. 그의 후원자였던 아부 이난이 함께한 어떤 모임에서 이븐 바투타는 자신이 목격했던 여러 가지 놀라운 일들을 설명하며, 특히 인도에서 겪은 경험을 한참 이야기했다. "델리 술탄국을 통치하는 술탄 무함마드 샤는 백성에게 자애롭기로 유명했다. 그는 전장에 나설 때 모든 남자와 여자, 그리고 아이들에게 6개월치의 식량을 나누어주었으며, 전장에서 돌아오면 모든 주민에게 돈 꾸러미를 던져주는 것으로 귀환 인사를 했다."[8] 모임에 참석한 사람들 중에는 도저히 못 믿을 이야기라며 투덜거리는 이들도 있었는데, 결국 이븐 바투타에게 거짓말쟁이라는 오명이 씌워졌다. 또 그날 현장에는 젊은 역사가인 이븐 할둔(1406년 사망)이 있었다. 언젠가 그는 술탄의 와지르(행정수반—옮긴이)에게 이븐 바투타의 인도 이야기는 진실성이 의심된다며, 사람들이 직접 방문해본 적이 없는 나라의 궁정 이야기는 과장되거나 신뢰성이 의심되는 경우가 많다고 했다. 그는 또한 몇 년 동안 아들과 함께 감옥에 갇혔던 고위 관리의 이야기를 비유로 들었다. 유아기부터 감옥이라는 제한적 환경에서 자라온 아들이 나중에 청년이 되어 간수가 항상 갖다주는 고기가 무엇이냐고 아버지에게 물었다. 그러자 아버지는 양고기라고 답했다. 그리하여 양을 한번도 본 적이 없는 아들은 양이 감옥의 쥐와 비슷한 종류의 동물이라고 믿었다.

유럽의 이븐 바투타 수용

총 30여 부의 여행기 사본이 현재까지 남아 있는 사실로 미루어보건대, 비록 사후이기는 하나 이븐 바투타는 중동, 특히 마그리브(오늘날의 모로코)에서 상당한 인기를 누렸던 것으로 여겨진다. 유럽에서 그가 중요한 인물로 처음 인식된 계기는 유명한 아랍 여행자이자 탐험가였던 두 사람, 울리히 야스퍼 시첸(1767~1811)과 요한 루트비히 부르크하르트(1784~1817)가 중동을 여행하며 원고 축약본을 구입하고서부터였다. 그러고 나서 많은 유럽의 학자가 비슷한 축약 출판물에서 여행기의 일부를 발췌하여 번역했다. 새뮤얼 리는 그의 책 《아랍어 축약판으로 번역한 이븐 바투타의 여행기》를 1829년 런던에서 발간했다. 여행기는 이러저러한 내용들로 유럽에서 다양한 관심을 받았고 전반적으로 학계의 호평이 이어졌다. 하지만 프랑스가 알제리를 점령한 1830년이 되어서야, 이븐 바투타의 원고 여러 권이 어느 정도 완전한 형태로 '해방되어' 파리로 옮겨졌고, 프랑스국립도서관에 보관되면서부터 작품 전체에 대한 연구가 본격적으로 시작됐다.

그 작업을 아랍어 학자 C. 데프레메리와 B. R. 상귀네티가 맡았다. 이들은 다섯 종류의 원고를 가지고 있었고 그중 2개가 완전한 형태였다. 여행기는 원래 두 부분으로 이루어져 있었다. 현대의 지명으로 설명하자면, 처음 부분은 모로코에서 인더스 강 유역에 이르는 이븐 바투타의 여행을 다룬다. 여기에서는 이집트, 여러 번의 메카 성지순례, 시리아, 이라크, 동아프리카, 터키, 이란, 그리고 아프가니스탄 등이 소개된다. 두 번째 부분에서는 인도 체류가 길게 서술되고 몰디브 제도, 실론(오늘날의 스리랑카), 방글라데시, 인도네시아, 그리고 중국을 거쳐 고향으로 돌아왔다가 다시 스페인 남부 지방(알안달루스)과 마지막으로 서아프리카의 말리를 다녀온 여정이 담겨 있다. 유럽의 두 편집자는 이슬람력 1180년, 즉 1776년에 제작된 원고가 가장 완전하며 정확하다고 여겼다. 그래서 이 원고는 유럽판 인쇄본에서 처음 부분의 저본으로 사용됐다. 가장 오래된 원고는 여행의 두 번째 부분만 담고 있었다. 놀랍게도 이슬람력 757년, 즉 1356년의 것이었다. 따라서 당시 유럽에서는 원고의 시기로 보건대 이븐 주자이가 직접 쓴 원고라는 주장이 대두됐다. 그럴듯한 얘기다. 하지만 이븐 주자이는 임무를 수행하고 몇 달 지나지 않아 겨우 서른여섯의 나이로 죽었다. 그 원고의 마지막 부분에 책의 전체 제목이 나온다. 아랍어로는 운율이 맞추어지지만 영어로는 조금 어색하게 읽힌다. 《여러 도시의 경이로움과 여행의 신비로움을 열망하는 사람들에게 주는 선물》 또는 짧아서 더 좋은, 《여행기(아랍어로는 리흘라)》.

아랍어 원전을 프랑스어로 번역한 데프레메리-상귀네티의 완역

초판이 1853년부터 1858년까지 파리에서 4권으로 출간됐다. 정확히 한 세기가 흐른 후, 영국의 유명한 동양학자인 H. A. R. 깁이 영역본의 첫째 권을 출판했으며(1953) 죽기 전까지 2권을 더 끝냈고 마지막 네 번째 권은 C. F. 베킹엄이 번역하여 2000년에 출간됐다. 이븐 바투타는 12개 이상의 언어로 번역됐다(2001년 한국어 완역본을 출간한 정수일은 약 15개 언어로 번역 · 출간됐다고 말했다 —옮긴이).

| 이븐 바투타와 현대의 비평가들

아랍어-프랑스어판이 처음 소개되고 한 세기 반이 흐르는 동안, 현대의 학자들은 마르코 폴로의 여행기와 마찬가지로 이븐 바투타의 여행기에 대해서 비판적 논의를 전개해왔다. 중세 여행기에 대한 논의가 모두 그러하듯, 가장 중요한 논점은 독자들이 과연 얼마나 신뢰할 수 있느냐였다. 여기에는 개별적이면서 동시에 서로 연관된 수많은 문제가 숨어 있었다. 가장 먼저, 복잡하게 서술된 연대표와 여행일정이 문제였다. 과연 이븐 바투타는 그가 머물렀다고 말했던 그 시간에, 그가 방문했다고 주장하는 그 모든 장소에 실제로 있었던 것일까? 좀 더 노골적으로 말하면, 그가 직접 보았다는 모든 장소에 그가 정말로 있었던 것일까? 두 번째 중요한 문제는 여행기 일부 내용의 표절 여부와 표절 정도에 대한 의문이다. 그가 방문했다고 주장하는 장소의 묘사는 과연 직접 체험에 의한 서술인가, 아니면 특정 자료의 출처를 밝혔든 아니든, 초기 여행자들의 서술을 그대로 베꼈거나 각색한 것에 불과한 것인가? 이 문제는 잠시 후에 다루기로 하고 우선 연대표 문제에 집중해보자.

이븐 바투타는 진정 무엇을, 그리고 언제 목격했나

의문이 제기되는 까닭은 다수의 여정에서 원문의 실수가 있기 때문이다. 이븐 바투타는 주로 기억에 의존하여 여행을 구술했기 때문에 착오와 누락을 피하기 어려웠다. 깁은 이러한 문제에 너그러우면서 또한 비판적이었다. "그가 언급한 어마어마한 수의 사람과 장소를 생각하면 비교적 실수가 적은 게 정말이지 대단하게 여겨진다. 가장 심각한 문제인 여행의 연대표는 한마디로 완전히 불가능하다."[9] 이븐 바투타가 팔레스타인과 시리아를 서술할 때가 바로 그렇다. 그의 날짜 기록에 따르면 이븐 바투타는 1326년 카이로에서 다마스쿠스로 갔으며, 이 정도 거리는 보통 3주가 걸렸다. 그런데 이븐 바투타는 그 기간 동안 북쪽으로 알레포와 안티오크(오늘날의 안타키야)까지 시리아의 전역을 여행하는 불가능한 일을 해냈다. 이러한 당황스러운 결과는 일종의 합성여행 탓이라고 할 수 있다. 다시 말해서 같은 지역을 서로 다른 시기에 여행했지만 나중에 기억을 떠올릴 때는 하나로 합쳐버린 것이다.

또 다른 예는 1331년 아나톨리아(오늘날 터키의 대부분을 차지하는 고원지대. 소아시아라고도 불렸다—옮긴이)의 서술이다. 여기서 이븐 바투타는 서쪽 끝에 위치한 밀라스와 비르기에서 여름을 보내는 사이에, 코니아(아나톨리아 중앙부의 도시—옮긴이)와 시바스를 지나 아나톨리아 동쪽의 에르주룸으로 이어지는 긴 '우회로'를 끼워넣었던 것으로 보인다. 하지만 여름 동안 그 긴 '우회로'를 거쳐서 되돌아오기란 불가능한지라 이 부분의 서술 전체에 의구심이 제기됐다. 만약에 그가 언

아나톨리아 동쪽의 에르주룸. 여기서 이븐 바투타는 나이 많은 아히가 운영하는 자위야에 사흘 동안 머물렀다. 해발 2천 미터의 산악지대에 위치한 이곳은 당시 대상의 주요한 활동거점이었다.

급한 아나톨리아의 모든 지역을 정말로 다녀왔다면, 실제 여로는 순서부터 확실히 달랐어야 하며 더 많은 시간이 걸렸다고 서술되어야 옳다. 또 다른 예는 한참 논쟁을 겪다가 이제는 대체로 받아들여지고 있는 것으로, 이븐 바투타의 불가르 원정이 불가능하다는 견해다. 스티븐 제니섹은 1929년에 발표한 짧은 글에서 "이븐 바투타의 불가르 여행은 조작인가?"라는 직설적인 질문을 던졌다. 불가르는 볼가 강 유역 중심부의 유명한 도시였는데, 이븐 바투타는 그곳에서 3일을 머물렀으며 돌아오기까지 겨우 20일이 걸렸다고 주장했다. 그러나 당시의 제반조건으로 볼 때, 실제로 돌아오기까지는 60~70일이 필요했다. 이를 비롯한 여러 가지 요인으로 미루어볼 때 이븐 바투타의 불가르 '여정'은 의심의 여지가 없는, 순전한 날조라고 제니섹은 결론을 내렸다. 또한 이븐 바투타가 콘스탄티노플(비잔티움 제국의 수도. 오늘날 터키의 이스탄불—옮긴이)을 여행하고 방문했다는 사실에 대해서도 의견이 나뉜다. 그러나 이반 허벡에 따르면, 여정을 둘러싼 혼란은 오로지 중국여행에만 해당될 뿐이다. 그는, 최대한도로 분석해보면 이븐 바투타가 비잔티움 제국의 수도에 실제로 머물렀다는 사실을 '납득 가능하게 확인'시켜줄 증거가 충분할지도 모른다는, 아주 신중한 결론을 내렸다.[10] 해리 노리스는 콘스탄티노플여행에 대해서, 일부 내용이 상상의 산물일 수는 있지만 이는 14세기 아랍인들의 독특한 서술방식이며 '전반적으로 신뢰를 보장할 수 있는' 충분한 사실을 담고 있다고 논평했다.[11]

로스 던은 이븐 바투타의 중국 모험에 대해서 여러 가지 불만스러운 문제들을 열거했다. 다른 학자들도 과연 실론보다 더 동쪽으로 여행한 것이 사실인지 의심스럽다며 여행기의 마지막 부분은 조작됐거나 완벽하게 전해들은 말로 꾸며졌을 뿐이라고 주장했다. 그러나 정작 던은 이러한 의문점들에 대해서 "누구도……이븐 바투타가 극동에 가지 않았다거나, 혹은 최소한 남중국의 항구보다 더 멀리 가지 못했다는 주장을 완벽하게 확증할 만한 증거를 가지고 있지 않다. 이 여행의 수수께끼는 아마도 해법을 거부하는 듯하다"[12]고 판결했다.

또 다른 예는 타왈리시 왕국에 대한 흥미로운 이야기다. 이븐 바투타는 중국 정크선(중국에서 연해나 하천에서 사람이나 짐을 실어 나르는 데 쓰던 배—옮긴이)을 타고 자바에서 중국 본토로 항해하다가 이 '발견'을 마주했다. 타왈리시 왕국의 정체를 둘러싸고 캄보디아, 코친차이나(베트남 남부 지역) 또는 통킹(베트남 북부 지역), 술라웨시(셀레베스),

몰루카 제도의 브루나이 섬, 남필리핀의 민다나오 섬 등 다양한 지명이 거론됐다. 일본의 학자 야마모토 다쓰로山本達郎는 타왈리시가 중세 참파 왕국에 속한 왕자국의 이름이라고 주장했다. 참파는 오늘날의 베트남에 속한다. 하지만 무엇도 확실하지 않다. 그러나 타왈리시 왕국의 이야기 자체에 대해서는 이 책의 에필로그에서 그럴듯한 해명이 이루어질 것이다.

중세 여행기의 연대 서술에 관한 문제를 다룰 때, 여행의 시작과 끝을 제외하고 여행자가 특정 날짜에 대해 크게 신경 쓰는 일은 거의 없다고 봐야 옳다. 루스티첼로가 쓴 마르코 폴로 모험기의 서론을 보면 1269년에 기록된 날짜가 하나 나온다. 니콜로와 마페오 폴로 형제가 시리아의 아크레로 돌아온 때였다. 이들은 그곳에서 베네치아로 돌아가 첫 번째 여행을 끝마쳤다. 어쩔 수 없는 상황으로 '2년' 정도를 기다린 끝에 다시 여행에 나섰고 니콜로의 아들 마르코도 동행했다. 루스티첼로가 기록한 두 번째이자 마지막 날짜는 1295년 폴로 가족의 베네치아 귀환일이다. 이 책의 편집자인 로버트 레이덤에 따르면, 1272년 즈음에 시작된 폴로 가문의 두 번째 모험여행에 대해 마르코 폴로는 마치 남 이야기를 하듯 서술하고 있으며, "그로부터 20년 동안 폴로 가문 남자들은 동양에 머물렀던 것으로 보이지만 그들이 그곳에서 어떤 시간을 보냈는지는 알 수 없다. 책에는 구체적인 사건들이 거의 언급되어 있지 않다."[13] 사건이 없으면 날짜도 없는 법이다.

어쨌든 이븐 바투타는 마치 남 이야기하듯 여행기를 서술한다는 비판과는 거리가 멀다. 그는 자신이 출발한 날짜와 이븐 주자이와 책을 완성한 날짜를 명시했다. 이븐 바투타는 책에 언급된 사건이 언제 일어났는지 그 날짜를 정확하게 제시하는 훌륭한 기억력을 자랑했지만, 그럼에도 불구하고 이미 언급한 대로 연대 서술에서 종종 부정확한 면모를 보였다. 아주 흔한 경우는 아니었지만, 그는 도착이나 출발과 같은 일에 대해서는 연월일까지 언급했다. 월일의 정보만 제공하고 연도는 문맥을 통해 짐작하도록 놔두는 경우가 많았으며, 이 연도 정보가 항상 의심의 여지없이 확실한 것은 아니었다. 한편 날짜를 표시하는 방식이 또 하나 있었다. 이슬람력 첫 번째 달인 무하람의 열 번째 날에 열리는 아슈라 축제(예언자 무함마드의 손자 알 후사인을 애도하기 위한 시아파 무슬림의 추모제—옮긴이) 같은 종교 행사, 금식월 라마단(이슬람력 9월—옮긴이)의 마지막 날에 열리는 종교 축제, 성지순례 기간인 줄 히자(이슬람력 12월—옮긴이)에 열리는 순례의식 등이 그러한 예다. 이들은 이슬람력에서 가장 중요한 날짜이기 때문에 여행자가 이 행사들을 언급하면 자연히 정확한 날짜를 알 수 있다. 기독교도 여행자 특히 성직자들도 이와 유사한 방법을 썼다. 프란체스코회 수도사였던 플라노 카르피니의 요한(1252년 사망)은 교황 사절단으로 중앙아시아 몽골의 중심부를 다녀와 영토, 역사, 특징, 종교, 군사조직 등을 기록하여 처음으로 유럽에 몽골의 정보를 전했다. 그는 이 기록물에 짧은 여행기를 덧붙였으며 날짜를 거의 표기하지 않고 예수승천축일(5월 17일), 세례요한축일(6월 16일), 베드로철야예배축일(6월 28일) 등 기독교 교회력의 용어를 썼다. 현대의 연구자들을 곤란하게 만드는 또 다른 날짜 표기는, 한 지역에서 다른 지역으로 이동하는 데 걸린 시일의 수와 그 지역에서 머문 체류 기간이다. 그리고 물론 없는 것보다야 낫겠지만, 어쨌든 더욱 애매한 것은 '눈'이 온다거나 '과일이 익어간다'는 식으로 무심코 지나가는 말처럼 계절을 언급해놓은 경우다. 그래도 이런 정보는 모두 쓸모가 있다. 하지만 비교적 긴 기간을 차지하는 일련의 날짜를 살펴봐야 할 경우에는 여전히 난감한 경우가 많다. 한 가지 예를 들어보자.

이븐 바투타는 1332년 9월에 메카 성지순례를 마치고 그로부터 1년 후인 1333년 9월에 인도 북부와 맞닿은 인더스 강 국경지대에 도착했다고 말했다. 이는 여행기의 1권이 거의 끝나가고 있다는 것을 의미했다. 하지만 여기서 이븐 바투타의 독자들이 고개를 갸우뚱하게 되는 까닭은 같은 해의 아슈라 축제를 아나톨리아의 부르사에서 보냈다고 그가 주장하기 때문인데, 축제 역시 1333년 9월에 열린 것이다. 따라서 그 날짜에는 인더스 강 인근이 아니라 서쪽으로 수백 킬로미터 떨어진 곳에 있었다는 의미가 된다. 여행기 2권은 1권의 마지막 부분과 같은 이야기로 시작했다. 이븐 바투타는 무하람의 초승달이 떴을 때 인더스 강에 도착했고, 이는 이슬람력 734년의 새해 첫날로 1333년 9월 12일에 해당된다. 어디에 실수가 있었는지를 두고 비평가들의 의견이 분분하다. 깁은 조건부로 1333년의 날짜를 인정하면서 1332년의 성지순례 날짜에 대해서는 의문을 제기한다. 이븐 바투타가 메카에서 아나톨리아로 향하는 여행을 2년 앞선 1330년 10월 즈음에 시작했으며, 동아프리카 연안으로 갔다가 메카로 돌아와 아나톨리아를 거쳐 최종적으로 인더스 교차점에 도착하기까지 3년의 시간이 경과했다고 주장했다. 한편 허벡은 상반되는 의견을 내놓았다. 1332년의 성지순례는 인정했지만 1333년의 인더스 교차점 도착에 대해서는 의문을 표했다. 둘 중 무엇이 됐든 완전한 해답은 못 된다. 이븐 바투타의 연대표는, 안타깝지만, 결정적이지도 않은 외부적 증거에 기대서 해결될 문제가 아니기 때문이다.

표절

흥미롭든 절망적이든, 연대 서술의 문제가 학자적 분개나 증오를 불러일으키지는 않는다. 하지만 표절 문제는 다르다. 만약 이븐 바투타에 대해서 탕헤르의 안락한 삶을 한번도 떠나본 적이 없으며 멀리 인도나 그보다 더 먼 중국의 이야기를 포함한 여행기 전체를 지어냈을지 모른다고 생각하는 비평가가 있다면, 그가 과연 무엇을 염두에 두고 있는지는 확실치 않다. 노골적인 표절? 아니면 풍부한 상상력의 환상곡? 사실 둘 중 무엇이 됐든, 다음의 사례를 보면 그리 허무맹랑한 생각도 아니다.

이븐 바투타와 동시대를 살았던 한 유럽 사람이 《서 존 맨더빌의 여행기》라는, 오늘날까지 이름이 알려진 엄청난 인기 작품을 창작했다. 서문에 따르면 '서 존 맨더빌'은 세인트올번스에서 나고 자란 영국의 기사였다. 이 책은 예루살렘 순례자의 안내서로 중동과 인도, 그리고 몽골 제국에 이르는 여정을 서술했다. 저자의 주장에 따르면 1332년에 출발해서 30년 넘게 해외를 여행했다. 나이가 들고 그동안의 여행으로 지친 그는, 돌아온 후 최대한 기억나는 대로 모험기를 썼다고 했다. 1357년경에 씌어진 이 책은 중세 시대의 베스트셀러였다. 오늘날에도 원고 250여 부가 남아 있으며 1500년 이전에 이미 유럽의 다양한 언어로 번역되어 여러 권의 인쇄본으로 출판됐다. 프랑스어 원본은 안타깝게도 소실됐다. 맨더빌의 명성은 두 세기가 넘도록 흠집 하나 없이 존속됐으며 19세기 후반까지도 거의 의심받지 않았다. 그러다 면밀한 조사 결과, '맨더빌'의 저자가 여행기를 지어내느라 활용했던 출처 없는 자료들이 전부는 아니더라도 그 대부분이 밝혀졌다. 12세기부터 '맨더빌'이 살았던 시대까지 약 20편의 작품이 이용됐다. 가장 주된 작품은, 1330년대 이집트와 성지를 여행한 도미니크회 소속 볼덴셀레의 윌리엄이 1인칭 시점으로 서술한 여행기와, 1320년대 인도와 중국을 여행한 포르데노네의 오도리크 수도사가 역시 1인칭으로 서술한 여행기(오도리크의 《동유기*The Travels of Friar Odoirc*》는 이븐 바투타의 《여행기》와 , 혜초의 《왕오천축국전往五天竺國傳》, 마르코 폴로의 《동방견문록》과 함께 세계 4대 여행기로 꼽힌다—옮긴이)였다. 맨더빌은 윌리엄과 오도리크의 서술을 기반으로 다른 여러 출처에서 빌려온 광범위한 자료를 확대하고 보충하는 식으로 재집필해서 원래의 두 작품보다 훨씬 긴 여행기를 만들어냈다.

따라서 사태의 본질이 거의 밝혀지는 듯했다. 즉 여행기는 활용 가능한 다양한 자료를 방대하게 보유한 도서관에서, 교양 있고 유식하지만 자신이 서술한 해당 지역에는 발 한번 담그지 않은 한 사람에 의해 편집된 게 분명했다. 그러나 일부 학자들은 여전히 의구심을 떨치지 못했다. '맨더빌'은 페르시아(이란의 옛 이름—옮긴이)나 인도, 중국에는 가보지 않은 것이 확실했다. 하지만 성지에도 전혀 가본 적이 없다는 것은 어떻게 증명할 수 있나? 이는 그렇다 쳐도, 또 다른 문제가 있다. 바로 맨더빌의 실제 정체. 영원한 미스터리로 남게 될 것이라는 단순한 견해가 하나 있었다. 조심스럽기는 하나 좀 더 낙관적인 설명에 따르면, 그 미상의 작가는 베네딕트회 수도사였고 집필 장소는 북프랑스의 수도원이었다. 저자가 누구든, 이런 사실이 폭로되자 책의 명성은 바닥으로 곤두박질쳤다. 책은 고의적 사기행위로 비난받고 '맨더빌'은 의식적 허위 행동의 주범이 됐다. 그럼에도 불구하고 저자가 창조한 여행의 페르소나는 여전히 일반 독자뿐 아니라 학자들까지 매혹시켰다. 아이러니컬하게도 저자의 진정성이 의심되면

될수록, 저자의 문학적 기교에는 상찬이 이어졌다. '맨더빌'은 뜻하지 않게 불후의 대작을 만들어낸 셈이었다.

데프레메리와 상귀네티가 이븐 바투타의 원고와 씨름하는 동안, 스코틀랜드의 젊은 학자였던 W. 라이트는 1852년에 이븐 주바이르(1217년 사망)의 1권짜리 모험기를 편집하여 출간했다. 이븐 주바이르는 1183년에 그라나다를 출발해 메카와 메디나의 성지를 순례하고 지중해 노선을 따라 알렉산드리아에 이르는 첫 번째 여행을 마쳤다. 이라크와 시리아를 거쳐서 다시 바닷길로 고향에 돌아오기까지 2년이 조금 넘게 걸렸다. 그로부터 한 세기 반이 흐른 뒤 그의 여행길, 특히 시리아와 성도, 이라크로 이어진 노선에 이븐 바투타가 동참했다. 라이트는 파리의 두 동료 학자들 덕분에 이븐 바투타가 알레포와 다마스쿠스를 묘사하면서 그 유명한 선임자를 언급했다는 사실을 알게 됐다. 라이트는 이븐 바투타가 '여행기의 다른 부분'에서도 이븐 주바이르를 차용했을 가능성이 있다고 생각했다. 마침 그는 이븐 바투타와 동시대 사람이었던 아부 알 바카 할리드 알 발라위가 자못 심각한, 저작의 부정이용 행위를 저질렀다는 사실을 발견했다. 알 발라위는 1336~40년에 고향 알안달루스에서 메카로 성지순례를 떠났던 것에 대한 기록을 남겼다. 라이트는 알 발라위가 알렉산드리아, 카이로, 메디나, 그리고 메카의 설명 중 상당 부분에서 출처도 밝히지 않은 채 이븐 주바이르를 도용했다고 말했다. 라이트는 격분했다. "알 발라위는 문단의 문체를 바꾸고 문제가 될 만한 부분은 완전히 다 들어내어 시와 전설을 엮어넣는 등 어느 정도 다른 형식을 구사했는데……그래도 역시나 뻔뻔하고 염치없는 도둑질이다."[14]

19세기 중반의 도덕적 분개는 언론의 헤드라인을 장식하는 오늘날의 격렬한 법정 다툼과는 거리가 멀었다. 댄 브라운은 2006년 런던고등법원에서 이에 대해 확실히 배운 바가 있다. 그의 '세계적인 베스트셀러'《다빈치 코드》가 자신들의 작품인《성혈과 성배》를 표절했다고 고소했던 2명의 작가는 결국 소송에 패하면서 엄청난 비용을 치러야 했다. 따라서 요즘 관점에서 보면, 무슨 작품을 훔쳐다 썼는지 밝히지 않은 것도 모자라 표절 문단 사이에 시구 몇 편과 예언자 무함마드의 이야기까지 끼워넣으면서 꼬리를 밟히지 않으려고 애썼던 알 발라위의 비루한 행동을 라이트는 다소 점잖게 꾸짖고 있는 셈이다.

사실 이븐 바투타는, 아니 어쩌면 그의 편집자인 이븐 주자이는, 알레포와 다마스쿠스를 서술하며 이븐 주바이르를 분명히 언급해놓았다. 그러나 최근 들어서야 그러한 의존관계의 범위가 자세히 논의되기 시작했다. 이븐 주바이르의 작품이 이븐 바투타보다 훨씬 우수하다는 사실을 증명하고 싶어 하는 저명한 현대의 학자 샤를 펠라트는 이븐 주자이가 부끄러운 줄도 모르고 비양심적으로 초기 여행기를 베꼈다고 주장했다. 그는 모로코의 여행자 무함마드 알 압다리 등 중세의 여러 저자가 이븐 주바이르를 부당하게 이용했으며 뻔뻔한 알 발라위는 알 압다리의 작품(1289년경)도 가져다 썼다고 말했다.[15] 알 압다리에 대해서는 나중에 다시 다룰 것이다. 그러나 펠라트의 짜증은 묘하게 본질에서 어긋나 있는 듯하다. 왜냐하면 이븐 바투타는 솔직하게, 다마스쿠스의 아름다움을 정확히 표현해줄 말은 없겠지만 "그 땅에 대한 아불 하산 이븐 주바이르의 언어보다 더 눈부신 표현은 없다"고 말하며 이븐 주바이르의 책에 나오는 문구를 인용했기 때문이다. 더구나 이븐 바투타는 당대의 한 학자가 이븐 주바이르에 대해서 "그는 다마스쿠스를 묘사하면서 진실로 아름답고 우아하게 자신을 표현해냈다"고 말한 이야기까지 언급해놓았다. 여기서 이른바 '표절'이라는 것이, 간단히 말해서 훌륭한 전임자의 문학적 기교에 대한 찬사라면, 두 사람 모두 불만에 찬 프랑스 사람인 펠라트와 의견이 똑같은 셈이다!

지금까지 이븐 바투타와 이븐 주자이의 이븐 주바이르 활용을 가장 치밀하게 연구한 사람은 故 존 매턱이었다. 그는 이븐 바투타의 영역자인 깁의 관찰을 바탕으로 삼았다. 매턱은 여러 핵심을 짚어냈다. 첫째, 시리아 북부에 있는 알레포의 서술은 전부 이븐 주바이르를 인용했다. 둘째, 다마스쿠스의 묘사는 이븐 주바이르의 서술을 조정하고 재배치하며 첨언하는 식으로 이루어졌다. 첨언내용은 주로 이븐 바투타가 여행 중에 만난 사람들의 일화로 구성됐다. 셋째, 메카와 메디나의 묘사가 아주 길게 서술된 다음에 아라비아를 거쳐 이라크 남부의 쿠파로 향하는 북부여행이 등장한다. 여기서 이븐 바투타는 이븐 주바이르의 서술을 압축하는 인용 기법을 하나 더 추가했다. 마지막으로 쿠파에서 바그다드, 그리고 북쪽의 나시빈(오늘날의 누사이빈)과 마르딘으로 향하는 여정에서는 모든 기법이 총동원됐으며 특히 압축 기법이 두드러졌다. 매턱이 반복해서 말했듯이, 이 부분은 거의 전부 이븐 주바이르의 서술을 인용했다. 매턱은 이븐 바투타가 책 속에서 언급한 장소를 실제로 방문했다는 사실은 거의 의심하지 않았다. 하지만 인용은 의식적으로 이루어졌으며 그러한 사실을 감출 의도도 어느 정도는 있었다. 중세의 아랍 저자들이 다른 작가를 '조용히' 인용하는 경우가 잦았다는 사실을 모르는 바는 아니지만, 그래도 그런 행동의 근본적 동기가 무엇인지는 여전히 의문이다. 매턱은 여행자들이 다른 사람들과 확실히 다르게 자신만의 직접 경험을 전달하는 한편, 다른 사람에게는 의존하고 싶지 않은 욕망이 크기 때문이 아니겠느냐고 되묻는다. 그렇다면 때때로 발각될 위험까지 무릅쓰면서 직접 인용을 하는 이유는 무엇일까?

그러나 매턱은 너무나도 합리적인 문제제기에 조악한 결론을 이끌어낸다. "한 가지는 확실해진다. 이븐 바투타 여행기의 나머지 부분은 어찌됐든 간에……최소한 내가 여기서 언급한 부분(알레포, 다마스쿠스, 메카, 메디나)에 있어서 이븐 바투타의 서술이 그가 살던 당대의 것이라고 신뢰하기 어렵다."[16] 매턱에 따르면 이븐 바투타는 150년이나 일찍 씌어진 이븐 주바이르의 글을 최신 자료로 갱신하지 않은 경우도 종종 있었다. 바그다드가 그런 경우로, 1185년의 이븐 주바이르의 서술이 이븐 바투타가 그 도시를 방문했던 1327년에 그대로 적용될 수 없는 이치였다. 이븐 주바이르를 스페인어로 훌륭하게 옮긴 펠리페 마이요 살가도는 자신의 번역서에서 매턱의 견해에 찬성할 뿐만 아니라, 이븐 바투타가 차용한 모든 문장으로 범위를 확대하여 "1183~84년에만 타당할 뿐 14세기에는 해당되지 않은 정보들만 제공한다"[17]고 말했다.

대안적 접근방식

다른 각도에서 이 문제를 조망해볼 수 있다. 이븐 바투타의 차용 기법을 분석해보면, 또는 보다 정확하게 편집자인 이븐 주자이의 글을 분석해보면, 차용된 구절들이 당대의 것으로 충분한 자격을 갖추고 있는지 알 수 있다. 다시 말해서, 우선 이븐 주바이르의 서술을 압축해놓은 문장이 현재의 목격자가 느끼는 감성과 인상을 제대로 나타내고 있는지 살펴봐야 한다. 이븐 바투타는 생애 최초의 성지순례 의식을 마치고 메카에서 대상과 함께 나즈드를 지나 이라크 남부의 쿠파로 향했다. 메디나에서 카디시야까지 두 사람의 여정을 비교해보면 거의 정확하게 일치한다는 사실을 알 수 있다. 두 사람 모두 24곳을 거치게 되는데, 또한 그들 모두 상대방이 빠뜨린 장소를 한 군데씩 언급한다. 이븐 주바이르는 전체 거리를 다 지나는 데 3주가 걸렸다고 알기 쉽게 기록했다. 한편 이븐 바투타는 이븐 주바이르의 서술을 4분의 3 정도 줄이고 여기저기에 부차적이지만 새로운 세부사항들을 덧붙이며 여행 중에 만난 2명의 베두인족(아랍의 유목민—옮긴이) 왕자의 이름도 언급한다. 그러면서도 그는 독자들에게 이 오래된 성지순례길을 지나면서 대상의 지도자가 겪는 근본적인 고충은 충분한 물과 식량을 확보하는 일이라고 명확히 전달한다. 두 사람의 여행은 한 세기 반이라는 시간 차가 있었지만 맞닥뜨린 상황은 똑같았다. 이븐 바투타의 설명은 전임자의 것만큼이나 유효했다.

이븐 주바이르의 기록을 보다 미묘하게 고치는 서술 기법은 팔레스타인 연안의 악고(아크레)에서 분명해진다. 이븐 바투타는 이븐 주바이르가 짧게 언급해놓은 설명을 또다시 크게 압축한다. 그리고 악고에 대한 세부묘사 한 가지를 덧붙였는데, 이는 《코란》에 언급된 선지자 살리흐의 무덤이 있는 장소에 대한 이야기였다. 여기서 보다 중요한 것은, 이븐 바투타가 악고에 대해서 이제는 폐허(하라브)가 됐다고 서술한 후 그 다음으로 향한 도시 티레에서도 똑같은 단어를 사용한다는 사실이다. 이븐 주바이르의 시대에는 두 도시 모두 번성했다.

바그다드

이제 아바스 왕조의 수도 바그다드로 가보자. 아바스 왕조는 시리아에 근거했던 우마이야 왕조가 750년에 멸망한 직후, 티그리스 강의 동서 양안에 새롭게 건설됐다. 처음 수세대 동안은 문화적으로 융성했지만 정치적 부침이 이어지면서 힘을 잃어갔으나 완전히 멸망하지는 않았다. 하지만 그 과정에서 바그다드는 광범위한 파괴와 살육의 현장이 됐다. 세계의 정복자 칭기즈 칸의 손자인 훌라구가 이끄는 몽골 전사들이 인접한 페르시아를 이미 완전히 황폐화시킨 다음이었다. 무자비한 서진西進을 계속해온 정복 전쟁은 1258년에 바그다드의 몰락과 지배자 칼리프의 잔혹한 살해로 정점에 이르러 결국 아바스 왕조의 멸망으로 이어졌다.

물론 1185년 이븐 주바이르가 방문했던 도시의 모습은 이와 달랐다. 그는 바그다드를 보면서 점점 희미해지는 위대한 대도시의 찬란함에 가슴 뭉클한 연민을 느꼈다. "고도古都는 여전히 아바스 왕조 칼리프 영토의 수도로 남았으나……그 자취는 모두 사라지고 오로지 높은 이름만 남았구나.……그 옛날, 불운이 이곳을 강타하고 재난의 눈이 이곳으로 시선을 돌리기 전을 생각하면, 지금은 마치 모든 것이 무색해진 폐허이거나 모든 것이 쓸려나간 유적, 혹은 유령도시 같다."[18] 마치 허세와 타락만 융성하고 자비와 관대함은 사라져버린 도시인들, 그리고 그 도시의 음울함을 벗어나 무엇인가 위안이라도 찾으려는 듯, 이븐 주바이르는 여러 법학자와 설교자를 찾아 각종 모임에 참석한 이야기를 길게 서술했다. 듣는 사람의 영혼을 사로잡는 이들의 힘은 여태껏 만나본 그 누구의 추종도 불허했다.

한편 이븐 바투타는 바그다드를 언급하면서 아이러니컬하게도 다르 알살람(평화의 집. 무슬림이 자유롭게 종교생활을 하며 살아갈 수 있는 세상의 모든 곳을 지칭하며 다르 알이슬람, 즉 이슬람의 집과 같은 말이다—옮긴이)이나 이슬람의 수도 같은 공식 칭호를 사용했다. 그러고는 이븐 주바이르를 언급하며 우리가 앞에서 발췌했던 문장을 똑같이 인용했다. 이븐 주자이는 여기에 여러 시인의 작품을 직접 골라서 삽입했는데, 오래전에 사망한 유명 시인 아부 탐맘(845년 사망)의 작품도 있었다. 그의 시구는 아주 묘하게도 바그다드의 운명을 예언한 것 같았다. 또다시 이븐 바투타는 금요기도회와 설교회가 열리는 도시 양안의 11개 예배모스크를 서술하며 이븐 주바이르의 묘사를 반복했다. 그는 또 일반적인 모스크(이슬람교 사원—옮긴이)와 마드라사(이슬람 정통 교리와 법을 공부하는 상급 종교학교)를 여러 곳에 덧붙여 서술했으나 당시에는 이미 모두 폐허가 된 상태였다. 그러나 이븐 주바이르는 모스크의 수를 세기는커녕 짐작조차 어려운 정도이고 동안東岸에만 학교가 30곳이며 하나하나가 왕자의 궁에 버금간다고 말했다.

이븐 바투타는 이븐 주바이르의 언급을 그대로 따르며, 바그다드는 티그리스 강의 서안부터 건설됐지만 이제는 거의 폐허가 됐다고 서술한다. 또 이븐 주바이르가 거론했던 칼리프 알 만수르의 모스크는 여전히 건재하지만, 발 디딜 틈이 없다던 옛 글 속의 거대한 병원은 거의 붕괴됐다고 이븐 바투타는 기록했다. 바그다드의 동쪽 지역은 훨씬 사정이 나은 듯했고 그 유명한 화요장터가 여전히 열리고 있었다. 두 여행자 모두 유명한 니자미야 학교를 언급하고 있으며, 이븐 주바이르의 방문 이후에 세워진 무스탄사리야 학교에 대해서는 이븐 바투타가 간략하지만 충분히 설명했다.

이븐 주바이르는 여전히 호화롭지만 엄청나게 축소된 칼리프라는 존재의 상황을 그리면서 당시의 시대적 특성을 잘 담아내고 있다. 칼리프에게는 와지르는 없고 단지 재산과 첩실들을 관리해주는 사람만 있었다. 이븐 주바이르는 젊은 환관인 군사령관을 공개석상에서 한 번 본 적이 있었다. 칼리프 또한 위험을 무릅쓰고 강가로 나왔을 때 우연히 목격했다. 그의 값비싼 터키식 의복이 고정된 월급으로 살아야 하는 진짜 형편을 숨겨주었다.

이븐 바투타의 서술은 시대상을 반영하는 중요한 관찰 두 가지로 마무리된다. 첫째, 바그다드의 루사파 지역에 무덤이 있는 역대 아바스 왕조 칼리프의 이름을 열거한다. 마지막 칼리프 알 무타심이 몽골족에 살해당하면서 칼리프의 나라가 멸망했다고 이븐 바투타는 서술했다. 두 번째는 아부 하니파(767년 사망)의 돔형 무덤이 루사파 인근에 있었다고 설명한다. 그는 4개의 무슬림 법학파(무슬림 인구의 90퍼센트에 이르는 다수파인 순니파 무슬림은 이슬람법, 즉 샤리아의 해석과 실천 방향에 따라 하나피, 말리키, 샤피이, 한발리 법학파로 나뉜다—옮긴이) 중 하나를 창립한 인물이었다. 그곳에서는 오가는 사람들에게 음식을 제공했으며, 이곳을 제외하면 바그다드를 통틀어 자선의 관례로 음식을 대접하는 곳은 한 군데도 없다고 이븐 바투타는 말했다. 두 가지 서술 모두, 도시뿐만 아니라 무슬림 사회 전반에서 한 시대가 극적이고 끔찍한 종말을 맞이하고 있음을 상징적으로 보여주고 있었다. 따라서 이븐 바투타의 바그다드 서술은 다음과 같은 요소들을 함께 고려하여 읽어야 한다. 그는 이븐 주바이르를 차용하면서 글자 그대로를 옮기거나 다른 세부사항을 덧붙였다. 또 이븐 주자이는 중간에 시를 삽입하기도 했다. 그리고 물론 이븐 바투타만의 독자적인 묘사도 있었다. 이를 종합해볼 때, 이븐 바투타의 서술이 당대의 관점을 정확히 표현하고 있다는 데는 반론의 여지가 없다.

이와 똑같은 접근방식이 알레포와 다마스쿠스의 서술에도 적용 가능할 것이다. 두 장소 모두 이븐 주바이르의 출처를 밝히고 글자 그대로 구절을 인용하면서 시작되며 기타 세부사항이 또한 첨가된다. 그리고 이어서 이븐 주자이가 장문의 시문을 삽입한 후 이븐 바투타가 자신의 서술을 이어간다. 한편 여행기 전체를 통틀어 이븐 주자이의 내용적 개입이 압도적으로 이루어지는 지점이 두 군데라는 사실을 여기서 짚고 넘어가도 좋겠다. 데프레메리-상귀네티의 4권짜리 번역에 따르면, 우선 1권 전반에 흩어져 있는 편집자의 논평이 그 첫째이고 두 번째는 마지막 권 후반부다. 이븐 주자이가 붙인 총 52개의 참조문 중 42개가 이 두 부분에 집중되어 있다.

메카와 메디나

이번에는 메카와 메디나에 대한 이븐 바투타의 서술을 살펴볼 차례다. 이븐 주바이르의 차용이 가장 많은 부분이기도 하다. 깁은 우선 메디나에 관한 이븐 바투타의 서술이 서로 관련성이 있는 두 가지 형식을 취한다고 말했다. 하나는 "이븐 주바이르를 전부 인용하지만 상당 부분 축약하는 형식이었고", 두 번째는 역시 같은 출처의 글을 "대부분 축약하되 약간의 단어를 수정하는 방식이었다."[19] 이 두 부분을 합친 분량은, 예언자의 도시에 대한 이븐 바투타의 서술에서 4분의 1이 조금 안 된다. 이븐 바투타는 두 곳의 축약 서술 사이에, 메디나의 성스러운 모스크가 생겨나 그가 살던 시대까지 전하게 된 간략한 역사를 서술한 다음, 모스크의 설교연단(민바르)을 묘사하고 그 곳의 일꾼들과 상주학자들에 대한 논평과 일화를 전했다. 이븐 주바

16세기 페르시아의 타일 그림. 메카의 성스러운 모스크와 카바를 담았다.

이르의 설명은 전적으로 독창적이며 당대를 반영했다. 이븐 바투타의 설명에서 길게 이어지는 중간 부분 역시 마찬가지다. 이와 같은 이븐 바투타의 서술 앞뒤에는 성스러운 모스크와 정원, 그리고 메디나 외곽의 성소에 대한 각각 차용되고 축약된 묘사가 자리를 잡고 있다.

메카에 대해서는, 도시와 그곳에서 수행되는 종교 행사의 묘사가 "대부분 이븐 주바이르를 인용했으며 상당 부분 재배치되고 일부는 수정됐다"[20]고 깁은 말했다. 매턱은 메디나와 메카에 대해서 "보통의 각색, 재배열, 그리고 일화와 인물의 첨가를 동반한 (이븐 바투타의 묘사는) 완벽하게 이븐 주바이르를 차용한다"[21]고 단언한다. 전반적으로 틀린 관찰은 아니지만 둘 다 충분하지도 않다. 이븐 바투타는 매우 사적인 이야기로 메카의 긴 장章을 시작하면서 성소로 향하는 여정이 무슬림에게 어떤 정신적 의미를 갖는지 이야기한다. 여기서부터 서술구조는 메디나 부분과 매우 유사해진다. 다시 말해서 앞뒤로 이븐 주바이르의 글을 축약해놓고 그 사이에 당시 메카 사람들을 묘사한 자신만의 독창적인 서술을 집어넣는다. '앞'부분은 조금 복잡해서 이븐 바투타의 말과 차용한 구절을 구별하기가 어렵다. '뒷'부분에서는 라자브(이슬람력 7월)부터 샤반(이슬람력 8월), 라마단, 샤왈(이슬람력 10월—이상 옮긴이), 그리고 줄 히자까지 열리는 중요한 종교 행사들을 열거한다. 이는 이븐 주바이르 여행기의 해당 장을 크게 축약해서 종합적으로 정리해놓은 것이었다. 흥미로운 예외 한 가지는 이븐 바투타가 메카를 서술하면서 마지막으로 차용한 부분에 당대의 관찰을 삽입했다는 것이다. 카바 신전의 유명한 천(키스와), 즉 전통적으로 해마다 바꾸게 되어 있는 이 가림막을 묘사하는 부분은 이븐 주바이르의 설명과 완전히 다르다. 이븐 바투타는 이집트에서 가져온 키스와를 이렇게 묘사한다. "리넨에 실크 안감을 댄 칠흑 같은 덮개. 그 위에는 자수를 놓은 띠가 놓여 있고 그 띠에는 하얀색 글씨로 "알라께서는 신성한 집, 카바를 지으시어 사람들을 돕는 도구로 삼으셨다(《코란》 5장 98절)"는 구절이 끝까지 새겨져 있다." 이븐 주바이르는 그해 이라크의 통치자가 바친 키스와를 이렇게 묘사한다. "무르익은 초록색이다.……윗부분에는 폭이 넓은 붉은 띠가 (카바를 둘러싸고) 있는데 거기에는 "알라의 이름으로, 최초의 예배소가 인류를 위해 건립됐나니 바로 메카의 예배소다(《코란》 3장 95절)"라고 씌어 있었다. 그리고 다른 쪽 벽면에는 알라의 가호를 바라는 기도문과 칼리프의 이름이 새겨져 있었다."[22] 키스와의 출처와 색깔, 그리고 글자 장식의 차이는 몽골 침입기 전후로 변화된 중동의 정치 상황을 반영했다.

팔레스타인

'표절' 문제의 논의를 이어가기 위해, 이븐 바투타의 작품에 또 다른 출처의 자료가 활용됐다는 사실을 밝힌 한 연구에 주목하고자 한다. 앞서 짧게 언급했던 13세기 모로코 사람 무함마드 알 압다리의 여행기가 바로 그것이다. 이스라엘 학자 아미캄 엘라드는 팔레스타인의 7개 장소 중에서 두 여행자의 궤적이 일치하는 네 곳을 분석하고 있다. 이곳들을 다룬 내용에서 모두 알 압다리를 출처로 밝히지는 않는다. 여기서 네 곳은 헤브론(팔레스타인 자치구인 요르단 강 서안의 도시—옮긴이), 나비 야킨, 예루살렘, 그리고 아슈켈론이다. 그리고 나머지 장소 중에서 두 곳의 기록도 거의 동일하며, 이집트 국경지대의 가자 지역에 대해서는 이븐 바투타가 알 압다리의 간략한 서술을 일부 보완했다. 헤브론과 인근의 나비 야킨 같은 경우는 알 압다리의 서술을 상당히 축약해놓음으로써 직접적인 의존성을 드러내고 있다. 아슈켈론도 마찬가지다. 엘라드에 따르면 이븐 바투타의 예루살렘 서술은 그와 동시대를 살았던 현지의 학자들 이름을 추가해놓은 한 부분만 원본성이 인정된다. 그러나 엘라드는 예루살렘에서 수피파 성직자에게 천 조각으로 기운 망토를 받았다는 이븐 바투타의 이야기를 언급하지 않았다. 또한 그는 이븐 바투타가 덧붙인 두 군데의 첨언 부분에도 주목하지 않았다. 하나는 유명한 무슬림 정복자였던 살라딘이 1195년에 도시를 재탈환했을 때 도시 성벽 중 일부가 파괴됐다고 언급하는 부분이며, 두 번째는 당시 다마스쿠스의 통치자였던 탄키즈가 예루살렘에 물을 공급했다는 내용이다. 마지막으로 이 이스라엘의 학자는 이븐 바투타가 초반부에 언급했던 중요한 내용, 즉 메카와 메디나에 있는 모스크에 이어, 세 번째로 중요한 모스크가 예루살렘에 있다는 서술도 생략했다.

14세기 중반 팔레스타인의 영토 범위를 어떻게 설정하느냐에 따라, 최소한 8개의 팔레스타인 마을에 대해서는 두 사람의 서술을 직접적으로 비교하기가 불가능하다. 다시 말해서 이븐 바투타는 언급했으되 알 압다리는 방문하지 않은 곳이기 때문이다. 따라서 엘라드의 결론은 이상하게 과장되어 있다. 그의 결론에 따르면 이븐 바투타가 알 압다리를 차용한 부분은 차치하고라도 "단지 두세 개 문장만 관련성이 없는 셈이며, 이마저도 아직 미해결 상태다.……(따라서) 이븐 바투타의 팔레스타인 서술 대부분은 원본이 아니다."[23] 다시 말해서 엘라드는, 이븐 바투타가 이븐 주바이르를 차용했던 부분들과 마찬가지로 이 내용들 역시 그가 살았던 당대의 서술로 볼 수 없다고 주장한다. 사실 알 압다리의 서술에 대한 이븐 바투타의 갱신은 예루살렘 부분을 제외하고 이븐 주바이르의 서술에 대한 갱신만큼 분명하게 드러나지는 않는다. 엘라드가 언급했던 또 다른 예외사항도 설명이 더 필요하다. 이븐 바투타는 알렉산드리아 항구에 있던 유명한 등대(세계 7대 불가사의 중 하나인 파로스 등대—옮긴이)를 서술하면서, 1325년에 처음 봤을 때는 사면 중 한 면이 무너져 있었다는 말로 시작한다. 그로부터 몇 년이 흘러 이집트로 돌아올 때는, 등대가 거의 다 허물어졌기 때문에 그쪽 길로 가지 않았다는 식으로 등대에 대해 이야기했다. 알 압다리를 차용한 서술은 이처럼 그가 직접 겪은 두 가지 관찰 내용 사이에 배치된다.

비록 길, 매턱, 엘라드의 연구 결과가 실제적인 오해의 소지를 안고 있음에도 불구하고, 중세 작가들에게 일반적으로 나타나는 차용의 관행은 골치가 아프면서도 여전히 흥미로운 주제이기도 하다. 여기서 논의되고 있는 소수의 여행자만 가지고 얘기해보자면, 이븐 주바이르는 어째서 알 아즈라키의 《메카 연보》와 이븐 알 아사키르의 《다마스쿠스 역사?》에서 인용한 짧은 언급을 제외하면 그러한 차용 관행에 전혀 의존하지 않는 것처럼 보일까? 그런데 어째서 알 발라위와 알 압다리, 그리고 이븐 바투타(혹은 어쩌면 이븐 주자이) 같은 이들은, 어떤 때는 출처를 밝히고 또 어떤 때는 전혀 밝히지 않은 채 이븐 주바이르를 차용하고 있을까? 이븐 바투타는 어째서 이븐 주바이르의 이름을 때때로 공개적으로 밝히면서 알 압다리는 그냥 아무 말 없이 넘어갔을까? 이는 또한 중앙아프리카의 말리에 대한 이븐 바투타의 여행기가, 유명한 저술가이자 행정가였던 이븐 파들 알라 알 우마리(1349년 사망)의 거대한 작품에 나오는 구절과 연관성이 있을지도 모른다는 가능성을 암시한다. 그러나 이들 저작을 이해하는 우리의 현재 수준에서 볼 때, 그와 같은 질문에 대한 해답은 요원할 뿐이다. 엘라드의 말처럼 이븐 바투타의 작품에서 모든 세부사항의 진실성을 증명하려면 학자 여럿이 평생을 바쳐야 할 것이다. 결국 중세 유럽과 중동의 관습적 표준에 의거해 판단해보자면, 표절 혐의는 문제의 본질을 빗겨간 듯 보인다. 당시에는 다양한 형태의 빌려오기, 다시 쓰기, 고치기, 그리고 창작하기가 널리 퍼져 있었고 관행으로 받아들여졌다. 한편 다른 각도에서 이 문제를 고찰해보려면 《서 존 맨더빌의 여행기》에 나타난 '표절'의 예시로 다시 돌아가도 좋겠다. 그 미상의 작가가 작품을 쓰기 위해 읽었던 자료의 목록은 방대했다. 인용의 범위는 다소간 차이가 있지만, 참고자료의 수는 아마도 20여 개가 넘었을 것이다. 어찌됐건 그의 목적은, 동시대와 그 이전을 살았던 유럽 작가들의 작품을 의식적으로 차용(혹은 표절)하는 것뿐만 아니라, 자신과 동시대를 살고 있는 14세기 독자들에게 흥미롭고 유의미한 여행기를 창조해내는 것이었다. C. W. R. D. 모즐리가 언급한 대로, 이 책의 핵심적 성공요인은 저자의 페르소나를 다루는 능력이었다.[24] 당시 독자들에게 책의 주인공이 진짜로 보였다면, 저자의 이야기 또한 진짜로 받아들여졌을 테니 말이다. 이븐 바투타가 자신의 서술에 투영한 페르소나에 대해서도 똑같은 이야기가 가능하다. 앞으로 이어질 장들에서는 가능한 한 저자 스스로의 이야기를 통해, 현대의 독자들이 《여행기》의 바로 그와 같은 측면을 경험하게 될 것이다.

이븐 바투타의 오디세이

위에서 표절 문제를 비교적 자세히 다룬 까닭은, 이븐 바투타(그리고/또는 편집자 이븐 주자이)가 이전 저작들을 의식적으로 차용했으나 자신의 관찰 내용도 의식적으로 삽입하여 동시대적 어조와 특성을 살려냈다는 사실을 보여주기 위해서였다. 그러나 특정 구절을 차용하는 그 선택의 숨은 동기까지 밝혀낼 수는 없다. 어쩌면 여행기를 구술할 때가 되자, 30여 년의 모험여행 가운데 이집트와 시리아, 아라비아를 거친 초기 여정에 대해서는 이븐 주바이르나 알 압다리의 서술이 안성맞춤인 비망록처럼 보였을 수도 있다. 그보다 어쩌면, 성도에 대한 이븐 주바이르가 쓴 서술의 차용은 이미 다마스쿠스 서술의 차용에서 확실히 밝혔기 때문에, 신심 깊은 전임자이자 동료 순례자이고 북아프리카 말리키 법학파의 동지이자 동양으로 발걸음을 옮긴 동료 여행자이며 전달자였던 그에게 보내는 암묵적 헌사였는지도

이븐 바투타는 자신의 여행 이야기를 스스로 다른 사람들에게 들려주듯이, 다른 이야기꾼들의 이야기에 귀를 기울였다. 이 삽화는 19세기 유럽의 미술가가 상상한 이야기꾼과 청중의 모습이다. 물동이를 든 여인이 이야기를 들으려고 무리의 한 귀퉁이에 잠시 서 있다.

모른다. 이븐 바투타는 문서자료 대신 구술자료에 의존한 경우도 있었다. 그는 델리 함락 때부터 자신이 체류했던 시점까지 인도의 역사를 서술했으며, 이는 힌드(인도와 인도 아대륙의 통칭—옮긴이)와 신드(역사적으로 카슈미르에서 아라비아 해에 이르는 인더스 강 유역을 통칭했다. 13세기부터 16세기 초중엽까지 델리 술탄국의 지배를 받았으므로 여기서는 힌드와 신드를 합쳐서 인도를 가리킨다—옮긴이)의 대大카디(무슬림 종교재판관)였던 가즈나(오늘날의 아프가니스탄 중심부에 위치한 도시. 10~12세기에 학문과 예술을 꽃피웠던 가즈나 왕조의 수도였다—옮긴이)의 카말 알 딘 무함마드 븐 알 부르한에게서 들은 이야기였다. 칭기즈 칸의 몽골 군대가 트란속사니아(중앙아시아 일부 지역의 옛 명칭. 오늘날의 우즈베키스탄, 타지키스탄, 그리고 카자흐스탄 남서쪽에 이르는 지역으로 옛 페르시아 문예부흥의 중심지였다—옮긴이)와 후라산('태양이 떠오르는 땅'이라는 뜻으로 페르시아 문학의 보고로 평가되는 오늘날의 이란 북동부 지역이다—옮긴이)을 파괴했던 이야기 또한 그가 만났던 무명의 정보원에게서 들은 내용이었을 것이다.

이븐 바투타가 고향 탕헤르를 떠날 때 결심한 가장 큰 목표와 동기가 무엇이었든지 간에, 단지 메카 순례만 하려고 했는지 아니면 세계 여행자가 되고 싶었는지는 알 수 없지만, 어쨌든 30년이 넘는 여행의 기록을 남기게 된 것은 사람들에게 정보를 전달하고 즐거움을 선사하고 싶다는 욕망이 있었기 때문이다. 오락과 지식을 제공하려던 그의 목표는 유럽에서 동시대를 살았던 마르코 폴로나 존 맨더빌도 크게 다르지 않았다. 물론 마르코 폴로와 존 맨더빌은 성격이 다른 사람들이었다. 그리고 두 사람 모두 이븐 바투타와 달랐다. 연구자나 비평가들은 이븐 바투타의 《여행기》를 다루면서 대체적으로 여행기의 원본성만 가지고 갑론을박을 벌였고 또 그 정도의 논의에만 만족해왔다. 즐거움을 주고 정보도 제공하고 싶었던 이븐 바투타의 속뜻과 이를 위해 그가 선택했던 방법은 별 관심을 받지 못했다.

최근에 발표된 짤막한 재평가 작업 하나는 신선한 접근으로 주목을 끌었다. 이 논문은 지금까지의 연구들과 다르게 《여행기》를 '이해하기 위한 필요조건', 다시 말해서 선별의 원칙 혹은 "이야기할 만한 가치가 있는 것과 그렇지 않은 것"을 탐구한다. 보다 전문적인 용어를 사용하자면, "이븐 바투타의 재현 기법에 나타나는 구조들이…… 그가 무엇을 보고 어떻게 보는지를 구조화하고 한계짓는다"는 것이다. 논문의 저자인 록산느 유번은 텍스트 자체의 진위가 아니라 저자가 실제로 말하고 있는 내용에 초점을 맞춘다. 그녀는 "이븐 바투타가 세상과 자신을 재현하는 방식, (그리고) 이러한 재현 기법을 통해 본거지와 변방, 그리고 자아와 타자에 대한 감성의 변화가 어떻게 나타나는지"[25]를 탐구한다. 이는—제3자가 아닌—이븐 바투타 스스로의 직접 언술을 통해 진지한 논의를 전개해나갈 수 있는 매우 유용한 접근방식이다. 현대의 독자들은 수세기의 간극 때문에 이븐 바투타가 살았던 시대의 독자들과 똑같은 방식으로 이 여행기를 수용하지는 않는다. 그러나 모험여행을 구술했던 그 당시 이븐 바투타의 눈을 갖는다면, 오늘의 독자도 그가 선별해놓은 이야기에 함께 동참하며 14세기의 세상을 더 많이 즐기고 배울 수 있을 것이다. 따라서 이는 즐거움과 가르침을 함께 주고자 하는 교육적 목표의 성취인 셈이다. 유번의 매우 고무적인 분석방법을 따른다면《여행기》를 둘러싼 현재의 논의는 소재적 선택의 폭이 훨씬 넓어지는 한편, 유번의 분석과는 또 다른 참신한 방식으로 연구의 참뜻을 견지해나갈 수 있을 것이다.

| 이븐 바투타와 그의 세계

이븐 바투타의 젊은 시절과 개인적 배경은《여행기》에서 언급한 내용 외에는 자세히 알려진 것이 없다. 1304년에 태어났고 오늘날 모로코의 탕헤르 토박이였다. 따라서 그는 마그리브 출신으로 북아프리카 사람, 즉 '서양 사람'이었다. 또한 페스(페즈로도 표기된다—옮긴이)가 수도인 마린 왕조의 백성이었다. 그리고 종족적으로는 베르베르족(북아프리카의 지중해 연안이나 사하라 사막에서 베두인족과 함께 분포하는 종족. 백인과 흑인의 접촉 지역에 살기 때문에 두 인종의 특징이 혼합되어 있다—옮긴이)이었으며 순니파 무슬림으로 말리키 법학파의 교육을 받고 카디의

모로코 페스의 옛 시장거리에 있는 작은 상점들. 페스는 이븐 바투타가 살던 시절에 마린 왕조의 수도였다.

지위를 가지고 있었다. 그 역시 중동의 교육받은 무슬림들 대부분이 사용하는 아랍어로 글을 썼다. 다른 언어능력도 있었으며 뒷날 인도에 머물면서는 페르시아어 구사도 가능하다고 주장했다. 이와 같이 잘 알려진 사실들과 함께 남성이라는 특징이 그의 정체성을 구성했다. 한편 그가 염두에 두었던 첫 번째 독자는 당연히 아랍어를 읽을 줄 아는 북아프리카의 대중들이었다. 물론 여기에는 여성들도 포함됐다.

14세기의 이슬람 세계(다르 알이슬람)는 이슬람식 사회질서가 극적으로 확장되어온 오랜 와중의 한복판에 있었다. 한편 이븐 바투타는 이베리아 반도(알안달루스)에서 벌어지고 있는 기독교도의 레콩키스타(국토회복운동) 때문에 서양에서 무슬림이 겪고 있는 손실 또한 잘 알고 있었다. 하지만 그는 동양의 잠재적 가능성에 몹시 희망적이었다. 이와 같은 그의 바람은 결국 아나톨리아에서 오스만 제국이 수립되면서 정말로 화답을 받았다. 역사적인 지리적 득실 내역을 기록한 장부의 대표 항목을 보면, 1453년 오스만 제국이 비잔티움 제국의 수도인 콘스탄티노플을 함락한 사건과 1492년 무슬림의 마지막 요새였던 알안달루스의 그라나다를 기독교도가 함락한 사건이 있었다. 이득도 있고 손실도 있었지만, 다르 알이슬람의 잔고는 대략 1000년에서 1500년 사이에 영토 면에서 3배로 불어나 이슬람 초창기의 중심지였던 중동을 훨씬 초월해 있었다. 그러나 궁극적으로 이븐 바투타가 여행 중에 방문했던 지역은, 그 중요성이 크건 작건 간에, 무슬림이 변함없이 정주했던 땅들이었다. 현대의 지명으로 말하자면 중앙아시아, 인도, 동남아시아, 중국, 그리고 사하라 이남 아프리카 등이다. 그는 또한 미래에 오스만 제국의 수도가 되는 이스탄불로 가는 짧은 우회로를 선택하기도 했다.

이븐 바투타가 살았던 14세기(그는 1368년에 사망했다)는, 1258년 바그다드와 아바스 왕조의 붕괴로 최고조에 달했던 몽골의 거센 침입이 있은 지 한 세기가 흘러, 정치적으로 비교적 조용하고 또 통합이 이루어져 있던 시기였다. 몽골의 후계국가를 통치하던 칭기즈 칸의 자손들은 이슬람으로 개종을 하고, 사람과 상품, 그리고 지식이 문화와 언어의 경계를 자유롭게 넘나들며 보급될 수 있도록 힘을 아끼지 않았다. 당시 이슬람은 비정통 분파들까지 합세하여 보편 종교로서 교세를 넓혀가고 있던 시기였는데, 한편에서는 아브라함의 전통을 공유하는 기독교와 유대교라는 소수 종교집단이 활기찬 활동을 벌이고 있었다. 이븐 바투타는 인도에서 소수 종교로서의 이슬람도 경험했다. 당시 인도 무슬림의 정치력은 강했으나 이슬람 자체는 아직 주변적 위치에 머물러 있어 중앙아프리카, 수마트라, 그리고 동남아시아(오늘날의 인도네시아)의 자바처럼 이슬람이 굳건하게 뿌리내리지 못하고 있었다. 중국에서는 몇몇 도시의 상인 구역에서 무슬림을 만날 수 있었다고 이븐 바투타는 말했다.

길고도 또 더 길었던 방랑, 그 모험을 끝내고 이븐 바투타는 최종적으로 어떤 이야기가 들려줄 만하다고 스스로 판단했을까? 세상을 바라보는 이 여행자의 시선은 앞서 설명한 출신배경적 정체성의 범위로 한정됐다. 그러나 실제로는 고향의 친밀함과 더 넓은 세계로의 소속감이 상호작용했다는 주장이 제기되어왔다. 다시 말해서 고향 모로코가 형성해준 익숙함의 감각과, 여행의 범위가 저 멀리 동쪽으로 확장됨에 따라 친밀성은 떨어지지만 훨씬 더 넓은 무슬림 공동체(움마)에 대한 소속감이 서로 계속적으로 상호작용을 해왔다는 얘기다. 압데라흐만 엘 모우덴은 여행자의 움마에 대한 일체감이 개인적 자아정체성과 충돌하는 문제를 다룬 소논문에서 이 상호작용 문제를 제기했다. 엘 모우덴은 모로코에서 나중에 등장한, 즉 16세기와 17세기에 발간된 두 편의 리흘라rihla('여행기'. 메카의 성지순례가 목적인, 혹은 더 넓게는 종교적 지식을 습득하는 것이 목적인 여행을 서술해놓는 것을 이른다)를 토대로, "여행자는 (리흘라를 통해서) 전체로서의 무슬림 공동체라는 관념에 보다 밀접하게 연결되지만 또한 동시에 자신들의 민족과 문화의 어떤 점이 독특한지도 배우게 된다"고 주장했다. 그의 결론에 따르면 "텍스트이자 실제 여행으로서의 리흘라는 동질성과 이질성 모두를 분명하게 드러내주는 데 기여하는 한편, 그 결과로 일종의 양가감정을 남겨놓아서 과연 무엇이 자연스러운 움마의 정체성인가 하는 의문을 더욱 복잡하게 만들었다."[26] 엘 모우덴이 검토한 여행기 두 편 중 하나는 모로코의 유명한 여행자이자 학자인 아부 살림 압달라 알 아이야시(1679년 사망)의 작품이었다. 그는 1649년, 1653년, 1661년에 히자즈(오늘날의 사우디아라비아 서부 지방으로 이곳에 메카와 메디나가 있어 히자즈 여행은 곧 성지순례를 의미한다—옮긴이)로 여행을 떠나 메카와 메디나, 그리고 카이로와 예루살렘에 오랫동안 체류했다. 그리고 얼마 후에 2권짜리 여행기를 썼다. 그는 여행기에서 마지막 해외여행은 2년 반이 걸렸지만 마치 100년은 된 것 같아서 하루속히 집에 가고 싶었다고 말했다. 엘 모우덴은 "따라서 알 아이야시는 움마에 있으면서 자국과 자국민에게 더욱 친밀한 일체성을 느꼈다. 왜냐하면 자신과 동쪽 사람들(모로코에서 볼 때 히자즈는 동쪽으로 한참 먼 거리에 있다—옮긴이)을 구분짓는 특징은 정확하게, 자신과 모로코의 동포를 하나로 이어주는 특징이었기 때문"이라고 결론을 내렸다.

앞으로 살펴보겠지만, 이븐 바투타의 《여행기》에는 위의 주장처럼 양가감정이 선명하게 나타나지는 않는다. 여기에는 여러 가지 이유가 있다. 첫째, 그가 모로코 바깥에서 보낸 시간은 연속적인 부재의 기간만 거의 28년에 달했으며 이는 그의 일생의 44퍼센트를 차지하는 시간이었다. 알 아이야시는 개별적으로 이루어졌던 세 번의 여행을 다 합쳐도 20퍼센트 정도였다. 고향에서 편안하게 보낸 시간이 더 많았다는 이야기다. 둘째, 이븐 바투타가 했던 여행의 지리적 규모를 보면 알 아이야시가 여행했던 아랍 세계를 훨씬 벗어나 있다. 사실 이 탕헤르의 여행자는 무슬림의 대표적인 언어장벽인 터키어와 페르시아어를 여행 동안 극복해야 했으며, 페르시아어에 대해서는 약간의 소통 능력을 가지고 있었다. 반면 알 아이야시는 아랍어를 구사하는 세계 안에 머물렀기 때문에 움마에 대한 경험 역시 그 세계로 제한됐다. 확실한 차이를 들어보자면, 이븐 바투타는 첫 번째 성지순례를 마치고 움마의 변두리 지역을 향해서 모험을 떠났다. 처음에는 남쪽으로 동아프리카 연안에 갔다가, 다시 아나톨리아, 크림 반도, 그리고 아프가니스탄을 거쳐 인도에서 몇 년을 머물렀다. 인도 다음으로 막간을 이용해 몰디브 제도에서 시간을 보낸 후 움마의 동쪽 끝자락에 위치한 수마트라로 항해여행을 떠났다. 중국을 거쳐 모로코로 귀환한 것이 여행의 끝은 아니었다. 그는 다시금 곧장 무슬림이 살고 있는 알안달루스(이베리아 반도)의 깊숙한 국경지대를 방문하고 다시 남하하여 이번에는 서아프리카 수단을 향했다. 이는 여행을 시작하면서 의식적으로 잡아놓은 거대 계획의 일부가 아니라 여행의 경험 자체가 촉발시킨 모험이었다. 일단 그는—실제로 언제 어디서 이런 결정을 내렸는지는 명확하지 않지만—어쨌든 성지순례의 완료가 여행의 끝이 아니라는 결정을 내리자마자, 알 아이야시와 달리 계속해서 움마의 변방, 즉 그의 고향 모로코와는 너무나 다른 차이점들이 존재하는 땅으로 쉼 없이 내달렸다. 이븐 바투타는 움마의 서쪽 끝자락에 위치한다고 해서 모로코를 소홀히 하는 일 따위도 하지 않았다. 오히려 평생을 바친 여행을 통해 목격했던 그 광대한 움마를 형성하는 매우 중요한 주변부의 한 지점으로 고향 땅을 관망할 줄 알았다.

하지만 무엇보다도 이븐 바투타가 이븐 주자이에게 여행의 기억을 구술하면서 마음속에 가장 먼저 떠올렸던 질문은, 첫 순례여행이 세계를 종횡무진하는 대서사시로 변모하게 된 그 수십 년의 시간과 수천 킬로미터의 거리 속에서 자신이 경험했던 시련과 승리를, 어떻게 하면 독자들에게 가장 정확하게 전달할 수 있을까였다.

제 2 장

여행

IBN BATTUTA 02

이븐 바투타는 책 제목을 통해 주변 지역을 포함한 도시들(암사르), 그리고 그 장소들을 오가는 여행(아스파르)이라는 개별적이면서 상호연관된 두 가지 주제를 강조한다. 우선 두 번째 주제인 여행에 초점을 맞추어보면 이븐 바투타가 실제 여행 경험을 어느만큼의 통찰력을 가지고 서술해내는지 알 수 있다. 자연의 위력에 맞서고 운수와 사람의 변덕을 이겨내며 또 별 탈 없이 흘러가는 순간들의 묘사는 여행의 체험을 표현해주는 동시에 중세여행의 생생한 드라마를 상상할 수 있게 도와준다.

모든 여행자가 다 같은 서술방식으로 자신을 드러내는 것은 아니다. 어떤 경우에는 여행자의 '개성'이 전혀 드러나지 않기도 한다. 유럽의 여행자 중에 앞 장에서도 잠시 언급했던 투델라의 벤하민이 그런 사람이다. 그는 중세 시대의 위대한 유대인 여행자로 추앙받았지만 자기 자신에 대해서는 고사하고 그가 대면한 상황이나 사람에 대해서 어떤 생각을 했는지 일절 언급하지 않는다. 마르코 폴로의 서술도 인간미가 없기는 마찬가지다. 그는 자신이 "책에서 가장 분명하고 눈에 띄는 등장인물 중 하나"가 될 법한 사안에 대해서는 전혀 관심이 없었다. 존 라너에 따르면 마르코 폴로의 가장 인상적인 특징은 "자신이 분명히 맞닥뜨렸을 어려움이나 위험, 또는 본인이 직접 했던 여행의 성격에 대해서 함구했다"[1]는 사실이다. 여정을 따라가다보면 선박의 난파나 해적, 도둑 혹은 들짐승의 위협 같은 명백한 위기가 감지되는 순간에도 단지 그 모든 위험을 전해들었다거나 심지어 아주 재미있다는 식으로 서술한다. 마르코 폴로는 인도의 구자라트 해변을 떠도는 해적들이 세상에서 가장 무섭다며 이렇게 적고 있다.

> 내가 그들의 못된 장난질 하나를 얘기해줌세. 이걸 알아야 해. 상인들을 붙잡으면 타마린드(콩과의 상록수. 동양에서는 음식이나 의약품으로 사용한다—옮긴이)와 바닷물을 먹여. 어떤 사람들은 뱃속에 있는 걸 다 게워내지. 그러면 해적들이 토해낸 것을 샅샅이 뒤져서 진주나 보석 같은 것이 없나 살펴보는 거야. 해적들의 말이 상인들은 자신들에게 붙잡히면 진주 같은 보석들을 감추려고 목구멍으로 삼킨다는 거야.[2]

당시 가장 신뢰할 만한 여행자로는 프란체스코회 선교사였던 루브룩의 윌리엄 수도사가 손꼽힌다. 그는 1253년부터 1255년까지 마르코 폴로보다 먼저 동양을 여행하면서 몽골 제국의 몽케 칸(재위 1251~59년. 몽골 제국의 제4대 황제로 이라크, 시리아, 오늘날의 베트남까지 정복했다—옮긴이)의 궁정을 돌아보고 교황에게 보고하기 위해 기록을 남겼다. 자신의 외모에 대해서는 덩치가 너무 커서 튼튼한 말을 제공받았다는 언급뿐이다. 당시 그의 일행은 늦가을 텅 빈 스텝평원을 힘들게 가로질러 갔지만 그 상황을 확실하게 표현한 것도 딱 한번이었으며, 자신이 탄 말이 수월하게 잘 가고 있는지 아닌지 알아보는 일조차 감히 하지 않겠다는 내용이었다.

> 말이 나를 잘 태워줄지 어떨지 감히 불평하지는 않았다. 우리들 모두는 말의 운수를 그냥 참고 받아들여야 했다. 그래서 극심한 시련을 당했다. 말들은 마을에 도착하기도 전에 지쳐버리기 일쑤였고, 그러면 우리는 채찍을 들고 때리는 수밖에 없었다. 그도 아니면 짐을 운반하는 다른 동물에게 옷가지를 옮겨 싣고 짐 운반용으로 구비한 말로 바꿔 타거나 가끔은 말 하나에 두 사람이 타야 할 때도 있었다.

윌리엄 수도사의 이야기는 계속된다.

> 우리가 몇 번이나 굶주리고 목이 마르며 추위에 얼고 지쳤는지 헤아릴 수는 없다. 음식은 저녁에 딱 한번 제공됐다.……때때로 절반밖에 익지 않았거나 거의 날것이나 다름없는 고기를 먹어야 했다. 불을 땔 연료가 부족했기 때문이다. 이런 일은 사방이 뻥 뚫린 곳에서 야영을 하고 밤이 되어 여정을 멈추어야 할 때 발생하곤 했다. 그럴 때는 소똥이나 말똥을 모을 수도 없었다. 어떤 곳에서는 약간의 가시덤불 말고는 다른 대체 연료를 찾기 힘들었다.[3]

교황이 몽골 제국에 보낸 첫 번째 공식 사절은 윌리엄과 같은 프란체스코회 형제 수도사인 플라노 카르피니의 요한으로 그의 여행 시기는 윌리엄 수도사보다 몇 년 앞선 1245～47년이었다. 그는 몽골의 풍습과 역사를 담은 저서 《몽골 사람들의 역사》에서 여행에 관한 짧은 설명을 덧붙여놓았다. 특이하게도 그는 이미 나이를 한참 먹은 65살에 사절단의 사명을 수행했다. 그가 겪었을 고통은 나이로 어느 정도 짐작이 된다.

> 우리는 타타르인 또는 다른 종족들에게 살해를 당하거나 죽을 때까지 감금을 당하거나, 배고픔, 목마름, 추위, 무더위, 부상, 그리고 우리 힘으로는 거의 참아낼 수 없을 정도로 과도하고 큰 시련들로 고통받을지 모른다는 두려움에 휩싸였다. 죽음과 종신 감금을 제외한 그 모든 두려움은 우리가 예전에 짐작했던 것보다 훨씬 더 심각하고 더 다양하게 우리의 운명 속으로 들어와버렸다.[4]

하지만 2년의 여행에 대한 이런 식의 약식 판결문은 여행자의 일상적 현실을 전하고자 애썼던 윌리엄의 노고에 비하면 생동감 넘치는 충격이나 파급 효과가 부족하다.

이븐 바투타보다 앞서 순례에 나섰던 이븐 주바이르의 여행기는 해난海難의 묘사가 탁월하다. 그의 일행은 제노바 출신의 선장과 항해 계약을 맺고 이집트의 알렉산드리아로 향했다. 미노르카 섬(지중해 서부 발레아레스 제도의 섬—옮긴이)에서 사르데냐 섬(역시 지중해 서부에 있는 이탈리아의 섬—옮긴이)까지 약 643킬로미터를 별 탈 없이 빠르게 항해했고 사르데냐 섬에서 물자를 조달하기 위해 며칠 동안 정박했다. 다시 항해를 시작하고 얼마 안 되어 심각한 위험이 닥쳤고 이븐 주바이르는 이를 눈에 보이듯 묘사하고 있다.

삼각형의 큰 돛을 단 아라비아의 전통 목선인 다우. 중동의 해로여행을 묘사한다. 해질녘에 포착된 이 아름답고 고요한 이미지는, 이븐 바투타가 약 12만 킬로미터에 달하는 모험여행에서 경험했던 온갖 시련들과는 아주 거리가 먼 낭만적 분위기를 연출하고 있다.

수요일 밤 일찍부터 광포한 바람이 불어닥쳐 바다가 요동치고 비가 내렸는데 마치 화살 소나기 같은 위력으로 퍼부었다. 사정은 심각해지고 우리도 점점 힘들어졌다. 사방에서 산 같은 파도가 우리를 덮쳤다. 그렇게 절망에 휩싸여 밤을 보냈지만 아침이 되면 안정이 되고 우리에게 떨어진 이 무엇인가가 가벼워지리라는 희망을 버리지 않았다. 하지만 다음 날에도 고통과 불안은 커져만 갔다. 바다는 더욱 사납게 날뛰었고 수평선은 캄캄했으며 돛이 못 견딜 정도로 폭풍우가 너무 거세져 작은 돛에 의지할 수밖에 없었다. 바람이 작은 돛 하나를 때려서 잡아뜯어놓았고 결국 돛을 고정하는, 그들이 카리야라고 부르는 나무기둥을 부러뜨려놓았다. 그러자 절망이 우리의 영혼을 압도하여, 위대하고 영광스러운 알라께 기원을 드리기 위해 무슬림들의 두 손이 하늘로 들어올려졌다. 우리는 그 상태로 하루 온종일을 보냈고 밤이

낙타 대상. 중동의 육로여행을 묘사한다. 동틀 무렵으로 왼쪽 페이지의 사진과 함께, 이븐 바투타가 약 12만 킬로미터에 달하는 여행에서 겪었던 시련과 고난과는 달리 아름답고 고요한 이미지를 보여주고 있다.

되어서 약간 수그러들자, 벌거벗은 돛대만 세워놓은 채 엄청난 속도로 그곳을 통과하여 그날 시칠리아 섬 반대편에 도착했다.

일단 배가 안전하게 알렉산드리아 항구에 도착하자 지금까지 그와 동행해준 신의 가호에 감사를 표했고 계속해서 길잡이가 되어달라고 기도했다.

알라께서 내려주신 도움과 안위에 감사하옵나니. 그리고 알라, 지고하신 알라께 이렇게 기원을 드리나니, 끝까지 자비를 베푸시어 우리로 하여금 간절히 바라옵던 목표(메카 성지순례)에 도달하고 하루속히 회복하여 행복하고 건강하게 우리의 고향 땅으로 돌아갈 수 있게 해주옵소서. 알라는 진정한 은인이시다. 오로지 알라만이 유일한 신

이시다.[5]

이븐 바투타는 남아라비아에서 동아프리카 연안으로, 그리고 인도에서 중국으로 아주 긴 항해에 올랐지만 뱃길여행의 경험담을 여행기 어디에도 서술해놓고 있지 않다.

이븐 바투타와 마르코 폴로는 모험여행에 나섰을 때 젊은 청년들이었다. 마르코 폴로가 집안의 남자 어른들과 동행했던 반면, 이븐 바투타는 처음에 혼자 출발했다. 몇 년이 흐르고 난 후, 이븐 바투타는 긴 해외생활을 이야기하면서, 메카의 성소로 순례를 하고 메디나에 있는 예언자 무함마드의 묘지를 방문하기 위해 처음 길을 나서던 순간을 회상했다.

> 나는 1325년 6월 내 고향 탕헤르를 떠났다. 나는 동료 여행자나 대상과 동행하지 않고 혼자서 길을 나섰다.……나는 내 사랑하는 사람들을 뒤에 남겨두고 마치 새가 둥지를 떠나듯 그렇게 고향을 버리기로 결심했다. 아직 살아 계신 부모와 헤어지는 일은 너무나 어려웠지만 그래도 나는 참아내야 했다. 우리 모두는 이별의 슬픔으로 참으로 힘들어했다. 그때 내 나이 스물둘이었다.

1349년 11월 모로코로 돌아와 페스에 도착하기 직전, 이븐 바투타는 어머니가 전염병으로 사망했다는 슬픈 소식을 전해들었다. 짧게 표현되긴 했지만 그와 같은 감상은 당시의 문학작품에서 드문 일이다. 우리는 이븐 바투타의 발길을 따라 함께 여행하면서, 그가 1인칭 저자인 '나'로서 14세기 여행의 본질에 대한 통찰뿐 아니라 그 자신의 진짜 일면을 드러내 보여줌으로써 독자들의 흥미를 돋우는 수많은 순간을 만나게 될 것이다.

| 이븐 바투타의 첫 번째 성지순례

여행의 첫 단계는 튀니스(튀니지의 수도—옮긴이) 도착으로 종결됐다. 이것은 육로여행에 대한 일종의 시험적 도입부였던 셈으로 향수병과 질병, 그리고 죽음이 그와 동행했다. 처음으로 언급된 대도시는 틀렘센(알제리 서북부의 도시—옮긴이)이었다. 이곳에서 지인들은 그에게 방금 전 도시를 떠나 동쪽으로 향한 2명의 공식 사절단에 합류하면 어떻겠느냐고 조언했다. 그는 알라의 가호를 기원하는 기도를 올리고 사흘 동안 필요한 짐을 꾸려 밀야나(알제리 북서부의 도시—옮긴이)에 있는 사절단을 따라잡기 위해 서둘러 길을 떠났다. 이때는 더위가 한창이었고 사절단은 숨 막히는 더위에 결국 주저앉아 열흘이나 여정을 지체했다. 여행을 다시 시작할 때쯤에는 사절 1명의 상태가 심각해졌다. 나흘 뒤 사절은 죽고 그 아들이 밀야나에서 서둘러 매장을 마쳤다. 그러자 이븐 바투타는 상인들의 무리에 끼어 튀니스에서 고향으로 향했다. 이들은 알제(알제리의 수도—옮긴이) 외곽에서 여러 날 야영을 했는데 여기서 나머지 사절단 일행이 합류했다. 그 후 일행은 부제(알제리의 도시 베자이아의 별칭—옮긴이)로 이동했고 여기서 이 젊은 탕헤르 청년은 심각한 열병에 걸렸다. 그는 휴식을 취하라는 조언을 사양하며, 알라의 뜻이라면 "히자즈로 향하는 길 위에서 기꺼이 죽겠다"고 말했다. 나머지 1명의 사절, 즉 알 주바이디라는 이름의 신앙심 깊은 샤이흐('연장자' 혹은 '수장'이라는 뜻이다. 학자, 정치지도자, 혹은 수피파에서처럼 정신적 지도자나 안내자라는 의미도 있다)는 이븐 바투타에게, 나귀와 무거운 짐을 팔면 다른 동물의 등에 텐트만 싣고 가볍게 여행을 할 수 있을 것이라며 돈을 빌려주겠다고 제안했다. 그렇게 하면 혹시 여행 중에 만날지도 모르는 아랍 도적 떼들도 피할 수 있을 터였다. 콩스탕틴(알제리의 도시—옮긴이) 변두리에 도착하자, 세찬 폭우가 쏟아져 텐트를 버리고 도시에서 쉼터를 구할 수밖에 없게 됐다. 다음 날, 이 지방의 지사인 아부 알 하산은 엉망이 된 이븐 바투타의 행색을 보고 자신의 집에서 옷을 세탁하게 했다. 그는 다 헤진 옷을 새 옷으로 바꾸어주면서 그 안에 금화 2디나르(금화 1디나르의 무게는 4.25그램이다—옮긴이)를 꿰매넣었다. 이와 같은 알 주바이디와 아부 알 하산의 행동은 순례여행에서 만난 알라의 첫 번째 자비와 자선이었으며 이븐 바투타는 감사하는 마음으로 기록했다.

그가 처음으로 목격한 부당행위는 부제의 시종侍從이 튀니스 상인 무리 중에서 갑자기 사망한 한 상인의 금화 3천 디나르를 강탈한 일이었다. 그는 이 돈을 다른 상인에게 맡기면서 튀니스에 있는 자신의 상속자에게 전하라고 했다. 본(알제리 북동쪽의 항구도시로 오늘날의 아나바다—옮긴이)에서 몇몇 상인들은 가야 할 길이 위험하다는 풍문 때문에 뒤에 남기로 결정했다. 그래서 규모가 작아진 무리가 튀니스를 향해 바쁜 발걸음을 재촉했는데 본에서 약 241킬로미터 거리였다. 또 열병이 찾아든 이븐 바투타는 기력이 너무 쇠해 말에서 떨어질까봐 몸을 안장에 붙들어매야 했다. 나이 어린 여행자에게는 너무나 버거운 일들만 일어나고 있었다. 튀니스 외곽에 도착할 즈음, 시내에서 사람들이 나와 유명한 인물인 알 주바이디를 영접했다. 아는 사람이

1명도 없었던 이븐 바투타는 찬밥 신세였다. 그는 물밀듯이 밀려오는 외로움에 많은 눈물을 흘렸다. 동료 순례자 1명이 그를 위로하며 시내에 있는 마드라사의 숙소로 동행했다.

알렉산드리아로 향하는 다음 여정에서는 더 많은 사건이 있었다. 튀니스에서 이븐 바투타는 라마단 금식 기간의 마지막에 열리는 축제에 참가했고 시 외곽의 야외 빈터에서 열린 공동기도회에 참석했다. 히자즈 대상의 우두머리가 선출됐고 이븐 바투타는 카디, 즉 종교재판관으로 추천되어 순례와 관련된 문제들이나 여타의 것들에 관해서 조언을 해달라는 부탁을 받았다. 그가 탕헤르에서 《코란》을 연구하고 예언자 무함마드의 전승과 전설에 관한 교육을 받았기 때문이었다. 그는 또한 당시 북아프리카와 알안달루스에서도 통용됐던 말리키 법학파의 규범서들을 읽었다. 그 책들 중 하나가 아부 알 하산 알 라흐미가 쓴 《이슬람 실정법 해설*Tabsira fi-l Fiqh*》라는 제목의 법학서로, 그의 무덤이 스팍스(튀니지 남동쪽 도시—옮긴이) 외곽에 있다고 이븐 바투타는 말했다. 100여 명의 기병들이 가베스(튀니지 동쪽의 항구도시—옮긴이)부터 오랫동안 대상과 동행했고 강도 떼를 막기 위해 궁수부대도 함께 배치됐다. 트리폴리(기원전 7세기에 건립된 고대도시이자 오늘날 리비아의 수도—옮긴이)로 가는 도중에 길 위에서 두 번째로 큰 종교 축제인 희생제(이드 알아드하. 이슬람력 12월 10일에 지내는 이슬람교 축제로 염소 따위를 제물로 바친다. 대제大祭라고도 한다—옮긴이)를 경축했다. 이는 그해 메카 순례의식의 마지막을 알리는 행사였다. 그칠 줄 모르는 폭우와 추위에 지친 대상은 한동안 트리폴리에 머물 수밖에 없었다. 이븐 바투타는 트리폴리 체류 전후 동안 튀니스의 상인조합 수장의 딸과 혼인하고 결혼생활을 했지만 나중에 그 아버지와 싸움을 벌이고 이혼한 후, 페스에서 법학자의 딸과 혼인을 하고 두 번째 결혼생활을 시작했다. 이때에는 대상 전체에게 하루 온종일 축연을 베풀었다. 이 모든 행동은 얼마간의 정상적인 생활을 통해서 계속되는 향수병을 극복해보려는 뜻이 분명했다. 새 부인을 데려갔을 것으로 추측되지만 더 이상의 설명은 없다. 이븐 바투타는 1326년 4월 이집트의 알렉산드리아에 도착했다. 탕헤르를 떠난 지 거의 10개월째였다.

아직 성도라는 목표가 남아 있었다. 그는 육로를 따라 메카에 가기로 결정했다. 그러려면 카이로에서 나일 강 서안을 따라 남쪽으로 아이자브의 홍해 도하渡河 지점까지 가야 했다. 그 맞은편이 바로 아라비아의 항구도시 지다였기 때문이다. 한편 그는 몇 년 후에 이때를 떠올리며, 생전에 더 긴 여행을 감행해보자는 심경의 변화가 일었던 시기가 이즈음이었다고 말했다. 이렇게 해서 그 유명한 바투타식 여정이 이어지게 됐다. 그는 나일 삼각주의 파우와에서 길을 멈추고 한 샤이흐의 현지 무덤과 또 다른 구도자인 아부 압달라 알 무르시디의 자위야(일반적으로 수피의 시설물을 지칭한다)를 찾았다. 이 샤이흐는 따뜻하게 맞아주었고 음식을 대접했으며 함께한 사람들 중에서도 그를 귀빈으로 예우했다. 또한 체류하는 동안 이븐 바투타에게 기도회를 이끌어달라고 부탁하기도 했다. 찌는 듯한 낮 더위를 피하고 밤공기가 시원한 지붕 테라스에서 잠을 자도록 보살펴준 이도 그였다. 그날 밤 이븐 바투타는 커다란 새의 날개를 타고 메카로 날아간 후 예멘으로, 그리고 마지막에는 멀리 동양까지 날아갔다가 어딘가 어둡고 안개가 자욱한 땅으로 떨어지는 꿈을 한바탕 꾸었다. 다음 날 아침, 다른 손님들이 길을 떠나고 나자 이븐 바투타는 알 무르시디에게 꿈 이야기를 들려주었는데 샤이흐는 이미 그 꿈을 알고 있었다. 그의 해몽에 따르면, 이븐 바투타는 성도를 방문하고 예멘에서 이라크, 터키, 그리고 인도를 여행하게 되며 인도에서 얼마간 머물면서는 위험에서 구해줄 영적 형제를 만날 운명이었다. 이븐 바투타는 샤이흐에게 작별을 고하며 노잣돈뿐만 아니라 길 위에서 먹을 당과류 음식 몇 가지를 받았다. 이븐 바투타는 "그와 헤어진 이후로 샤이흐의 바라카(축복. 성자, 성소, 성유물에 깃든 영적 권능)가 항상 나와 함께한 덕분에 여정 내내 오로지 행운만을 만났다. 나는 그와 같은 사람을 어디에서도 다시 만나지 못했다"고 서술했다.

카이로에서 나일 강을 따라 계속된 여정은 약 18일 정도가 흐른 후 이드푸(이집트 룩소르 남쪽의 도시—옮긴이)에 이르렀다. 그는 여기서 몇몇 곳의 자위야와 리바트에 묵었다. 리바트는 여행자에게 음식과 잠자리를 제공하거나, 구도의 길을 걷는 샤이흐와 카디로부터 따로 접대를 받을 수도 있는 종교시설을 의미했다. 이븐 바투타는 이집트와 시리아를 여행하면서, 시나이 반도 북쪽을 지날 때 보았던 세속적인 숙박시설이나 상인들의 여인숙(푼두크와 한)보다 이처럼 종교인들과 함께할 수 있는 장소를 선호했다. 또한 그의 언급에 따르면 시리아 북부의 라타키아 외곽에 다이르 알파루스라는 커다란 기독교 수도원이 있으며 수도사들이 많이 거주했다. 그곳으로 세계 각지의 기독교도들이 찾아왔는데 무슬림도 환대했다. 표준 요금만 치르면 빵, 치즈, 올리브, 식초, 케이퍼(지중해 연안에 자생하는 식물로 꽃봉우리를 향신료로 이용한다—옮긴이)를 먹을 수 있었다. 이븐 바투타는 나일 강 계곡을 따라 더 남쪽에 위치한 후Hu라는 도시에서도 종교시설에 머물렀으며 이곳은 마드라사, 즉 학교였다. 여기서 그는 유명한 구도자인 아부 무함마드 알 하사니를 만났다. 이 구도자는 여행의 목적지를 듣더니, 이번에는 홍해를 건너 지다로 가는 뱃길이 막히기 때문에 결국 다마스쿠스에서 시리아로 가는 길을 통해 첫 번째 순례여행을 마치게 된다고 예언했다. 이븐 바투타는 샤이흐의 선의의 충고를 애써 무시했다. 그러나 아랍인 안내자들을 대동하여 낙타를 타고 사막을 건너 아이자브로 향했던 2주짜리 여정은 결국 허사가 됐다. 하지만 굶주린 하이에나 떼들이 야영지를 습격한 하룻밤 일만 빼면, 다행히 아무 사건도 일어나지 않았다. 지방 토호세력과 이집트 맘루크 왕조의 조정 사이에 전투가 벌어져 아이자브의 선박이 죄다 부서졌다는 소식을 듣고는 부득이하게 나일 강 유역의 쿠스로 돌아가 배를 타고 카이로까지 내려갈 수밖에 없었다.

그 다음에는 시리아를 거쳐 북쪽의 알레포까지 헤매고 다니느라 몇 주가 허비됐다. 이때의 여정은 특히나 아주 혼란스럽다. 학자들은 이처럼 무작위식 서술이 나타나는 이유로, 이븐 바투타가 나중에 여행을 회상하면서 하나가 아닌 여러 개의 여행을 합쳐놓았기 때문이라고 설명한다. 이 부분은 그가 했던 여행의 체험을 이해하는 데 별반 도움이 되지 않으므로 1326년 9월로 가보겠다. 이븐 바투타는 해마다 메카와 메디나로 향하는 대상과 함께 정말로 다마스쿠스에서 출발하게 됐다. 이것은 홍해 횡단이 어려운 현지 사정 때문이었다고 해야 옳겠지만, 이븐 바투타의 눈에는 샤이흐의 '기적 같은' 예언이 실현된 것으로 보일 뿐이었다. 이제 우리의 여행자가 이야기꾼의 역할에 열의를 보이기 시작했으니, 다른 장에서부터 우리는 방랑의 세월 동안 그가 경험했던 기적의 이야기들을 기대해도 좋을 것이다. 그는 이미 신의 섭리로 예비되고 보호된다는 확신을 표명한 바 있다.

그가 만난 신앙심 깊은 구도적 종교인들의 바라카는 안전한 방패가 되어 그의 마음을 더욱 편안하게 해주었다.

다마스쿠스에서 메카에 이르는 대상의 여행은 낙타에게 물을 먹이고 순례자들을 쉬게 하는 단기체류를 포함해 모두 45~50일 정도가 걸렸다. 물 문제, 즉 물 부족은 여행자가 항상 신경을 곤두세워야 하는 문제였다. 시리아의 남쪽 국경지대에 위치한 마안의 남쪽에서 "누구든 들어가는 자는 길을 잃고 빠져나오는 자는 (다시) 태어난다"고 전해지는 사막에 진입할 때가 특히 그랬다. 이곳에서 더 남쪽에 있는 타부크에서 나흘을 보냈다. 알울라로 가려면 무시무시한 황야를 건너야 했기에 그 채비를 위한 시간이 필요했다. 버팔로 가죽으로 만든 커다란 저수통에는 낙타에게 먹일 물을 담았다. 그보다 작은 염소가죽 물통과 가방에도 물을 가득 채웠다. 보통 순례자들은 얼마간의 요금을 내고 이런 서비스를 받았다. 커다란 규모를 이루었던 대상은 타부크에서 갈 길을 재촉하여 이른바 지옥의 계곡을 지나, 사뭄이라는 유독한 바람에 지난 몇 년간 목숨을 잃은 많은 이들의 운수를 따르지 않기 위해 밤낮으로 이동했다. 이븐 바투타는 돌덩어리에 새겨진 문구에 이르길, 그 바람 때문에 모든 물길이 말라붙어 물 한 모금 값이 1천 디나르에 달했고 마지막까지 살아남은 물장수와 마지막으로 물을 사먹은 사람이 그 최후의 거래를 나눈 뒤 둘 다 죽어버렸다고 했다. 이와 반대로 알울라는 야자수와 샘물이 가득한 낙원이었다. 여기서 순례자들은 옷을 빨고, 남을 성싶은 물건들을 안전하게 맡겨두고는 다시 떠날 채비를 했다. 또한 이곳은, 시리아에서 온 기독교도 상인들이 순례자들에게 물건을 팔 수 있도록 허용된 마지막 장소였다. 이븐 바투타는 예언자의 도시인 메디나까지 며칠이나 걸렸는지, 그리고 메카에 첫발을 들인 것이 언제였는지 언급하지 않는다. 생애 최초의 순례의식을 마치고 메카를 떠났던 날짜만 말해놓았을 뿐이다. 이때가 1326년 11월 중순이었다.

다시 찾은 메카

첫 성지순례에 관한 서술을 보면 이븐 바투타가 탕헤르에서 메카로 이어진 전체 여정을 '히자즈로 가는 길'로 여겼다는 사실이 분명해진다. 이슬람법이 정하는 바에 따르면 성지순례는 고된 모험여행을 견뎌낼 건강한 신체와 물질적 수단을 소유한 사람이라면 누구나 수행할 수 있다. 우리의 순례자는 종교적 의무를 완수하겠다는 충심어린 의지의 표현으로 성지순례를 시작했다. 그러나 메카(그리고 메디나)에 첫발을 내딛자, 이븐 바투타는 이 완료된 여정이 좀 더 깊은 무엇, 즉 일종의 본유적 호출의 이행이었다고 생각했다.

> 이는 지고하신 알라의 놀라운 이적으로, 알라께서는 사람의 마음에 이 장엄한 성소를 찾으려는 본능적 열망과 이 유명한 현장을 직접 와서 보겠다는 갈망을 심어놓으셨으며, 성소를 향한 사랑에 사람의 마음을 감화하는 권능을 부여하시어, 아무도 그 안에 거하지 않으나 온통 그곳에 마음을 빼앗기고, 아무도 그 헤어짐의 비통함과 더 먼 곳으로 떠나가야 한다는 한탄스러움 없이는 그 자리를 떠나지 못하며, 성소에 대한 애타는 그리움과 거듭해서 다시 방문하겠다는 뜻만 가득 차게 하셨다.

그리하여 일부 순례자들은 성도에서 사색의 시간을 갖고자 짧게 혹은 길게 체류하면서 성소의 바라카를 흡수하고 상주학자나 과객들로부터 가르침을 얻는 한편 다른 방문객에게 가르침을 나누어주었다. 혹은 일반적으로 그러하듯, 원근에서 찾아든 무슬림 동료들과 쉼 없이 교류하는 그 분위기를 만끽했다. 계속해서 머무는 사람을 일컬어 무자위르라고 불렀다. 이들은 사회적 · 인종적 배경이 다양했으며 개인 재산이나 기증품, 혹은 자선품이나 기부금 등으로 생활했다.

이븐 바투타는 1326년에 메카를 떠나면서 아직 장기여행이라는 확실한 목표를 세우지는 않았던 것 같다. 그는 쿠파(그리고 바그다드)로 향하는 이라크 순례로를 따라 귀환길에 오른다. 이 부분에 대해서는 앞 장에서 이븐 주바이르의 서술과 비교해가며 간략하게 살펴본 바 있다. 그 다음 몇 개월 동안은 페르시아로 짧은 유람여행을 떠나 시라즈, 이스파한, 타브리즈에 갔다가, 바그다드에서 이라크 북부의 모술과 마르딘을 여행했다. 그럼에도 불구하고 여행 계획 자체는 다분히 시험적이었던 듯하다. 왜냐하면 바그다드에 도착하고 나서야 메카로 돌아가서 1327년의 두 번째 성지순례를 하겠다는 마음을 먹었기 때문이다. 하지만 이제는, 비록 나이는 23살에 불과했지만 더 이상 여행의 초심자가 아니었다.

이븐 바투타는 쿠파 외곽에 있는 나자프(이라크의 바그다드에서 남쪽으로 약 160킬로미터 떨어진 도시. 제4대 정통 칼리프인 알리의 무덤이 있고, 카르발라와 함께 시아파 무슬림의 최대 성지다—옮긴이)에서 그동안 함께했던 바그다드 대상과 헤어졌다. 그는 대담하고 기개가 넘치는 하파자 부족원들이 이끄는 대규모 수송대에 합류했고, 이들에게 낙타를 빌려서 파르스 해의 수원지, 즉 페르시아 만에서 약 16킬로미터 정도 떨어진 바스라를 향해 출발했다. 각별히 조심해야 하는 여정이었다.

갈대가 밀집한 습지대를 통과하던 중에 뒤에 처진 몇몇 사람이 아랍 도적 떼에 붙들려 신발이고 나무그릇이고 소지품을 다 빼앗겼다. 그러고 나서 도적 떼는 드넓은 갈대의 요새 속으로 유유히 사라졌다. 이븐 바투타는 와시트에서 가장 큰 마드라사의 설립자이자 책임자에게 초대를 받아 대추야자(타무르)와 돈을 받기도 했다. 유명한 성자의 무덤을 방문하느라 대상이 가던 길을 잠시 멈추자 그는 낙타를 타고 잠시 외출했는데 돌아와보니 동행했던 무리들이 이미 바스라로 떠난 지라 그들을 좇아가느라 고생했다.

이븐 바투타는 바스라 사람들이 외지인을 낯설어하지 않으며 아량을 베푸는 것으로 유명하다고 말했다. 지사는 직접 손님을 맞이하고 후하게 대접했다. 말리크 븐 디나르의 이름을 딴 리바트에서 잔치가 열렸다. 그는 초기의 유명한 고행자인 하산 알 바스리(728년 사망)의 도반이었다. 두 사람의 무덤이 모두 바스라에 있었다. 리바트는 보통 국경수비와 관련이 있었으며, 대표적인 예로는 축조 연도가 9세기까지 거슬러 올라가는 북아프리카 해안의 요새가 있다. 이는 지중해 북쪽 해안을 공격해올지 모르는 유럽의 기독교 군대에 대비하기 위해 세워졌다. 여기서 이븐 바투타는 모로코식으로 리바트라는 단어를 사용했으며, 이는 여행자와 종교수행자의 쉼터로 사용되는 시설물이라는 뜻이었다. 티그리스 강을 사이에 두고 모술의 맞은편에 있는 고대도시 니네바의 리바트에는 또 다른 쓰임새가 있었다. 선지자 요나와 관련 있는 것으로 사람들은 요나가 이곳 리바트의 모스크에서 기도를 올렸다고 믿었다. 모술의 신도들은 매주 목요일 저녁이 되면 그곳에 모여 기도를 올리고 예언자의 축복을 기원했다. 바스라 인근에도 다른 리바트들이 있었다. 아바단은 염습지에 건립된 커다란 도시로 묘사되며 여러 채의 모스크와 성소, 그리고 리바트가 있어서 수행자들과 독실한 신자들이 모여들었다. 이븐 바투타가 머물렀던 자위야 옆에는 전설적인 인물인 알 히드르와 선지자 엘리아스와 관련이 있는 리바트가 있었다. 그는 페르시아 남서부의 시라즈에 도착하기 앞서 여행자들이 사용했던 도시 외곽의 리바트 한 곳에 대해 묘사했다. 안으로 들어서려면 주거민과 방문객, 그리고 상점을 단단히 보호해주고 있는 난공불락의 철문 입구를 지나야 했는데 그 안에서 여행자들은 필요한 모든 것을 구할 수 있었다. 이를 통해 초기 요새 형태의 건물을 짐작해볼 수 있다. 가장 특이한 사례는 이븐 바투타가 라비타라고 부른 건축물이었다. 이는 남아라비아 연안의 섬 산꼭대기에 지어져 있었고 하시크의 정박소에서 배로 나흘거리였다.

바스라부터는 순부크라는 작은 배를 타고 여행했고 바스라에서 바다로 연결되는 수로를 따라 평온하게 노를 저어갔다. 또 1명의 유명한 수피파 성자인 사흘 븐 압달라 알 투스타리(896년 사망)의 성역을 지날 때에는 선박 승객들이 쓰고 짠 물을 한 바가지씩 떠서 마시고는 성자의 축복을 빌었다. 우불라에서는 강을 오가는 작은 배(마르카브 사기르)로 바꿔 탔으며 밤새 노를 저어 아침에 아바단에 도착했다.

알 히드르와 엘리아스의 리바트는 시내에서 약 4킬로미터밖에 떨어지지 않은 수로의 제방 위에 있었다. 여기서 이븐 바투타는 유명한 구도자의 이야기를 듣게 된다. 그는 여러 해째 인근에서 낚시를 했으며 한 달 동안 먹을 양식을 확보하고 나면 다음 번 낚시 때까지 전혀 모습을 드러내지 않는다고 했다. 마을을 수소문한 이븐 바투타는 폐허가 된 모스크에서 기도를 올리고 있는 그를 발견하고 그 옆자리에 앉았다. 그는 기도를 끝내고는 젊은 여행자의 손을 잡더니 이렇게 말했다. "알라께서 당신의 현세와 내세의 소망을 이루어주시길." 그날 저녁, 일행은 그 구도자가 이븐 바투타에게 보내준 신선한 생선으로 식사를 했다. 이븐 바투타는 문득 이러한 샤이흐를 모시며 일생을 보내면 어떨까 하는 생각이 들었으나 목표를 향한 불굴의 정신이 그런 생각을 떨치게 했다고 토로했다. 그날의 만남을 회상하며 이븐 주자이에게 여행의 체험을 이야기하던 이븐 바투타는, 그가 아는 한 어느 누구보다도 더 넓은 땅을 여행하겠다던 자신의 꿈을 정녕 이루어냈다고 말했다. 그 무명의 구도자는 이븐 바투타에게, 이제 지상의 남은 날 동안 천상에 들어가고자 희원하는 알라의 은총이 알라의 보호하심으로 이루어지리라고 축복했다.

페르시아 서쪽을 관통하는 여정은 지도에서 커다란 고리모양을 이루고 있는데 궁극적 목적지는 바그다드였다. 그는 매번 자위야에서 빵, 고기, 당과류 등 전통적으로 수피파와 관련이 있는 음식들을 제공받았다고 말했다. 한 자위야에서는 고기와 밀, 정제버터로 만든 요리인 하리사(아랍의 전통 요리—옮긴이)를 얇고 둥근 빵과 함께 먹는 색다른 풍습을 보여주었다. 자위야의 운영방식도 달랐다. 여행자들은 최소한 3일을 머물러야 했다. 여행자들에게 필요한 것이 있으면 샤이흐가 자위야에서 일하는 10여 명의 가난한 형제(제4장에서 자세한 설명이 나오지만 수피를 일반적으로 지칭하는 말이다—옮긴이)에게 전달해주었다. 이들 중 일부는 결혼을 했고 또 일부는 독신수행자였으며, 자위야를 설립한 성자의 인근 무덤에서 함께 기도를 올리며 알라의 자비와 아량으로 자신들이 필요로 하는 것을 얻을 수 있게 해달라고 간구했다. 이곳을 제외하면 대부분의 자위야에는 일하는 사람의 규모가 작은 편이었다. 책임자 샤이흐를 제외하고, 기도회로 신도들을 불러모으는 사람, 기도회를 집전하는 사람, 그리고 여행자들에게 무엇이 필요한지 살피는 사람이 있었고 음식 준비는 노예와 하인들이 맡았다. 슈슈타르(사산 왕조의 여름 수도이면서 요새도시—옮긴이) 같은 도시에는 가난한 형제들을 위한 자위야가 시 외곽에 설치되어 있었고, 이븐 바투타는 시내에 있는 자위야를 겸한 마드라사에 머물렀다. 이는 규모가 좀 더 큰 종교시설로, 성자의 삶을 산 알 투스타리의 후손이 운영했으며 그 아래에 4명으로 이루어진 지원팀이 있어서 자위야의 수입과 지출, 식품 조달, 요리 같은 업무를 분장했다. 기본요금에서 추가요금을 더 내면 손님당 4명이 충분히 먹을 만큼의 음식을 주었고 버터와 후추를 넣고 볶은 쌀밥과 닭튀김이 나왔다. 심한 열병에 걸린 이븐 바투타는 2주 동안 머물면서 자위야가 제공하는 4성급 호텔 서비스를 제대로 즐기지 못했다. 슬프게도 그의 동행 중 1명이 열병으로 죽어서 그곳에 묻혔고 나중에 또 1명이 그 뒤를 따랐다.

이스파한을 향해 슈슈타르를 떠나 이자즈로 가는 동안에는 '높은 산악지대'를 거쳐야 했지만 그 와중에 겪었을 고생에 대해서는 일절 언급하지 않는다. 그는 이 부분을 서술하면서 1327년의 첫 번째 여행과 20년 후의 여행을 혼동했던 것이 분명하다. 그러나 두 번에 한 번 어쩌면 두 번 모두, 당시 그 지역을 지배하던 술탄이 경비 명목으로 그와 그의 일행에게 돈을 주었을 것이다. 이븐 바투타는 '믿을 만한 소식통'으로부터 독실한 이자즈의 술탄 중 하나가 자신의 영토에 460개의 자위야를 지었고 수도에만 44개를 설치했다는 말을 들었다. 이스파한의 한 자위야에서는 2주를 머물렀는데 많은 사람이 설립자의 축복을 받기 위해 모여들었다. 이 설립자는 10세기의 유명한 수피였던 알 주나이드(910년 사망)의 제자였다. 이븐 바투타는 카샤니(이슬람

건축물을 장식하는 모자이크 기법의 하나—옮긴이) 타일로 장식된 화려한 대리석 목욕탕과 벽을 보고 놀라움을 금치 못했다. 이곳은 예배를 드리는 장소였기 때문에 누구나 드나들고 시설물을 자유롭게 이용했다. 이스파한에서 열흘을 이동해 시라즈에 당도한 이븐 바투타는 그 지역에서 가장 유명한 샤이흐인 마즈드 알 딘 이스마일을 찾아나섰다. 그는 자신의 마드라사인 마즈디야에 있었다. 그는 신앙심과 인정으로 명성이 자자했던 터라 이븐 바투타 역시 당연히 환대를 받았으며 좋은 의복뿐 아니라 학교 안에 있는 작은 방을 숙소로 제공받았다.

시라즈를 출발한 이븐 바투타는 바그다드 방향으로 길을 잡았다. 중간에 잠시 페르시아에 머물며 과거와 현재의 성자들에 대한 갖가지 기억들과 조우했다. 여기서는 여행의 경험 자체에 대한 묘사가 드물고, 그가 만났거나 누군가한테서 들었던 샤이흐의 카라마(알라가 허락하고 성자가 실행하는 기적)에 관한 이야기들이 많은 부분을 차지한다. 이런 희한한 사건들을 경험하고 나니 바그다드는 상대적으로 지루해 보였다. 이븐 바투타는 언제 바그다드에 도착해서 어디서, 얼마나 머물렀는지 설명하지 않는다. 그의 말에 따르면 여행자에게 음식을 대접하는 자위야는 딱 한 곳으로, 유명한 법학자인 아부 하니파의 무덤에 딸려 있었다. 한편 티그리스 강 동쪽에 위치한 칼리프의 모스크에서 샤이흐들을 만났지만 어떤 환대를 받았는지에 대해서는 전혀 언급이 없다. 그런데 갑자기 이라크의 술탄 아부 사이드의 이동식 숙영지(마할라)를 보기 위해 도시를 떠났다고 기록한다. 그곳에는 술탄의 군대와 대신, 맘루크 군인들, 악사들, 그리고 술탄의 부인과 부인을 따라온 측근들까지 해서 수백 명이 있었다. 이 모든 인원이 동틀 무렵에 길을 나서면 정오는 되어야 숙영지가 설치됐다. 이븐 바투타는 군사를 대동한 이들 왕실의 무리와 함께 열흘을 여행하고, 한 아미르(우마이야 왕조에서는 제후나 영주의 역할을 했으나 이후에는 군사령관이나 고위 장교 혹은 장관을 가리키는 용어가 됐다—옮긴이)의 무리에 합류해 타브리즈로 열흘을 더 여행했다. 아미르가 왕실 숙영지로 호출을 받는 바람에 여행은 계획보다 짧게 끝났다. 이븐 바투타는 이 유명한 도시에서 단 1명의 종교학자도 만나지 못했다며 아쉬워했다. 하지만 끝이 좋으면 다 좋다는 말이 맞다면, 그는 기뻐할 일뿐이었다. 아미르는 술탄에게 자신의 친구가 히자즈로 다시 한번 여행하고 싶은 마음을 품고 있다고 말했다. 그러자 술탄은 선물로 의복과 말을 하사한 후 바그다드의 지사에게 다음 번 바그다드 대상에게는 식량과 탈것을 제공하라는 문서명령서까지 써주었다.

대상이 출발하기까지는 두 달이 넘게 남았던 터라 이븐 바투타는 느긋하게 북쪽의 모술로 가 티그리스 강기슭에서 하룻밤 야영을 했다. 주변에는 여러 마을과 잘 경작된 농토가 기분 좋게 펼쳐져 있었다. 모술에서는 지사의 집에서 대접을 받았고 그는 이븐 바투타가 머무는 동안 모든 경비를 부담해주었다. 티그리스 강 서쪽의 신자르에서는 기적으로 유명한 독실한 고행자를 만나서 근처 산꼭대기에 있는 라비타에 머물렀다. 이븐 바투타는 그의 축복을 받고 은화 동전 몇 개를 선물로 받았으며, 인도에서 힌두 이교도들에게 강도를 당할 때까지 그 동전들을 지니고 있었다. 마지막으로 마르딘에서는 한 카디와 머물렀다. 그러고는 다시 모술로 돌아가서 순례자들의 대열에 합류하여 바그다드로 향했다. 그가 돌아왔을 때 이 히자즈 여행단은 금방 출발할 태세였다.

이븐 바투타는 약속받은 대로, 낙타 가마의 절반을 차지했고 4명분의 식량과 물을 받았다. 즐길 수 있는 상태라면 충분히 편안한 조건이었다. 그러나 쿠파에서 메카로 향하는 약 한 달 내내, 순례의식을 수행하는 동안에도, 그는 설사병으로 고생이 이만저만이 아니었다. 하루에도 몇 번씩 가마에서 내려와야 했고 매번 도움을 받으며 다시 가마에 올랐다. 메카에 도착해서는 카바 주변을 순회하는 의식을 치러야 했지만 몸이 너무 약해진 터라 그냥 앉아만 있었다. 사파와 마르와 사이를 '뛰는' 의식은 말을 타고서 간신히 참가했다. 그해 아라파트(예언자 무함마드가 마지막 이별의 설교를 했던 언덕—옮긴이)의 기도 행사는 1327년 10월 26일에 열렸다. 사람들이 미나(메카에서 아라파트 언덕으로 향하는 길목의 사막 평지—옮긴이)에 야영천막을 설치하자 그는 차츰 원기가 회복되고 상태가 좋아지는 듯한 느낌이 들었다. 열병의 여파가 채 가시지 않은 상태로 이스파한에서 설탕에 절인 멜론을 먹어 설사병이 난데다 여행의 피로까지 겹쳐 순례길 위에서 더욱 극심한 배탈이 난 것이었다. 따라서 무자위르가 되어 메카에 남기로 한 것은 현명한 결정이었다. "나는 그해 내내 무자파리야 마드라사에서 유숙했고 알라께서 내 질병을 고쳐주셨다. 독실한 신앙생활에 열심히 진력하고 여러 가지 소규모의 순례여행(움라)에 매진하니 삶이 어찌 즐겁지 않았겠는가." 이븐 바투타와 같은 체류자들의 생계는 이집트와 이라크, 예멘의 통치자들이 성도로 보내는 대규모의 구호품에 크게 의존했다.

결국 이븐 바투타는 메카에 머물면서 1328년과 1329년의 성지순례를 완수했다. 이듬해 1330년의 순례 기간 동안에는 메카의 지사와 이집트 술탄의 경비대장 사이에 커다란 소란이 일어났다. 양쪽의 싸움이 카바의 성역까지 침범해들어오자, 카디와 이맘(순니파와 시아파를 가르는 핵심적 기준이 이맘에 대한 해석이다. 시아파에서는 예언자 무함마드의 계승자를 지칭하는 칼리프와 동의어로 사용하지만, 순니파에서는 예배인도자 또는 집전자로 역할하는 특별히 교육받은 무슬림을 지칭한다—옮긴이), 그리고 무자위룬(무자위르의 복수형)이 나서서 폭력에 반대하는 시위를 벌였고 이 문제를 종결짓게 하기 위해서 머리 위로 《코란》을 치켜들고 충돌의 한복판으로 들어갔다. 이렇게 해서 순례자들이 성도로 들어가 소지품들을 챙겨서 길을 나설 수 있게 됐다. 아마도 이런 저간의 사정 때문에 이븐 바투타도 떠날 것을 결심했을 것이다. 다음 단계의 여행이 시작될 찰나였다. 하지만 동쪽의 인도로 대모험을 감행한다는 결단은 아직 저 멀리서 그를 기다리고 있었다.

| 남쪽으로

메카에서 예멘으로 향하면서 이븐 바투타는 남쪽으로 향할지, 아니면 홍해의 탁 트인 물길로 나설 것인지 결정해야 했다. 그는 지다 항구의 배편을 택하고서, 처음으로 바다여행의 불편함을 토로한다. 사실 걱정하는 것도 무리는 아니었다. 당시 순례자들은 잘바라는 배를 타고 이집트 해안 반대편의 아이자브로 건너갔다. 바로 이곳은 이븐 바투타가 첫 번째 순례여행 때 뱃길을 이용하려다가 결국 못하고만 장소였다. 이븐 바투타의 유명한 선임자인 이븐 주바이르는 이 선박뿐만 아니라 홍해의 도하를 제대로 경험하여 1183년 여름의 여행기에 생생히 묘사해놓았다. 잘바의 선체는 나무판자로 만들어졌고 군데군데 코코넛 섬유조직으로 꼬아 만든 줄이 엮여 있었다. 선체의 틈새는 야자나무 대팻밥으로 막고 수지나 상어기름을 덧발랐는데 이렇게 하면 나무가 부드러워져서 암초에 부딪혀도 그 충격이 덜했다. 못을 박으면 선체가 딱딱해져서 충격에 부서지기가 훨씬 쉬웠다. 이븐 주바이르는 나뭇잎으로 엮은 배는 그와 반대로 형태가 엉망이며 구조적으로 불안정하다고 설명했다. 이런 선박을 이용해 항해를 하면 또 다른 위험성이 있었는데 이는 선박 제작과 아무런 관련이 없는 문제였다. 무엇보다 선주들의 탐욕과 무관심이었다. 그들은 순례자들을 '마치 닭장 속의 닭처럼' 배에다 꽉꽉 실었다. 선주들 사이에는 배는 자신들이 마련했으니 목숨은 순례자들 스스로 지켜야 한다는 오랜 속담이 있었다. 두 번째 문제는 날씨였다. 바람길의 변화, 갑작스러운 돌풍, 그리고 거센 폭풍에 배가 천지사방으로 흔들렸다. 이븐 주바이르에 따르면 그중에서도 "지다에서 아이자브로 가는 길이 가장 심했으며, 순례자들 몇몇이 살아남은 건 위대하시고 영예로우신 알라께서 보우하시고" 그들의 곤궁함에 안위를 내려주신 덕분이었다.

우리는 이미, 이븐 바투타와 그의 공동저자인 이븐 주자이가 이븐 주바이르의 서술을 어떻게 활용했는지 살펴보았다. 어쩌면 이븐 바투타가 여행을 시작하기 전에 탕헤르에 있으면서 이븐 주바이르의 여행기를 읽었을지도 모른다는 추정이 가능하다. 이븐 주바이르의 지중해 여행 서술은 대부분의 중세 아랍 문학작품들과 매우 달랐다. 어떤 면에서는 숙련된 뱃사람이었던 그는 항상 전능하신 알라의 도움이었다고 표현했던 그 폭풍우와 난파, 그리고 구사일생의 탈출을 이미 직접 겪어서 잘 알고 있었다. 만약 이븐 바투타가 이런 원고를 한번도 본 적이 없었다면 분명히 선박과 바다에 관해 스스로 충분히 조심할 수 있을 만큼 뱃사람들의 이야기에 귀를 기울였을 것이다. 따라서 바다에 관한 지식을 어느 정도 미리 갖추고 있었기 때문에 알렉산드리아로 향할 때 좀 더 빠르지만 위험성이 높은 이븐 주바이르의 뱃길보다 육로를 먼저 선택한 것으로 보인다. 그는 지다를 출발하면서 처음에 잘바의 승선을 거부했다. 함께 타는 승객이 너무 많은 낙타를 끌고 왔기 때문이었다. 그래서 다음 번 잘바로 뱃길에 올랐고 그때는 예멘 사람 몇 명이 그들의 식량과 봇짐만을 싣고 있었다.

이틀 동안은 모든 것이 순조로웠다. 그런데 마치 일부러 때를 맞춘 듯이, "풍향이 바뀌어 우리가 의도했던 항로를 벗어났다.…… 파도가 배 안으로 밀려들어왔고 승객들은 견디기 힘들 정도로 멀미를 했다." 홍해 건너편에 있는 아이자브와 사와킨 사이의 아프리카 해안으로 향하게 되는 바람에 가까스로 해안가에 정박을 했는데, 내려서 보니 그곳에는 이슬람 모스크의 모양을 한 갈대 오두막이 있었다. 그곳에는 물이 담긴 타조 알껍데기가 잔뜩 있었다. 덕분에 사람들은 갈증을 달래고 음식을 요리했다. 그러고는 이틀 동안 아프리카 베자족(나일강과 홍해 사이에 사는 유목 민족—옮긴이)의 호위를 받으며 사와킨으로 가서 다시 예멘으로 뱃길을 잡았다. 곳곳에 바위와 암초가 있어서 낮에만 항해를 했고, 해가 지고 나면 새벽까지 닻을 내렸다. 다시 홍해를 건너느라 엿새를 보낸 후 내륙에서 한참 떨어진 할리라는 이름의 항구에 도착했다. 여기서 이븐 바투타는 그곳 술탄의 손님이 됐다. 성지순례를 하면서 메카에서 이미 만난 사이였다. 아라비아 해안을 따라 항해를 계속한 후 정박소에 내려서 예멘에 있는 대도시 자비드에 갔다가, 그러고 나서 최종적으로는 타이즈와 사나를 거쳐 남쪽 항구도시 아덴(예멘의 항구—옮긴이)에 도착했다. 자비드에서는 산이 험

예멘의 사나에 있는 전통양식의 주택.

해 여행이 힘들었을 텐데도 특이하게 아무 언급이 없다.

실제로 이븐 바투타는 이때부터 여러 달 동안, 1332년의 성지순례를 위해 메카로 돌아가기 전까지 이렇다 할 여행담을 들려주지 않는다. 하지만 방문했던 장소들에 대해서는 이러저러한 내용들을 자세하게 많이 언급한다. 이런 식의 서술방식은 아덴에서 동아프리카로 향하는 먼 바닷길여행에서 더욱 두드러지는 듯하다. 이때 그는 모가디슈, 몸바사, 쿨와에 정박했다가 남아라비아 연안에 있는 자파르(오늘날의 오만)로 돌아갔다. 만약 아덴에서 사막의 육로를 택해 동쪽으로 이동했다면 자파르까지 한 달은 족히 걸렸을 것이다. 메카를 떠난 해(1330)와 다시 메카로 돌아간 해(1332)를 제외하고는 아무런 날짜 정보가 제시되지 않는다. 이 항해여행은 몬순 기간 동안 이루어졌을 것이다. 그렇다면 1331년 1월과 2월의 북동풍이 뱃길을 남쪽으로, 늦은 4월과 이른 5월의 남서풍은 반대 방향을 향하게 했을 것이다. 아덴을 떠나 자파르에 도착하기까지 걸린 시간은 약 6개월 정도로 추정된다. 이븐 바투타는 자파르를 출발해서 계속 배를 타고 남아라비아 해안을 따라 오만으로 갔다. 그 후 오만에서 메카로 이어진 여정은 아주 혼란스럽다. 나중에 여행을 회상하면서 1331년과 1347년의 여행을 하나로 합쳤다는 것이 그 혼란에 대한 가장 설득력 있는 설명이다.

그러나 한 사건은 충분히 이야기할 가치가 있다. 오만의 남쪽 끝에는 정박지이자 큰 마을인 수르가 있었다. 여기서 이븐 바투타는 칼하트라는 도시에 가고 싶어 했다. 실제로 약 16~24킬로미터 정도밖에는 떨어지지 않은 터라 그저 이웃 마을 정도로만 생각됐다. 칼하트까지 걸어가서 하룻밤을 보내고 올 마음을 먹은 그는, 선원 중에서 안내자가 될 만한 사람을 고용해 순례길에 오른 인도 출신의 동료 여행자 1명과 같이 길을 나섰다. 동료들과 소지품을 배에 남겨놓고 옷가지 몇 벌만 챙겨 그야말로 안내원을 대동한 '소풍'의 기분으로 칼하트로 향했다. 한편 이븐 바투타는 혹시 안내원이라는 사람이 강도로 돌변할지 몰라서 몸에 창을 하나 지녔다고 각별히 언급해놓았다. 그러나 가장 무서운 적은 갈증과 탈진이었다. 강바닥을 훑고 언덕과 산기슭을 넘었는데도 갈 길은 더 멀어지기만 했다. 밤이 되자 인도인 순례자가 병이 나서 꼼짝도 하지 못했다. 이븐 바투타도 지칠 대로 지쳐 있었지만 안내원으로 따라온 이가 꺼림칙해서 일부러라도 힘을 과시하자고 마음먹었다. 그는 언제라도 창을 휘두를 수 있게 단단히 준비를 해놓고는 온밤을 꼬박 새우며 감시했다. 동이 트자 물을 가져오라며 안내원을 보냈다. 산골짜기와 가파른 비탈길을 한참 더 지난 후 완전히 기진맥진해서 칼하트에 도착했다. 이븐 바투타는 그때의 경험을 이렇게 말했다. "신발을 신은 발이 너무 심하게 부어 발톱에서 거의 피가 나올 지경이었다." 다행히 지사는 인심이 후한 사람이었고 이븐 바투타는(그리고 아마도 그 인도인 순례자도) 그곳에서 일주일을 머물렀다. 이때 탕헤르의 여행자는 "발이 너무 아파서 다리를 들어올리지도 못했다"고 애처롭게 말했다.

성지순례는 그해 1332년 9월에 했다. 마지막으로 순례의식을 마친 이후 2년 동안, 이븐 바투타는 미래의 모험여행을 진지하게 고려했을 게 분명하다. 이집트에서 꾸었던 꿈에서 커다란 새를 타고 성도에서 남쪽 예멘으로 그리고 다시 동쪽으로 날아갔기 때문에, 영성의 중심지인 메카를 출발해 무슬림 세계 바깥에 있는 인도까지 다다를 수 있는 최선의 방법이 무엇일지 곰곰이 생각했을 것이다.

| 인더스 강 유역으로 : 아나톨리아의 모험

"성지순례가 끝나자, 나는 일단 지다에 가서 배를 타고 예멘과 인도에 가기로 했다. 하지만 일이 그렇게 되지를 못했다." 그래서 이븐 바투타는 다음 단계의 주요 여정을 설명하기 시작한다. 그러나 다소 의아하다. 원래 그가 말했던 의도와 실제로 벌어진 일이 서로 달랐기 때문이다. 처음부터 아덴에서 배를 타고 인도로 가려는 마음을 먹었다면, 인도 상인들이 함선을 타고 고향으로 돌아가는 그 출발점이 바로 아덴 항구라는 사실을 그가 모르고 있을 리 없었다. 그는 여정을 함께할 동행자나 안내원을 전혀 찾을 수 없었다고 말했다. 이때가 순례 기간 직후였다는 사실을 감안하면 적어도 예멘에서는 아주 이례적인 사태였던 셈이다. 그는 지다에서 하릴없이 약 '40일'을 보냈다. 말 그대로 '상당한 기간'이었다. 이븐 바투타는 어찌할 바를 몰랐고 마음도 조급해졌다. 이때 이집트 연안에 있는 쿠사이르 항구로 간다는 선주를 만났다. 이븐 바투타는 직접 승선해서 배의 상태를 살폈으나 눈에 보이는 것들이 탐탁지 않았다. 여기서 배는 잘바로 추측되는데, 그는 일반적인 배를 가리키는 마르카브라는 단어만 사용했다. 결국은 배를 타지 않고 뒤에 남기로 했으며, 나중에 이 결정에 대해 '전능하신 알라의 섭리'였다고 그는 말했다. 배는 중간쯤 가다가 물속으로 가라앉았다. 선주와 상인들 몇 명만 작은 배로 탈출했고 약 70명의 순례자들이 변덕스러운 바닷물 속으로 사라져버렸다. 이 일이 있은 후에 이븐 바투타는 숨부크(삼각돛을 달고 있는 작은 배—옮긴이)를 타고 그 무서운 아이자브의 도하 길에 올랐다. 강한 바람에 배가 남쪽으로 끌려가서 아프리카 연안에 있는 한 정박지에 이르렀다. 결국 목적지까지는 육로로 9일을 가야 했다. 이번에도 베자족의 호위를 받았다. 이븐 바투타는 이 육로여행을 결정하며 더 먼 인도까지 육로로 여행하겠다고 마음먹었다. 이렇게 하면 무슬림 통치구역의 중요 도시를 많이 방문할 수 있었다.

아이자브를 출발한 이븐 바투타는 나일 강을 따라 카이로로 가는 1326년의 여정을 되짚어갔다. 거기서 알 하즈 압달라 알 투자리를 만났는데, 그는 인도에서 숨을 거둘 때까지 여러 해 동안 이븐 바투타의 여행동무가 되어주었다. 두 사람은 카이로를 출발해 시나이 반도를 건너 시리아 연안을 따라 라타키아까지 갔다. 여기서 제노바를 출항한 한 기독교도 상인의 배에 올랐다. 며칠 동안 순풍 속에 항해를 한 뒤, 아나톨리아의 남쪽 해안에 위치한 알알라야에 정박했다. 이곳이 오늘날의 터키다. 이븐 바투타는 여기서 기독교도의 관대함을 이야기하며, 자신은 물론 다른 무슬림들 누구에게도 교통비를 받지 않았다고 말했다.

아나톨리아는 이븐 바투타가 살던 당시 빌라드 알룸(그리스인들의 땅)이라고 불렸으며, "세계에서 가장 훌륭한 곳 중 하나다. 알라께서는 다른 나라들에 흩어놓으셨던 좋은 것들을 이 나라에 다 모아놓으셨다"고 그는 말했다. 아나톨리아의 모험여행은 우리 여행자에게 또 다른 세상의 존재를 알려주었으며, 그 자신이 의식적인 국경의 초월자로 새롭게 태어나는 계기가 됐다. 또한 무슬림 인구의 대부분이 터키인들로 구성된 지역으로 떠나는 첫 번째 여행이기도 했다. 무슬림은 전체적으로 아직 소수파에 가까웠지만, 가장 넓은 지역에서 빠르게 성장하는 종교였다. 터키 목축민들이 아시아 내륙에서 트란속사니아를 거쳐 페르시아로 처음 이주해오기 시작한 때가 11세기 초였다. 그 선두에 셀주크투르크족이 있었다. 이미 순니파 무슬림이었던 그들은 1055년에 바그다드로 진입해 칼리프 지위에 있던 시아파 무슬림 세력을 몰아내고, 그 옛날만큼은 아니더라도 아바스 왕조의 자존심을 어느 정도 회복했다. 이때부터 셀주크투르크족의 여러 갈래들이 중동을 지배하기 시작했고, 가장 오래 존속한 분파는 룸의 셀주크 왕조(룸은 로마를 뜻하며 이 지역이 오랫동안 로마의 지배를 받았다고 해서 셀주크투르크족 스스로 그렇게 불렀다—옮긴이)로 아나톨리아 남부가 근거지였다. 이들은 1071년 비잔티움 제국의 군대를 크게 무찌르고 1081년에 고대도시 이코니움, 즉 코니아에 수도를 세웠다. 투르크멘족(중앙아시아의 투르크어를 사용하는 종족을 일컫는다—옮긴이)들이 계속 침투해들어가면서 수많은 공국이 생겨났는데 주로 아나톨리아의 내륙 지역이었다. 1176년 비잔티움 제국 군대가 또다시 대패하면서 아나톨리아 전역을 지배했던 옛 역사를 되살리려는 기독교도의 희망은 허무하게 막을 내렸다. 다음 세기에는 몽골이 중동을 침략했고 코니아의 술탄은 1242년부터 몽골 황제의 봉신이 됐다. 이 술탄국은 1307년에 몰락했으며 당시 상황에 대해서는 현재까지 명확하게 밝혀지지 않고 있다. 1253년에 이 지역을 지났던 루브룩의 윌리엄은 당시 무슬림이 전체 인구의 10분의 1에 불과하다고 추산했다. 그로부터 20년 후 마르코 폴로에 따르면 아나톨리아에는, 혹은 그의 표현대로 '터키'에는 3개의 '인종'이 살고 있었다. 무함마드를 신봉하고 야만적 언어를 사용하며 가축을 키우며 먹고사는 원주민인 투르크멘족, 그리고 지방과 도시에서 투르크멘족들과 뒤섞여 살며 상업, 기술과 농업에 종사하는 그리스인과 아르메니아인이었다. 셀주크 왕조가 몰락하고 사반세기가 흐른 후, 이븐 바투타는 이 지역에 여전히 기독교도가 많이 살고 있지만 그들은 투르크멘족 통치자의 보호(짐마)를 받으면서 그 대가로 인두세인 지즈야와 기타 세금을 바친다고 말했다. 아나톨리아는 오랜 세월 동안 여러 종족이 뒤섞이고 그에 따라 종교도 다양하게 변화했던 게 틀림없지만, 특정 시기의 인구 및 종교적 구성을 정확히 판단하기란 불가능하다.

이븐 바투타는 처음 예상보다 문화적 충격은 별로 없었다. 물론 갑작스럽게 투르크족의 낯선 생활방식을 대면한 것은 사실이지만, 그는 "시리아의 바라카와 알룸의 온정(샤파카)"이라며 긍정적 대비로 첫 인상을 설명했다. 그의 설명은 계속된다.

> 이 땅 어디에 발을 들여놓든, 자위야든, 어느 개인의 집이든, 이웃의 어디를 가든, 남자와 (베일을 쓰지 않은) 여자가 모두 와서 필요한 것이 없느냐고 물었다. 우리가 여행을 계속하기 위해 자리에서 일어서면 그들은 마치 가족이나 일가친척처럼 작별을 고해주었고 출발을 할 때면 정말로 서운함에 눈물을 흘리는 여인까지 볼 수 있었다.

하지만 그가 공공연하게 해시시(대마초의 일종—옮긴이)를 피우는 투르크족들의 습관을 크게 꾸짖은 것을 보면 예의 그 비판적 기질을 아주 버린 것은 아니었다.

이븐 바투타는 자신의 여행기에서 처음으로 기독교도의 존재를 이야기했으며, 어느 정도는 사무적인 태도로 사실만 기술했다. 그는 여러 가지 상황에서 기독교도를 보았고 빈번하게 직접적으로 접촉했던 것은 아니지만 전체적인 묘사에는 흥미로운 점이 많다. 대도시 안탈리아(터키 남서부에 위치한 지중해의 항구도시—옮긴이)의 주민들은 집단별로 서로 독립된 취락을 형성한다고 그는 말했다. 기독교도인 외국인 상인들은 담으로 둘러쳐진 항구 근처에 거주했고 밤과 무슬림의 금요기도회 때 문을 닫았다. 역사가 깊은 그리스 기독교도 공동체 역시 담이 쳐진 다른 구역에 거주했고 유대인도 마찬가지였다. 현지의 무슬림 통치자와 정부 관료, 그리고 군대가 거주하는 마을은 안탈리아에서 떨어져 있었으며 역시 담으로 둘러싸여 있었다. 금요모스크,

니제르의 야마에 위치한 진흙으로 지은 현대식 금요모스크.

학교, 목욕탕, 그리고 커다란 시장이 있는 진정한 의미의 도시는 나머지 무슬림 주민의 차지였다. 이 무슬림 구역과 다른 모든 구역을 아우르는 커다란 성벽이 전체 도시를 감쌌다.

이븐 바투타는 라지크(오늘날 터키의 데니즐리), 즉 고대 그리스의 도시 라오디케아(헬레니즘 시대 안티오크스 2세가 소아시아에 건설한 같은 이름의 몇 개 도시. 그중 가장 유명한 프리기아의 라오디케아는 〈요한 계시록〉에 나오는 '일곱 교회' 가운데 하나가 있었던 곳이다. 오늘날 터키 데니즐리의 서쪽 에스키히사르에 유적이 있다—옮긴이)에서 유명한 특산품인 면직물을 보고 경탄했다. 일하는 사람들은 대부분 그리스 여성이었으며 머리에 커다란 터번을 쓰고 있었다. 그에 반해 남성들은 붉거나 하얀, 끝이 뾰족하고 기다란 모자를 쓰고 있었다. 아르잔잔에서도 품질 좋은 직물이 생산됐고 이곳 사람들의 거의가 아르메니아인이었다. 이븐 바투타는 아야 술루크, 즉 옛 에페수스의 커다란 교회에 상찬을 아끼지 않았는데 그리스인들이 가장 아끼는 도시와 기념물이었다. 이곳의 금요모스크 또한 '어디에 비교할 수 없는 아름다움'을 지녔으며 한때는 각지에서 찾아오는 그리스인들로 발길이 끊이지 않던 교회였다. 이븐 바투타 일행은 그리스 이교도들(쿠파르 알룸)이 거주하는 카이누크라는 작은 동네에서, 어떻든 혹독한 추위와 비를 피해볼 요량으로 나이 많은 그리스 여인(카피라)의 집에서 하룻밤을 유숙했다. 흑해 남쪽 연안의 시노페(시놉)에서는 그리스인들이 거주하는 여러 마을이 무슬림 통치자의 보호를 받고 있었다. 거기서 일행은 크림 반도로 건너가기 위해 한 그리스 선박을 임대했다. 그리고 예정에 없던 어느 정박소에서 하선한 후, 수도사가 홀로 지키고 있는 근처 교회에서 밤을 보냈다. 다음 날 아침에 일행 중 한 명이 기독교도 터키인에게서 마차를 빌려왔다. 그리고 알카파로 길을 잡았다. 이곳은 옛날의 테오도시아로, 제노바의 무역 중심지 중 하나였다. 한번은 모스크에 머물면서 웃지 못할 광경이 펼쳐지기도 했다. 이교도의 도시였던 그곳에서 이븐 바투타는 난생 처음으로 교회의 종소리, 즉 딱딱거리며 추가 부딪치는 소리 같은, 어쨌든 사방으로 '울려퍼지는' 그 소리를 듣고 혼비백산했다. 그는 동행자들을 불러모아 사원의 첨탑으로 올라가서 《코란》을 독송하며 큰 소리로 알라를 찬양하고 기도문을 암송했다. 그러자 현지의 카디는 손님에게 변고가 있는 줄 알고 크게 놀라서 갑옷과 창으로 무장한 채 나타났다. 소동이 끝나고 다시 조용해지자, 이븐 바투타는 "아무런 불상사도 없었다"며 안도의 한숨을 내쉬었다.

이븐 바투타는 여기서 다시 한번 비판력을 발휘했다. 라지크 사람들이 '지역민 전체', 특히 무슬림이 자행하는 혐오스러운 관행을 폐지하기 위해 아무 노력도 하지 않는다고 비난했다. 예쁜 그리스 노예 소녀들을 사다가 매춘을 시키고 주인에게 정기적으로 돈을 상납시키는 관행이었다. 그는 특히 공중목욕탕에서 소녀들과 벌이는 부도덕한 행위에 분노했다. 한편 제도적으로 남자 주인은 어린 노예 소녀에게 성직으로 접근할 수 있는 권한을 가지고 있었고, 이는 광범위하게 퍼져 있는 관행이었기 때문에 지중해의 어느 나라에서도 이 제도를 낯설어하는 사람이 없었고 도덕적으로도 문제시하지 않았다. 이븐 바투타는 2명의 그리스 노예 소녀를 샀다고 기록했다. 한 사람은 아야 술루크 출신으로 처녀(비크르)였고 다른 한 사람은 바가마 출신으로 이름이 마르갈리타였다.

이븐 바투타의 지위는 날로 높아졌다. 그가 개인적으로 받은 선물의 목록, 즉 주로 술탄이라는 이름으로 칭해지는 여러 마을과 도시의 통치자에게 받은 선물 자체가 그의 실질적 지위 상승을 증명했다. 구체적인 액수를 알 수 없는 돈, 말, 의복, 식량, 그리고 기타 '환영의 선물'이라고 두루뭉술하게 표현되는 것들이 중요한 선물 목록이었다. 학식 있는 사람들이 찾아오면 존경과 '겸양(알타와디아)'으로 그들을 대하는 것이 당시 권력자들의 태도였다. 이븐 바투타는 이슬람의 다양한 지식과 학식을 갖추었을 뿐만 아니라, 무엇보다도 여행 중에 만났던 사람들과 방문했던 장소들, 특히 성도의 지식이 풍부했다. 물론 그의 일행도 당연히 덕을 봤다. 라란다의 술탄은 그들에게 엄청난 양의 음식과 과일, 당과류를 은쟁반에 담아서 양초와 예복, 그리고 말과 함께 보냈다. 카이사리야에서는 아나톨리아에서 권세 높은 왕자의 아내, 즉 '너그럽고 훌륭한 공주'를 만나 저녁식사에 초대를 받고 말과 그 말의 굴레, 예복, 그리고 더 주지 못해서 미안하다는 사과의 말과 함께 돈을 받았다. 그리고 비르기에서는 시쳇말로 대박을 터뜨렸다. 술탄은 극구 자신의 사저 두 곳에서 대접을 하겠다고 고집했는데, 하나는 도시 외곽의 산장이었고 다른 하나는 시내의 거처였다. 일행은 2주 동안 머물면서 세 끼 식사는 물론이거니와 여러 가지 대접을 받았다. 이븐 바투타만 해도 금화 100미스칼(1미스칼은 4.25그램이고 금화 1디나르의 무게 역시 1미스칼이다—옮긴이), 은화 1천 디르함(1디르함은 2.97그램—옮긴이), 완전한 의복 1벌, 말, 그리고 미하일이라는 이름의 그리스 노예까지 받았다. 두 번째 노예였다. 이븐 바투타는 야즈미르에서 처음으로 노예를 받은 바 있었다. 마침 엄청난 추위 속에 술탄의 산장을 찾아가다가 말을 잃어버렸기 때문에 새로 얻은 말은 요긴했다. 유일하지만 다소 큰 손실이 있었다고 한다면, 목초지에서 함께 야영하던 투르크멘족들이 말 1필과 안장, 그리고 굴레를 훔쳐 달아난 것이었다고 이븐 바투타는 말했다.

이븐 바투타는 부르사의 술탄이 아나톨리아 전체의 투르크멘족 왕들 중에서 가장 위대하고 부유하며 영향력이 가장 크다고 묘사한다. 그의 이름은 오르한 베크(왕)로, 죽은 오스만 술탄의 아들이었다. 그는 이븐 바투타에게 상당한 금액을 주었고 야즈니크에서는 술탄의 부인에게 대접을 받고 선물도 받았다. 이븐 바투타는 그로부터 120년 후에 오르한 베크의 후손이 콘스탄티노플을 함락(1453)하여 강성한 오스만 제국의 영예로운 수도로 삼으리라고는 알 수도 없었을 뿐더러 상상조차 할 수 없었다. 이렇게 아나톨리아에서 보낸 막간의 시간은 인도의 델리 술탄국에서 그가 맞이하게 될 영화로운 시간을 예감하는 전초전과 같았다.

의문의 여지없이, 이븐 바투타에게 가장 강렬한 첫인상과 가장 긴 여운을 남겨준 빌라드 알룸에서의 경험은 바로 아히야 공동체들에서 이루어졌다. 이는 그가 아나톨리아의 정수精髓라고 말했던 친절함이 과연 무엇인지를 생생하게 보여주는 특별한 예시였다. 또한 이븐 바투타는 몇 달 동안 체류하면서 이들에게 커다란 이질감과 문화적 장벽을 느낀 것도 사실이었다. 그가 터키어와, 특히 이 경우에 필요했던 그리스어를 하지 못했기 때문이었다. 그는 아히야의 구성원들은 피트얀, 지도자는 아히라고 불린다고 설명했다. 또한 이들을 다면적으로 묘사해놓았다.

> 그들은 투르크멘족이 사는 알룸의 모든 구역, 모든 도시, 그리고 모든 마을에서 만날 수 있었다. 세상 어디에서도 이들처럼, 낯선 사람을 염려해주고 열정적으로 음식을 챙겨주며 더 필요한 것은 없는지 살펴줄 뿐더러, 독재자 폭군의 손을 묶고 (부패한) 경찰과 거기에 빌붙어 사는 흉악한 폭력배들을 없애는 데 앞장서는 사람들을 만날 수 없다. 이들의 언어로 아히란, 조직의 구성원들이 미혼의 젊은 남자들과 선택된 독신자들과 함께 모여 자신들의 지도자로 뽑은 사람을 뜻한다. 알푸투와라고도 불렀다. 아히는 자위야를 짓고 양탄자, 전등, 그리고 다른 필요 설치물들로 그 내부를 꾸민다. 아히의 동료들은 낮 동안 일을 해서 생활비를 벌며 오후 기도가 끝나고 나면 그날 번 것을 가지고 아히에게 온다. 그러면 이 돈으로 과일과 음식을 비롯해 자위야에 필요한 물건을 산다.

이러한 정치활동의 의미를 따져보면, 중앙권력은 너무 멀고 또 무관심했기 때문에 헌신적인 지방도시 단체들이 영향력을 발휘할 수 있는 여지가 생겨났다. 나크다에서 이븐 바투타는 젊은 아히(알파타 아히)가 운영하는 자위야에 묵었는데 그는 도시의 지사이기도 했다.

실제로 술탄이 없는 지역에서는 아히가 효과적으로 우두머리 노릇을 했다고 이븐 바투타는 말했다. 아히는 저마다 독특한 사회적 배경을 가지고 있었다. 이븐 바투타가 알알라야에서 처음 만난 아히의 직업은 구두장이였다. 또 이와는 대조적으로, 카이사리야의 아히는 주요 인사로 현지의 지도자급 인사들 다수가 그를 따랐다. 이들이 운영하는 자위야는 당연히 내부 장식이 화려했고 접대도 아주 후했다. 하지만 운영방식은 자위야마다 차이점이 거의 없었다. 풍성한 식사를 마치고 나면《코란》을 암송한 다음 무리를 지어 춤추고 찬양(사마)했다. 이븐 바투타에게 감동적인 순간들이었다. 그는《코란》을 낭송하는 목소리가 얼마나 아름다운지 서술하면서, 영혼에 호소하며 겸손한 마음을 품게 하여 어느새 몸이 뜨거워지고 눈물을 흘리게 됐다고 말했다. 춤과 찬양에 대해서는 별다른 언급이 없으며, 완전히 금하는 것은 아니었지만 그 종교적 가치를 의심하는 이슬람 학자들도 없지 않았다. 통역자를 대동하지 않으면 자위야의 주인들과 의사소통조차 할 수 없었지만, 그럼에도 불구하고 이러한 열정적인 예배의식에 정신없이 빠져들던 이븐 바투타의 모습을 한번 상상해보라.

언어는 계속해서 문제였다. 긍정적인 면도 있고 부정적인 면도 있었다. 이븐 바투타는 보통 아랍인이든 투르크족이든 카디, 하티브, 파키흐(재판관, 설교자, 법학자) 같은 종교학자에게 의존했고, 이들이 터키어나 아랍어를 알고 있어서 아주 유용한 중재자 노릇을 해주었다. 한번은 아히가 운영하는 한 자위야에서 세 가지 언어가 뒤섞인 적이 있었다. 아히는 아랍어를 할 줄 안다고 생각한 페르시아 출신의 한 법학자를 불러와 통역을 부탁했다. 그의 페르시아어에 이븐 바투타가 아랍어로 답하자, 확실히 알아듣지 못했다. 그런데 이 페르시아 사람은 자신이 아랍어를 못한다는 사실을 감추기 위해 자위야의 주인인 아히에게 자신은 '현대' 아랍어만 알며 이븐 바투타가 고대 아랍어로 말해서 전혀 못 알아듣겠다고 핑계를 댔다. 그랬더니 그 아히는 이게 웬 행운이냐는 듯 크게 감동해서는 자위야의 동료들을 향해, 예언자 무함마드의 언어로 이야기하는 손님이시니 아주 경건한 마음으로 대접하라고 당부했다. 마침 순례여행 중이던 한 투르크족이 기본적인 아랍어를 구사하여 그나마 적당한 통역자로 여겨졌다. 카스타무니야에 갈 때는, 그와 같은 한 순례자에게 열흘짜리 여행 동안 통역을 맡겼다. 남은 가족의 생활비에다 넉넉한 보수까지 약속받았던 이 남자는 결국 사기꾼으로 판명 났다. 식량의 여분을 제 마음대로 팔아서 이득을 취하고 뻔뻔스럽게 여행경비까지 훔쳐 쓴 것이다. 그의 터키어에 전적으로 의존했던 일행은 급기야 그가 매일 얼마씩 여행경비를 훔쳐 썼는지 알아내야겠다며 그를 다그쳤다. 그가 솔직하게 정확히 얼마라고 대답하자, 일행은 그저 웃음을 터뜨렸다. 이러지도 저러지도 못하는 상황에 대처하는 유일한 수단이었기 때문이다.

여행에는 언제나 극적인 순간이 있게 마련이었다. 언젠가는 밤새 눈이 엄청 내려서 아나톨리아 북쪽의 산악지대인 마투르니로 가는 길이 흔적도 없이 사라져버렸다. 이븐 바투타 일행은 말을 타고서 투르크멘족 안내인이 울퉁불퉁한 눈길 위를 앞장서며 남겨놓은 자국을 따라갔다. 그렇게 한참 길을 가던 중 갑자기 안내인이 노임을 받아야겠다고 말했다. 이븐 바투타는 그에게 몇 디르함을 주었다. 그러자 그 안내인은 운명의 손에 이들을 내팽개친 채 줄행랑을 쳤다. 해가 저물기 시작하자 이븐 바투타는 도움을 청하러 가겠다고 했다. 어차피 아직 힘이 남아 있는 건 그가 탄 말뿐이었다. 대단한 행운으로, 자애로우신 알라의 섭리이자 범상치 않은 우연으로, 가난한 형제가 운영하는 한 숙소에서 아랍어를 아는 지인을 발견했다. 이븐 바투타는 다시 한번 언어의 장벽을 이겨내고 동행자들을 구해냈다.

강을 건너는 것 역시 위험이 따르는 경우가 많았다. 이븐 바투타의 일행은 터키 여인이 말을 타고서 하인을 대동한 채 강을 건너려는 모습을 보았다. 여인은 물 한가운데로 떨어졌고, 결국 그녀를 구하려던 하인이 목숨을 잃고 말았다. 구조를 나섰던 사람들은 이븐 바투타에게 정상적인 도하지점인 하류로 더 내려갈 것을 조언했다. 그곳에는 나무관 4개를 한데 동여맨 희한한 기계장치가 있었는데 이는 말의 안장과 수화물과 승객들을 실어 나르는 용도였다. 강둑 반대편의 남자들이 줄을 잡아당겼다. 말은 헤엄쳐서 강을 건넜다.

이제 아나톨리아 여정의 막바지였다. 그때까지 총 15개월 정도가 소요됐다. 흑해 남부의 시노페 항구에 도착하기 전, 한 달가량을 아름다운 도시 카스타무니아에서 보냈다. 그때쯤 이븐 바투타의 일행은 10명까지 불어났지만 다행스럽게도 그곳은 음식이 풍족하고 값도 아주 쌌다. 앞서 간단히 언급했듯이 시노페에서 또 몇 주를 보내며, 그리스인에게서 빌린 배가 흑해 북쪽 연안으로 순조롭게 이동하여 소아시아를 벗어날 수 있도록 순풍이 불어주기만 기다렸다. 이번 여행의 마지막 경험은 망망대해의 거센 폭풍우였다. 항구를 벗어나고 사흘이 지났을 때 비바람이 배를 세차게 때려 거의 항구로 되돌아갈 지경에 놓였다. 두 번째 폭풍으로 뱃길은 더욱 지연됐지만 다행히도 때맞춰 육지가 눈에 들어왔다. 어쩌면 그는 부르사에서 만났던 구도의 여행자 압달라 알 미스리를 잠시 떠올렸을지도 모른다. 이븐 바투타는 훗날 여행기를 쓰면서 이 이집트의 여행자가 '지구를 주유'했지만 미처 가보지 못했던 먼 지역을 자신이 가보았으니 그를 능가한 셈이라고 자랑스럽게 말했다. 하지만 이 순간, 중국과 실론과 서아프리카는 아직 먼 미래의 이야기였다. 콘스탄티노플만 해도 상당히 먼 땅이었다.

킵차크한국의 손님

이븐 바투타는 세계의 정치를 7명의 위력한 통치자가 분할한다고 생각했다. 물론 최고의 통치자는 여행기를 쓰라고 명령한 모로코의 술탄이었다. 그 다음으로 이집트와 시리아에 세운 맘루크 왕조의 술탄, 아랍 이라크(오늘날의 이라크)와 페르시아 이라크(오늘날의 이란)를 아우르는 '2개의 이라크'의 술탄, 투르키스탄과 옥수스 강 너머 지역(트란속사니아 지역을 일컫는다—옮긴이)의 술탄, 인도의 술탄, 중국의 왕, 그리고 마지막으로 킵차크한국(금장한국. 골든 호르드. 13세기부터 14세기까지 아시아와 유럽을 제패한 몽골 왕조—옮긴이)의 술탄인 무함마드 우즈베크가 있었다. 킵차크한국의 수도인 신新사라이는 볼가 강 하류 지역에 위치했다. 이는 또한 몽골 제국의 성장과 급속한 세력 확장이 전 지구적으로 어떤 영향을 미쳤는지 잘 보여주는 증거였다. 7명의 통치자 중에서 킵차크한국, 2개의 이라크, 투르키스탄, 그리고 중국의 왕이 칭기즈 칸의 후예였다.

신사라이와 무함마드 우즈베크는, 이번에 소개한 이븐 바투타 여행의 차기 단계에서 가장 우선적인 목표였다. 그는 천성적 호기심에 자신만만한 야심까지 품고 이번 여행을 결정했다. 이븐 바투타는 바그다드에 있을 때, 공개적인 장소에서 2개의 이라크를 지배하는 젊은 술탄인 아부 사이드를 보았다며, "신이 창조한 인간 중에서 가장 아름다운 용모"라고 묘사했다. 이븐 바투타는 나중에 타브리즈에서 돌아오면서 이 술탄을 알현하고 대규모 수행단(마할라)에 결합한다. 하지만 앞선 그 짧았던 조우를 계기로 동시대의 대표적인 통치자들을 직접 만나보겠다는 마음을 품게 됐는지도 모른다. 이 목적은 크리메아의 지사 툴루크투무르를 통해서 성취됐다. 그는 이븐 바투타에게 각종 선물을 주며 예우했는데, 우연하게도 자신의 주군인 킵차크한국의 술탄을 알현하기 위해 막 떠나려던 참이었다. 이븐 바투타는 동행을 결정했다.

결과적으로 이븐 바투타는 곧장 신사라이로 여행을 떠나지는 못했지만 비시 다그의 숙영지에서 킵차크한국의 술탄을 만났다. 이븐 바투타는 이 여행을 위해서 마차(알아잘라)를 몇 대 구입했다. 터키인들은 이 마차를 알아라바라고 불렀다. 이 바퀴 달린 이동수단은 몽골제국 지배 시기의 스텝과 평원에 사는 사람들의 삶에 없어서는 안 될 도구였다. 이븐 바투타의 설명에 따르면, 마차에는 커다란 바퀴가 4개였고 2마리 이상의 말 혹은 황소, 낙타가 마차를 끌었으며 이는 마차의 무게에 따라 달랐다. 마부가 그 동물들 중 1마리에 올라타서 마차를 몰았다. 마차에서 먹고 자는 일도 가능했다. 마차의 모습을 한번 살펴보자.

> 둥근 모양의 천장은 나뭇가지를 엮고 얇은 가죽 끈으로 단단하게 고정시켜서 만들었으며 무게는 가벼웠다. 그 위를 펠트나 담요 같은 천으로 덮었다. 안에는 쇠창살이 달린 창문도 있었다. 천막 안에서 바

깥을 볼 수 있지만 바깥에서는 안을 못 본다. 그리고 여행을 하며 천막 안에서 자고 먹고 책을 읽고 글을 쓰는 모든 일이 가능했다.

다른 마차에는 장비와 식량을 실었고, 구조는 거의 비슷했으며 자물쇠가 달려 있었다. 이븐 바투타가 구입한 마차는 크기가 여러 가지였다. 하나는 자신과 노예 소녀가, 좀 더 작은 마차 1대에는 여행동무 알 투자리가 탔다. 다른 동행들이 탄 좀 더 큰 마차는 낙타 3마리가 끌었고 낙타 기수가 그중 1마리를 몰았다. 이와 같은 통상적인 터키인들의 여행은 메카로 향하는 순례자들의 여행과 비슷했다. 새벽기도와 함께 출발해서 오전 나절 중간에 길을 멈추었다가 정오에 다시 출발해서 저녁 때까지 계속 이동했다. 마차 여행은 보통 하루에 10시간에서 12시간을 했으며, 1시간에 4킬로미터씩 하루 평균 40~48킬로미터를 이동했다. 드디어 술탄이 머무는 거처(오르두)에 이르렀는데, 이는 말하자면 움직이는 거대 도시였다. 그곳에는 주민들뿐 아니라 모스크, 상점, 그리고 통상적으로 행군 중에 요리를 맡아하는 부엌 등이 있었다. 이 모든 일은 수백 대의 마차 위에서 이루어졌으며 수천 마리의 말이 술탄을 보좌하는 노예와 군대를 실어날랐다.

술탄 우즈베크의 가족인 술탄의 부인들과 아들들과 딸, 그리고 이들이 각각 대동하고 다니는 시종 및 수행원들이 움직이는 거대한 오르두의 한 부분을 구성하고 있었다. 부인 중 1명인 바얄룬은 '그리스인들의 왕', 즉 비잔티움 제국 황제의 딸이었으며 임신 중이었다. 그녀는 술탄의 허락을 받아 콘스탄티노플로 가서 아버지를 만나고, 그곳에서 출산을 한 후에 돌아오려고 했다. 이븐 바투타는 공주의 일행에 합류하고자 청했다. 처음에는 거절을 당했지만 나중에 허락을 받았다. 그가 여행에 합류했다는 말은 술탄과 그 가족에게 선물을 받았다는 의미였다. "여러 필의 말과 예복들, 그리고 족제비와 담비의 모피"에다가 금화 1,500디나르와 은괴까지 받았다. 이번에는 더욱 간소한 이동식 숙영지로 구성됐다. 이븐 바투타의 추산으로 400대의 마차와 2천 필의 말이 여행의 대열을 이끌었고 약 300마리의 황소와 200마리의 낙타가 짐을 운반했다. 여행단은 5천 명의 병력이 보호했는데 군사령관 1명이 이들을 지휘했다. 이외에도 공주의 호위대만 500명에 이르렀고 이 병사들은 그리스인들과 터키인들이었다. 콘스탄티노플여행은 별다른 일 없이 흘러갔다. 9주에서 10주 정도가 걸린 이 여행에서 마지막 3분의 1에 해당하는 기간은 말과 노새를 이용했다. 산악지대의 험한 지세 때문이었다. 마차는 비잔티움 제국 영토 외곽의 한 요새에 남겨두었다.

이븐 바투타는 콘스탄티노플에서 5주 동안 머물렀고 돌아오는 길은 혼자였다. 바얄룬은 아버지 곁에 남았다. 그녀는 이븐 바투타를 위해 제 나라로 돌아가고 싶어 하는 투르크족들 500명을 경호대로 붙여주었다. 이븐 바투타는 술탄 우즈베크의 영토에서 경호대와 헤어진 후, 드디어 술탄 우즈베크의 수도인 신사라이로 향했다. 비잔티움 제국의 수도에 갔다가 돌아온 여정과 연대는 여행기 전체에서 가장 혼란스러운 부분 중 하나다. 그럼에도 불구하고 돌아오는 여행길의 짧은 묘사는 한 번의 비상 상황 때문에 언급해볼 가치가 있다. 계절은 모두 얼어붙을 것 같은 한겨울이었다. 그는 모피코트 3벌, 바지 2벌, 누비옷 하나를 입고 세 가지 형태의 모직양말에다 누빈 리넨을 덧입은 다음 곰가죽으로 안을 댄 말가죽 부츠를 신었다.

> 나는 불 가까이에서 뜨거운 물로 세정식을 했는데 이번에는 물방울이 떨어지자마자 전부 얼어버렸다. 세수를 하면 수염에 붙은 물이 금방 얼어버려서 수염을 흔들면 마치 눈처럼 얼음이 떨어져내렸다. 콧김도 콧수염에서 얼어붙었다. 입은 옷가지가 하도 많다보니 말을 타기도 힘들어서 도움이 없으면 안장에 오르지도 못했다.

신사라이는 확장일로의 부산한 국제도시로 다양한 인종적 배경을 가진 무슬림과 기독교도가 가득했다. 술탄은 이븐 바투타의 일행이 며칠 동안 머물 수 있는 숙소와 음식을 하사했다. 이븐 바투타는 술탄을 한 번 알현하고 떠날 채비를 했다. 다음 여행지는 호라즘으로, 40일 동안 사막을 건너가야 했는데 역시나 술탄 우즈베크의 영토였다. 열흘 동안 사라추크 시내에 머물면서 말을 팔고 마차를 타기 위한 낙타로 대체했다. 말에게 먹일 꼴도 없고 우물도 부족한 여행길이었기 때문이다. 나머지 여정은 강행군의 연속이었다. 하루에 두 번 멈추어 재빨리 식사를 마치고 곧장 다시 출발했다. "터키의 가장 아름답고도 중요한 도시"인 호라즘에 도착하자 일행은 마차를 버리고 낙타를 빌렸다. 그리고 이븐 바투타와 알 투자리가 쓸 2인용 가마를 샀다. 말 몇 마리에 하인들이 올랐고 겨울 추위 때문에 말옷은 남겨두었다.

호라즘에서부터 모래 황무지로 들어섰고, 그 길로 약 18일이 걸리는 부하라로 향했다. 또 거기서 술탄 타르마시린의 숙영지로 향했다. 광대한 영토와 위력으로 세계 7대 통치자 중 1명으로 꼽힌 인물이었다. 이븐 바투타는 거의 두 달 동안 술탄 타르마시린의 숙영지에 머물다가 사마르칸트로 이동했다. 여기서 독자들은 이븐 바투타가 세계 7대 통치자를 두루 방문하는 '정치성 짙은 여행지도'를 통해 자신이 당대 최고위층인 술탄들에게 기꺼이 환영을 받는 인사가 됐음을 넌지시 보여주고 싶어 했던 게 아닐까 하는 생각을 하게 된다. 타르마시린은 이븐 바투타가 7명의 통치자 중에서 세 번째로 만난 군주였다. 인도와 모로코의 술탄도 때가 되면 만나게 될 터였다. 과연 이 세상에서 몇 명이나 그와 같은 세계적인 정치 '거물' 중 다섯을 직접 만나고, 또 이 지구의 광대한 땅을 여행할 수 있겠는가? 이는 확실히 자부심의 문제였지, 과장된 과시주의가 아니었다.

사마르칸트를 떠난 다음에는 상투적인 언어들로 여행의 경험을 서술했을 뿐이다. "우리는 사마르칸트를 출발했다.……(그리고) 도시 테르메즈(우즈베키스탄의 국경도시—옮긴이)에 도착했다.……(그런 다음) 우리는 자이훈(옥수스) 강을 건너서 후라산 땅으로 들어가……발흐(오늘날의 아프가니스탄)로 향했다." 이는 남과 서로 뻗어내려 저 멀리 카스피 해 남쪽 연안으로 오늘날의 이란까지 이어지는 긴 우회로의 시작을 묘사한 내용이다. 그러고는 갑자기 아프가니스탄에 인접한 발흐의 동쪽 지역을 이야기한다. 여기서 이븐 바투타 일행은 한 달 넘게 야영하면서 낙타와 말에게 목초를 먹였다. 그러나 아직 인더스 강에 도착하려면 커다란 장애물 하나를 넘어야 했다. 바로 혹한에 눈까지 덮인 힌두쿠시 산맥이었다. "우리는 날씨가 확연히 따뜻해질 때까지 기다린 후, 새벽부터 땅거미가 지도록 하루 종일 산을 넘었다. 바닥에 펠트 천을 깔았는데 그렇게 해야 낙타가 눈 속에 빠지지 않았다." 산맥을 넘고 나서는 카불과 가즈나를 지나갔다. 그러나 아주 간단한 서술만 반복되므로, 과연 언제 인더스 강에 도착해서 강 건너 인도에 들어갔는지 혹은 북쪽의 페샤와르 인근에 들어간 것이 언제인지, 아니면 그보다 훨씬 남쪽인 인더스 강 하류 지역을 통과한 것이 언제인지 알 수가 없다.

여기서 첫째 권의 여행기가 끝을 맺는다. 제시된 날짜는 이슬람력 734년 새해의 첫날, 즉 1333년 9월 12일이었다. 하지만 이 날짜에 대해서 모든 비평가가 동의하지는 않는다. 왜냐하면 이븐 바투타가 1332년 9월에 마지막 순례여행을 마친 이후로 겨우 1년밖에 지나지 않은 시점이기 때문이다. 만약 1333년이라는 해가 맞다면, 반대로 순례여행이 불가능해진다. 비평가들은 이븐 바투타가 메카에서 인더스 강 유역에 이르는 여행에 족히 3년은 필요했을 것이라는 데 모두 동의한다.

《여행기》의 둘째 권은 고전적인 이슬람식 서문으로 문을 연다. 여행의 서술은 이렇게 시작됐다. "성스러운 무하람의 초승달이 떠오르던 날, 734년의 새해 첫날(1333년 9월 12일)에, 반즈 아브라고 불리는 신드 강(인더스 강—옮긴이)에 도착했다. 반즈 아브는 '5개의 강'이라는 뜻이다."

둘째 권은 첫째 권과 여러 가지 면에서 중요한 차이점이 있다. 데프레메리-상귀네티의 인쇄본으로 둘째 권은 460쪽이 넘는데, 여기서 이븐 바투타는 델리 술탄국의 술탄, 즉 무함마드 븐 투글루크의 환대를 받으며 오랫동안 인도(알힌드)에 머물렀던 이야기를 서술하고 있다. 다시 말하면 전체 《여행기》의 거의 40퍼센트에 이르는 분량이 그가 인도에서 보낸 10년의 이야기에 할당된다. 인도의 서술에서 내용적 측면을 보자면 대부분이 술탄의 인간적 면모와 통치력에 대한 것이다. 델리에 대한 묘사와 델리 술탄국의 영토에 대한 역사를 서술한 다음, 무함마드 븐 투글루크에 대한 이야기를 2개의 장에 담는다.

그리고 3분의 1 정도는 이븐 바투타가 술탄, 그리고 왕실과 맺었던 관계에 대한 개인적 술회를 서술했다. 델리의 술탄은 이븐 바투타가 열거했던 세계 7대 통치자 중 한 사람이었다는 사실을 기억할 것이다. 학자들은 델리 술탄국에 대한 이븐 바투타의 동시대 서술이 매우 중요한 가치를 지닌다고 입을 모은다. 그리고 이 부분에서 소개하는 여러 가지 소재들은 뒷내용에 대한 궁금증까지 유발시킨다.

당장은 이븐 바투타의 여행 경험이 변함없이 중심에 놓인다. 하지만 첫째 권과는 다른 모습이다. 사실 그가 인도에서 했던 여행은 얼마 되지 않는다. 인더스 강 유역을 출발해 델리를 향했던 맨 처음 여행과 마지막으로 델리를 떠나 말라바르 해 서쪽 연안을 따라 남인도로 향한 여행이 전부다. 그는 실론을 방문한 이후에 잠시 동안 중간 기착지 삼아 남인도로 돌아갔지만, 어쨌든 나머지 여행기는 오늘날의 인도네시아와 중국으로 이어지는 동쪽 항해여행이 대부분을 차지하고 그 후에는 인도와 남아라비아 연안의 자파르로 돌아오는 뱃길 여행을 서술한다. 이러한 항해여행은 사실 몇 년 전에 아덴에서 동아프리카 연안에 갔다가 다시 자파르로 돌아왔던 여행과 마찬가지로 세부묘사가 전혀 서술되지 않는다. 서쪽으로의 귀환여행, 즉 남아라비아에서 모로코의 페스에 도착할 때까지 그는 여행 초반부에 방문했던 도시와 마을을 그대로 거치게 된다. 다시 말해서 이븐 바투타는 이미 서술된 적이 있는 여정이기 때문에 육로든 해로든 고향으로 돌아오는 여행길에 대해서는 재론의 의미가 없다고 생각했다.

술탄의 정보원들이 인더스 강 유역의 국경지대에 도착한 이븐 바투타를 마중 나왔다. 그들은 "극도로 정확하고 완벽한 묘사가 담긴" 보고서를 준비했다. 여기에는 여행자의 외모와 옷차림, 노예와 하인과 동물까지 포함된 전체 일행의 수, 그리고 "이동 중일 때와 휴식 중일 때의 행동"까지 모든 사항이 꼼꼼하게 기록되어 있었다. 이것은 마치 현대의 공항이 자랑하는 감식 기술의 불길한 전신 같았으나, 이븐 바투타는 마냥 즐거울 따름이었다. 그는 인도의 방문객이 태도와 행동만으로 판단되고 예우된다며, 어느 누구도 그 여행자의 가문이나 혈통을 모르기 때문이라고 설명했다. 사실 그것은 술탄이 이방인, 특히 관료집단을 형성하는 울라마(이슬람 사회의 지식인 계급으로 신학자와 법학자를 총칭한다—옮긴이)의 인사를 환영하는 방식이었다. 이 보고서는 파발마를 활용한 술탄의 우편 시스템을 통해 전달됐다. 보통 때 같으면 신드에서 델리까지 50일이 걸리지만 이 경우에는 단 5일이면 충분했다. 이븐 바투타는 신드의 주도州都인 물탄에서 술탄이 허가한다는 답신을 받았다.

신드의 라하리 지사로서 술탄을 보좌하던 외국인은 후라산 출신의 법학자 알라 알 물크였다. 그와 만난 이븐 바투타는 15척의 배로 이루어진 작은 선단을 몰고 인더스 강을 따라서 라하리로 향했다. 라하리는 신드 강 어귀에 위치한 도시로 오늘날의 카라치 남쪽에 해당했다. 이븐 바투타가 지사와 동승했을 것으로 여겨지는 선박은 아하와라라고 불렸고 약 40명이 노를 저었다. 공식적인 행차에는 화려한 음악대가 따랐다. 아하와라 양쪽에는 악사들이 타고 있는 선박이 4척씩

도열해 있었고 드럼, 트럼펫, 나팔, 피리, 그리고 가수들이 공연을 펼쳤다. 라하리에서 닷새를 머물고 지사에게서 여행물품을 넉넉하게 하사받은 이븐 바투타는 다시 물탄으로 길을 잡았다. 길목에는 배를 타고 건너야 하는 강이 또 있었다. 곤혹스럽게도 이븐 바투타는 짐가방을 전부 철저히 수색당해야 했다. 그러나 다행스럽게도 이 탕헤르의 여행자는 물탄 지사의 대리인에게 도움을 받아 그러한 모욕적인 대우를 피해갈 수 있었다.

물탄에서 델리까지는 걸어서 40일이 걸렸다. 22명의 기병들이 호위하는 가운데 아부하르를 떠난 일행은 널따란 평지에서 규모가 더 큰 '이교도' 도적 떼의 공격을 받았다. 이들 힌두교도들은 2명만이 말을 타고 나머지는 모두 걸어다녔다. 이 공격은 실패로 돌아갔고 도적 떼 10여 명이 죽었다. 이븐 바투타는 화살에 맞아 가벼운 부상을 입었고 한 일행의 말도 화살을 맞았다. 이븐 바투타는 애처로운 어조로 이것이 인도에서 처음 당한 습격이라고 썼지만 사실 전체 여행에서도 처음이었다.

다행히 더 이상 아무런 사고 없이 안전하게 델리에 도착했다. 이 대도시는 여행자에게 즉각적으로 강한 인상을 심어주었다. 델리는 거대하고 웅장하며 "아름다움과 힘을 동시에 가지고 있다. 어디에서도 찾아볼 수 없는 성벽으로 둘러싸여 있으며 인도에서 가장 커다란 도시, 아니, 동방의 모든 이슬람 도시 중에서도 가장 커다란 도시다." 델리는 거의 10년이 넘도록 이븐 바투타의 본거지가 됐다. 그는 다시 체류자가 됐으며, 이번에는 메카의 순례자가 아니라 델리 관료 사회의 지체 높은 고용인의 신분이었다. 그는 이 시절을 회상하면서 이상하게도 금전 문제에 지나치게 치우친 모습을 보였다. 처음에는 술탄

투글루크가 손님에게 베푸는 후한 아량을 부각시키면서 자신에게 지위와 돈, 노예와 식량을 하사했다는 것을 이야기하고, 그 다음으로는 자신이 갖고 있던 부채와 여타의 비용을 술탄이나 다른 부유한 인사들을 통해 해결하고자 했다는 이야기를 한다.

마지막으로 델리를 떠나는 상황에 대해서는 최대한 간단히 서술했는데, 결국 그의 출발을 초래한 불분명한 연속적 사건들에 대해서는 언급하지 않는다. 술탄은 이븐 바투타를 의심하기 시작했다. 술탄 투글루크를 계속해서 공개적으로 비난했던 한 수피파 샤이흐를 이븐 바투타가 방문했다는 사실을 알게 되면서부터다. 이븐 바투타는 그 샤이흐가 처형을 당한 후 사실상 감금 상태에서 풀려날 때까지 목숨을 잃을지도 모른다는 두려움에 휩싸여 있었다. 바로 이 사건으로 인해 얼마 후 이븐 바투타는 술탄이 내린 직무를 그만두고 신심 깊은 수도자의 무리로 들어가 다섯 달 동안 엄격한 종교활동에 매진했던 것으로 보여진다. 술탄은 이 소식을 듣고 직무에 복귀하라며 아량을 베풀었다. 이븐 바투타는 이를 거절하는 대신, 히자즈로 여행을 떠날 수 있도록 허락해달라며 청원을 올렸고 술탄은 이를 허락했다. 이븐 바투타는 다시 40일 동안 금식기도에 매진했다. 그러자 술탄은 그를 다시 불러들였으며 말과 노예, 예복과 돈을 선물로 보냈다. 그리고 이어진 알현 자리에서 술탄은 세상이 다 아는 이븐 바투타의 여행 사랑을 교묘하게 이용하여 중국의 왕에게 보내는 사절이 되어줄 것을 제안했다. 그의 임무는 중국으로 보내는 아낌없는 선물을 가지고 간 후 중국 왕의 답례를 받아들고 델리의 궁정으로 돌아오는 것이었다.

이것은 만만찮은 도전이었다. 온갖 다양하고 화려한 옷감을 1,500필이나 가져가야 할 뿐더러, 금과 은으로 만든 그릇들과 순혈종의 말

100필, 100명의 남자 노예, 그리고 100명의 힌두 소녀들로 이루어진 가무단, 15명의 환관을 이끌고 가야 했다. 이븐 바투타와 동행하는 이들은 학식이 높은 궁정의 고위 인사, 왕의 선물을 관장하는 환관 1명, 중국으로 출항하는 항구까지 안전하게 이들을 호송할 1천 명의 기병을 이끄는 귀족 1명, 그리고 중국의 왕이 델리로 보냈던 15명의 중국 사절단 등이었다. 그리고 이어지는 서술을 통해, 이븐 바투타는 '이슬람의 집'과 '전쟁의 집'으로 깔끔하게 세상을 구획하는 이슬람식 관습이 인도에는 단순히 적용되지 않는다는 깨달음을 이야기한다. 인도의 무슬림과 힌두교도는 지리적으로 인접한 지역에 살았지만, 무슬림은 주로 요새화된 도시나 마을에서 거주했으며 소수였다. 이교도들은 드넓은 땅과 숲과 산을 차지하고 있었으며 이런 장소에서는 저항 세력이나 강도 떼들이 무슬림 여행자와 사절단을 끊임없이 괴롭혔다.

델리를 떠난 지 불과 며칠 되지 않아 술탄의 군대는 알리가르 인근에서 힌두 이교도들(알쿠파르 알후누드)이 근처 도시를 포위하고 있다는 사실을 전해듣고 그 싸움에 개입하기로 결정했다. 저항 세력들은 수적으로 술탄의 무장호위대를 훨씬 능가함에도 불구하고 무슨 일인지도 모른 채 붙잡혔다. 이븐 바투타는 이에 대해서 만족스러운 듯 이렇게 언급했다. "우리는 그들을 1명도 남김없이 모두 죽이고 말과 무기를 모두 빼앗았다. 우리 일행 중 기병 23명과 보병 55명이 순교했다." 이 소요로 인해 즉각적으로 여행길에 나서기가 어려워지자 그들은 좀 더 머물면서 현지의 군대가 저항 세력에 맞서 지역을 순찰할 수 있도록 도움을 주었다. 그런데 이는 두 번째이자, 훨씬 더 중대한 사건으로 이어졌다. 이븐 바투타가 이교도의 손에 붙잡히고 말았다.

그는 목숨이 위태로웠지만 교묘한 말로 설득하여 목전에 닥친 위험에서 도망쳐나올 수 있었다. 하지만 시련은 그것으로 끝이 아니었다. 그는 일주일이 넘도록 시골을 헤매며 돌아다녀야 했고, 산딸기와 버섯순과 우물물로 연명하며 한데서 잠을 자야 했다. 어느 날 밤에는 돔 지붕이 얹어진 우물을 발견하고는 완전히 지쳐 풀밭 위에서 잠들었다. 그는 그때의 상황을 이렇게 회상했다. "이따금 풀밭 사이로 동물의 인기척이 느껴졌다. 뱀이 아니었을까 싶다. 하지만 너무 지쳐서 신경조차 쓸 수 없었다." 다른 날 밤에는 그가 기어들어갈 수 있을 정도로 커다란 구멍이 나 있는 배 안에 들어가서 잠을 잤다. 밤중 내내 항아리 위에서 새 1마리가 날개를 퍼덕거렸고, 이븐 바투타는 그 새도 겁에 질려 있다고 생각하며 "우리는 겁에 질린 한 쌍의 피조물이었다"고 말했다. 그는 우연히 찾아들어간 어느 힌두교도 마을에서 구원의 손길을 만났다. 그곳 마을 지사가 무슬림이었다. 그는 다시 일행에 합류했고 한걸음도 앞으로 나아가기 싫은 상황과 또 마주해야 했다. 하지만 그들은 길을 나섰고 아라비아 해의 캄베이 항구에 도착했다. 이곳은 외국인 무슬림 상인들이 대부분인 요충도시였다.

그러나 말라바르 연안을 남하하는 항해여행을 간자르에서 시작했으며 이 도시의 힌두교도 술탄은 무슬림의 종주권을 인정했다. 그는 2척의 배와 물, 식량, 그리고 말에게 먹일 마초를 제공해주었다. 배 1척은 60명이 노를 저었고 이들의 자리 위에는 지붕이 씌워져 있어서 전쟁을 수행하는 동안 날아오는 돌과 화살을 피할 수 있었다. 다른 2척의 배는 이브라힘이라는 이름의 한 무슬림 선주에게 저당을 잡히고 빌렸거나 혹은 그냥 빌린 선박들로 중국의 왕에게 보내는 나머지 선물들과 말을 실었다. 이븐 바투타는 50명이 노를 젓는 배에 탔고

이븐 바투타가 인도와 중국을 오가며 탔을 법한 중국 정크선의 항해 모습을 담은 목판화.

여기에는 50명의 아비시니아(에티오피아의 옛 이름—옮긴이) 전사들이 타고 있었다. 해안을 따라 내려가면서 항구에 들르며 별 탈 없이 항해를 계속한 일행은 북과 나팔의 팡파르가 울리는 가운데 동서양의 상인들이 모여드는 거대한 캘리컷(오늘날의 코지코드) 항구에 도착했다. 당시 13대의 중국 선박이 정박해 있었다. 이븐 바투타는 "우리들 모두가 한 집에 머물렀고, 이교도 술탄의 손님으로 3개월을 머물면서 오직 중국 배로만 갈 수 있는 중국 항해의 때를 기다렸다"고 말했다. 세 가지 종류의 선박이 있었다. 가장 큰 배는 정크선, 중간 크기는 자우, 가장 작은 배는 카캄이라고 불렀다. 정크선은 돛과 노의 힘으로 움직이는 선박으로 묘사됐다. 이는 각각의 노를 서서 젓는 데 최소한 10명이 필요했으며 4개의 갑판 위에 600명의 선원과 400명의 무장 병사들이 타고 있었다. 부유한 상인들은 여러 개의 방과 화장실을 갖추고 자물쇠로 잠글 수 있는 특별객실을 독채로 쓰는 사치를 즐겼다.

항해를 시작하면 각각의 정크선에는 작은 선박이 3대씩 따라붙었다. 이들은 바람이 잦아들어 정크선이 앞으로 나아가지 못하면 노를 저어서 정크선을 견인하는 용도로 사용됐다. 이븐 바투타는 자바에서 중국으로 가는 뱃길에서 실제로 그와 같은 상황을 목격했다.

이븐 바투타는 승선을 준비하면서 예상치 못한 성가신 상황을 맞았다. 정크선에 적당한 숙박소가 남아 있지 않은 것이다. 중국 상인들이 중국에서 항해를 나올 때 미리 모든 특실을 예약해두었기 때문이었다. 그래서 그는 자신이 쓰기 위해 몇 개의 방을 배정하고 자신의 소지품과 남녀 노예들은 카캄으로 보냈으며 왕이 보내는 선물은 정크선에 실었다. 그런데 비극적인 사건이 발생했다. 2척의 선박이 정박지에 잘 대기하고 있는 동안 이븐 바투타는 금요기도회 때문에 육지에 머물며 다음 날 아침 승선을 계획하고 있었다. 그런데 그날 밤 사나운 폭풍이 미친 듯이 몰아쳐서 정크선은 파괴되고 이미 승선해 있던 사람들은 몰살됐다. 카캄의 선장은 바다가 조금 잦아든 순간을 기다렸다가 바로 항해에 나섰는데, 어찌할 줄을 모르고 있는 이븐 바투타를 해안가에 내버려둔 채 그의 물건만 모조리 싣고 가버렸다. 이렇게 해서 술탄의 사절단 임무는 자연스럽게 끝이 나고 말았다.

그 다음 몇 주가 지나고 또 몇 달이 흐르는 동안, 이븐 바투타는 카캄의 소식을 기다리며 말라바르 해안을 오르락내리락 헤매고 다녔다. 머리도 식힐 겸해서 그는 히나우르의 술탄이 이교도인 고아의 술탄에 대항하기 위해 출동시킨 군사원정대에 합류했다. 다시 캘리컷으로 돌아온 이븐 바투타는 자신의 노예와 일행들이 어떤 운명에 처해졌는지 알게 됐다. 누구도 다시 만날 가능성은 없어 보였다. 그는 이제 무엇을 하고 어디로 가야 할지 결정해야 했다.

| 중국행

갑작스럽게 임무가 종결되긴 했지만, 그렇다고 해서 중국이 이븐 바투타에게 완전히 매력을 잃은 것은 아니었다. 여전히 방문해볼 만한 다른 매력들이 있었다. 불행하게 끝이 난 중국여행에서 뿔뿔이 흩어진 생존자들의 소식을 들은 지 두 달이 흐른 후, 그는 캘리컷에서 무슬림들이 거주하고 있는 지바트 알마할 제도, 즉 오늘날의 몰디브로 건너가는 열흘짜리 항해여행에 나섰다.

> 이 섬들은 세계의 불가사의 중 하나다. 전부 합쳐서 2천 개를 헤아린다. 각각 100여 개 섬들이 뭉쳐서 원형을 이루는 모양은 마치 통로와도 같은 관문을 하나씩 지닌 둥근 고리를 닮았다. 배는 이 관문을 지나야만 섬에 닿을 수 있다. 일단 선박이 섬에 도착하고 나면 다른 섬으로 인도해줄 원주민 한 사람이 필요하다. 섬들이 워낙 밀착되어 있어서 한 섬을 나서는 길에 다른 섬의 야자나무 꼭대기가 보일 정도다. 만약 배가 길을 잃으면 다시 섬으로 들어가지 못하고 바람을 따라 인도 연안이나 실론으로 흘러가버리게 된다.

결국 이븐 바투타는 중국여행을 서두르지 않기로 결심하고 몰디브에서 18개월을 머문다. 하지만 체류 기간은 8개월 정도라는 주장이 제기되어왔다. 그는 델리에서처럼 카디로 임명됐고 결혼도 여러 번 했지만 정치 분규가 일어나자 섬을 갑작스럽게 떠났다. 그는 인도 남동쪽의 코로만델 해안을 향해 뱃길에 올랐다. 보통 때 같으면 사흘거리이지만 수로 안내인의 미숙함으로 아흐레를 바다에서 보내다 결국 실론 섬에 상륙했다. 이 섬의 가장 큰 매력은 사란디브 산이었다. 무슬림 구전설화에 따르면 낙원에서 추방된 아담이 지구에 내려와 첫 발을 디딘 발자국이 그 산꼭대기에 남아 있다. 이븐 바투타는 충직하게 그 성소에 올라가 순례하고 항구로 돌아와서 배에 올라 하루 낮밤 거리인 동인도의 마바르 해안을 향했다.

본토로 돌아간다는 결정은 그리 유쾌하지 않았다. 바다를 건너는 동안 폭풍이 불어와 배가 거의 내동댕이쳐지다시피 암초에 부딪혀 해안까지 몇 킬로미터도 남지 않은 상황에서 좌초되어버렸다. "죽음이 목전이었다"고 이븐 바투타는 당시 상황을 극적으로 써놓았다. 선원들이 배의 파편을 그러모아 뗏목을 만들었다. 귀중품을 챙겨든 이븐 바투타의 동행자들과 노예 소녀들은 순풍을 타고 안전하게 해안에 도착했다. 뒤에 남은 이븐 바투타는 선미루에 올라앉아 밤을 지새웠고, 아침이 되자 이교도들로 이루어진 구조대가 도착해서 그를 해안까지 데려갔다.

그 다음에는 극심한 열병이 찾아들었다. 그는 거의 죽음이 가까워졌다 싶을 정도로 상태가 심각했다. 치료를 받은 후 어느 정도 회복이 되어 파탄 항구에서 배를 타고 예멘으로 떠났다. 그는 말라바르 연안에 있는 퀼론(아랍인은 카울람말, 마르코 폴로는 코일룸이라고 불렀다—옮긴이)에서 하선하여 완전히 몸이 회복될 때까지 3개월을 머물렀다. 그러고 나서 전장의 친구였던 히나우르의 술탄을 방문하기로 마음먹었다. 히나우르에 도착하기 전에 배는 이교도 해적의 공격을 받고 붙잡혔다. "그들은 우리가 가지고 있던 모든 것을 빼앗고 우리를 해안가에 던져놓았다"며 그는 탄식했다. 캘리컷으로 돌아올 때는 그나마 해적이 남겨준 바지 하나만 걸치고 있었다. 모스크로 가자 카디와 어느 상인이 그에게 적당한 의복을 챙겨주었다. 이븐 바투타에게 이번 해적의 공격은 깊은 상처로 남았다. 그는 이후 여행기에서 수차례나 이 사건을 언급한다.

이제 인도를 떠나고 싶은 마음이 굴뚝같아진 이븐 바투타는 아직도 몇몇이 자신에게 악감정을 품고 있기는 하지만 그래도 몰디브로 돌아가는 것을 진지하게 고려했다. 그는 자신이 두고 온 임신한 부인이 아들을 낳았다는 소식을 들은 터라 직접 보고 싶은 마음이 생겼다. 그의 방문은 짧았다. 아이를 몰디브 가족에게 맡겨놓는 것이 최선이라고 생각했기 때문이다. 이븐 바투타는 이만 떠나겠다는 청을 넣고 다음 항해여행을 시작했다. 이에 대한 서술 또한 간결하다. "나는 길을 떠나 43일을 바다에서 보내고 벵골 지방에 도착했다."

그는 벵골에 머물면서 한 달간 아삼 산맥을 여행했다. 유명한 구도자인 잘랄 알 딘 알 타브리지를 만나기 위해서였다. 강을 따라 내려가 수나르카완(소나르가온) 항구에 도착해서 수마트라(알자와)로 떠나는 정크선 하나를 발견하고 그 배에 올라 40일간의 항해에 나섰다. 수마트라의 술탄은 이븐 바투타를 따뜻하게 맞았다. 그렇게 2주가 흐른 뒤, 술탄은 힌두 제국의 중심지인 자바(물 자와)의 카쿨라 항구까지 3주가 걸리는 항해를 손님과 그 일행이 잘 마칠 수 있도록 필요한 모든 것을 갖춘 정크선 1대를 마련해주었다. 이 이교도 술탄에게서 사흘 동안 접대를 받은 후 다시 길을 떠났다. 자바에서 중국 연안에 도착할 때까지, 이븐 바투타는 88일간의 항해기록을 아주 간단하게만 언급했다. 그러고 나서 어떤 신비로운 지역에 처음으로 도착했다. 학자들은 아직도 그곳이 어디인지 시원하게 밝혀내지 못하고 있다.

> 우리가 항해에 나서고 34일 후에 고요의 바다Tramquil Sea에 도착했다.……그 망망대해에는 바람도, 파도도, 그 어떤 움직임도 없다. 우리는 이 바다에서 37일을 항해했다.……그리고 타왈리시에 도착했다.……타왈리시를 떠나서 17일 동안 순풍을 타고 별 탈 없이 쾌속으로 항해를 한 다음 중국 땅에 도착했다.

이때 동행했던 작은 견인선들이 노를 저어서 커다란 정크선이 그 고요한 바다를 건널 수 있게 했다. 또한 정크선에 고정된 거대한 노를 젓기 위해서는 각각 30명씩 필요했다.

이븐 바투타가 중국에 첫 발을 들여놓은 땅은 항구도시 취안저우泉州(자이툰)였다. 그는 이름이 참 재미있다고 말했다. 그 지방 어디에서도 올리브(자이툰)를 찾아볼 수 없었기 때문이다. 그는 이곳을 가리켜 대형 정크선 100척과 수를 셀 수 없는 작은 배들이 정박한 세계에서 가장 큰 항구라고 말했다. 또한 중국은 어디를 가나 안전해서 여행자가 아무 두려움 없이 귀중품을 몸에 지니고 몇 달을 여행해도 좋다고 말했다. 과연 책에 서술된 모든 장소를 이븐 바투타가 실제로 방문했는지는 여전히 전문가들 사이에서 논란거리다. 그의 말처럼 광저우廣州(칸톤)에 갔을지는 모르지만, 그의 말대로 완전히 뱃길로만 가지는 못했을 것이다. 그리고 중국 왕의 수도인 베이징北京(한발리크)에도 다녀온 것 같지 않다. 그러나 어쨌든 계속되는 소요와 정치 불안이 직접적인 계기가 되어, 결국은 중국을 떠나 고향 모로코로 돌아가는 긴 여행을 시작하게 됐을 것이다.

고향으로

귀환 항해의 서술은 남인도에서 동쪽을 향할 때처럼 무미건조하다. 그러나 한 가지 예외가 있다. 표현은 절제되어 있지만 사건 자체는 매우 흥미로웠다. 일행이 타왈리시에 접근하자 바람이 바뀌고 하늘은 어두워졌으며 비가 세차게 쏟아졌다. "그러고 나서 우리는 미지의 바다로 접어들었다. 정크선의 선원들은 겁에 질렸고 중국으로 되돌아가고 싶어 했다. 하지만 그것은 불가능했다. 우리는 대체 어느 바다에 있는지도 모른 채 42일을 지내야 했다"고 이븐 바투타는 말한다. 이븐 바투타의 연대표가 난해하다는 이야기는 이미 언급한 바 있다. 남인도의 퀼론에 도착했을 때는 라마단 금식 기간이어서 그 역시 함께 축일 행사에 참여했다. 퀼론에서 캘리컷으로 가서는 아라비아해를 건너기 위해 배에 올랐고, 28일이 흐른 뒤 남아라비아 해 연안의 자파르에 도착했다. 두 번째 방문이었다. 이때가 이슬람력 748년 첫째 달 무하람(1347년 4월)이었고, 인더스 강에 도착한 때로부터 14년이 흐른 뒤였다. 그는 1348년 1월까지 바그다드에 있다가 유프라테스 강을 따라 북쪽으로 이동하고 다시 서쪽으로 방향을 틀어 선지자 솔로몬의 전설 속 도시인 타드모르(팔미라)를 지나 다마스쿠스로 향했다. 여기서 아버지의 사망 소식을 듣게 되지만 이미 15년 전 일이었다. 그리고 아들 하나가 죽은 지도 10년이 더 됐다는 말을 들었다. 어머니는 아직 생존해 있었다.

이븐 바투타는 마지막 순례여행을 떠나 1348년 11월 중순에 메카에 도착했다. 라마단 기간 내내 금식을 하고 1349년 2월 말에 순례의 식을 거행했다. 그리고 두 달 후에 작은 배(쿠르쿠라)에 올라 서쪽으로

시돈(오늘날의 레바논). 1900년경에 제작된 성서도시의 그림. 이븐 바투타는 이집트에서 돌아오면서 배를 타고 지중해를 건넜다. 그가 탔던 배는 쿠르쿠라였으며 이 그림에서 보이는 작은 배와 흡사했을 것이다.

뱃길을 잡고는 지중해 서쪽 연안을 지나기 위해 알렉산드리아를 출발했다. 집으로 돌아간다는 생각에 그의 마음은 "가족과 친구에 대한 애정, 다른 어떤 나라보다 훌륭한 내 조국에 대한 사랑"으로 흥분되어 있었다. 튀니스에 들른 후 기독교도 카탈루냐인이 소유한 배를 타고 사르데냐에 잠시 들렀다가, 다시 다른 배를 타고 북아프리카 연안으로 돌아왔다. 고향 탕헤르와 지척인 페스를 향하면서 그는 어머니가 전염병으로 사망했다는 슬픈 소식을 들었다. 1349년 11월 초순, 이븐 바투타는 마린 왕조의 수도 페스에 도착했다.

이 부분에서 이븐 바투타의 서술에는 갑작스러운 어조의 변화가 일어난다. 여행자와 그의 편집자는 페스의 술탄이자 마린 왕조의 통치자인 아부 이난 파리스를 칭송하는 글을 10장이 넘도록 쓴다. 그의 인간적인 모든 면모와 통치력을 더할 나위 없이 상찬하고 그 하나하나의 특성을 다른 무슬림의 통치자들과 비교하며 그의 우월함을 이야기했다. 어느 모로 보나, 이와 같은 화려한 상찬의 수식은 결말을 시사하거나 작업의 마무리로 이어져야 했다. 하지만 아니었다. 여행기의 서술은 갑자기 다시 제자리로 돌아온다. 이븐 바투타는 여기서 "우리 여행의 이야기로 다시 돌아가보자"라고 말한다. 그러면서 인근 알안달루스에 갔던 여행을 언급한다. 그는 마르베야, 말라가, 론다, 그리고 그라나다와 같은 도시들을 방문했다. 이곳들은 스페인의 안달루시아 지방을 찾는 현대의 관광객들에게도 익숙한 이름이다. 그의 마지막 여행지는 흑인들의 땅(빌라드 알수단)이었으며, 오늘날의 모리타니아, 말리, 그리고 니제르가 이에 해당된다.

군주에게 예를 표한 후, 이븐 바투타가 가장 먼저 해야 할 일은 탕헤르에 있는 어머니의 무덤을 찾는 일이었다. 그러고는 병에 걸려 수개월 동안 세우타에 머물렀다. 그는 갤리선(샤티)을 타고 지브롤터 해협을 건넌 동기에 대해서, 알라께서 병을 고쳐주셨기에 "지하드(성전聖戰. 이슬람의 신앙을 전파하거나 방어하기 위하여 벌이는 이교도와의 투쟁)와 국경 전투에 참전하고 싶었다"고 말했다. 1232년에 세워진 그라나다 왕국의 나스르 왕조는 1492년까지 이베리아 반도를 향한 기독교도들의 기나긴 레콩키스타를 견뎌냈다. 이븐 바투타가 찾아갔을 당시, 즉 1350년의 지브롤터는 스페인 기독교도 군대의 포위에서 벗어난 지 얼마 안 된 상태였다. 그라나다 왕국의 육지 및 해상의 국경지대는 여전히 불안정했다. "보상금은 그곳에 머물거나 여행하는 이들을 위해 비축해둔다"고 언급했듯이, 이븐 바투타의 참전은 실제적이라기보다는 상징적인 의미가 강했다.

그는 모로코로 돌아와 마린 왕조의 영토 이곳저곳을 여러 달 동안 돌아다녔다. 페스를 출발한 이븐 바투타는 시질마사로 향했으며 그곳에서 낙타와 사료 4개월 치를 샀다. 1352년 2월에는 사하라 사막을 건너 흑인들의 땅의 끄트머리에 있는 이왈라탄으로 가는 대상에 합류했다. 두 달 동안 여행은 큰 사고 없이 진행됐다. 그렇다고 해서 위험한 일이 전혀 없었던 것은 아니다. 상인 무리와 헤어진 후 사막에서 길을 잃었고 또 물도 부족했다. 가는 길에 사흘간 멈추어서는 지하수로 물통을 가득 채웠다. 이 지점에서 원주민 안내원(타크시프)은 대상의 구성원들이 이왈라탄의 지인들에게 보내는 여러 통의 편지를 가지고 길을 앞서 떠났다. 그 편지에는 우선 숙소를 마련해주고 도시를 떠난 후 나흘 동안 마실 수 있는 물을 준비해달라는 부탁이 적혀 있었다. 이븐 바투타는 그때 모두에게 닥친 위험천만한 상황을 다음과 같이 생생하게 묘사하고 있다.

> 가끔은 타크시프가 사막에서 죽어버리기도 하는데 이렇게 되면 이왈라탄에 있는 사람들이 대상의 소식을 전혀 알 수가 없다. 그러면 대상의 전부 혹은 대다수도 역시 목숨을 잃게 된다. 사막에는 귀신이 많다. 만약 타크시프가 혼자면 귀신들은 그에게 장난을 걸어 망상에 빠지게 하고 결국 죽게 만든다. 사막에는 눈에 보이는 선명한 길이 없고 누군가 지나간 흔적도 남지 않는다. 오직 모래만 바람에 흩날릴 뿐이다. 어딘가에서 모래산을 보면 금방 그 모래산이 다른 곳으로 이동해버린 것을 목격하게 된다.

이븐 바투타는 이왈라탄에서 50일 동안 머물고 말리 왕국을 향해 출발했다. 이 여정은 24일이 걸렸으며 안내원 1명과 3명의 동행이 함께했다. 길은 안전했고 커다란 바오밥나무가 그늘을 만들어주었다. 여기서는 "여행자들이 음식이나 조미료, 디나르나 디르함을 가지고 다니지 않고 소금 덩어리 몇 개나 유리 장신구, 혹은 향수 몇 가지를 들고 다닐 뿐"이라고 그는 말했다. 기초적인 물물교환이 이루어지는 곳에서 다른 물품이나 서비스로 바꾸기 위해 필요한 물건들이었다. 일행이 넓은 강에 도착하자 이븐 바투타는 그것이 나일 강이라고 믿었다. 19세기까지도 사람들이 나이저 강을 그렇게 오해하는 일이 흔했다. 그들은 근처의 강 지류를 하나 건너서 말리의 수도에 입성했다. 이때가 1352년 6월 말이었다. 여기서 8개월을 머물렀다. 그중 2개월 동안 이븐 바투타는 극심한 식중독으로 고생했고 일행 중 1명이 죽기도 했다. 1353년 2월, 귀향길에 오르면서 직통로가 아닌 우회로를 택했다. 말은 값이 비싸서 대신 낙타를 탔다. 낙타가 죽자 젊은 남자 2명을 고용해서 낙타를 대체할 동물을 가져오도록 했다. 우선 나이저 계곡을 따라 상당히 먼 거리를 이동했다. 그러고는 타카다(아젤리크)를 향해 동쪽 육로로 계속 전진했다. 그는 무더위로 인해 다시 병이 났다. 타카다에서 술탄 아부 이난의 전갈을 받았다. 페스로 돌아오라는 명령이었다. 먼 귀환을 위해 낙타 2마리와 식량 70일분을 구입했다. 대규모 대상의 보호를 받으며 여행을 계속했는데 타카다를 떠난 시점은 1353년 9월 중순이었다. 일행은 시질마사에 도착해서 2주 동안 휴식을 취하고 12월 말에 다시 길을 떠났다. 여행에 대한 이븐 바투타의 마지막 서술은 페스 남쪽에 있는 아틀라스 산맥의 좁은 골짜기를 건너던 모습이었다. "혹한의 시기로 길 위에 눈이 어마어마하게 쌓여 있었다. 나는 부하라, 사마르칸트, 후라산, 그리고 투르크족의 땅에서 험한 길도 겪고 큰 눈도 보았다. 하지만 지금보다 더 힘든 경우는 보질 못했다."

여기서 이븐 바투타가 "여러 도시의 경이로움과 여행의 신비로움을 열망하는 사람들에게 주는 선물"은 끝을 맺는다. 그는 이슬람력 756년 줄 히자의 셋째 날, 즉 1355년 12월 13일에 여행을 마쳤다고 기술한다. 그리고 이렇게 덧붙인다. "알라께 찬미를, 알라께서 택하신 종들에게 평화를."

그러나 가장 마지막 말을 덧붙인 이는 이븐 주자이다. "이 작품을 옮겨 적는 일은 757년 사파르(1356년 2월)에 완료됐다. 알라께서 이를 옮겨 적은 이에게 상금을 내려주시길."

| 후기

눈 쌓인 귀향길은 이븐 바투타의 마지막 여행에 대한 차갑고 냉랭한 환영인사처럼 보일지도 모른다. 그는 장대한 모험담을 남겼지만 이는 결코 혼자만의 것이 아니다. 이븐 바투타의 유일한 저작인《여행기》를 쓰도록 명령한 술탄 이부 아난은, 어떤 면에서 아주 품위 있게 여행자의 명성을 함께 나누어가졌다. 그는 이븐 바투타와 그의 편집자인 이븐 주자이가 작품 속에 서술해놓은 아낌없는 상찬으로 영원성을 획득했다. 이븐 주자이의 존재는 그가《여행기》에 삽입해놓은 시와 주해로 각인된다. 만약 이븐 바투타가 직접 썼다면 작품이 어떻게 달라졌을지 우리로서는 알 수가 없다. 이븐 바투타의 마지막 생애에 대해서 알려진 사실은, 책을 완성하고 얼마 후에 세상을 떠난 후원자와 공동저자보다는 오래 살았다는 것뿐이다. 나머지는 아무것도 확실한 게 없다. 추측컨대 모로코에서 여생을 보냈을 것이다. 어쩌면 어떤 마을이나 도시의 카디로 살았을 가능성도 높다. 가족과 함께 살았을 수도 있고 아닐 수도 있다. 어쨌든 그 긴 이야기를 들려줄 친구들이 틀림없이 주변에 있었을 것이다.

또 다른 한 사람도 언급할 가치가 충분하다. 여행의 동무를 자임했던 그 많은 사람을 대표해서 말이다. 탕헤르를 떠날 때 이븐 바투타는 혼자였다. 성도를 방문하겠다는 오랜 열망만이 그와 함께했을 뿐이다. 하지만 이내 다른 사람들과 합류했다. 동료가 필요하다는 자연스러운 욕구도 있었지만 무엇보다 여행의 안전성 때문이었다. 그때부터 이븐 바투타는 언제나 대상의 무리 속에서 다른 동행들과 함께 있었고, 혹은 함께 여행하던 다른 이들을 책임지는 위치에 있었다. 그들의 이름이나 수, 성별은 거의 언급되지 않는다. 이름을 밝힌 극소수의 사람들은 그와 함께 여행한 노예들과 여성과 남성이었다. 델리에 도착할 즈음에는, 아나톨리아에서 10명이던 그의 수행단 수가 40명까지 늘었다. 그 10명은 모두 남자로 동행자라고 불렀으며, 나머지는 하인과 노예들이었다. 어떤 사람이 그와 얼마나 오랫동안 함께했는지는 알 수 없다. 단 한 사람만 빼고 말이다. 바로 이븐 바투타가 카이로에서 만났던 알 하즈 압달라 븐 아부 바크르 븐 알 파르한 알 투자리다. 그에 대해서는 앞서 짧게 언급된 바 있다. 이븐 바투타는 알 투자리에 대해서 "여러 해 동안 계속해서 나와 동행했다. 우리가 인도 땅을 떠날 때까지 함께했는데, 적절한 때에 이야기하겠지만 그는 산다부르(고아)에서 죽었다"고 말했다. 이븐 바투타는 약속과 달리 죽음을 이야기하지 않았다. 그는 아마도 이븐 바투타가 자신의 동행자(라피크)라고 표현하며 킵차크한국의 술탄을 만나러가는 길에 작은 마차를 사주었던 아피프 알 딘 알 투자리와 동일 인물이었을 것이다. 이븐 바투타는 그보다 더 큰 마차를 사서 자신과 노예 소녀가 타는 용도로 사용했다. 가장 오랜 동료로 여로를 함께했던 알 투자리는, 황혼에 접어든 이븐 바투타의 생애에서 또 하나의 이야기 소재로 열혈 청취자들을 흥분시켰을 것이다.

제 3 장

음식과 접대

IBN BATTUTA 03

이븐 바투타가 온통 여행에 관한 열정으로만 가득해 보이지만, 그에게 또 다른 큰 관심사가 있었다고 현대의 비평가들은 말한다. 우선 식탁의 즐거움을 만끽하는 일이었다. 장센스는 이 탕헤르의 여행자가 미식가보다는 대식가에 가깝다고 조심스레 말한다. 즉 훌륭한 음식과 음료의 감식가라기보다는 실컷 배불리 잘 먹는 것을 기쁘게 여기는 사람이었다는 얘기다. 또 베킹엄은 그가 음식뿐 아니라 여자도 좋아했다고 지적했다. 이러한 논평은 나름대로 타당하게 들린다. 하지만 두 사람 모두 중요한 관계성을 읽어내지 못했다. 여행자 본인이 종종 분명하게 밝혔듯이, 식품 혹은 음식물에는 종교성과 세속성이라는 두 가지 차원의 의미가 있었다. 이는 1325년에 시작한 첫 번째 여행에서 충분히 언급된다. 이븐 바투타는 튀니스에 머물면서 단식종료 축제(이드 알피트르. 이슬람력 10월의 첫날에 지내는 이슬람교 축제로 라마단이 끝나는 날이기 때문에 풍부한 음식과 성대한 장식으로 축하한다. 소제小祭라고도 한다—옮긴이)를 즐겼다. 이는 단식의 달인 라마단이 끝났다는 것을 의미했다. 라마단 기간 동안에는 해가 떠서 지기 전까지 모든 음식과 음료, 그리고 성생활을 금하는 것이 종교적 의무였다. 약 10주가 흐른 후 대상은 해마다 메카 순례의식의 마지막에 거행되는 희생제(이드 알아드하)를 길 위에서 치렀다. 무슬림의 영토이면 어디든지, 양이나 낙타 혹은 소 같은 동물을 희생 제물로 바치고 거기서 나오는 고기는 신앙적 목적에 맞게 분배됐다. 이븐 바투타는 이러한 종교 축일에 뒤이어 두 번째 결혼식을 올렸고, 이때 그는 대상 전체에게 결혼 축하연(왈리마)을 베풀었다.

단식의 어려움과 성찬의 즐거움, 혹은 단순히 먹는 즐거움, 다시 말해서 먹기 위해서 사는 것이 아니라 살기 위해서 먹는다고 하는 그 행위의 즐거움은 세속적인 이유에서든 종교적인 이유에서든 누구에게나 중요한 문제다. 아바스 왕조의 전성기(750~900)를 살았던 교양 있는 도시 엘리트들은 다양한 문학 작품을 통해 이러한 주제를 다루며 관심을 표명했다. 물론 그 종교적 의미는 이슬람 경전 속에 잘 나타나 있었다. 이는 《코란》, 그리고 알라의 예언자이자 사자使者인 무함마드의 전승집(하디스) 속에 알라의 말로 기록되어 있었다. 따라서 《코란》은 누구나 "알라께서 네게 주신 음식을 먹고 알라께 감사하라(《코란》 2장 57절, 34장 15절)"고 가르쳤다. 자연계는 모두 합쳐서 알라의 '기적들' 중 하나였다.

> 알라께서는 땅을 펼치시고 그 위에 공고한 산과 강을 놓으셨으며 모든 열매를 두 종류씩 만드셨다.……땅에는 이웃하는 영토와 포도원과 전답과 무리를 짓거나 혹은 그렇지 않은 야자나무가 있으며 이들은 모두 같은 물을 먹고 자라난다. 하지만 그들 중 어떤 것은 다른 것

> 보다 먹기에 더 좋도록 지어지나니, 이것은 진정으로 (반성하고) 생각하는 사람들을 위한 표지(아야트)다.(《코란》 13장 3~4절)

이러한 기적의 기능이란 조물주의 위엄과 자비를 떠올리는 계기인 동시에, 감사히 경배하는 인간의 반응을 이끌어내는 동기였다. 음식의 금기를 이야기하기 위해, 《코란》에 "법이 허용하고 땅 위에서 나는 건강에 좋은 음식을 먹되 사탄의 발자국을 따르지 말라. 그는 너의 불구대천의 적이니라(《코란》 2장 168절)"라고 명시했다. 특정한 금기 음식의 종류가 언급됐으며 이는 "(알라께서) 죽은 고기와 피와 돼지고기와 알라 이외의 이름이 언급된 동물을 금지(《코란》 2장 173절)"했기 때문이다. 마지막 종류에 대해서는 부연 설명이 있었다. "목 졸려 죽은 것, 극심한 구타에 희생된 것, 뿔에 받혀 죽은 것, 맹수의 무참한 공격으로 죽은 것(《코란》 5장 3절)"은 금지됐다. 이는 '알라의 이름'을 소리 내어 말한 다음에 목을 따는 합법적인 방식으로 도축되지 않은 것을 의미한다. 따라서 이교도의 제단에 희생제물로 바쳐진 동물 또한 무슬림에게는 금지였다. 그러므로 무슬림의 금기사항은 《히브리어 성경》의 〈레위기〉에 언급된 금기사항보다 훨씬 덜 복잡하다. 돼지의 금기는 유대인과 무슬림의 서로 다른 입장을 잘 보여준다. 〈레위기〉 11장 7~8절은 "돼지는 굽이 갈라져 쪽발이로되 되새김질을 못하므로 너희에게 부정하고, 너희는 이러한 고기를 먹지 말고 그 사체도 만지지 말라. 이것들은 너희에게 부정하니라"라고 했다. 돼지는 굽이 갈라지고 되새김질을 하는 '순수한' 발굽동물의 범주에 속하지 않기 때문에 부정한 것이다. 이와 달리 《코란》은 다른 설명 없이 그냥 돼지를 금지한다. 동물 자체가 불결함의 의미를 지니므로 결과적으로 그 소비까지 금지됐다.

9세기까지는 여러 권으로 이루어진 예언자 전승집(하디스)이 편찬 중에 있었다. 이븐 바투타가 부하라에서 무덤을 찾아가기도 했던 알 부하리(870년 사망)의 전승집, 그리고 무슬림(875년 사망)의 전승집은 모두 여러 장으로 이루어지며 방대한 주제들 가운데 음식과 음료에 대한 내용도 들어 있다. 이들 두 전집은 뒤이어 등장하는 4종의 전집과 함께 무슬림의 정본으로 인정된다. 이븐 바투타가 살던 시대에는 '6개의 정본'과 다른 전집들을 축약해놓은 책이 제작되어 인기를 끌었다. 이들 중 하나를 왈리 알 딘 알 타브리지가 엮었다. 1336년에 제작이 완료된 이 책의 제목은 《빛 중의 빛*Mishkat al-Masabih*》[1]이다. 예언자 무함마드의 언행이라고 알려진 것들이 이 전승문헌의 중심이었고, 학자들은 이 언행의 가르침을 통해서 《코란》의 구절을 설명하고 해석하며 그 뜻을 확충했다. 전승집에는 《코란》에 언급되지 않은 금기 음식도 포함되어 있었다. 예언자는 명확하게 집에서 키우는 당나귀 고기를 금했지만 야생 당나귀 고기는 먹었다. 다른 경우를 보면, 예언자는 의례용으로 도축된 산토끼의 몸 뒤쪽 부분을 친구에게 건네받아 먹었다. 이 동물은 《코란》에 언급되지는 않았지만 합법적인 도축방법으로 그 청결함이 확인됐기에 먹을 수 있었다. 전하는 바에 따르면 예언자 무함마드는 "나는 도마뱀을 먹지도 금지하지도 않는다"고 말했다. 이는 신도들 개개인에게 결정의 재량권을 준 것이다. 이븐 바투타는 결혼피로연에서 대상 동료들에게 대접했던 산토끼에 대해서 아무런 설명을 하지 않는다. 여러 가지 일화 속에 나타난 예언자 무함마드의 선례를 따랐다면 아마도 양고기, 혹은 빵과 소고기, 아니면 보다 저렴하게 대추야자와 말린 응고우유, 그리고 정제버터만 제공했을 것이다.

나중에 나온 책 중에서도 식사예절에 대한 내용이 발견된다. 종교적 사고와 실천을 다룬 알 가잘리(1111년 사망)의 대표작 《종교학의 부흥*Ibya Ulum al-Din*》이 그것이다. 14세기의 말리키 학자 이븐 알 하즈도 《근본원리에 관한 책*Kitab al-Madkhal*》에서 같은 주제를 다루었다. 이 책들도 역시 예언자 무함마드와 초기 무슬림 공동체의 유명 인물들의 어록에 바탕을 두고 있다. 식탁예절과 손님 접대를 다루는 몇몇 장에서는 식습관에 관한 특별한 통찰들도 발견된다. 한 가지 일화 속에 부수적으로 등장하는 내용을 보면, 빵과 굵은 소금만 가지고 간단하게 식사를 할 경우 소금에 타임(허브의 일종으로 우리나라에서 나는 것은 백리향이라 한다—옮긴이)을 섞으면 풍미가 더해진다고 한다. 음식을 다루는 책과 저자의 목록은 이외에도 훨씬 많다. 이를 통해 음식과 음료가 이슬람 윤리의 핵심과 깊은 관련이 있다는 사실을 알 수 있다. 어떤 면에서 보자면 이슬람 신도들이 알라를 경배하는 방식은 기도, 금식, 성지순례, 그리고 자선에 관한 규정된 의식(이바다트)을 따르고, 성서의 금기에 복종하며 조물주가 인간에게 베푼 은혜에 대한 감사를 겉으로 표현해야 한다는 명령을 따르는 것이었다. 알라는 "(모두에게) 자양을 주시되 아무도 자양할 수 없는(《코란》 6장 14절)" 존재라고 은유적으로 표현된다. 역시 어떤 면에서는, 방금 언급했듯이 음식과 음료는 사회적 관계의 영역(무아말라트)을 예증해주는 바, 신자들은 자신이 가진 게 있으면 그것이 아무리 귀중하다해도, 부모와 친지와 고아와 가난한 자와 길손과 약자를 돌보고 그들을 결박으로부터 해방시키기 위해 기꺼이 내주어야 한다(《코란》 2장 177절).

보다 세속적인 작품에 눈을 돌려보자면, 도회적이고 세련된 사람들의 음식 전통에 대한 관심은 백과사전 2종, 즉 이븐 쿠타이바(889년 사망)가 쓴 《역사선집 *Uyun al-Akhbar*》과 이븐 아브드 라비히(940년 사망)가 쓴 《유일한 목걸이 *Iqd al-Farid*》에 적지 않은 분량으로 설명되어 있다. 또한 오늘날 전하는 가장 오래된 아랍어 요리책은 10세기 말엽에 편찬된 것으로 추측되며 이븐 사이야르 알 와라크라는 사람이 썼다고 한다. 여기에는 초기 아바스 왕조와 당시 태동하던 바그다드 부르주아의 요리법이 충실히 묘사되어 있다. 나중에 등장한 요리책들은 이븐 바투타가 살았던 시대에 이르기까지 중동의 풍부한 요리 전통을 잘 표현하고 있으며, 동쪽으로 이라크와 페르시아, 서쪽으로는 모로코와 알안달루스까지 지역이 확장되어 있었다. 이 요리책들은 건강한 생활을 영위하는 데 음식 위생과 자연의 음식물에 대한 지식이 얼마나 중요한지를 자주 언급했다. 이븐 알 와라크의 요리책 서문은 당시 유행했던 체액병리설體液病理說(인체의 4체액, 즉 혈액, 점액, 황담즙, 흑담즙의 비율에 따라 사람의 기질과 특성이 결정된다는 고대 생리학이론—옮긴이)에 입각한 의학적 관점에 따라, 청결한 부엌의 중요성과 그것이 음식물에 미치는 영향을 서술한다. 이를테면 렌즈콩은 성질이 차갑고 건조하기 때문에 흑담즙의 혈중 비율을 높여서 몸을 건조하게 하고 성욕을 억제하는 반면, 녹두도 차갑고 건조하기는 마찬가지이지만 렌즈콩보다는 성질이 훨씬 가벼운 대신 영양은 떨어진다.

두 번째 요리책은 작자미상으로, 축약된 제목이 《유익함의 보고 *Kanz al-Fawaid*》이며 14세기 이집트에서 제작된 것으로 여겨진다. '무자우와라트라는 채소 음식으로 병자를 보양하는 법에 관하여'라는 제목의 장에서는 열병에 토악질로 고생하는 환자를 위한 음식이 소개된다. 의사들은 또 그 나름대로 앞서 얘기했던 체액병리적 관점에서 특별히 음식물과 관련한 또 다른 종류의 저작을 남겨놓았다. 유럽에서 라제스라는 이름으로 더 유명한 아부 바크르 알 라지(923년 사망)가 그와 같은 종류의 논문을 1편 썼는데, 〈음식의 효용에 관한 책과 그 책의 해악을 피하는 방법〉이라는 제목에서 저술의 목적이 잘 드러나 있다. 다른 초기 저작들로는 기독교도였던 후나인 이븐 이샤크(856년 사망), 알 라지와 동시대를 살았던 유대인 이샤크 이븐 술라이만 알 이스라일리(935년경 사망) 등의 작품이 있다. 마지막으로 언급해야 할 것은 예언자의 의술, 또는 시아파의 경우 이맘의 의술과 같이 의도적으로 종교적 표현을 사용한 의학 서적들이다. 이맘은 소수파인 시아파 무슬림의 종교지도자를 말한다. 이런 종류의 도서로는 알 안달루스의 학자 아브드 알 말리크 븐 하비브(853년 사망)가 편찬한 것이 최초다. 그는 동이슬람과 메카 등지를 여행하면서 질병 치료와 건강 유지에 사용되던 보다 대중적이지만 약간은 마법적인 민간의 재료를 수집했다. 나중에 훨씬 방대한 규모로 편찬된 저작은 신학자이자 의사인 이븐 카임 알 자우지야(1350년 사망)가 썼다. 이븐 바투타의 동시대 인물로 시리아와 이집트에서 살았던 그는 의학적 질병을 두 가지로 나누었다. 하나는 심장의 병이고 다른 하나는 몸의 병으로, 두 질병 모두 《코란》에 언급되어 있지만 그는 심장의 병을 훨씬 중요하게 생각했다.

따라서 천성적으로 호기심이 가득한 이븐 바투타가 음식이라는 흥미로운 주제를 다루는 방법은 이와 같이 종교적인 동시에 세속적인 문학적 전통을 통해 더욱 심화됐다고 할 수 있다. 그의 저서의 영역자인 H. A. R. 깁은 이븐 바투타를 가리켜 "자신도 모르게 지리학자였던 사람"이라는 유명한 호칭을 사용했다. 그리고 어떤 측면에서 보면 이븐 바투타는 초기 아랍의 지리학자들이 연구서를 기술하면서 식료품에 대한 자료도 포함시켰던 방식을 그대로 흉내냈던 것으로 여겨진다. 10세기의 지리학자 알 무카다시(990년경 사망)는 이집트의 수도를 "모든 인류의 시장市場"이라고 격찬했다. 여기서 이집트의 수도란 옛 도시 알푸스타트(고대 카이로—옮긴이)와 그 직후에 형성된 신도시 알카히라(오늘날의 카이로), 즉 둘 다 카이로를 지칭한다. 카이로의 시장에는 몸에 좋은 음식물들이 가득했다. "이곳의 음식은 너무나 군침이 도는데 입맛을 돋우는 식전 요리는 그중에서도 최고다. 과자는 값이 싸고 바나나는 지천이며 날짜도 신선하다. 야채와 장작도 풍부하다."[2] 알 무카다시는 산재한 여러 마을과 식재료를 간단히 언급했다. 상부 이집트(지리적으로는 이집트 남쪽을 말한다. '상부upper'는 나일강 상류 지역이라는 뜻이다—옮긴이) 지역에 위치한 아스완과 아흐밈의 대추야자와 포도밭, 파이윰의 비옥한 논이 그러한 예다. 그리고 그 장의 마지막 부분에 "이집트의 상황에 대한 종합적 설명"으로 또 다른 음식물들에 대한 정보를 덧붙여놓았다. 알 무카다시는 무슬림 영토의 각 지역에 대한 체계적이고 사실적이며 포괄적인 설명을 총정리하여 여행자와 상인, 평민과 상류층 사람들 모두에게 유용한 정보를 제공하고자 했다. 그는 단순히 흥밋거리를 나열하는 방식은 최대한 피하고자 했다. 이에 대한 증거로 전임 지리학자인 이븐 알 파키흐를 경솔하다고 비판하며 그는 어디서든 눈물을 짜내고 또 어디서든 웃기려고 안간힘을 썼다고 말했다. 물론 훨씬 두서없지만 독자를 매혹시키는 힘이 있었던 이븐 바투타의 서술방식은 정보 제공뿐 아니라 독자의 흥미를 유발시키는 데 목적이 있었다. 이들 두 저자와 저서의 차이점을 한마디로 표현한다면, 지리학자는 사실을 나열하지만 여행자는 사람을 담아낸다고 할 수 있다.

이븐 바투타의 글은 '민속지학'에 상당한 공헌을 했다고 인정되지만 한 가지 면에서 부족했다. 슐호드는 마을이나 도시에 대한 묘사에서 반드시 음식 정보가 제공되지만 정형화되고 진부한 표현이 너무 많다고 비판했다.[3] 예멘의 여행기가 그 한 가지 예다. "우리는 주블라에 도착했다. 자그맣고 예쁜 이 마을에는 야자나무와 과실나무, 그리고 개천이 있었다." 그리고 아나톨리아의 아크사라는 "시냇물과 정원이 사방을 에워싸고 있었다." 그리고 오만은 "시냇물이 흘러 땅이 비옥하고 나무와 과수원과 야자 숲과 각종 과일이 풍부"했다. 이러한 예는 다른 지역의 서술에서도 얼마든지 찾아볼 수 있다. 하지만 과연 이러한 비판이 전적으로 정당할까? 첫째, 여행자가 신록이 푸르르고 비옥하다는 말로 반복적인 세부 묘사를 하게 되는 것은 수백 군데를 방문하고서 그에 대한 이야기를 풀어내야 하는 여행기 서술의 불가피한 속성인지도 모른다. 더구나 모든 마을과 도시를 똑같은 언어로 묘사하는 것은 아니다. 남아라비아 연안의 대도시인 아덴에 대해서는 농작물도, 나무도, 물도 없다고 직설적으로 서술하는 한편, 도시에서 떨어져 있는 저수지에는 우기 때만 물이 차기 때문에 베두인족의 간섭에 취약할 수밖에 없다는 정황을 설명한다. 아프리카 연안 바깥, 즉 홍해에 위치한 사와킨 섬의 묘사도 유사한 방식으로 시작된다. 그곳 역시 물이나 나무를 찾아볼 수 없을 뿐더러, 주르주르라는 알갱이 굵은 기장과科 식물을 제외하면 곡물도 찾아보기 힘들었기 때문이다. 물은 섬까지 배로 수송됐으며, 섬에 있는 저수지는 빗물을 받아놓았을 뿐이었다. 그러나 섬 원주민들은 타조, 가젤, 야생 당나귀 고기를 즐겨 먹었고 염소에서 유제품과 기름을 얻어 기장과 함께 메카로 수출했다. 마지막으로, 자일라와 자파르 같은 연안도시의 시장을 묘사할 때도 비슷한 서술이 등장한다. 하지만 두 곳 모두 더럽고 악취가 심하다고 폄하됐다. 이 악취는 주로 시장에서 팔고 있는 어마어마한 양의 생선 탓이 컸으며, 거기다 거리를 더럽히는 도살된 낙타의 피와 썩은 과일도 크게 한몫했다. 그러므로 비록 묘사의 반복성이 인정된다 할지라도, 이븐 바투타의 서술은 실제적으로 식량자원과 같은 주제에 대해 너무나도 풍성한 자료를 제시해준다.

| 음식

음식물과 식습관에 대한 정보는 사실상 체계적인 정리가 어려울 정도로 여행기 곳곳에서 산발적으로 등장한다. 예컨대 잭 구디(1919~. 영국의 역사인류학자—옮긴이)가 말했던 것처럼, 지역마다 다양한 중세의 식량체계는 음식물의 생산, 분배, 제조, 그리고 소비의 모든 측면을 포괄한다. 처음 세 가지 측면에 관한 몇몇 정보는 수집이 가능한데, 주로 이집트와 시리아의 여행기에 등장하며 아라비아 부분에서는 그 양이 훨씬 적다. 그러나 이븐 바투타의 관심은 거의 음식물의 소비에 집중되어 있었던 것으로 보인다. 준비과정에 대해서는 그다지 서술하지도 않았을 뿐더러, 묘사하더라도 넌지시 비치는 정도에 그친다. 소비에 초점을 맞춘 것은 일면 이해가 간다. 왜냐하면 무슬림의 종교 윤리에서 중요한 의미를 갖는 접대 관념과 밀접하게 연관되기 때문이다. 음식 소비와 접대라는 연결 주제로 이 장을 시작하고자 한다. 특히 그의 두 번째 성지순례와 3년에 가까운 메카 체류에 앞서서 페르시아 남부와 이라크를 여행하던 기간이 여기에 해당된다. 아라비아 지역을 넓게 여행하면서 예멘을 거친 다음 선박을 이용해 남아라비아 연안을 두루 여행했다. 동아프리카의 식습관에 대한 묘사가 흥미로운데, 곧 인도여행이 예상되는 시점이기 때문이었다. 후반부에서는 아나톨리아를 거쳐 킵차크한국의 투르크족 지역에 머물다가 인도 체류로 이어지는 과정에서 이븐 바투타가 받았던 환대를 다룬다. 따라서 제2장에서 자세하게 언급했던 여행기의 지리학적 순서를 이번에도 따르게 될 것이다.

이집트, 시리아, 그리고 아라비아

이븐 바투타는 알 무카다시보다 거의 4세기 늦게 이집트를 방문했다. 알렉산드리아를 거쳐서 당도한 이집트의 수도는 이제 엄청난 대도시가 되어 있었다. 이븐 바투타는 이곳을 미스르라고 했는데 당시에는 대개 이집트를 그렇게 불렀다. 그는 이집트의 지세에 강한 인상을 받았다. 바로 거대한 나일 강 때문이었다. 그는 나일 강이 지구상의 모든 강을 능가하며 나일 분지는 세계의 어느 강 유역보다도 넓고 풍성한 경작지라고 단언했다.

> 나일 강에서는 여행자가 소지품을 몸에 지닐 필요가 없다. 원하면 언제든지 강둑으로 내려가 목욕재계를 할 수 있고 기도도 올릴 수 있으며, 식료품을 구입하는 등 무엇이든 다 할 수 있기 때문이다. 알렉산드리아에서 카이로까지, 카이로에서 상부 이집트의 아스완까지 끝없이 시장의 행렬이 이어진다.

알렉산드리아와 카이로 사이의 나일 삼각주 지역에서 이븐 바투타는, 파우와는 마을 전체가 다 과수원이고 알나흐라리야라는 마을에는 훌륭한 시장이 있으며 부를루스 지역에는 대추야자와 과실나무가 빼곡하다고 간략하게 묘사한다. 이들 생산품 중 일부가 카이로 시장에서 판매됐고, 석류(룸만)는 이름도 제격인 아슈문 알룸만에서, 바나나는 두미아트(다미에타)에서 들여왔다.

나일 강변에 위치한 두미아트에는 통통한 바닷새가 엄청나게 많았고, 달고 맛 좋기가 무엇과도 비교되지 않는 버팔로 우유가 유명했다. 또 부리라는 숭어 종류의 물고기도 잡혔으며 카이로, 혹은 더 멀리 시리아와 아나톨리아까지 팔려나갔다. 이처럼 유통의 범위가 넓다는 것은 제품이 인기 있고 맛도 좋다는 것을 의미했다. 이에 관해서는 아래에서 다시 언급할 것이다. 이븐 바투타는 상부 이집트를 지나며 만라위라는 작은 마을에 들렀는데, 이곳에는 11개의 제당소가 있었다. 그의 관심을 사로잡은 것은 가난한 사람들이 갓 구운 빵 덩어리를 들고 와서 설탕 가마에 그것을 담가 설탕이 듬뿍 묻은 빵을 먹을 수 있도록 허락하는 제당소 주인의 행동이었다. 두말할 나위도 없이, 그는 이와 같은 행동이 가난한 사람들을 돌보고자 하는 인정 넘치는 종교적 열망을 확인해준다고 믿었다. 마지막으로 홍해의 아이자브 항구는 물고기와 우유가 풍부하다고 묘사되며, 대추야자와 곡물은 상부 이집트에서 들여왔다. 주민 대다수는 반半유목생활을 하는 아프리카의 베자족으로 보여졌고 이들은 운송수단으로 사용되는 낙타의 젖을 주식으로 먹었다.

이븐 바투타의 설명을 통해 이집트가 나일 강의 선물이라는 속담이 확인된다. 당시 카이로는 술탄 알 말리크 알 나시르(재위 1293~

1341)가 이끌던 맘루크 왕조의 수도로서, 술탄의 효과적인 통치 아래 나일 강 유역의 여러 지역에서 생산되는 상품을 자석처럼 끌어들이는 정치와 경제의 중심지였다. 이븐 바투타는 "이집트의 세금 수입이 그토록 많은 이유는 모든 토지가 국가의 재산이기 때문"이라고 썼다. 그가 언급한 대로, 유일하게 아이자브만 도시의 3분의 2가 베자족 왕의 소유여서 술탄과 갈등을 빚고 있었으며 그 땅에서 술탄의 군대가 쫓겨난 적도 있었다. 주목할 만한 것은, 아이자브가 상부 이집트의 다른 지역에서 곡식을 들여왔다는 사실이다.

이븐 바투타의 시리아여행은 오늘날의 팔레스타인과 레바논도 포함됐으며 주로 요르단과 오론테스 강, 그리고 지중해 연안 사이에 있는 지역에 해당됐다. 나일 삼각주와 마찬가지로 그곳 역시 비옥한 땅이었다. 우리 여행자의 관점에서 볼 때 그 지역의 중심지는 자발 루브난이었다. "그곳에는 세계에서 가장 비옥한 산악지대가 있어서 모든 종류의 과실과 우물이 있었다." 또한 그 산의 북쪽과 남쪽에는 과실 재배로 유명한 여러 도시가 있었다. 시돈은 무화과, 건포도, 올리브 오일이 풍부해서 이집트로 수출했다. 알마라는 무화과와 피스타치오 농원으로 유명했고 인근의 사르민도 유명한 올리브 농원이었다. 하마에서는 엄청난 양의 과실을 생산했다. 그중에서도 아몬드 살구(알미슈미시 알라우지), 혹은 '하얀 살구'라고 하는 과실의 맛이 최고였고 씨가 꼭 달콤한 아몬드 같았다. (페르시아의 이스파한을 방문했을 때, 이븐 바투타는 아몬드 같은 씨앗을 가진 비슷한 종류의 살구 이야기를 한다. 이 과일의 이름은 카마르 알딘으로, 말려서 보관했다) 나블루스도 시돈과 비슷했지만 그보다 올리브가 더 풍부해서 이곳의 기름이 다른 지역으로 팔려나갔다. 나블루스의 멜론은 최상의 품질을 자랑했다. 레바논

산맥의 보석은 고대도시 바알베크였다. 계곡에 자리를 틀고 있는 이 도시는 "아름다운 과수원과 훌륭한 정원으로 둘러싸여 있는데 시냇물이 도시를 가로질러 흐르고 생활에 필요한 모든 시설이 갖추어져 있는 모습은 다마스쿠스에 필적했다." 체리가 엄청 풍부하게 자라고 있었고 그 유명한 잼인 디브스가 여기서 만들어졌다.

이집트와 시리아의 경우와는 아주 다르게, 메디나와 메카 사이에 있는 아라비아의 비옥한 땅들에 대해서는 아주 간단하게만 언급하고 넘어간다. 이곳은 메카에 과실과 야채를 공급하는 가장 근거리의 지역들이었다. 13세기 아라비아의 여행자였던 이븐 알 무자위르는 멜론, 여러 종류의 오이, 가지, 그리고 리크(큰 부추처럼 생긴 채소로 서양파라고도 한다—옮긴이) 등 메카로 공급되는 인근 내륙 지방의 농산품 목록을 구체적으로 기록했다. 1183년에 성지순례를 했던 이븐 주바이르는 이 목록에 무화과, 포도, 모과와 같은 과일과 호박, 당근, 콜리플라워같이 품질 좋은 야채들을 많이 추가했다. 그는 성지에 도착할 때까지 자신이 태어난 이베리아 반도가 그 어디보다 훌륭한 곳이라 생각했다고 말했다. 그러나 메카의 수박을 맛보고는 향미와 달콤함이 말로 표현할 수 없을 정도라고 감탄했다. 이븐 주바이르는 보다 냉철한 관찰태도를 보였고, 메카의 장사치들이 가장 재미를 보는 순례 기간에는 시장에 온갖 물건이 차고 넘친다고 말했다. 그러면서 이는 알라가 특별히 메카를 위해 이루어놓은 축복이자 기적이라고 단언했다.

이븐 바투타는 대상과 함께 아라비아를 여행한 것도 개략적으로 언급하고 있다. 그는 무엇보다도 물 공급이 항상 문제라고 강조했다. 첫 번째 성지순례를 마치고 메카를 떠나 쿠파로 향할 때는, 대상이

도보여행을 하는 가난한 순례자들(아브나 알사빌)을 위해 물을 싣고 나르는 낙타들을 대동했다고 말했다. 또 중간에 병을 얻는 사람들을 위해 마련된 약품과 설탕, 그리고 자선물품으로 나누어줄 물건들을 실은 낙타도 있었다. 대상은 움직이는 작은 마을과도 같았다. 대상은 출발시점에 마련한 식량들 말고도 중간에 양, 정제버터, 응고우유 같은 것들을 조달했다. 이런 물품들은 해당 지역에 사는 베두인족들이 가져왔으며, 이들은 올이 굵은 면직물과 같이 자신들이 필요한 물건과 교환해갔다.

여행기에서 음식을 준비하는 과정에 관한 내용은 찾아보기가 힘들다. 주로 상업적 측면에서 물품이나 생산물을 언급할 뿐, 가정의 부엌에서 조리되는 요리 이야기는 거의 찾아볼 수 없다. 자세한 요리 이야기는 동시대 아랍 요리책에서 발견된다. 예를 들어, 이집트 삼각주의 두미아트에서 잡히는 부리라는 물고기를 한번 보자. 요리책《유익함의 보고》에는 생선 요리법이 많이 나온다. 생선 종류를 명시하지 않는 경우가 대부분이며 신선한 것을 주로 사용하고 때때로 염장 처리된 것을 사용했다. 이러한 요리법 중 하나가 회색 숭어, 즉 부리를 이용하는 요리다.[4] 우선 양파를 잘게 다지고 올리브 오일에 볶아둔다. 그리고 사프란, 혼합 향신료, 헤이즐넛, 생강, 민트, 루타(약용식물—옮긴이), 그리고 각종 야채와 건포도를 섞은 재료에 포도 식초를 양껏 넣고 함께 끓인다. 튀겨놓은 부리 위에 잘게 다져놓은 양파와 혼합 재료를 얹고서 푹 배도록 하룻밤 재워둔 후, 다음 날 먹는다. 이 요리법의 끝에는 책 편집자가 달아놓은 요리에 대한 논평이 하나 붙어 있는데, 한마디로 '놀라운' 맛이다. 이것을 오늘날 미식가들의 언어로 표현하자면 '천상의 음식' 정도가 될까.

이븐 바투타의 모로코 독자들은 부리에 친숙했을 것이다. 왜냐하면 회색 숭어류인 부리가 흑해에서부터 지중해까지 흔했기 때문이다. 위에서 소개한 요리법은 카이로나 다마스쿠스 같은 도시의 부르주아적 요리문화에 속한 것이었다. 육류 혹은 가금류를 활용한 다른 주요 음식들의 요리법과 마찬가지로, 이것도 수많은 요리법 중 하나였을 뿐이다. 이븐 라진 알 투지비의 요리책에도 부리의 요리법이 나온다. 이 책은 북아프리카-이베리아 지역의 요리법을 대표하는 13세기 중반 작품이다.[5] 몇 가지 세부내용을 살펴보면 재료와 요리방법이 여기에 소개한 '이집트식' 요리와 유사하다. 중요한 차이점이 있다면 알 투지비의 요리가 양념 면에서 좀 더 투박하다.

이븐 바투타의 관심은 상업적인 목적으로 제조되는 음식에 보다 치중되어 있었다. 이는 독자들이 집에서 만드는 음식보다 덜 친숙했기 때문이다. 예를 들어 이븐 바투타는 상부 이집트의 만팔루트 마을에 머물면서 나이다[6]라는 이름의 '꿀' 종류의 제품을 서술했다. 원료인 밀을 며칠 동안 물에 푹 담가놓은 후 말려서 다시 빻아 설탕을 만드는데, 이것을 카이로 시장에 내다 팔았다. 시리아의 나블루스는 캐럽 설탕으로 유명했고 그 명성이 도성 밖 너머까지 퍼졌다. 이븐 바투타는 그 과정을 이렇게 설명한다. "캐럽을 끓여 꼭 짠 후 여기서 나온 즙을 모아 사탕을 만든다. 또 즙은 이집트와 시리아의 다른 항구도시로 수출한다." 아주 오래 산 상록수에서 열리는 캐럽 꼬투리는 잘 여물었을 때 몹시 달아서 고대부터 중요한 당분 공급원으로 여겨졌다. 이 꼬투리 열매는 로커스트콩이라고도 불리며, 흔히 세례 요한이 사막에서 메뚜기와 석청으로 연명했다고 하지만 실제로는 곤충(로커스트는 메뚜기라는 뜻도 있다—옮긴이)이라기보다는 그 나무의 열매를 먹었을 가능성이 높다고 말하는 이들도 있다.

또 다른 유명 상품은 디브스로, 이븐 바투타는 농도 짙은 포도즙에 일종의 분말(투르바, 즉 '진흙'!)을 섞어 더욱 농도를 짙게 하거나 심지어 딱딱하게 굳힌 것이라고 말했다. 따라서 그 반죽을 항아리에 넣으면 깨질 염려가 있어서 한 덩어리로 만들어놓아야 한다. "이렇게 만든 디브스에 피스타치오와 아몬드를 넣어서 알물라반이라는 사탕을 만든다." 또한 대추야자를 압착해서 즙을 내거나 아니면 뭉개질 때까지 물에 넣고 끓여 디브스를 만들었다. 이렇게 만들어진 것을 커다란 통에 꼭꼭 눌러 담은 후에 햇빛에 내놓고 딱딱하게 굳히거나 적정한 농도가 될 때까지 끓였다. 사람들은 디브스를 시장에서 사다가 가정에서 여러 가지 형태의 조미료 재료로 사용했다. 작자미상의 요리책에 나오는 요리법에서는 디브스의 당분으로 식초의 산도를 맞추었다. 레몬 피클을 만드는 복잡한 조리법에서는 디브스가 설탕이나 꿀 대신으로 추천됐고 이때에도 식초의 산도를 낮추는 역할을 했다. 《유익함의 보고》에는 알물라반으로 만드는 간단한 요리법이 소개되어 있다. 알물라반에 참기름과 설탕(또!)을 첨가하면 사부니야라고 하는 좀 더 복잡한 형태의 달디단 별미를 만들 수 있다. 맛을 본 편집자의 논평은 '천상의 맛'[7]에 다름 아니었다.

마지막으로, 아라비아의 험로를 따라 펼쳐지는 순례 대상의 세계로 돌아오면, 다스트스라는 커다란 놋쇠 가마솥에 음식을 준비해서 가난한 순례자들과 먹을 것을 미처 준비하지 못한 사람들에게 식사를 제공했다.

| 접대(환대)

알 가잘리 같은 종교학자들은 음식 소비의 문제를 보다 넓은 행위의 범주, 즉 접대의 과정 속에서 논의했다. 식사 초대와 수락으로 시작되는 이 과정은 참석, 음식 접대, 식사, 그리고 주인에게 작별을 고하는 것으로 마무리됐다. 이븐 바투타는 다양한 문화적 맥락 속에서 접대에 대한 이야기를 하지만, 식사 참석의 순서에 관해서는 분명한 인식을 보여주고 있지 않았다. 학자들의 견해는 무슬림이 엄격하게 지켜야 할 정확한 규범이라기보다는 일종의 안내였으며 예언자의 실천, 즉 순나는 본보기로서 따라야 하는 지침이었다. 음식과 육체의 문제에 관해서는 일종의 기초 윤리적 논점이 존재했다. 이는 무슬림이라면, 특히 도시의 환경에서 살고 있는 무슬림이라면 진지하게 심사숙고하도록 권고됐다. 우선, 알 가잘리는 "인류에게 가장 큰 도덕적 위기가 찾아온다면 그것은 바로 식욕"[8]이라고 말했다. 심지어 성욕은 유혹과 실수의 원천으로서 식욕 다음에 있었다. 알 가잘리에 따르면, 과식(샤바)은 예언자의 죽음 이후에 생겨난 위험스러운 창조물로서 예언자의 순나를 위반하는 것이었다. 과식이 위험한 이유는 욕정을 촉발하고 몸에 질병을 일으키기 때문이었다. 두 번째로, 알라의 가르침에 대한 올바른 지식과 이를 바탕으로 실천하는 행동은 건강한 몸을 통해서만 성취될 수 있었다. 그리고 필요한 만큼의 음식을 먹어야 건강한 몸을 얻을 수 있었다. 더욱이 음식의 소비가 신앙생활의 한 부분이라면 혼자 먹는 것보다 다른 사람들과 함께 어울려 먹는 것이 훨씬 바람직했다. 예언자의 전통은 혼자서 먹는 것이 아니었다. "가장 훌륭한 음식은 그 위로 많은 손이 오가는 음식"이라는 예언자의 말이 전해진다. 이 금언은 이븐 바투타가 여행기의 서술을 통해 전달하는 접대, 즉 환대의 정신을 상징한다. 또한 그는 다른 측면의 질적인 가치들을 경험했고 이 내용에 대해서는 앞으로 적절한 대목에서 살펴보게 될 것이다.

이븐 바투타가 직접 받은 접대를 처음으로 언급하는 대목은 알렉산드리아의 여행기로, 신심 깊은 이집트 샤이흐의 일화가 소개된다. 구도자 알 무르시디는 대단한 능력을 지녔다고 알려졌다. 그는 '신의 창고'에서 선물을 꺼내줄 수 있으며 눈에 보이지 않는 천상의 세계를 볼 수 있다고 했다. 그는 나일 삼각주에 위치한 파우와 외곽의 한 자위야에서 세상을 벗어나 칩거하며 하인이나 친구도 없이 혼자 살았다. 하지만 출신이 높건 낮건 할 것 없이 매일같이 그의 친구가 되고자 하는 사람들의 발길이 끊이지 않았다. 그를 방문하면 모두 음식을 대접받았다. "그를 찾는 사람들은 하나같이 특별한 음식을 청했고, 과일이건 사탕이건 제철이 아닌데도 손님들이 원하는 음식은 무엇이든 내왔다." 이븐 바투타가 자위야를 찾아갔을 때, 샤이흐는 자리에서 일어나 그를 끌어안고 식사에 초대했다. 하지만 무엇을 접대받았는지는 한마디도 언급하지 않는다. 다음 날 떠날 때, 샤이흐는 이븐 바투타에게 '작은 빵(쿠아이카트. 단수형은 카크)과 은전 몇 닢'을 여행에 보태라며 주었다. 이는《여행기》전체의 서술에서 매우 중요한 사건이었다. 왜냐하면 샤이흐는 커다란 새의 날개를 타고 멀리 날아가는 손님의 꿈 얘기를 신기하게도 미리 알고는 해몽까지 해주었고, 이는 이븐 바투타의 미래 여행과 인도의 장기체류를 예언한 것이었다. 이븐 바투타는 성지순례뿐 아니라 그 다음의 모험여행까지 길을 알려주며 알라의 가호를 빌어주는 구도자의 축복들(바라카트)에 감사를 표했다. 현재의 논점에서 이 이야기에 주목해야 할 것은, 음식이 일종의 은유로 사용된다는 사실이다. 이 샤이흐는 손님에게 진정한 환대의 선물, 즉 영혼의 양식을 제공했던 것이다. 길을 나서는 손님들 한명 한명의 손에 들려준 작은 빵은 효모도 섞지 않은 거친 보리빵이었다. 보리빵 이야기는 이븐 바투타가 첫 번째 성지순례를 마치고 얼마 안 되어 방문했던 또 다른 성자 2명의 이야기에도 나온다. 두 사람 역시 이븐 바투타에게 커다란 감명을 주었다. 한 사람은 이라크 북부 신자르 산꼭대기의 은둔처(라비타)에서 만났다. 역시 신비한 능력의 소유자였고 40일 연속으로 금식을 할 수 있었다. 금식을 하지 않으면 얇은 보리빵(카르스) 반쪽만 먹었다. 카크처럼 러스크와 비슷했던 것으로 보여지는 이 보리빵은 물이나 수프, 기ghee(일종의 액상버터—옮긴이)에 담가 먹었는데 여행자의 식량으로 적당했다. 이것은 그리스의 전통 비스킷인 파시마디아의 친척쯤인 듯하다. 두 번째로 만난 사람은 예멘의 유명한 고행자였다. 사원 옆에 있는 작은 방에 살았으며 세간이라고는 아무것도 없었다. 손님이 오면 소금과 타임을 곁들인 마른 보리빵을 대접했다. 다시 한번 비교를 해보자면, 도시 부르주아들이 먹는 빵(카크)은 곱게 빻은 밀가루와 정제버터, 그리고 참기름과 사향, 장미향수를 섞어서 만들고 견과류를 갈아 그 위에 뿌리는 게 보통이었다.

다양한 종교시설에서 음식을 제공했고, 이븐 바투타는 이에 대해 듣거나 혹은 직접 방문하여 경험했다. 그는 카이로에 있는 수많은 '수도원(한카)' 중 한 곳을 언급했다. 이곳의 체류자들은 주로 교육받은 페르시아인들로 수피파의 교리에 정통한 금욕주의자들이었다. 하루에 두 번 식사를 위해 모였으며 그때마다 빵과 스프를 각자의 그릇에 받아서 먹었다. 다른 사람들과 함께 나누어 먹는 일은 없었으며 매주 목요일 저녁에 당과류를 먹었다. 시리아에서는 자위야 두 곳을 묘사했는데, 하나는 안타키아에 있었고 다른 하나는 사흐윤 외곽에 있었다. 두 곳 다 모든 방문객에게 음식을 대접했다. 흥미롭게도 두 자위야 모두 현지에서 유명하거나 혹은 더 널리 알려진 성자의 무덤을 옆에 두고 있었다. 라타키아의 외곽에는 수도사들이 묵고 있는 일종의 기독교 수도원(다이르 알파루스)이 있었는데 이는 시리아와 이집트에서 규모가 가장 컸다. 도처의 기독교도들이 그 수도원을 찾았다. “그 기독교도들은 무슬림도 환영했다. 그들이 제공하는 음식은 빵과 치즈, 올리브, 식초, 그리고 케이퍼였다.” 요금은 언제나처럼 약소했으며 이 기독교 수도원은 다른 어떤 곳보다 풍성하게 음식을 제공했던 것으로 보인다. 배고픈 것이 영적으로 좋다는 알 가잘리의 주장은, 예수가 산상수훈에서 말했던 8개의 지극한 복 중에서 “의에 주리고 목마른 자는 복이 있나니 저희가 배부를 것이오”라고 했던 말과 흥미롭게도 매우 유사하다. 알 가잘리는 이 주제와 관련하여, 예언자 무함마드의 수많은 어록 중에서 다음을 인용한다. “심판의 날에 알라가 보시기에 너희 중에 가장 존귀한 이는 그를 위하여 가장 오랫동안 굶주리고 묵상한 사람이 될 것이다.” 그는 또한 토라(유대교의 율법—옮긴이)에서 찾았던 것으로 여겨지는 예수의 말도 인용했다.

아라비아의 여행기로 넘어가기 전에, 이븐 바투타의 발자취를 따라 첫 번째와 두 번째 순례여행 사이에 있었던 수개월 동안의 이야기를 정리해보고자 한다. 당시 그는 메카에서 쿠파, 와시트, 그리고 이라크 남부의 바스라를 여행한 후에 페르시아 남서쪽으로 갔다. 대상이 와시트 외곽에서 사흘간 야영하는 동안, 그는 하루 정도 거리의 마을을 찾아나섰다. 수피파 리파이야 교단의 창시자 무덤을 방문해 볼 요량이었다. 그곳에 있는 거대한 리바트는 '수천 명의 가난한 형제들'을 수용할 수 있었다. 형제들은 북을 울리고 춤을 추며 의식을 거행하고 일몰 후에 기도회를 가졌다. 그 후에 쌀빵, 생선, 우유, 대추야자로 식사를 마치고 나면 지크르, 즉 경전을 암송하는 의식을 가졌다. 여기서 쌀에 대한 언급이 우리의 관심을 끈다.[10] 쌀을 경작하려면 물이 잘 공급되어야 한다. 강 유역은 자연적으로 물이 범람하거나 토지에 물을 대기가 쉬워서 쌀농사에 이상적인 장소였다. 와시트 인근 지역과 유프라테스 강 하류 지역, 그리고 유프라테스 강과 티그리스 강이 만나는 운하의 주변 지역 모두 이슬람 문명의 초기 전성기 시대에 고대 농작물의 보급처였다. 현재도 그렇지만 이라크와 페르시아에서 쌀 소비는 종종 생선의 소비와 연결된다. 더구나 쌀빵(쌀 자체가 아니라)은 가난한 사람들의 일상적 음식이라고 주장하는 견해가 있다. 말하자면 구황식품이라는 얘기다. 바스라 지방에서 구전되는 구두쇠 이야기에도 손님에게 쌀빵 말고는 아무 음식도 내놓지 않았다고 하는 것으로 보아, 쌀은 값이 싸서 수전노의 접대에나 어울리는 음식이었다는 사실을 알 수 있다. 의사 알 라지의 의견에 따르면, 일반적으로 쌀빵은 밀빵보다 소화와 배변이 힘들기 때문에 경험이 있는 사람들은 소금이나 아주 기름진 음식, 또는 우유나 마늘이 함께 나와야만 쌀빵을 먹었다. 이븐 사이야르 알 와라크는 자신의 요리책에서 여러 가지 곡물의 장점을 기술했다. 그는 사람이 먹기에 가장 적당한 곡물로 밀을 꼽았다. 쌀은 아주 영양가가 높으며, 요리할 때 기름을 충분히 써야 소화가 잘되고 우유와 설탕을 함께 넣어 요리하면 아주 훌륭한 건강식이 된다고 말했다. 이븐 카임 알 자우지야는 저서 《예언자의 의술*Tibb al-Nabawi*》에서 쌀은 밀 다음으로 가장 영양가가 높은 곡물이며 인도 의사들에 따르면 우유과 함께 요리할 때 최고의 음식이 된다고 말했다. 작자미상의 요리책 《유익함의 보고》는 주메뉴의 보충재료로서가 아니라 주재료로 쌀을 활용하는 요리들의 조리법을 소개한다. 예를 들어 루하미야는 신선한 우유와 풍부한 양념으로 조리된 쌀 요리다. 이런 음식은 외딴 암자에서 생활하는 가난한 형제들이 즐기는 음식은 아니었으나, 그럼에도 불구하고 그들의 단출한 식사는 최소한 하루에 한끼는 건강식을 먹어야 한다는 의사들의 권고에 어느 정도 근접했던 것으로 보인다.

이븐 바투타는 바스라 사람들의 인심이 넉넉하고 대접이 후하다는 칭찬을 하면서, 그들과 함께 있으면 낯선 이방인도 외로움을 느끼지 않는다고 말했다. 바스라의 가장 눈에 띄는 특징은 야자나무 숲이 엄청나게 많다는 것이었다. 바스라의 카디가 그에게 커다란 대추야자 바구니를 보냈는데 이는 운반하는 사람이 거의 들 수 없을 정도로 무거웠다. 한 학자는 그를 식사에 초대해서 옷과 돈을 주었고, 또 다른 이는 그에게 음식을 대접하고 더 많은 대추야자와 돈, 그리고 사얄란이라는 '대추야자 꿀'을 주었다. 이는 디브스의 또 다른 이름이었던 것으로 보이며 대추야자를 압착하여 추출한 시럽이었다. 이븐 바투타는 그 '꿀'을 어떤 용도로 사용하는지는 설명하지 않았다. 그러나 몇 달 후에, 남아라비아 연안을 배로 여행하면서 오만의 한 상인이 준비한 음식 얘기를 꺼냈다. 그는 이전까지 한번도 먹어본 적이 없으며 그 이후에도 다시 먹어보지 못할 그런 음식이었다고 말했다. 갈지 않은 기장을 사얄란과 함께 끓여서 묽은 죽 위에다 얹어 먹는 것으로 이렇게 하지 않으면 죽 자체는 먹고 싶은 생각이 전혀 들지 않을 그런 음식이었다.

바스라의 어떤 사람은 이븐 바투타에게 이라크 알아랍을 거쳐 바그다드 북부로 여행을 하기에 앞서 페르시아 남부(이라크 알아잠)를 여행할 것을 추천했다. 바스라에서 슈슈타르, 그리고 이스파한으로 이어지는 여정에서는 그가 이전에 경험했던 그 어떤 곳들에서보다도 더 크고 체계적이며 시설도 잘 갖춘 자위야를 만났다. 그는 이렇게 말한다. "이번 여행에서는 각 단계마다 그 끝에 자위야가 하나씩 있었고 그곳에서는 모든 여행자들이 빵과 고기와 당과를 제공받았다. 당과는 포도시럽에 밀가루와 기를 섞어서 만들었다. 자위야마다 샤이흐, 기도회 인솔자, 무아진(기도시간을 알리는 담당 관리—옮긴이), 그리고 가난한 형제들의 시중을 드는 하인, 그리고 요리를 담당하는 노예와 하인들이 있었다." 슈슈타르에서 이븐 바투타는 일종의 종교학교인 마드라사에 머물렀다. 유명한 고행자 사흘 븐 압달라의 후예인 저명한 샤이흐가 운영하는 곳이었다. 그는 하인들의 도움을 받아 인근에 자위야 한 곳을 더 운영하고 있었고, 2명의 하인이 기부금과 매일의 지출 경비를 관리했다. 또 다른 하인 2명은 방문객들을 위한 식사 관리와 음식 분배, 요리를 책임지고 물통을 관리하며 기타 집안일을 나누어 맡았다. 탕헤르의 여행자는 이 시설에서 16일을 머물렀으며 전에 받아보지 못한 환대를 받았다. 그는 식사로 기, 닭튀김, 빵, 고기, 그리고 당과로 쌀을 조리한 무팔팔(일종의 볶음밥—옮긴이)을 받았는데 4명은 너끈히 먹을 수 있는 양이었다. 《유익함의 보고》에 나오는 요리법에 따르면, 쌀 요리는 고기와 많은 양의 기름과 후무스(병아리콩을 으깬 것에다 오일과 마늘을 섞은 음식—옮긴이)를 넣어서 만들고, 양념으로 향이 좋은 송진 유향과 시나몬(희미한 매운 맛의 향신료—옮긴이)

을 썼다.

이븐 바투타는 슈슈타르를 출발해 이스파한으로 가면서 산악지대의 여러 자위야에 머물렀다. 그는 이 지역의 자위야들이 '마드라사'라 불린다고 썼다. 이 시설물들은 전부 그 지역의 왕, 즉 아타베크가 내려준 인심 좋은 하사품이었다. 그는 그곳을 지나면서 산에 참나무가 빼곡하게 자라 있으며 나무에서 떨어진 도토리는—달고 맛있는 각양각색의—빵으로 구워졌다고 말했다. 그러나 2주 동안 자위야에 머물면서 이스파한에서 매일 어떤 음식을 먹었는지는 언급하지 않는다. 하지만 그가 도착했을 때 열성적 신자이자 구도자인 한 샤이흐가 음식을 보내주었는데 지역 특산물과 녹색 껍질의 수박, 그리고 아주 단 붉은색 과육들이었다고 회상했다. 그는 또 이 음식들이 고향 마그리브의 말린 무화과처럼 저장가공된 식품이었다고 말했다. 하지만 낯선 음식들이었던지라, 처음 먹었을 때는 소화가 잘되지 않아 며칠이 지나고 나서야 속이 편해졌다. 페르시아 남부와 이라크를 여행한 나머지 기간 동안 그는 음식에 별 관심을 보이지 않는다. 아주 향미가 좋은 치즈가 야즈두하스라는 마을에서 생산됐고, 카주란의 자위야에서는 고기와 밀과 기로 만든 하리사가 얇은 빵과 함께 제공됐다. 이는《유익함의 보고》에 나오는 하리사 조리법의 축약판처럼 보인다. 그 책에는 쇠고기와 껍질 벗긴 밀을 유향, 시나몬, 치즈, 그리고 딜(독특한 향이 나는 허브의 일종—옮긴이)과 함께 조리하는 것으로 나온다.

이븐 바투타는 오늘날의 여행자들이 보기에 아주 비용이 적게 드는 여행을 했다 싶을 정도로 다양한 종교시설이 제공하는 접대를 의식적으로 선호한 측면이 있지만, 또 한편 상인들의 후덕한 인심에 대해서도 이야기한다. 예멘의 사르자를 방문했을 때 인심 좋은 사람들로 이루어진 한 집단을 소개받게 됐다. 이들은 여행자와 순례자들에게 음식을 제공하고 여행에 필요한 물품과 교통수단을 조달해주는 것으로 유명했다. 선행은 그에 합당한 보답을 받았다. "알라께서 그들의 부유함을 배가시켜주시었고 알라의 관대함으로 더 큰 부의 증가를 그들에게 내려주시었으며 그들의 선행을 도우셨다." 이븐 바투타는 아덴에서 함께 유숙했던 한 상인이 모든 동료 상인에게 매일 밤 접대하는 모습을 보면서 이렇게 말했다. "(그는) 독실하고 겸손하며 강직하고 관대하여 이방인에게 친절하고 가난한 형제들에게 대가없이 베풂으로써 신성한 법이 명령하는 자선(자카트)으로 알라의 은총에 보답했다."

이제 첫 번째 메카 성지순례의 마지막 단계로 가보자. 이븐 바투타는 예언자의 한 가지 일화를 거론하며 메카 북쪽의 여로에 있는 특정 장소 한 곳을 지목한다. 그의 대상 일행은 평원 위에 야자나무 숲이 우거진 훌라이스의 연못에 거의 도착했을 때 사위크라는 아주 좁은 모래 골짜기를 지나야 했다. 그는 독자들에게 이 장소의 중요성을 설명한다. 한번은 무함마드와 동행자들이 이 좁은 모래 길을 지나갔는데, 아무도 양식을 가진 이가 없었다. 이 유명한 사건을 기록한 하디스(전승집)에 따르면, 예언자 무함마드는 모래를 손에 쥐고는 사람들에게 나누어주고 "조금씩 홀짝이며 먹었다"고 했다. 놀랍게도 모래가 사위크라는 오트밀과 비슷한 음식으로 변해 있었다. 해마다 많은 순례자들이 이 일화를 재현했다. 순례자들은 사위크를 가지고 와서 똑같은 장소에서 먹곤 했다. 대상을 이끄는 조직의 책임자는 사람들에게 사위크를 제공했다. 이븐 바투타는 "설탕과 섞어서 마셨으며, 대상의 지휘자들이 물통에 그것을 채워놓고 사람들에게 나누어주었다"

고 말했다.

이븐 바투타의 독자들은 이 일화에 언급된 음식을 잘 알고 있었을 것이다. 사위크는 밀과 같은 곡물로 만들지만 보리로 만드는 경우가 더 흔했다. 곡물을 물에 가볍게 헹구어 하룻밤 동안 물에 담가놓은 후, 물을 따라내고 다시 씻어서 노르스름해질 때까지 불에 구워 식힌 후 빻아서 체에 쳐 보관했다. 여행자가 소지하기에 매우 편리한 음식이었다. 때에 따라서는 가루를 물에 타서 먹었고 설탕을 첨가하면 맛이 좋았다. 사위크 가루를 정제버터나 양 꼬리 기름과 섞어 촉촉하게 만들어서 먹는 방법도 있었다. 사위크 조리법은 적어도 10세기부터 도시인들이 알고 있었는데, 미리 가공해놓은 밀가루와 말린 석류씨를 정제당과 함께 섞어서 먹는 조리법도 있었다. 고급스러운 요리법으로는 아몬드 간 것과 밀가루를 절반씩 혼합해서 기름은 넣지 않고 사향, 사프란, 장뇌만 첨가하는 경우도 있었다.

한 무명의 시인은 사위크를 물과 섞어서 먹으면 "찌는 듯한 무더위 후에 배고픔도 달래주고 심장도 식혀준다"[11]고 제대로 표현한 바 있다. 이쯤 되면 이븐 바투타의 얘기가 이해가 된다. 사위크는 물이 없을 경우, 그냥 마른 가루인 채로 손바닥에 올려놓고 핥아먹었기 때문이다. 따라서 예언자 무함마드가 동행자들에게 제공했던 것은 '모래'처럼 보이는 것, 즉 마른 사위크 가루였다고 짐작해볼 수 있다. 하지만 이런 식으로 생각하면, 예언자의 놀라운 권능에 대한 믿음과는 거리가 멀어진다.

이븐 바투타는 메카 사람들이 하루 한 번, 즉 오후 기도회가 끝났을 때 식사를 하고 다음 날 같은 시간까지는 다른 음식을 입에 대지 않는다고 말했다. 이븐 알 무자위르의 간결한 설명에 따르면 메카에서는 고기와 기, 빵을 먹는다.[12] 다른 시간에 먹기를 원하는 사람이 있으면 말린 대추야자만 허용됐다. 이븐 바투타는 이런 식습관 덕분에 메카 사람들이 건강하며 질병이 거의 없다고 말한다. 이와 같은 우리 여행자의 관점은 그와 동시대를 산 이븐 카임 알 자우지야도 동의하는 바다. 그는 대추야자가 성질이 뜨겁고 건조해서 체질적으로 차가운 경향이 있는 더운 나라 사람들에게 아주 적합하다고 말했다. "이러한 연유로 히자즈, 예멘, 타이프(오늘날의 사우디아라비아 서부에 있는 도시. 메카에서 동남쪽으로 약 100킬로미터 떨어져 있다—옮긴이), 그리고 (메카 같은) 인접 지역에 사는 사람들은……타지 사람들은 당황해할 정도로 상당한 양의 뜨거운 음식을 먹는다. 대표적인 음식이 대추야자와 꿀이다."[13] 그는 히자즈 특유의 토양과 공기가 대추야자의 천연 성질과 한데 어우러져, 음식으로 적합할 뿐만 아니라 약으로도 훌륭해서 몸의 병증을 다스리는 데 좋다고 설명했다.

이븐 바투타는 무자파리야 마드라사에 머물면서 자신이 어떻게 성도의 축복을 나누어갖게 됐는지 설명한다. 어느 날 밤 꿈에 예언자 무함마드가 무자파리야에 있는 어느 방의 창가에 앉아서 카바의 성소를 바라보고 있었다. 그 꿈에는 이븐 바투타가 개인적으로도 알고 있는 할릴(1365년경 사망. 이집트인이며 유명한 말리키 법학자로 메디나와 카이로에서 이슬람법을 가르쳤다—옮긴이)이라는 신심이 깊고 유명한 말리키의 체류자도 등장했다. 그는 수피파의 짧은 하얀색 튜닉을 입고서 예언자 무함마드에게 여러 번 서약을 했는데, 그중에는 빈곤한 사람을 1명이라도 그의 집에서 내치는 일이 없도록 하겠다는 서약도 있었다. 이븐 바투타가 그 꿈 이야기를 친구한테 해주자 그 친구는 크게 감동했다. 그날부터, 할릴의 하인들은 빵을 굽고 음식을 조리해서 오후 기도가 끝난 시간마다 매일 이븐 바투타에게 가져왔다.

이 이야기는 이븐 바투타가 알렉산드리아를 처음 방문했을 때 '믿을 만한' 소식통에 의해 들었던 또 다른 이야기와 밀접한 관련이 있다. 그 도시에는 신심 깊은 말리키 학자이자 구도자가 살고 있었다. 그는 카라마를 행하는 것으로 유명했고 특히 잠을 자면서 법열 상태의 계시를 받는 것으로 알려져 있었다. 어느 날 밤에는 예언자 무함마드가 꿈속에서 메디나로 가라고 그에게 말했다. 그는 황송하여 명령을 따랐다. 그는 여정을 마치며 예언자 무함마드의 모스크에 들어가서 사자使者의 무덤에 경배를 올리고 마룻바닥에 앉아 기둥에 기댄 채 수피파들이 흔히 하는 자세대로 무르팍에 머리를 갖다댔다. 그러고 나서 얼마 후에 고개를 들었더니 그의 앞에는 빵 덩어리와 우유병과 대추야자 한 접시가 놓여 있는 것이 아닌가! 그와 그의 친구들은 이 음식을 나누어 먹고 알렉산드리아로 돌아갔다.

물론 이븐 바투타의 꿈에서는 예언자 무함마드가 조용히 창가에 앉아 있었고, 그 구도자에게는 예언자가 이야기를 했다. 따라서 2개의 꿈은 서로 달랐다. 하지만 꿈에 예언자가 보이는 것은 무슬림 신앙에서 볼 때 일종의 놀라운 기적으로 받아들여졌다. 이러한 경험은 항상 사실로 받아들여졌다. 왜냐하면 여러 가지 유명한 전승에 따르면, 예언자 무함마드가 "꿈에서 나를 본 사람은 나를 본 것이다. 왜냐하면 악마는 내 형상으로 나타나지 않기 때문이다"[14]라고 말했기 때문이다. 또 다른 전설을 보면, 길몽(루야)은 알라로부터 오지만 악몽(훌름)과 같은 꿈은 악마한테서 온다. 그 구도자가 꿈을 꾸고 메디나에 있는 예언자의 무덤을 찾아간 이야기가 여러 가지로 변형되어 다양한 출처에서 발견되는 것을 보면, 이븐 바투타의 꿈이 더 기이해 보인다. 보편적으로 무함마드의 전설과 기적에 대한 이야기는 신자와 예언자 사이의 개인적 관계를 성립시켜준다고 믿었다. 다시 말해서, 그런 이야기를 말하거나 듣거나, 혹은 짓는 행위는 그와 관련된 모든 사람에게 축복을 가져온다고 여겨졌다. 꿈에서 예언자를 본다는 것은 훨씬 더 큰 바라카로 여겨졌다. 할릴이 그 이야기를 들었을 때, 예언자의 축복은 그 자신과 이븐 바투타 모두에게 내려진 것이었다. 한편 우리는 이븐 바투타가 메카의 무자파리야 학교에 머물면서 심각한 질병을 이겨냈다는 것을 떠올리게 된다. 무엇보다 예언자의 환시는 치유의 효과가 있다고 여겨졌다. 이븐 바투타는 자신의 완쾌를 알라의 덕분으로 돌리면서, 그 꿈 이야기와 함께 신앙심 깊은 친구가 자비롭게도 자신에게 음식을 계속 갖다주었다는 사실을 분명하게 언급했다.

동아프리카와 남아라비아 연안

동아프리카 연안을 항해하면서 이븐 바투타가 기록으로 남긴 첫 번째 정박지는 모가디슈였다. 이곳은 페르시아 만 출신의 아랍인들이 10세기에 세운 커다란 상업도시였다. 그는 상인조합의 회원이 아니라 법학자 혹은 '종교인'이었기 때문에 지역의 관습에 따라 술탄의 인가를 기다려야 했다. 이 여행자는 종교를 공부하는 이들을 위해 마련된 숙소에 머물며 인근의 술탄 처소에서 음식을 가져왔다. 그의 설명은 전문을 인용해볼 만하다.

> 이들의 주식은 기와 같이 볶은 쌀밥인데 커다란 나무쟁반에 담겨 나왔다. 그 위에 각종 쿠샨 접시들도 얹어져 있었다. 쿠샨은 닭고기, 기타 육류, 생선, 그리고 야채로 만든 양념이다. 그들은 설익은 바나나

를 신선한 우유에 넣고 끓여서 접시에 담아왔고, 또 다른 접시에는 응고우유를 담았는데 그 위에 레몬 절임, 식초에 담가 소금 간을 한 후추송이 절임, 녹색 생강과 망고를 얹었다. 이 망고는 사과와 비슷한데 단단한 씨가 있다. 잘 익으면 몹시 달아서 다른 과일들처럼 그냥 먹었다. 하지만 익기 전에는 레몬처럼 시어서 식초로 절임을 만들었다. 사람들은 밥 한 술을 입에 넣고 소금 절임이나 식초 절임을 함께 먹었다. 모가디슈의 한 사람이 우리 일행 전부가 먹을 양만큼을 먹었는데 그런 식습관 때문에 몸이 뚱뚱하고 아주 비대했다.

식사는 하루에 세 번 조달됐는데 얼마나 많이 먹었는지는 말하지 않았다. 어쨌든 이븐 바투타는 그들의 관습대로 3일 동안 술탄으로부터 친절한 호의를 받았고 그 후에는 의심의 여지없이 또 다른 호의 좋은 접대자를 찾았다. 이븐 바투타는 쿠샨에 대해서 다시 한번 언급했다. 시라즈에 있는 유명한 샤이흐의 묘에 대한 이야기를 하면서다. 이 샤이흐가 실론에서 지낸 사람이었던지라, 이븐 바투타는 갑자기 실론을 방문했던 당시를 이야기하면서 이교도들이 자신과 일행에게 어떻게 음식을 요리해주었는지 언급한다. "그들은 바나나 잎을 가져와서 그 위에 쌀밥을 놓았는데 이것이 그들의 주식이다. 그리고 그 위에 일종의 고기소스인 쿠샨을 부었다." 여기서 쿠샨은 '양념' 이상의 역할을 하는 '고기 소스'이며 아랍어로는 이 두 가지 경우를 모두 이담이라고 부른다. 어떤 의미에서 이담은 '향이 있는 모든 음식'을 가리키지만, 보다 각별하게는 빵과 함께 제공되는 '향신료' 혹은 '양념'을 의미했다. 넓은 의미에서 이담은, 음식의 맛을 더욱 좋게 하건 혹은 그저 입을 즐겁게 하건 음식의 향미를 더해주는 모든 것이었다.

그래서 "가장 좋은 이담은 배고픔"이라는 유명한 속담이 있다.

이븐 바투타는 다음으로 짧게 몸바사 섬을 방문하고 나서 남쪽으로 노를 저어 아프리카 본토의 도시 쿨와로 향한다. 여기서부터 남아라비아 연안의 자파르로 돌아가는 여행이 시작된다. 그는 몸바사 서민의 "주식이 바나나와 생선"이라고 말했다. 그들은 곡식을 경작하지 않아서 아프리카 본토에서 들여와야 했다. 몸바사를 대표하는 나무는 바나나, 레몬, 시트론이었고 그곳 사람들이 잠문(잠불. 자바플럼—옮긴이)이라고 부르는 과일도 있었다. 이는 마치 올리브와 비슷하게 생겼으며 올리브처럼 씨가 있지만 맛은 아주 달다는 점이 달랐다.

이 과일에 대한 언급은 이븐 바투타가 동아프리카와 남아라비아 연안을 향해 항해여행을 하면서 음식에 대한 흥미로운 관찰을 수행했다는 사실을 강조해준다. 유명한 영어-인도어 사전인 《홉슨-좁슨》에 따르면, 잠문은 "인도 전역에서 흔한 볼품없는 과실"로 로즈애플과 혼동되는 경우가 많았다.[15] 이븐 바투타는 이 과일이 몸바사에 어떻게 들어왔는지 설명하지는 않지만, 여러 문단에 걸쳐 잠문과 같은 인도의 재래종 상품들이 매매되어 남아라비아나 동아프리카로 운송된다는 사실을 넌지시 암시하거나 혹은 분명하게 언급했다. 상호무역의 목록 중에는 아라비아의 유명한 상품 한 가지가 빠지지 않고 인도로 운송됐다. 바로 순종 말이었다. 이븐 바투타는 자파르와 인도 사이를 오가는 뱃길은 순풍만 불어준다면 한 달로 족하다고 기록했다. 따라서 그가 모가디슈에서 즐겨먹었던 쌀은 인도에서 수입된 것이고, 이는 자파르와 칼하트(역시 오늘날의 오만) 같은 남아라비아 연안 도시로도 수출됐다. 자파르 사람들이 즐겨먹는 곡물 중 하나는 기장으로, 깊은 우물에서 물을 끌어올려 경작했다. 또한 알라스라고 하는 곡물도 경작했는데 이것은 보리 종류였다. 하지만 그들의 주식은 인도에서 수입한 쌀이라고 이븐 바투타는 말했다. 그는 칼하트에서도 역시 향미가 훌륭한 생선 요리를 즐겼고 너무 맛있어서 다른 건 손도 대지 않을 정도였다. "나뭇잎을 깔고 구워서 쌀밥 위에 얹어 먹는다. 쌀은 인도에서 들여온다." 그러나 모가디슈는 쌀을 경작했을 가능성이 높다. 서아프리카 대륙의 토착 야생 벼를 개량한 것으로 야생 벼도 여전히 채집되고 있었다. 이븐 바투타와 동시대를 살았던 지리학자 알 우마리는 차드 호와 가까운 카넴 왕국(800년경 차드 호 근처에 건설된 왕국으로 1085년 이슬람교로 개종했다—옮긴이)에서 쌀은 중요한 식량이라고 기록했다. 이븐 바투타는 1352년 나이저 강 유역의 대도시 카우카우(가오Gao)를 방문했을 때, 쌀(아루즈)을 포함해서 식량이 풍부하다고 말했다. 하지만 이븐 바투타를 포함한 아랍의 저자들은 이것이 재배종인지 야생종인지 확실하게 명시하지 않는다. 그럼에도 불구하고 말리 왕국의 마을을 여행할 때, 쌀을 포함해 구매할 수 있는 식품이 풍성했지만 이븐 바투타는 이에 대해서 "백인 남성의 건강에 해롭다"고 특별히 언급해놓았다. 아마도 이 경우는 그가 야생 쌀을 접대받아 입맛에도 맞지 않고 속도 불편했기 때문인 것 같다. 하지만 대조적으로 모가디슈에서 먹은 쌀은 입에도 맞고 속도 편했다.

이븐 주자이에게 자신의 모험기를 구술하기 시작하던 초반부에, 이븐 바투타는 나중에 얘기하게 될 인도와 관련된 일화들을 이미 머릿속에 떠올려놓은 듯하다. 두 가지 일화 중 하나는 다마스쿠스를 설명하면서 언급되고, 다른 하나는 메카에 관한 이야기에서 등장하며 인도와 관련된 여담으로 소개된다. 그리고 두 가지 경우 모두 동아프리카 및 남아라비아 여행과의 공통점이 발견된다. 바로 구장나무 잎에 관한 언급이다. 모가디슈의 숙소에서 지사의 지시를 기다리고 있는 동안 이븐 바투타와 그 일행에게 구장나무 잎사귀(툰불)와 빈랑(푸팔)이 제공됐다.[16] 이 두 식물은 전통적으로 인도에서 손님을 환대하는 징표 같은 역할을 했고, 이제는 그 관습이 아프리카로 이전된 것이었다. 언제, 어디서, 어떤 방식으로 이 식물들—코코넛을 포함한—이 아프리카로 넘어왔는지는 정확하지 않다. 예를 들어, 이븐 알 무자위르가 13세기 초반 남아라비아 연안에 있는 도시 알만수라에 대해 서술한 내용을 보면 이라크, 이집트, 히자즈, 신드 등 식량을 수입한 여러 지역의 이름이 나온다. 그는 빈랑과 코코넛이 인도에서 왔다고 말하지만 구장나무 잎에 대해서는 아무 언급이 없다. 그로부터 한 세기 뒤에 이븐 바투타는 구장나무 잎사귀(그리고 코코넛, 즉 나르질)가 인도와 자파르에서만 발견되는 이유는 바다를 옆에 낀 '유사성과 근접성' 때문이라고 주장했다. 이는 두 식물 모두 인도에서 가져와 자파르에서 생장했다는 것을 의미한다. 그는 칼하트에도 "구장나무가 있지만 잎사귀는 작다"고 말하면서 칼하트에는 다른 종이 자라고 있다는 인상을 전달한다. 예외적으로 자비드 술탄의 뜰에 코코넛 나무 몇 그루가 자라고 있다는 사실을 덧붙인다. 이븐 바투타의 젊은 동시대인인 예멘의 자비드에 있는 라술 왕조(13세기부터 15세기 중반까지 예멘을 지배한 이슬람 왕조—옮긴이)의 술탄이자 유명한 학자인 알 말리크 알 아프달 알 아바스는 코코넛이 자비드에 들어온 것이 1330년이라고 말했다. 1366년에 한 파견단이 신드에서 식물들을 가져와 그에게 바쳤고, 어쩌면 그중에, 그의 농업연감에서 경작용 임목과 과실로 소개했던 빈랑나무가 있었는지도 모른다. 따라서 요약해보면, 이븐 바투타가 모가디슈에서 받았던 인도식 접대는 수입된 나뭇잎과 열매로 이루어졌을 가능성이 컸다.

그는 다음과 같이 예절 관례에 대해 설명한다. "인도 사람들은 구장나무를 매우 중요하게 생각한다.……그들에게 구장나무를 선물한다는 것은 굉장히 중요한 일이며 은이나 금을 선물하는 것보다 더 큰 존경의 표시가 된다." 사람들은 빈랑을 먹기 전에 먼저 잘게 부순 다음 입 안에 털어넣고 씹었다. 구장나무 잎사귀에 약간의 '백악百堊(누라. 석회)'을 첨가해서 빈랑과 함께 씹었다. "그것의 고유한 특성은 호흡을 부드럽게 하고 역겨운 입 냄새를 제거해주며 소화를 돕고, 빈속에 물을 마셨을 때의 속 쓰림 현상을 방지해준다. 그것을 먹으면 기분이 들뜨고 성감을 촉진시킨다."

이븐 바투타는 아랍 세계의 여행기를 서술하는 가운데 인도에 관한 두 가지 여담을 들려주면서, 먼저 인도의 장례의식이 다마스쿠스에서 봤던 것보다 뛰어나다고 말했다. 즉 망자를 존중하는 의미로 가족들은 장례가 끝날 때까지 구장나무 잎사귀를 먹지 않았다. 의식을 관장하는 카디와 같은 사람이 망자의 상속자에게 구장나무 잎사귀를 주고 상속자가 그것을 먹으면 장례의식이 종결됐다. 두 번째로는 이미 언급한 구장나무 잎사귀와 빈랑의 효용에 대해 덧붙이면서 이들 식물이 "사람의 얼굴과 잇몸을 더 붉게 만들고 황달을 예방해주는 기능을 가지고 있다"고 말했다. 구장나무 잎사귀를 먹는 또 다른 사례는 인도의 식습관을 다룬 아래 논의에서 소개될 것이다.

하지만 구장나무 잎사귀는 손님에 대한 예우보다는 다른 맥락에서 명성이 높았다. 아랍의 요리문화에서 구장나무 잎사귀는 향기롭기로 유명한 양념혼합물(아트라프 알티브)의 재료 중 하나로 활용됐는데, 최대 12가지나 되는 양념의 재료는 요리사에 따라 가짓수나 양이 달랐다.[17] 혹은 종종 감송甘松(순불)이나 기타 양념들과 함께 구장나무 잎사귀를 사용하는 요리들도 많았다. 빈랑 역시 건위제健胃劑나 악화된 종기에 바르는 연고 같은 의약품의 원료로 쓰이기도 한다.[18]

생선은 남아라비아 연안 서민들의 주식이었다. 또한 하시크 항구에 사는 주민들에게는 유일한 생계수단이었으며, 주로 루함이라는 물고기를 잡았다. 루함은 돔발상어를 닮았으며 속을 가르고 햇볕에 말려 요리에 사용했다. 이븐 바투타가 연안을 항해하며 선상에서 매일 먹은 음식은 말린 대추야자와 생선이었다. 그곳에서 잡히는 또 다른 종류의 물고기는 시르 마히라고 불렀고, 베르베르족이 타자르트라고 부르는 물고기와 비슷하게 생겼다.

코코넛은 구장나무 잎사귀와 함께 긴 서술의 소재였다. 그는 우선 코코넛의 겉모양을 묘사한 후, 무엇보다 안에 들어 있는 달콤한 과즙에 놀라운 최음제 효과가 있다고 말했다.[19] 마치 부드러운 계란찜 같은 맛이 나는 과육은 이후 18개월 동안 몰디브 제도에 머물 때 그와 언제나 함께했다. 코코넛 줄기에서 추출한 수액으로는 꿀을 만들었고 이는 "포도즙을 가지고 룹(시럽의 일종—옮긴이)을 만드는 것과 같은 방식"으로 제조됐다. 룹, 즉 농축액의 제조법은 요리책과 의약품 제조안내서 모두에서 발견되며 요리와 의학의 중세적 전통 사이에 접점이 있었음을 반영한다.[20] 만드는 방법은 둘 다 비슷했다. 압착한 즙을 원래 양의 4분의 1이 될 때까지 끓이고 체에 거른 후 보관했다. 예를 들어, 모과주스로 만든 룹은 설사와 구토, 고열을 막아주는 효과가 있는 것으로 여겨졌다. 코코넛 농축 '꿀'은 인도에서 예멘과 중국으로 수출됐으며 그것으로 사탕을 만들었다고 이븐 바투타는 말했다. 코코넛밀크를 가정에서 요리할 때는 코코넛 과육을 짓이겨 물에 담가놓아 우유의 색깔과 농도를 띠게 해 소스로 활용했다. 과육에서 즙을 추출하는 과정은 이러했다. "집집마다 의자가 있어서 여자들이 손에 막대기를 쥐고 거기 앉는다. 막대기의 끝에는 마개 같은 것이 씌워져 있다. 우선 코코넛에 막대기 마개가 들어갈 수 있을 정도의 구멍을 뚫고 내용물을 으깬 다음에 남김없이 죄다 꺼내서 접시 위에 올려놓는다." 기름을 만들 때는, 잘 익은 코코넛의 껍질을 벗기고 썰어서 햇볕에 말린 다음 가마솥에 넣고 가열하여 기름을 추출했다. 용도는 아주 다양했다. 불을 밝히는 데도 이용되고 음식의 소스, 그리고 여성의 머릿기름으로도 사용됐다. 다른 자료에 따르면 코코넛 오일은 기억을 증진시키고 치핵을 치료하는 데 사용됐다. 그리고 코코넛은 성교를 돕고 정자 생산을 증대시키는 약품의 재료이기도 했다. 몰디브 제도에 체류하면서 이븐 바투타는 사방이 다 코코넛 야자나무이고, 생선과 함께 몰디브 사람의 주식이 바로 코코넛이라고 말했다. 그도 두 가지 음식을 열정적으로 좋아했다. "몰디브 사람들이 주식으로 삼는 이 나무의 모든 부산물과 생선은 성적인 측면에서 어디에도 비교할 수 없는 놀라운 효과가 있어 이 섬사람들은 이 방면에 관한 한 경이적"이었기 때문이다. 그러니 당연하게도, 그가 가장 좋아하는 음식 중 하나는 코코넛 야자나무의 뿌리를 갈아서 만든 얇은 국수를 코코넛 과즙으로 끓인 요리였다. 이곳을 제외하고는 그가 여행기에서 정력제 식단을 가진 사람들을 서술하는 경우는 없었다.

| 아나톨리아의 접대

아나톨리아 여행기를 흥미롭게 하는 한 가지 주제를 꼽자면 저자가 빌라드 알룸, 즉 비잔티움 제국이 한때 수도 콘스탄티노플을 중심으로 소유하고 지배했던 땅에 대해 서술하는 서론 부분에 주목해봐야 한다. 비잔티움 제국의 기독교도는 여전히 상당한 수를 차지하고 있었지만 이제는 투르크멘족으로 알려진 무슬림의 보호 아래 살고 있었다. 이븐 바투타는 무슬림, 즉 정치문화적 주류세력의 가장 근본적인 특징으로 친절함을 꼽았다. 무슬림은 여행자를 대면하면 마치 친척이라도 되는 것처럼 필요한 것은 없는지 반드시 묻고 보살펴주었다. 그들은 여행자에게 갓 구운 빵과 일종의 특별한 선물로 양념(이담)을 가져다주면서 정중하게 권했다. "여인네들은 먹을거리를 가져다주고 여행자에게 기도를 올려달라고 간청한다." 이러한 예시를 통해 이븐 바투타가 설명하고자 했던 핵심주제는 바로 접대였다.

앞 장에서 이미 살펴본 바와 같이, 아히의 종교적 결사체는 그에게 깊은 인상을 남겼다. 이방인을 진심으로 환영하는 그들을 칭찬하는 말 속에서, 이븐 바투타는 접대라고 하는 주제의 중요한(유일한 것은 아니다) 핵심을 설파했다. 언제나처럼 자연스럽게, 지방의 카디, 설교자(하티브), 그리고 마드라사의 수장, 혹은 마드라사에 체류하는 사람 등 여러 사람이 이븐 바투타와 그의 일행을 친절하게 맞이했다. 특히 그는 아크리두르(오늘날의 에이르디르)의 마드라사에 머물던 교양 있는 학자이자 순례자였던 한 사람에 대해서 "우리를 더할 나위 없는 아량으로 맞이하고 부족함 없이 물자를 공급해주었다"며 감사하고 만족스러운 어투로 언급했다. 타와스 성을 지키는 사령관까지도 성 외곽의 자위야에 머무는 그들에게 환대의 선물(디야파)과 함께 다른 필요한 물품들을 보내주었다.

이러한 아나톨리아의 경험은 술탄들의 접대로 더욱 풍성해졌다. 이븐 바투타는 라마단 기간 동안 아크리두르에 머물고 있었다. 이 도시의 술탄은 라마단 기간 거의 내내, 단식을 멈추는 해질녘에 이븐 바투타 일행을 초대하곤 했다. 이븐 바투타는 이 부분의 여행기에서 예외적으로 특별히 준비된 음식 사리드(야채나 고기 수프에 빵 조각을 넣어 만든 아랍 전통음식—옮긴이)를 언급한다. 그는 "단식을 쉴 때 가장 먼저 받은 음식이 사리드였다. 작은 접시에 담겨 나오고 버터와 설탕에 재운 렌즈콩이 위에 얹어져 있었다"고 말하며, 예언자가 가장 좋아했던 음식이기 때문에 단식을 쉴 때 먹기에 가장 적당한 음식이 아닐 수 없다고 설명했다. 이는 유명한 전설에 바탕을 두고 있었다. 예언자 무함마드는 "다른 모든 여인을 능가하는 아이샤(그가 가장 총애했던 여인으로 알려져 있다)의 탁월함은 다른 모든 음식을 능가하는 사리드의 탁월함과도 같다"고 말한 바 있었다. 사리드는 빵과 고기로 만든 걸쭉한 스프였다. 《예언자의 의술》에서 저자 이븐 카임 알 자우지야는 사리드를 언급하면서, 최고의 음식인 빵과 최고의 조미료인 고기가 만났으니 가장 훌륭한 음식이 탄생한다고 말했다.[21]

알 와라크의 요리책에는 사리드의 두 가지 요리법이 나온다. 그중 한 요리법은 아바스 왕조 칼리프인 알 마문, 즉 전설적인 하룬 알 라시드(809년 사망)의 아들이자 후계자에게서 비롯됐다. 궁정의 요리법에서는 먼저 병아리콩을 부드러워질 때까지 물에 불렸다. 그러고 나서 살이 통통한 영계 2마리를 토막내서 깨끗한 냄비에 넣고 물과 불려놓은 병아리콩을 넣어 향신료 커민과 소금으로 양념한다. 고기가 반쯤 익을 때까지 불 위에서 끓이다가 작은 통양파와 오래 묵혀 맛이 강한 치즈를 첨가한 다음, 다시 고기와 양파가 다 익을 때까지 끓인다. 다 익으면 냄비에 후추와 계란을 깨서 넣고는 양지바른 곳에 놔둔다. 그리고 두 번째로는, 흰 빵을 잘게 부순 다음 그 고기수프를 끼얹고 이때 고기와 양파도 같이 얹는다. 하지만 병아리콩은 얹지 않는다. 뱃속을 부글거리게 할 수 있어서다. 그리고 달콤한 올리브오일 1컵을 그 위에 끼얹고 마지막으로 수란水卵을 고명으로 얹는다. 이븐 바투타의 설명을 축약하자면, 사리드는 빵과 고기로 만든 농도 짙은 수프 같은 혼합물 위에 버터와 설탕에 절인 렌즈콩을 첨가하는 요리였다.

사리드는 매일 저녁에 나오는 여러 가지 음식 중에서 첫 번째로 나오는 음식일 뿐이었다. 어떤 식으로 요리가 되건 예언자가 가장 좋아했던 이 음식은 그에 합당한 예우를 받았지만, 예언자가 열광했던 그 당시의 사리드는 훨씬 절제된 형태의 요리였을 것으로 짐작된다. 라마단을 끝내는 축하연은 또 다른 도시인 라지크의 술탄의 집에서 맞이했다. 그날만큼은 부자건 빈자건 그 어느 누구도 술탄의 집 대문 앞에서 발걸음을 되돌려야 하는 일은 없었다.

몇몇 다른 도시의 술탄들도 환대를 베풀었지만 이븐 바투타가 확실하게 언급한 음식은 한 가지였다. 예컨대, 라란다의 술탄은 그에게 "많은 양의 음식과 과일, 그리고 당과류를 은접시에 담아서" 보냈다. 비르기의 술탄은 식사를 함께하자며 산장으로 초대했다. 그는 이븐 바투타와 그 일행에게 투르크멘족의 이동 천막을 제공하고 "양의 위장으로 만든 주머니에 쌀과 밀가루, 버터를 담아 선물로 주었는데 이는 투르크족의 관습이었다." 한번은 술탄이 이븐 바투타를 찾아왔다.

그는 문 밖의 하인이 양념과 야채 없이 요리를 하는 모습을 보고는 당장 필요한 물건을 가져다줄 것을 명령했고, 손님 접대가 소홀했다며 자신의 창고지기를 혼냈다. 나중에 시내에 있는 술탄의 사저에서, 이븐 바투타 일행은 갓 만들어서 희석시킨 줄라브를 대접받았다. 줄라브에는 레몬즙과 작은 비스킷 조각들이 첨가되어 있었다. 희석되지 않은 줄라브(여기서 영어 단어 '줄렙'이 파생됐다)는 농도 짙은 걸쭉한 시럽처럼 아주 달았다. 설탕과 물, 장미향수를 함께 끓여서 만들었고 식재료이자 약재로 사용됐다. 이븐 바투타는 법관다운 눈썰미로 줄라브가 두 가지 종류의 그릇에 담겨져 나온다는 것을 재빨리 간파했다. 금식기나 은식기에 담겨져 나올 때는 그에 어울리는 숟가락이 제공되고, 도자기에 담겨져 나올 때는 나무숟가락이 함께 나왔다. 종교적인 이유로 가능하면 예언자 무함마드가 비판했던 금제품과 은제품을 사용하지 않으려는 사람들은 그 맛 좋은 음료를 다른 그릇에 담아서 즐겼다.

여기서 다시 아히 조직의 친절한 행동으로 돌아가보면, 한번은 이븐 바투타 일행이 크게 놀랐던 적이 있었다. 모두 터키어와 아히의 관습에 무지한 탓으로 벌어진 오해였다. 만남이 다소 소란스럽기는 했지만 전혀 나쁜 뜻이 없다는 것을 나중에 알게 됐다. 라지크에도 다른 곳처럼 여러 아히 조직이 있었고 도시를 지나는 이방인들의 관심을 끌려고 서로 경쟁했다. 라지크 시장에서 갑자기 한 무리의 청년들(피트얀)이 나타나서는 이븐 바투타 일행이 타고 있던 말의 고삐를 잡자 또 다른 무리가 나타나 시비를 걸었고 마치 크게 언쟁을 벌일 기세였다. 각각의 피트얀 무리는 서로 옥신각신해가면서 손님에게 잠자리와 음식을 드리겠노라고 시끄럽게 아우성쳤다. 다행히 아랍어를 할 줄 아는 한 투르크족이 중재에 나서서 문제를 해결했다. 제비뽑기를 통해 어느 편이 손님을 먼저 데려갈지 결정한 것이다. "우리는 그들의 타고난 인심에 놀랐다(파아자브나 민 카람 누푸시힘)"고 이븐 바투타는 그때의 일을 회상했다. 아히 시난이 이끄는 첫 번째 집단이 이븐 바투타 일행을 자위야로 데리고 가서 '여러 가지 음식'을 접대했다. 그러고 난 다음에는 목욕탕으로 데리고 갔으며 일행 한 사람 한 사람을 청년들이 따로 수행했다. 그 후에는 "단 음식과 과일이 차려진 진수성찬"을 내왔다. 투만이 이끄는 두 번째 아히 집단은 숙소와 음식에서는 경쟁자가 했던 것을 그대로 되풀이했지만, "한 가지 더 나은 것이 있었는데 목욕을 하고 나오자 상당한 양의 장미향수를 뿌려주었다."

아나톨리아 여행을 통틀어 이븐 바투타는 최소한 24곳의 아히 자위야에서 환영을 받았다. 환대의 기억은 그가 묵는 곳마다 인심이 점점 더 후해진 듯한 인상을 준다. 아나톨리아의 혹독한 겨울을 견디는 동안에는 감사하는 마음이 더욱 간절했다. 그는 불리의 아히 자위야에 도착했을 때, 그 혹독했던 몇 주 동안의 추위 속에서도 불을 한번도 꺼뜨리지 않는 그들의 풍습에 대해 이야기했다. 옷을 갈아입고 불 옆에 앉아 몸을 덥히면서 그는 호들갑스럽게 감탄했다. "아히는 음식과 과일을 그냥 갖다준 것이 아니라 아주 원 없이 퍼 날랐다. 이 얼마나 훌륭한 남성들의 결사체인지……매우 이타적이며……얼마나 친절하고 애정이 넘치는지, 방문객을 배려하는 그 마음은 또 얼마나 배포가 큰지! 그들을 찾아오는 이방인들에게 마치 그들이 가장 사랑하는 혈족을 대하는 것과 똑같이 했다." 그는 이들의 행동을 시라즈와 이스파한 사람들과 비교했다. 하지만 아히 집단은 자신들만의 방식으로 "여행자에게 보다 따뜻하고 또 더욱 공손하며 친절했다."

이븐 바투타 일행이 아나톨리아에서 마지막으로 머문 곳은 흑해 남쪽 연안에 있는 아름다운 성채도시 시노페였다. 과일은 주로 무화과와 포도가 자랐다. 그들이 한 자위야에 머물면서 방문한 아름다운 예배모스크는 다음과 같은 일화에 딱 어울리는 전경이었다. 아나톨리아 주민들은 하나피 법학파에 소속되어 있지만 이븐 바투타는 말리키 법학파의 예법을 따랐다. 아나톨리아 사람들은 이들 방문객이 하나피 법학파의 방식대로 팔꿈치를 구부리지 않고 양팔을 내려뜨린 채 기도를 올린다는 사실을 알았다. 그들은 이븐 바투타 일행이 시아파 라피디('거절자'라는 뜻. 넓은 의미로는 무함마드의 두 후계자인 아부 바크르와 우마르의 칼리프 승계를 인정하지 않는 시아파 무슬림—옮긴이) '이단'일지 모른다고 의심했고, 말리키 사람들은 그렇게 기도를 올린다는 이븐 바투타의 설명에도 의구심을 떨치지 못했다. 따라서 여행자들을 시험하기 위해, 술탄의 대리자는 그들에게 살아 있는 산토끼를 주고서 그것으로 무엇을 하는지 지켜봤다. "우리는 의례에 따라 토끼를 도축하여 요리해서 먹었다"고 이븐 바투타는 말했다. 의구심이 단번에 풀렸다. 왜냐하면 라피디들은 자신들의 종교적 규범에 따라 산토끼를 먹지 않는다고 알려져 있기 때문이었다. 이처럼 음식의 금기는 이단자를 색출하고 정체를 밝히는 데 사용됐다. 알안달루스를 정복한 기독교 세력도 비슷한 방법을 썼다. 유대교도와 무슬림을 상대로 이들이 진정한 신앙의 '개종'을 이루었는지 시험하기 위해 돼지고기를 내주고 먹기를 거부한 사람들을 색출했던 것이다.

킵차크한국

흑해를 건너 크리미아 반도와 그 너머 광활한 스텝지대로 들어서면 서부터는 칭기즈 칸 제국의 후계국들 중 하나인 킵차크한국의 땅이었다. 당시 통치자는 술탄 무함마드 우즈베크였다. 여행자가 이들의 생활을 처음으로 서술한 것은 앞 장에서 먼저 살펴본 4륜 마차, 즉 말(또는 소나 낙타)이 이끄는 이동수단에 대해서였다. 두 번째는 식습관에 대한 인상을 서술한 것으로 내용은 다음과 같다.

> 이 투르크족들은 빵이나 다른 어떤 고형식품도 먹지 않지만 두기dugi라고 하는 기장과 비슷하게 생긴 것으로 요리한다. 솥에 물이 끓으면 이 두기라는 곡물을 넣는데, 고기가 있으면 잘게 잘라서 함께 넣고 끓인다. 그러고는 모두가 이것을 한 그릇씩 받아 그 위에 응고우유를 부어서 마신다. 어떤 때는 키미즈(쿠미스)라고 부르는 말젖을 부어서 먹기도 한다. 그들은 건강한 체구에 힘이 넘치고 강인한 사나이들이다.

그러고는 "그들은 당과류를 먹는 것을 수치스럽게 여긴다"고 덧붙였다.

이 문단은 조금 헛갈린다. 이븐 바투타는 투르크족들이 빵을 먹지 않고 당과를 싫어한다고 주장한다. 그보다 약 90년 먼저, 나이 지긋한 프란체스코회 수도사인 플라노 카르피니의 요한이 중앙아시아의 카라코룸 인근에 있는 몽골 제국 궁정으로 가면서 킵차크한국의 영토를 지났다. 그는 타타르인, 즉 몽골 사람(원래 고비 사막 북동부의 유목

민족이었던 타타르족은 후대에 몽골족에 흡수통합됐다고 알려져 있으며, 13세기 당시 서구인들은 서방원정에 나선 몽골족을 통칭해서 타타르라고 불렀다. 따라서 여기서 타타르는 특정 민족의 이름이라기보다는 이질적인 아시아 유목 민족, 즉 몽골족을 일컫는다—옮긴이)들에 대해서 이야기하며 그들의 음식과 식습관에 질색했다. "그들한테는 빵이고 약초고 채소고 아무것도 없다. 오로지 고기뿐이며 그것도 아주 조금만 먹는지라 다른 사람들 같으면 그렇게만 먹고는 살아남기가 힘들 것이다."[22] 그는 또 그들이 기장과 여러 동물의 젖을 먹는다고도 했다. 그러나 이러한 관찰 내용은 중앙아시아 몽골의 문화이지 킵차크한국의 관습은 아니다. 더구나 최근 연구에 따르면 칭기즈 칸의 몽골 제국이 정복한 지역 중에서 가장 뚜렷하고 신속하게 터키문화에 동화된 곳이 바로 킵차크한국이었다. 11세기 초반의 터키 지역을 다룬 아랍어 및 페르시아어로 된 자료들에 따르면 정착과 유목생활을 했던 터키인들이 전통적인 먹을거리였던 유제품과 동물성 식품뿐만 아니라 다양한 곡물을 섭취했다는 사실이 명확하다. 이러한 곡물 음식에는 죽, 국수, 부침개, 그리고 여러 가지 종류의 빵이 있었다. 이슬람으로 개종한 터키인들은 13세기에 중동의 식습관을 이미 상당 부분 흡수했을 뿐만 아니라 자신들의 것을 이슬람문화 속에 퍼뜨리기 시작했다. 그중에는 당과류의 원형으로 꼽히는 바클라바(견과류와 꿀을 넣어서 만든 파이 같은 음식—옮긴이)가 있었다. 물론 기원을 둘러싼 논란은 계속되고 있지만 말이다.[23] 앞 장에서 살펴봤듯이 이븐 바투타는 아나톨리아에서 터키인들에게 빵과 당과류를 접대받았다. 앞에서 언급한 여행과정에서 그는 술탄 무함마드 우즈베크 휘하에 있는 키림의 지사가 이븐 바투타의 일행이 머무는 시 외곽의 자위야를 찾아와 '빵을 포함한 진수성찬'을 준비해주는 모습을 목격했다. 흥미롭게도 여기서 빵은 우연히 예외적으로 언급된 듯 보인다. 그러나 아래에 언급되는 예시를 보면 술탄 무함마드 우즈베크의 부인 중 1명이 빵을 제공했다. 그렇다면 아나톨리아의 투르크족과 킵차크한국의 투르크족이 서로 식습관이 다른 것처럼 보이는 이유는 뭘까? 과연 이븐 바투타는 어떤 의도로 그와 같은 차이점을 얘기했던 것인지 가늠하기가 어렵다. 또한 이븐 주자이는 현재까지 무심코 실수를 저지르는 일 따위는 하지 않았음에도 말이다.

이븐 바투타는 다시 확실한 이야기 소재로 돌아가 말젖 음료, 즉 쿠미스에 대해서 이야기한다. 쿠미스는 중앙아시아 유목민들이 즐기는 음식으로 널리 알려져 있지만 어떻게 만드는지는 설명하지 않는다. 이 음식에 대해서는 다행스럽게도, 또 다른 프란체스코회 수도사인 루브룩의 윌리엄에게서 설명을 들을 수 있다. 그 또한 13세기 중엽 몽골족들의 생활에 대해 기록을 남겼다. 그와 이븐 바투타는 스텝지대에 사는 사람들에게 양과 말 무리가 어떤 경제적 의미를 지니는지 잘 이해하고 있었다. 이븐 바투타는 이들이 인도에 말을 팔아서 많은 이윤을 남긴다는 이야기를 자세하게 들려주었다. 그리고 윌리엄 수도사는 죽은 말의 고기 용도에 대해 이렇게 설명했다. 고기를 길게 잘라서 햇볕과 바람에 말린 후 보관하고, 내장으로 만든 소시지는 신선한 상태에서 바로 먹었는데 돼지고기 부산물로 만드는 것보다 나았다. 또한 말은 유제품을 얻는 중요한 원천이었다. 쿠미스를 만들기 위해서, 많은 양의 말젖을 내장주머니에 넣고 “아래쪽에 사람 머리만한 구멍이 뚫려 있는 막대기를 사용해서 빠르고 세게 휘저으면 새 와인처럼 거품이 생기기 시작하면서 맛이 시어지고 발효가 된다. 그러면 다시 버터가 생성될 때까지 세게 휘젓는다." 그러고 나면 코를 찌르는 듯한 액체가 남는데 "심령을 아주 즐겁게 한다"[24]고 그 고결한 수도사는 말했다. 버터는 완전히 팔팔 끓여서 소금 간을 하지 않고 양의 창자로 만든 주머니에 담아 겨울 양식으로 저장했다. 여기서 윌리엄은 위에서 언급했던 바로 그 선물, 즉 비르기의 술탄이 이븐 바투타에게 보냈던 선물을 설명하고 있다.

이븐 바투타는 또 다른 요리 두 가지를 설명했다. 이 둘은 밀가루 반죽으로 만들어서 우유와 함께 먹는다는 공통점이 있다. 부르하니는 밀가루 반죽을 작게 잘라 구멍을 낸 다음 익혀서 응고우유와 함께 먹었다. 리슈타는 (이트리야처럼 햇볕에 말린 밀가루 반죽보다 더) 신선한 밀가루 반죽으로 만든 얇은 국수를 조리한 것으로 새로 짠 젖과 함께 먹었다. 부자buza라고 하는 음료는 기장을 발효시켜서 만들었고, 이븐 바투타는 이 음료를 나비즈, 즉 와인이라고 불렀다. 와인은 무슬림 법학파 대부분이 금지하는 음식이다. 그러나 그는 친절하게도, 이 투르크족들이 하나피 법학파에 속하기 때문에 나비즈가 "교리에서 허용된다"고 부언했다. 이러한 음식들은 터키 목축 공동체의 식습관에 있어서 곡물과 유제품이 갖는 중요성을 잘 보여준다.

킵차크한국의 영토를 여행하면서 이븐 바투타에게 가장 중요한 목표는 술탄의 궁정을 방문하는 일이었다. 무함마드 우즈베크가 이 여행기에서 세계의 7대 제왕 중 1명으로 꼽혔다는 사실을 기억할 것이다. 그의 수도는 볼가 강 유역의 신사라이였다. 그러나 이 세심한 통치자는 조정과 궁정을 옮겨가며 자신의 존재를 만방에 알리고 또 자신의 왕국을 엄중히 감시했다. 따라서 이븐 바투타로서는 그의 현재 위치를 미리 알아봐야 했다. 비시 다그, 즉 5개의 산에 있다는 소식을

전해듣고 갔지만 술탄의 거처는 또다시 이동하고 난 후였다. 드디어 만나게 된 그 거대한 이동도시에는 “체류하는 주거민과 시장, 모스크가 있었고 부엌의 굴뚝에서 연기가 피어올랐으며(이동 중에 요리를 했다) 말이 끄는 마차가 사람들을 실어날랐다.” 술탄, 그리고 무장한 노예와 군관들로 이루어진 수행단은 숙영지가 따로 있었고 술탄의 아내들은 각자 친구와 하인, 그리고 경호대를 대동하여 움직였다. 수천 명의 군중들 가운데, 우리의 탕헤르 여행자는 언덕빼기 꼭대기 근처에 수수한 마차 천막을 쳤다. 우연히 지나던 술탄의 부인 중 1명이 그의 천막 앞에 새로 온 사람임을 알리는 깃발이 걸려 있는 것을 보았다. 그녀는 천막의 주인에게 안부를 물었고 이븐 바투타는 그녀에게 작은 선물로 화답했다. 이를 계기로 술탄의 부인은 자신과 술탄 아들의 처소가 있는 바로 곁에 이븐 바투타의 천막을 치도록 명령했다. 이로써 탕헤르의 여행자는 드디어 진짜 목적지에 도착을 한 셈이었다!

바로 여기서 킵차크한국의 서술은 아나톨리아 부분과 크게 구별된다. 후자의 여행기가 아히 자위야의 종교성 짙은 환대에 초점을 맞추었다면, 여기서는 구술자의 주요한 관심이 통치자 술탄의 과시적 위엄과 의례로 쏠린다. 물론 접대라는 주제를 저버렸다는 뜻은 아니다. 방식이 달랐을 뿐이다. 이븐 바투타는 이렇게 말한다. “이 투르크족들은 손님에게 쾌적한 숙소와 생활비를 제공해주는 접대의 관습을 알지 못한다. 그들은 손님에게 양과 말, 그리고 쿠미스를 보내주는데, 이것이 그들 나름의 예우다.” 도착하고 얼마 안 되어서 이븐 바투타는 술탄의 일행과 함께 기도를 드렸고 그 후에는 술탄과 식사를 했다. “그들은 여러 가지 수프를 내왔는데 두기로 만든 것 같았다. 그 다음에는 갓 잡은 양고기와 말고기를 구워왔다." 음식에 대한 이야기는 술탄의 궁중 행사와 그의 아내 4명을 차례로 만나는 과정에서 다시 언급된다. 첫째 부인인 타이투글리는 일행에게 나무그릇에 담긴 쿠미스를 대접했고 이븐 바투타에게는 손수 음식을 건넸다. 이는 "이들에게 최고 예우의 표시"라고 이븐 바투타는 정답게 말했다. 그러나 이때 처음으로 쿠미스를 먹어본 그는 입맛에 맞지 않아 동료에게 넘겨주었다. 또 다른 부인인 바얄룬은 이븐 바투타 일행이 방문하고 난 다음에 "음식, 엄청난 양의 빵(!), 기, 양, 돈, 좋은 예복, 혈통 좋은 말 3필, 그리고 일상적인 물건 10가지"를 보냈다. 네 번째 부인 우르두자를 방문했을 때는 "음식을 내오도록 해서 함께 식사를 했으며 그녀가 쿠미스를 청해서 일행이 함께 마셨다." 이 부분의 서술은 좀 애매하다. 이븐 바투타는 이미 쿠미스가 입맛에 너무 맞지 않다고 말했다. 쿠미스에 알코올 성분이 있기 때문은 아니었다. 그런데 어쨌건 그의 일행은 종교적 계율과 상관없다는 듯이 쿠미스를 즐겼거나, 그게 아니라면 하나피 법학파의 교리를 암묵적으로 받아들인 셈이었다.

다음으로는 라마단 금식을 쉬면서 갖게 되는 다양한 연회의식에 대한 긴 서술이 나온다. 남성과 여성이 모두 포함된 왕실 가족, 군대의 고하 지휘관들, 그리고 조정 신료들을 위해서 모든 시설을 다 갖춘 거대한 막사가 세워졌다. 음식은 금과 은으로 만들어진 식탁에 차려졌고 이 식탁을 최소 남자 4명이 날랐다. 식탁마다 고기를 써는 사람(바와르지)이 있었다. 우아하게 실크 옷에 앞치마를 두른 바와르지는 허리띠 칼집에서 칼을 꺼내 익힌 말고기와 양고기를 잘게 썬 다음 자그마한 은접시, 금접시에 담았으며, 접시에는 소금을 녹인 물이 있었다. 고기는 뼈 위에 예술적으로 잘려 있었다. "투르크족들은 뼈가

붙어 있는 고기를 먹기" 때문이다. 이때 함께 먹는 향이 좋은 음료는 꿀을 발효시킨 것(나비즈 아살), 즉 터키 스타일의 벌꿀술로 또한 금식기와 은식기에 담겨져 나왔다. 이번에도 역시 음료의 알코올 성분은 하나피 법학파 교리의 예외조항에 의해 음용이 허락됐다. 위계질서에 입각한 정성스러운 예식에 술이 곁들여지는 가운데 합창단은 노래를 부르고 기도문을 읊조렸다. 두 번째 막사는 재판관, 설교자, 법학자, 그리고 샤이흐 등 종교인사들을 위해 마련됐고 여기에 이븐 바투타도 있었다. 이들에게도 똑같은 방식으로 음식이 대접됐다. 일부 이슬람법에 밝은 사람들은 종교적인 이유로 금과 은으로 만들어진 탁자에서 먹는 것을 사양했다. 축제 행사가 절정에 이르렀을 때 쿠미스를 마차에 실어와 손님들에게 나누어주었고, 이븐 바투타는 자신의 마차를 터키인 이웃에게 주었다. 이웃이 무척 고마워했을 게 틀림없다.

킵차크한국을 서술하는 이븐 바투타에게서 괴로움의 흔적이 느껴지는 것은, 바로 술 음용에 대한 문제였다. 그는 터키인들의 관습이 하나피 법학파가 술에 대해 관대하기 때문이라고 독자들에게 두 번이나 설명했다. 하지만 그에게는 분명한 문제가 여전히 남아 있었다. 천막의 손님들은 라마단 연회에 이어 금요기도회를 위해 모스크로 물러갔다. 사람들은 예배를 기다리면서 과연 술탄이 참석할 수 있는 상태인지 아닌지를 논의했다. 결국 술탄은 지정된 예배시간보다 훨씬 늦게 도착했고 그의 발걸음은 확실히 불안정했다. 한마디로 '넘어질 듯 서 있는 모습'이었다. 술탄의 술판은 기도회가 끝나고 다시 시작되어서 밤까지 이어졌으며 나중에 예배참석의 호출이 있을 때만 간간이 중단됐을 뿐이었다. 이븐 바투타는 결혼을 통해 술탄 우즈베크와 친척이 된 두 남자를 만났는데 이들은 다리에 질병이 있었다.

한 사람은 걷거나 말을 타는 것이 불가능해 하인들이 그를 들어서 술탄의 정전正殿에 옮겨다놓았다. 이븐 바투타는 나중에 술탄의 휘하에 있는 호라즘의 지사를 만났는데 그 역시 똑같은 증상으로 고통을 겪고 있었다. 이븐 바투타가 통풍(니크리스)이라고 말한 이 질병은 "투르크족들 사이에 아주 흔한 질병"이었다. 치커리로 만든 습포제가 이 질병의 완화제로 추천됐다. 두 번째로는 예언자의 전설에 근거하여 무화과가 추천됐다. 하지만 이븐 카임 알 자우지야는 "그 효험에 대해서는 생각해볼 여지가 있다"[25]며 확신하지 못했다. 이븐 바투타는 그 병증의 특별한 이유에 대해서는 언급하지 않았지만 그 병증을 반복해 언급하면서 술탄의 현재와 미래의 건강에 대한 염려를 피력한 것으로 보인다. 그는 종교적 관점에서 술탄의 행동을 비난하기보다는, 가능성이 있거나 혹은 불가피한 결과를 강조하는 방식을 채택했다. 하지만 그가 킵차크한국에서 전반적으로 경험했던 내용들로 보건대, 그러한 괴로움은 술탄의 아내와 딸을 만나서 후덕한 접대를 받는 데 정신이 팔린 덕분으로 어느 정도 완화됐을 것이다.

그는 무함마드 우즈베크의 수도 신사라이를 떠나서 인더스 강 유역의 인도 국경지대에 도착할 때까지 음식에 관해 거의 언급하지 않는다. 호라즘을 향하며 30일 동안 고난의 여행을 해나가는 중에 재빨리 요리를 해먹을 수 있을 정도의 짧은 휴식시간을 가졌다. '한 가지 삶은 것', 즉 기장에다 말린 고기 조각을 넣어서 응고우유를 위에 끼얹었다. 모두 나누어 먹고(그리고 잠을 잔 후) 마차는 계속 이동했다. 호라즘의 지사는 통풍으로 고생하는 중에도 따뜻하게 이들을 맞이하며 최근 여행자가 어떤 경험을 했는지 긴 대화를 나눈 다음 음식을 접대했다. "두루미, 어린 비둘기 등 가금류 구이, 그들이 쿨리자라고 부르는 버터로 구운 빵, 비스킷, 당과류……그리고 씨를 제거한 석류, 포도, 그리고 너무나 맛이 좋은 멜론이 나왔다." 이 멜론에 대해서는 이스파한과 부하라의 멜론과 마찬가지로 극찬을 아끼지 않으며 길게 서술했다. 얇게 썰어서 햇볕에 말린 멜론은 바구니에 담겨 먼 지역으로 수출이 됐으며 그 달기는 무엇에 비할 바가 없었다. 그 지사는 만남 이후에 선물로 쌀과 밀가루, 양, 버터, 양념, 그리고 음식 조리와 여행의 땔감으로 쓰도록 장작 몇 짐을 숙소로 보내주었다.

인도가 손짓해오고 있었다. 이제 이븐 바투타는 여행자가 아니라 근 10년 동안 델리, 즉 술탄 무함마드 븐 투글루크의 제국의 수도에서 체류자의 신분으로 살아갈 터였다.

| 델리 술탄국

여행기의 둘째 권을 읽은 독자들은 인도에 대한 이븐 바투타의 첫인상에서 매우 흥미로운 부분을 발견했을 것이다. 술탄의 정보원들은 국경을 밀착 감시하고 여행자에 대한 세세한 보고를 올렸다. 이는 인더스 강 유역의 교차지점에서 수도 델리까지 마치 행군을 하듯 50일이나 가야 했던 여정과 함께 제국의 영토가 얼마나 광대했는지 보여주는 또 하나의 암시였다. 갈대 숲을 지날 때는 코뿔소 같은 낯설고 위험한 동물들이 일행을 공격해오기도 했다. 그리고 마지막으로 역사가 깊은 신드의 힌두교도 마을 자나니를 지났다. 이곳 사람들은 이족 결혼을 금지하고 공동체 일원 외에 다른 누구와 밥도 같이 먹지 않았다. 그는 다른 대륙과 다른 민족, 그리고 이슬람의 탄생보다 앞서 존재했던 그 민족들의 고대 문명을 이처럼 소개했다. 우리의 모로코 여행자에게 이들은 공통의 인간애를 제외하면 너무나 여러 가지 면에서 낯설고 생경한 사람들이었다.

인도는 아나톨리아도 아니고, 그렇다고 킵차크한국의 영토도 아니었다. 이 두 곳은 정복과 개종을 통해서 서서히 다르 알이슬람으로 흡수됐다. 하지만 인도는 그와 달리, 소수의 지배정치 계급을 보면 이슬람의 집에 속했으나 여전히 힌두교도가 압도적으로 많은 전쟁의 집(다르 알하르브. 비이슬람이 지배하는 땅—옮긴이)에 둘러싸여 있었다. 인도에서 무슬림이 진정한 의미의 정치세력으로 존재한 것은, 힌두 종족인 라지푸트족(인도의 인더스 강 남쪽 지방 일대에 사는 아리아족으로 힌두교를 믿는다—옮긴이)의 지배로부터 델리를 탈환했던 12세기 말엽 즈음 이후였다. 무함마드 븐 투글루크가 아버지의 '갑작스러운' 죽음에 앞서 이루어진 결정에 따라 그 뒤를 이어 술탄이 됐을 시점에 이븐 바투타는 운 좋게도 1333년부터 1342년까지 궁정생활뿐 아니라 투글루크의 통치를 후대에 전할 수 있는 위치에 있었다. 역사학자 피터 잭슨은 그 생동하는 서술을 어디에도 비길 수 없다며 다음과 같이 말했다.

> 이븐 바투타는 지리적으로 분리된 무슬림과 힌두의 영토를 서술하면서, 다른 무슬림 정치체제와는 차별적인 델리 술탄국이 통치하는 영토만이 가진 한 가지 특색에 주목한다. 이슬람 세계는 다르 알이슬람과 다르 알하르브로 나눌 수 있지만 인도는 아니었다.……(어떤 것에 대해서도 확실하게 딱 잘라 말할 수는 없었지만)……조공과 같은 복종의 사례가 간헐적으로 존재했다.……사방이 탁 트인 전원지대, 삼림,

> 산악지대, 모두가 이교도의 영토였다.…… 델리 술탄국의 영토에 사는 무슬림은 대개 요새 형태로 지어진 마을이나 도시에 거주했고 그곳에서도 특이할 것 없이 마찬가지로 소수파였다.[26]

이븐 바투타는 거대한 요새도시 괄리오르에 대해서 "외따로 떨어져 접근하기 어려운 성채로 힌두 이교도들의 땅 한가운데 있으며 주민 대다수도 역시 이교도"라고 말했다.

요리의 언어로 번역된 인구분포적 특징을 살펴보면 힌두교도와 무슬림의 공생적 관계는 아마도 법정을 제외한 어떤 곳에서도 허락되지 않았다는 사실을 알 수 있다. 그럼에도 불구하고 힌두교도의 소 숭배와 무슬림의 돼지고기 금지는 불순과 타락의 관념이 내포된 종교적 장벽이었으므로, 두 전통 모두 도전의 대상이 될 수 없었다. 이븐 바투타는 인도인들의 식습관을 아라비아의 독자들에게 설명해야 했으므로, 독자들이 이 이방인들을 친숙하게 느낄 수 있는 용어를 선택해야만 했다. 여기에는 또 다른 언어가 개입됐다. 바로 페르시아어였다. 당시 인도의 무슬림들 사이에서는 페르시아어가 일종의 국제 공통어였다. 음식에 대한 첫 번째 언급은 시와시탄이라는 큰 마을과 관련이 있었다. 인더스 강을 옆에 낀 이 마을에서는 멜론이 수확됐다. 주민들은 무순크라고 부르는 완두콩과 수수로 빵을 구워 소박하게 식사했는데 이 여행자가 보기에는 품질이 형편없었다. 생선과 버팔로젖은 아주 풍부했다. 이븐 바투타는 사람들이 도마뱀(사칸쿠르)을 먹는 모습에 질겁했다. 그의 설명에 따르면 이것은 도마뱀처럼 생긴 작은 동물로 모래를 파헤쳐서 잡았다. 요리과정은 이렇다. "배를 갈라서 내장을 꺼내버리고 강황(쿠르쿰)으로 채운다. 그들은 이것을 자르드 슈바라고 불렀고, 노란 자루라는 뜻이다. 이것으로 사프란을 대신했다. 나는 이 작은 동물과 그들이 이것을 먹는 것을 보면서 불결하다고 여겨 먹지 않았다." 따라서 그는 자신이 관찰했던 내용을 독자들이 이해하기 쉽도록, 이 구절에 등장하는 페르시아어 단어들에 대해 설명해야 했다.

하지만 극복해야 할 언어장벽은 또 있었다. 예를 들어 망고(안바)는 "오렌지 나무와 비슷하게 생겼지만 더 크고 이파리도 더 많다.…… 그리고 열매의 크기가 커다란 배만 하다."《홉슨-좁슨》에 따르면 인도 북부에서 망고를 지칭하는 이름이 암과 암바인 반면, 이븐 바투타와 동시대를 살았던 유럽 사람 요르다누스(1328년경 활동. 도미니크 수도회의 프랑스 선교사, 탐험가—옮긴이) 수도사는 인도의 경이로움을 담은 그의 저서에서 망고를 기술하며 아니바라는 단어를 사용했다. 이븐 바투타는 계속해서 그 쓰임새를 설명하며 모로코의 관습과 비교했다. "그 열매가 아직 덜 익어서 파랄 때, 사람들은 바닥에 떨어진 것을 그러모아 소금을 뿌려 절이는데 우리나라에서 라임과 레몬으로 절임을 만드는 것과 똑같다." 잘 익은 열매는 사과처럼 먹었고 칼로 썰어 먹거나 입에 대고 빨아 먹었다. 인도 사람들 역시 녹색 생강과 후추로 초절임을 만들었으며, "고기 요리와 함께 먹었고 고기를 한입 먹을 때마다 이 초절임 과실을 조금씩 떼어 먹었다." 과일 초절임의 개념은 모로코 사람들에게 익숙했기 때문에, 그는 독자들을 위해 다른 음식 소재를 부가적으로 예로 들고 고기와 함께 먹는 인도인들의 식습관을 덧붙였다.

과일에 대한 설명은 계속 이어졌다. 인도에서 최고로 꼽히는 샤키와 바르키는 영어권에서 잭프루트[27]로 알려진 과일이었다. 이 열매는 짧은 줄기에 붙은 나뭇가지에서 곧장 자라고, 오늘날의 설명에 따르면 때때로 무게가 40킬로그램까지 나간다. 이븐 바투타는 땅바닥에 닿을 듯 매달려 있는 과일이 바르키, 그보다 높이 매달린 것이 샤키라고 설명했다. "바르키가 더 달고 향도 더 좋다. 샤키는 커다란 박처럼 생겼고 껍질이 쇠가죽 같다." 두 과일 모두 마치 오이처럼 씨 깍지가 거의 200개 정도 들어 있으며 하나하나마다 커다란 콩만한 씨앗을 품고 있다고 말했다. 오늘날의 설명에 따르면, 밤처럼 생긴 씨앗은 끓여서 떫은맛을 제거한 후 가루로 만들거나 설탕에 졸여서 먹는다. 또한 이븐 바투타는 그 씨앗을 볶거나 끓이면 콩과 비슷한 맛이 나고 이듬해까지 땅속에 묻어서 보관하기도 한다고 설명했다. 그는 또 여러 가지 다른 과일들을 서술했으며 그때마다 비교를 들어 독자들의 이해를 도왔다. 흑단나무의 열매는 "크기가 거의 살구만 하고 색깔도 비슷하지만 훨씬 달며", 또 햇볕에 말리면 무화과 같은 맛이 나는 과일도 있었는데, 인도에 무화과가 없기 때문에 이것으로 대신해서 먹었다고 설명했다.

인도에서 주식으로 먹는 곡물을 설명한 문단에서는 여러 종류의 기장이 가장 흔한 곡물이라고 언급된다. 또 다른 종류의 기장(칼qal)은, 이븐 바투타의 베르베르족의 표현에 따르면, 안리(일종의 곡식으로 보리와 비슷하다—옮긴이)를 닮았다. 샤마흐는 일종의 야생종 곡물로 "열성 신도와 고행자, 그리고 가난하고 궁핍한 사람들"을 위한 식량이었다. 막대기로 가지를 쳐서 떨어지는 낟알을 광주리에 담았다. 햇볕에 말리고 나무절구에 빻으면 껍질과 알맹이가 분리됐다. 햇볕에 마른 하얀색 알맹이는 빵을 만들거나 버팔로젖과 함께 끓여서 죽을 만들었으며, 이는 이븐 바투타가 즐겨 먹었던 음식이었다. 완두와 비슷한 콩으로 만든 요리는 쌀과 함께 끓여서 기와 함께 먹었다. 이것의 이름은 키슈리로 모로코 사람들이 아침으로 하리라를 먹듯 매일 아침식사로 먹었다. 여기서 이븐 바투타가 놓친 사실 하나는, 키슈리가 힌두교도의 전통 음식이었으나 이미 무슬림들도 즐기는 음식이 되어 있었다는 것이다. 이 요리는 세월이 한참 흐른 후 영국의 인도 통치 시대와 빅토리아 시대에 케저리(힌두어 키츠리에서 유래했다)라는 이름으로 인기 있는 아침식사가 됐다. 이븐 바투타는 곡식과 과일에 대해 서술했던 인도여행의 여담을 "이들의 땅은 풍요롭고 기운차다"는 말로 마무리 지었다.

이븐 바투타는 서구 이슬람 땅에서 델리로 여행을 떠나는 학자와 모험 여행자의 목표가 술탄의 궁정에서 자리를 하나 얻고 "재산을 모아서 본국으로 귀환하는 것"이라고 아주 깔끔하게 설명했다. 외국에서 무함마드 븐 투글루크는 '외국인'이나 '유명한 이방인'을 조정 대신으로 기용하는 배포로 유명했다. 우리의 여행자가 델리에 도착했을 때 술탄은 부재중이었다. 그의 신하들은 군주의 명령에 따라 이들이 도착하자마자 보살펴주었다. 모든 시설을 갖춘 숙소가 이븐 바투타와 그의 일행, 하인들과 노예 등 총 40명에게 주어졌으며 은화 5천 디나르가 초기 보조금으로 제공됐다. 술탄이 제공하는 환대의 선물로는 음식과 밀가루 약 453킬로그램이 주어졌고, 그중 3분의 1은 미세 분말, 3분의 2는 굵게 간 분말이었다. 그리고 갓 잡은 고기가 약 453킬로그램, 인도인들이 강장제로 사용하는 약초(살리프), 설탕, 빈랑과 1천 장의 구장나무 잎사귀가 제공됐다. 술탄의 모후는 여기에 더 보태어 일행 전체가 며칠 동안 먹고도 가난한 동네 사람들 몇몇에게 나누어줄 수 있을 정도의 빵, 케이크, 당과, 그리고 사탕을 보냈다. 이븐 바투타는 여러 동네에서 거두어들이는 세금을 받았고 이것만으로 연간 5천 디나르의 수입을 얻을 수 있었다. 드디어 그는 고위 대신의 안내를 받아 술탄을 알현하게 됐다. "세상의 군주께 신하의 예를 갖추시오. 당신을 왕도王都 델리의 카디로 임명하시어 연간 1만 2천 디나르의 녹봉을 책정하시었소."

새로 맡은 책무도 책무이지만 관리직을 맡고 빈랑과 구장나무 잎사귀도 제공받은 그가 공식적으로 사교계에 데뷔하여 이제는 다른 이들에게 접대를 베풀었으리라고 상상해봄 직하다. 하지만 정말로 향응을 베풀었는지는 그가 말하지 않아서 알 수 없다. 무엇보다도 이븐 바투타는 궁정의 복잡한 위계질서에 입각한 각종 의례 절차에 매료되어 있었다. 그는 술탄이 배석한 이러저러한 소규모의 사적 회합에 참석했다고 말하면서도 어떤 음식을 먹었는지는 서술하지 않는다. 술탄이 제공한 공식적인 식사자리에서 먹게 된 음식은 "얇고 둥근 빵, 당과류로 채워진 둥근 케이크 조각, 쌀밥, 닭, 그리고 사무사크"라고 간단하게만 서술한다. 식사는 사탕물로 시작해서 보리물로 마무리됐다. 그 마지막 마무리의 상징은 "한 숟갈의 빈랑 가루와 붉은 실크 실로 감은 15장의 구장나무 잎사귀 한 묶음이" 각 손님들에게 제공되는 것이었다.

그러나 대규모로 치러지는 공식적 식사자리는 치밀하고 정형화된 형식을 갖추었던 것으로 보인다. 술탄은 테르메즈에서 온 지위가 높고 중요한 종교계 인사와 그 가족들을 위해 매일 저녁 식사자리를 마련했다. 그들이 이븐 바투타처럼 물탄에서 델리로 긴 여로를 여행해 왔기 때문이었다. 한번은 그 카디의 일행과 저녁을 함께하는 자리에 초대를 받았는데 요리사가 20명이었다. 이 내용은 전문을 인용해볼 만하며 이븐 바투타는 또다시 비교법을 활용하여 독자들에게 식사자리를 설명했다.

> 그들은 빵(얇고 둥근 모양의 케이크로 우리가 자르다카라고 부르는 것과 비슷하다)을 내놓고, 구운 고기를 커다랗게 썰어서 한 사람 앞에 1조각씩 주었다. 그 크기가 하도 커서 양 1마리를 4조각이나 6조각 정도로 나누었을 법했다. 그리고 또 기를 넣어서 만든 말랑한 둥근 케이크를 주었으며 이는 우리나라의 무슈라크와 비슷하다. 속에는 사부니야라고 불리는 당과가 채워져 있었다. 그리고 밀가루 반죽 케이크 위에 밀가루와 설탕, 기로 만든 히스티('벽돌 모양'이라는 뜻이다)라고 부르는 달콤한 케이크를 얹었다. 그러고는 커다란 도자기 그릇에 기와 양파와 녹색 생강으로 요리한 고기를 담아왔다. 그 다음으로는 사무사크라고 부르는 음식을 가져왔다. 잘게 저민 고기를 아몬드, 호두, 피스타치오, 양파, 그리고 각종 양념과 함께 조리한 것으로 기에 튀긴 얇은 빵 조각이 곁들여나왔다. 이것을 한 사람에 앞에 5개(혹은 4개)씩 놓았다. 다음으로는 기로 볶은 밥 위에 닭고기를 얹은 요리와 루카이마트 알카디가 나왔고 그들은 이를 하시미라고 불렀다. 그 다음은 카히리야가 차려졌다. 그들은 자리를 잡고 앉아서 식사를 시작할 때 금그릇과 은그릇, 그리고 유리그릇에 설탕을 녹인 물을 담아왔다. 말하자면 물로 희석시킨 시럽인 줄라브였다. 그들은 이것을 슈르바(셔벗)라고 부르며 식사 전에 마셨다. 식사를 마치자 보리물(푸카)이 담긴 잔이 나왔다. 마지막으로 구장나무 잎사귀와 빈랑이 나왔다.[28]

이븐 바투타는 보리물이 알코올 음료인지 아닌지 따로 언급하지 않는다. 이와 함께 앞서 서술된 공식석상의 식사자리로 미루어보건대, 모든 요리가 한 사람씩 배분되어 각자의 접시에 놓인 음식을 따로따로 먹었기 때문에 여러 사람이 커다란 '공동' 접시를 놓고 함께 나누어 먹는 중동의 식습관처럼 보다 스스럼없는 방식은 아니었음을 알 수 있다.

이븐 바투타의 인도 서술은 본질적으로 무함마드 븐 투글루크의 이야기였다. 그의 특징은 한마디로 후한 인심 그 자체였다. 여기서 설명되는 인도인들의 식습관 또한 관대함을 주제로 했으며, 그 이야기 속에 술탄을 중심으로 한 통치제도와 권력의 위계질서를 반영했다. 더구나 이미 앞서 말했듯이 손님들은 개인 접시를 이용해 각자 음식을 먹었다. 이븐 바투타는 킵차크한국의 술탄 우즈베크가 베푼 궁정 만찬에서 지체 높은 손님들의 유사한 풍습을 언급했다. 그러나 두 경우 모두, 그 환대의 정신은 특히나 그가 아나톨리아의 자위야에서 경험했던 영적 친밀감과 차이가 있었다. 또한 페르시아 남부와 메카를 비롯한 여타의 종교시설, 혹은 카디, 법학자, 열성 신도들의 사저에서 받았던 환대와도 달랐다. 아나톨리아에서는 술탄의 초대를 받건 아히가 운영하는 자위야를 찾건 그와 같은 친밀감이 수도 없이 표현됐다. 이때는 식사를 마치면 《코란》을 암송했고, 그 암송자들의 목소리가 "사람의 영혼에 감화를 주어……듣는 이의 마음을 겸허하게 만드는" 가운데 영송詠誦과 춤으로 저녁 행사를 마무리 지었다.

이븐 바투타가 마지막으로 친밀감 넘치는 식사자리를 서술한 때는, 델리를 떠나 말라바르 연안에 있는 히나우르(호나바르)의 술탄 궁정에 머물면서다. 술탄 자말 알 딘은 '가장 위대하고 가장 힘이 센' 통치자 중 1명으로 해상 장악력과 군사력으로 말라바르 연안에서는 경외의 대상이었으나, 놀랍게도 하리아브라고 불리는 이교도 통치자의 종주권 아래에 있었다. 이븐 바투타와 3명의 동료는 매일 단식을 마치면 술탄 자말 알 딘의 초대를 받았다. 품질 좋은 비단옷을 입은 아름다운 노예 소녀가 식사 시중을 들었으며, 식사는 이 소녀가 매 코스마다 쌀밥을 한 국자씩 퍼주면서 순차적으로 진행됐다. 처음에는 소금을 친 후추와 녹색 생강, 소금에 절인 레몬과 망고를 쌀밥과 곁들었고 그 다음에는 다양한 가금류를 쌀밥과 곁들었으며, 그리고 생선과 쌀밥, 야채와 쌀밥이 나온 후 마지막으로 우유와 쌀로 만든 요리를 먹었다. 이븐 바투타는 남인도, 몰디브, 실론에서 보낸 이 시기를 언급하며 빵은 전혀 먹지 못한 채 "3년 내내 쌀밥만 먹었고 물이 없으면 밥을 삼키기도 힘들었다"고 말했다.

끝으로, 이븐 바투타는 이 기간 동안 속이 불편하고 여러 차례 병치레도 겪었지만, 정작 진짜 고생은 델리를 떠나고 얼마 지나지 않아서 하게 됐다. 이처럼 심각한 기아와 갈증으로 큰 고초를 겪은 것은 전체 여행기를 통틀어 오직 이때 한번뿐인 듯했는데 그의 목숨이 경각에 달릴 정도였다. 이때 그는 다른 이도 아닌 성자의 구제를 받게 된다. 바로 다음 장에 이어질 이야기다.

제 4 장

성지와 성자, 그리고 기적과 경이

IBN BATTUTA 04

감히 주장하건대 《여행기》의 가장 큰 매력은 이븐 바투타가 소개하는 다양한 국적의, 때때로 피부색도 다른 등장인물들이다. 사실 이븐 주자이의 《여행기》 서문을 떠올려보면 새삼스러운 사실도 아니다. 그는 독자들에게 이븐 바투타가 방문했던 도시와 경험했던 사건뿐만 아니라 그가 만났던 여러 통치자와 유명한 학자(울라마 알아흐야르), 그리고 신심 깊은 성자들(아울리야 알아브라르)의 이야기도 함께 서술한다고 공언했다. 이들 말고도 이미 죽었거나 혹은 아직 살아 있는 여러 사람이 언급되지만 이븐 주자이는 어느 누구와도 일면식이 없었다. 그는 이 모든 사람의 이야기를 '믿을 만한 정보제공자'에게 들었다. 이븐 바투타가 살았던 시절에는 그 이전 시대처럼 학자와 성자의 구별이 명확하지 않았다. 이슬람의 여러 학문 중에서 하나 혹은 여럿에 해박한 전문가들은 금욕주의 또는 신비주의적 경향을 강하게 견지했다. 이 문제에 관해서는 나중에 살펴보도록 하겠다.

군주의 범주를 보면, 이븐 바투타는 크고 작은 권력을 소유한 많은 이들을 만나면서 항상 '술탄'이라는 칭호를 사용했다. 이들은 넓은 땅을 지배하기도 하고 또 상대적으로 좁은 땅을 소유하는 경우도 있었으며 작은 도시에서부터 제국에 이르기까지 그 규모가 다양했다. 그 칭호는 한 사람이 실질적으로 소유한 현세적 권한을 인정하는 것일 뿐이었으며, 칼리프에게 주어지는 보다 장엄한 종교적 권위를 자처할 수 있는 사람은 아무도 없었다. 우리는 이븐 바투타가 7명의 위대한 통치자가 세계를 지배한다고 말했고 그중 5명을 직접 만났다는 사실을 기억한다. 그러나 그는 7명 중에서 오직 2명만을 진정 중요한 인물로 여겼는데 이유는 서로 달랐다. 첫째, 델리 술탄국의 무함마드 븐 투글루크가 있었다. 이븐 바투타는 여행기에서 2개의 장을 모두 그의 이야기로 채운다. 뿐만 아니라 델리의 경험 중 3분의 1이 그에 관한 이야기다. 투글루크에 대한 이븐 바투타의 요약 설명은 간결하며 균형을 잃지 않는다.

> 선물을 주는 일과 피를 흘리는 일에 이 군주보다 더 중독되어 있는 사람은 없다. 그의 성문 앞에서 일어나는 일은 가난한 사람이 부자가 되거나 산 사람이 처형을 당하거나 둘 중 하나다. 사람들 사이에서는 그의 관대함과 용기, 그리고 범죄자를 향한 잔혹함과 난폭함을 둘러싼 이야기들이 끊임없이 회자된다.

이븐 바투타는 그가 종교의식을 엄수했고 기도를 소홀히 하는 사람들에게 가혹했다고 덧붙였다. 그는 겸손하고 공정하게 일을 처리했으며 통치자로서 대단한 성공을 거두었다. 그의 특징을 한마디로 말하자면 바로 관대함이었다.

또 1명의 군주는, 사실 이븐 바투타가 위대한 군주 중에서 가장 먼저 언급했던 인물이다. 바로 모로코의 통치자인 아부 이난 파리스다. 그는 수도 페스를 기반으로 1348년에서 1358년까지 나라를 다스렸으며, 1268년 마린 왕조를 세운 창건자의 자손이었다. 이븐 바투타와 이븐 주자이는 아부 이난에게 단지 북아프리카의 한 왕조가 갖는 왕권 이상의 더 큰 의미가 있다고 주장한다. 《여행기》의 서문에서 이븐 주자이는 다음과 같이 말했다.

> 가장 존귀하신 알라께 우리의 주군을 위해 기도 드리나니, 칼리프이자 이맘이시며 신자들의 사령관이시고 만유의 신 알라께 모든 것을 맡기신……아부 이난 파리스께서는 우리들의 지도자로 올바른 길을 걸어간 이맘들과 정통 칼리프들의 후예이시며……인류 위에 드리워진 진정한 알라의 그림자이시다.

이븐 바투타는 아부 이난의 할아버지인 아부 사이드(재위 1310~31)가 통치하던 시절에 여행을 시작했다고 말했다. 이러한 구절들이 중요한 까닭은 마린 왕조가, 1258년 몽골의 침략과 바그다드의 함락으로 사실상 붕괴된 아바스 왕조의 적통이라는 사실을 만방에 알릴 수 있기 때문이었다. 한편 아바스 가문의 한 일원이 바그다드에서 카이로로 도망갔는데, 이집트와 시리아의 맘루크 왕조의 통치자였던 바이바르스(재위 1260~77)는 그를 꼭두각시 칼리프로 세우고 허위로 복종을 천명하여 권력의 정당성을 높이고자 했다. 그러나 이븐 바투타와 이븐 주자이는 이런 거짓놀음을 무시해버리고, 아부 이난이야말로 순니파 칼리프 휘하에 있는 전체 영토의 대표자로서 적법하고 전통적인 자격을 갖춘 당대의 유일한 무슬림 통치자라는, 마린 왕조의 지배적 정서 또는 공식 입장을 그대로 따랐다. 두 사람은 거의 아첨에 가까운 이러한 글 속에서 아바스 왕조의 전통적 호칭들을 죄 끌어다 사용했다. 그러나 이븐 바투타가 묘사하는 현실을 보면 이러한 주장이 얼마나 설득력 없는 허구에 불과한지 알 수 있다. 그는 무함마드 븐 투글루크가 순니파의 적통임을 선포하고자 카이로에 있는 허울뿐인 아바스 왕조에게서 기어코 임명식을 받아내고야 말았던 이야기를 서술했다.

세계여행을 마친 이븐 바투타가 고향 모로코로 돌아와 가장 먼저 도착한 곳은 타자Taza였다. 여기서 어머니가 전염병으로 사망했다는 슬픈 소식을 듣는다. 그리고 페스로 가서 아부 이난과 처음 대면했다. 그는 나중에 이날의 만남을 떠올리면서, 아부 이난의 자질과 우수성을 하나하나 열거하며 그동안 만났던 몇몇 통치자들의 특성과 비교했다. 무함마드 븐 투글루크와 비교했을 때, 아부 이난의 "아름다움은 그 인도의 술탄을 잊어버리게 했다." 이 구절은 12쪽이나 계속 이어지는 찬사의 전주곡에 불과했다. 우리의 여행자와 그 편집자인 이븐 주자이는 마린 왕조의 현 통치자에 대한 평가에서 서로 생각이 똑같았다. 공명정대와 온유, 그리고 용기의 미덕이 구체적인 사례와 함께 나열됐다. 아부 이난은 가난한 사람들에게 긍휼을 베풀었으며 여행자들에게 먹을거리를 나누어주기 위해 자위야를 지었다. 그 온정의 규모는 이븐 바투타가 아는 그 어떤 통치자도 따라올 수 없었다. 뿐만 아니라 무슬림 세력이 취약해져만 가는 알안달루스 국경지대의 방어에도 힘을 쏟았으며, 이베리아 반도의 재탈환에 목숨을 건

기독교 세력의 끊임없는 압력에도 강력히 맞서 싸웠다. 이븐 바투타는 이 모든 능력과 소양의 구체적인 예시들을 자신이 직접 목격했으며, 이 모든 문제에서 어떤 통치자나 학자가 상상할 수 있는 그 이상의 업적을 성취한 사람이 바로 아부 이난이라고 주장했다. 이 모두는 아부 이난이 알라를 전적으로 의지하고 알라는 그 답으로 아부 이난에게 변치 않는 신뢰를 보낸 덕분이었다.

이러한 찬사의 구절은 두 사람 모두 군주의 은혜에 기대어 사는 신하로서 어쩔 수 없는 아부라고 치부해버리면 그만이다. 그보다 주목해볼 것은 모로코 통치자에 대한 묘사가 칭찬 일변도의 1차원적 흑백 초상화라면, 인도의 군주에 대해서는 단점까지 서슴없이 드러내는 보다 미묘한 색조의 그림을 그리고 있다는 사실이다. 이븐 바투타는 무함마드 븐 투글루크의 장점과 단점에 대해 잘 알고 있었다. 거의 10년 동안이나 모셨기 때문이다. 이러한 관계적 사실은 수십 년의 해외여행을 마치고 모로코로 돌아올 때까지 한번도 만난 적이 없었던 다른 군주와 비교됐다.

그럼에도 불구하고 한 가지 세부 묘사가 흥미를 끈다. 아부 이난은 종교지식에 관심이 컸다. 매일 새벽기도회를 마치면 지도자급의 법학자들과 뛰어난 법학생들이 궁내 모스크에서 《코란》 주해서와 예언자의 전승집(하디스), 북아프리카와 알안달루스에서 영향력이 큰 말리키 법학파의 사상과 실천에 대한 가르침, 그리고 마지막으로 수피파로 알려진 신비주의자들에 관한 책을 큰 소리로 봉독했다. 이븐 주자이가 자신의 의견으로 덧붙인 내용에 따르면, 아부 이난은 수피파 상징주의의 의미를 명확히 이해했고 군주라는 높은 지위에도 불구하고 수피파의 전교典敎에 따라 행동을 삼가는 데 힘썼다.

마린 왕조의 궁정이 말리키 법학파의 사상과 수피파의 가치관을 펼치는 중심지로 역할했다는 이븐 바투타의 관측은 현대의 학자들에 의해 확인된다. 마린 왕조 치하의 모로코 이슬람은 종교 사상과 실천의 대표적 근간으로 '율법적 수피즘'이라는 중도파적 입장을 택했다. 이는 율법 중심주의와 형이상학적 신비주의라는 양 극단 사이의 중간을 의미했다.[1] 마린 왕조의 통치자들은 엘리트 종교학자들의 신앙심뿐만 아니라 일반 민중의 신앙생활을 장려하여 왕조의 정통성을 꾀하고자 했다. 하지만 이와 같은 수피즘의 천명은 여전히 샤리아(이슬람법. 파키흐나 전문가들이 《코란》과 예언자 전승집(하디스)을 해석하여 그 토대를 마련한다)에 대한 복종이었지 그것에 대한 잠재적 위협이 되고자 했던 것은 아니다. 여기서는 말리키 법학파의 교육을 받고 또 모로코 수피즘이 지배하는 분위기 속에서 성장한 이븐 바투타의 개인적 배경이 오랜 해외생활 중에도 그의 사고와 태도에 영향을 미쳤다고 말해두는 정도로 충분하다. 그는 율법적 차원뿐 아니라 인간내면적 차원에서도 독실한 신앙심의 본질에 민감한 사람이었다. 이러한 관점으로 논의를 전개하기 위해 이슬람의 독실한 신앙심, 그리고 수피즘의 발전에 대해 개략적 윤곽을 그려보고자 한다.

| 독실한 신앙심과 수피즘

이슬람의 신비주의적 분파인 수피즘은 일찍이 8세기 중반에 동부 이슬람의 근거지인 이라크와 페르시아에서 발생했다. 모로코에는 나중에 전파됐는데 11세기 초엽으로 여겨진다. 수피라는 명칭은 금욕적 고행자들이 모직으로 만든 의복을 걸쳤다 하여 '양모'라는 뜻의 아랍어 단어 수프에서 유래했다는 주장이 널리 수용되고 있다. 종교법이 진화하면서 알라와 전체 무슬림 공동체 사이에 일종의 특권적 관계가 성립되어 종교법은 일종의 완전한 사회적 체계로 그 책임을 떠맡게 됐다. 한편으로 기도, 단식, 자선, 성지순례 등의 의례행위와 "오직 알라만이 유일한 신이며 그의 예언자는 무함마드"라고 하는 상징적 공표를 통해 알라를 경배하도록 했다. 또한 알라의 천사, 알라의 계시가 적힌 책, 알라의 예언자들과 사자들, 그리고 심판의 날에 대한 교리적 믿음이 의례에 더해졌다. 다른 한편으로, 이슬람법은 알라 앞에서 공동체를 결속시키는 데 필수적인 사회적 관계의 중요성과 올바른 행동을 강조했다. 전통주의적 법학자와 신학자는 이슬람법과 교리를 글자 그대로 지킬 것을 주장했다. 대부분의 신자들은 경전, 즉《코란》과 예언자의 언행을 담은 하디스가 요구하는 '형식적' 의미에 순응했다. 이것은 구원과 내세를 위해 알라의 뜻을 충분히 실천하는 것으로 여겨졌다.

그러나 어떤 사람들은 보다 사적인 방식으로 경전의 의미를 해독했다. 예를 들어 알라는 일종의 내재적인 영적 통로를 통해 가까워지고, 알라와 친교를 맺을 수 있는 가능성을 제시하고 있는 듯했다. "알라께서는 너희 마음에 있는 것을 잘 아신다. 너희가 의롭다면(살리흐), 알라께서는 진실로 알라께 회개하는 자를 언제나 용서하신다(《코란》 17장 25절)." 유명한 하디스의 구절에 따르면, '선행(이흐산)'이란 "마치 뵈온 듯 알라를 경배하라. 비록 네가 보지 못한다 할지라도 알라께서 너를 보고 계심이라"는 말로 정의할 수 있었다. 물론 당연히, 모든 무슬림은 신실한 믿음과 의무적 종교의식의 준수를 통해 '선함'을 실천하고자 했다. 수피파는 이흐산에 집중했으며 이를 종교의 핵심으로 여겼다. 이것은 내적 자아 혹은 영혼이 변화될 정도로 의례적 실천과 신앙의 내면화와 심화에 힘을 써서, 마침내 지금 이곳에서 알라를 보고 현세적 삶에서 알라에 가까워지고 있다는 감각에 도달하는 것을 의미했다. 간단히 말해 수피파는 "알라께서 너희에게 선을 베푸셨듯이 너희도 다른 사람에게 선을 행하라(《코란》 28장 77절)"는 알라의 호소에 화답했다.

이슬람법을 글자 그대로 이행해야 한다고 주장하는 법학자들이 이단이라고 비난한 것은 일부 '도취된' 수피들이 말하는 내밀한 혹은 비전秘傳적 원리였다. 이 '도취된' 금욕주의자들은 금지된 술을 먹고 취한 것이 아니라 터무니없는 주장에 취해 있었다. 그중에서도 알 할라즈(922년 사망)의 일화가 가장 악명이 높다. 페르시아 태생의 알 할라즈는 수피파 스승들과 은둔생활을 한 뒤에 자기 나름대로 비전적 금욕주의에 입각한 설교를 하기 시작했다. 한번은 무아의 황홀경에서 "내가 진짜"라고 크게 외쳤다. 이 말은 반대파들에게 신성모독으로 여겨졌다. 그가 신이 되려 한다는 비난을 받았다. '진짜(알하크)'라는 말은 알라와 동의어였기 때문이다. 그는 결국 바그다드에서 아바스 왕조 당국에 체포되어 몇 년 동안 징역을 살다 참혹한 죽음을 맞이했다.

그럼에도 불구하고 '냉철한(혹은 도취되지 않은)' 수피는 《코란》의 해석에 있어서, 법학자와 신학자가 강조하는 알라의 초월성보다는 알라의 현존성과 내재성을 강조했다. "너희가 눈을 두는 곳마다 알라의 얼굴이 있다(《코란》 2장 115절)"는 《코란》 구절에 대해 문자주의적 신학자들은 알라에게 일종의 얼굴이 있지만 그 참된 특징은 인간의 언어로 설명할 수 없다고 해석했다. 은유적 표현으로 이해한 수피들에게는, 이 구절이 알라가 모든 것에 존재하고 혹은 어디에나 가까이 있음을 의미했다. 신학자들은 여기서 한걸음 더 나아가, 신자들은 천국에 이르러야 알라의 현시를 허락받을 수 있다고 주장했다. 그러나 수피들은 내세뿐 아니라 현세에서도 알라를 만나고 싶은 인간의 자연스러운 욕망을 허용했다. 따라서 그들은 마치 눈앞에 보이듯 알라를 경배하는 것이 바로 이흐산이라고 역설했다.

이러한 대립적 입장의 갈등은 시간이 흐르면서 약해졌지만 완전히 사라지지는 않아서, 이후에 간헐적으로 수피들이 진정한 신앙을 저버리고 미신을 꾀한다는 비난을 받으면서 긴장이 다시 조성되곤 했다. 상황이 이만큼 호전된 데는 동시대를 살았던 유명한 수피 두 사람, 아부 바크르 알 칼라바지(995년 사망)와 아부 탈리브 알 마키(996년 사망)의 공이 컸다. 이들은 신비주의적 신앙의 '도취되지 않은' 전망을 추구하며 정통 이슬람법과 신학의 간극을 메우는 데 기여했다. 그리고 더 큰 공헌을 한 사람은 앞 장에서 만났던 학자 알 가잘리였다. 그는 법학자, 신학자, 철학자의 훈련을 통달했으며 불후의 저작을 통해 수피파의 가치관을 대중화했다. 중세 이슬람 역사가인 마셜 호지슨에 따르면 12세기 즈음 수피즘은 무슬림의 종교생활에서 필수적인 부분으로 인정됐다. "따라서 여러 가지 신앙적 형식들 중 하나에 불과했으며 공식적이건 대중적이건 가장 많이 수용되는 형식이 전혀 아니었건, 수피즘이 점차적으로 순니파 내부뿐만 아니라 그보다 작은 규모이기는 하나 심지어 시아파 신도들의 신앙생활까지 지배하게 됐다."[2]

비공식적이고 개인적인 차원에서 이루어지던 초기의 금욕주의적 신비주의가 점차 유명한 스승을 중심으로 모여든 구도자들의 집단으로 발전했고, 이들은 조직화된 공동체 생활 속에서 영성훈련을 위한 일종의 의례적 체계를 구축했다. 중핵조직이 명성을 얻자 초심자를 비롯한 여타의 집단들이 그 중심에 연결된 위성조직의 형태를 갖추게 됐고, 이렇게 해서 모두가 대스승의 가르침과 공동체적 규율을 고수하는 삶을 살았다. 오늘날 이 조직을 공통적으로 수피파의 교단, 즉 타리카라고 일컫는다. 타리카는 '도道' 혹은 '도정道程'을 의미한다. 진정한 의미에서 국제적으로 교세를 확장한 초기 타리카 공동체 중에는 바그다드에서 창시된 카디리야가 있었다. 이는 유명한 설교자이자 수피 성자, 혹은 알라의 친구인 아브드 알 카디르 질라니(1166년 사망)의 이름을 따른 명칭이었다. 그는 한발리 법학파 마드라사의 샤이흐였다. 한발리는 말리키 법학파를 포함한 순니파 무슬림의 4개 법학파 중 하나다. 그는 수피 초심자들(단수형은 무리드)의 영성훈련을 위해 마련된 리바트를 관리했다. 그가 죽은 후에는 가족들이 교단을 이끌었는데 1258년 몽골의 바그다드 함락 당시에 상당수가 희생됐다. 계속해서 다른 지역으로 교세가 확장됐지만, 교단 본부는 여전히 그 옛날 아바스 왕조의 수도 바그다드에 남아 있었다.

| 이븐 바투타와 수피 교단들

메블레비 교단

이븐 바투타는 아나톨리아여행 중에 코이나를 방문하여 현지 카디가 운영하는 자위야에 머물렀다. 또한 주류 수피 교단 가운데 하나를 설립한 창시자의 묘와 거대한 자위야를 찾아갔다. 이때 그는 교단을

이븐 바투타는 아나톨리아를 여행하면서 코니아에 있는 위대한 수피 마울라나 잘랄 알 딘 루미의 성소를 방문했다. 그림에서 성자는 소용돌이 속으로 가라앉을 위험에 놓인 배를 기적적으로 구해내고 있다.

마울라나 잘랄 알 딘 루미가 목욕탕에서 사람들에게 겉모습에 신경 쓰지 말고 마음을 정화하라는 가르침을 주고 있다.

이 그림은 마울라나 잘랄 알 딘 루미가 휠링 춤을 추고 있는 모습이다.

모로코식 어법으로 타이파, 즉 '당파' 혹은 '파벌'이라는 단어로 표현했다. 이븐 바투타는 이 교단을 잘랄리야라고 불렀으며 이는 잘랄 알 딘 루미(1273년 사망)의 이름을 딴 것이었다. 그는 또한 잘랄 알 딘에게 제자들이 존경의 뜻으로 붙여준 마울라나, 즉 '우리의 스승'이라는 칭호에 대해서도 언급했다. 바로 여기서 교단의 진짜 이름이 — 터키어로 메블레비 — 탄생했다. 이븐 바투타는 잘랄 알 딘이 공동체의 종교의식에 도입했던 춤의 관습에 대해서는 언급하지 않았지만, 오늘날 메블레비 교단은 그 유명한 휠링 데르비시(빙글빙글 도는 춤—옮긴이)로 유럽과 북아메리카 전역에서 찬사를 받고 있다.

루미는 발흐에서 1207년에 태어났다. 아버지 바바 왈라드는 가족을 데리고 이리저리 돌아다니다 잠시 바그다드와 메카, 그리고 다마스쿠스에 머물었고, 코니아에 정착한 후 1230년에 죽을 때까지 마드라사에서 학생들을 가르쳤다. 아직 20대이던 잘랄 알 딘이 아버지의 자리를 이어받았다. 어느 날 샴스 알 딘 타브리지라는 페르시아 출신의 신비주의 방랑객이 코니아에 왔는데 그때의 만남이 잘랄 알 딘의 삶에 심대한 영향을 끼쳤다. 그 이후로 잘랄 알 딘은 신비주의적 도정에 자신을 바쳤다. 명성이 아나톨리아 전역으로 퍼지자 그의 '도'를 배우겠다며 초심자들이 몰려들기 시작했다. 잘랄 알 딘은 현존하는 그의 저서에서 알 할라즈가 '도취된' 폭발을 이끌어냈던 일을 고찰하며 실제로 그가 무엇을 의도했는지 설명하고자 했다. "알 할라즈는 알라에 대한 사랑이 최고 정점에 이르는 순간, 자기 자신의 적이 됐고 또 자신을 철저히 경멸했다. 그는 "내가 진짜다"라고 말했으며, 이는 "내가 완전히 파괴됐으니 진짜만 남았다. 그 외에는 아무것도 없다"는 의미였다. 이것은 극단적인 겸손이자 종복으로서의 극한적 정신을 말한다. 결국 "오직 그분(알라)뿐"임을 의미하는 것이다."[3] 따라서 알 할라즈는 자신의 신격화가 아니라 유일신 알라에 대한 철저한 복종을 천명했던 것이다.

잘랄 알 딘의 명성은 그가 페르시아어로 남긴 신비주의 시를 통해 오늘날까지 이어진다. 그의 대표작은 약 2만 6천 행으로 이루어진 대작《마스나위》로, 그는 이 작품 속에 우화, 일화, 상징, 그리고 성찰을 담아 수피의 교리를 설명하고자 했다.《마스나위》는 심지어 페르시아어로 된《코란》이라고 불리기도 했다. 이븐 바투타는 이 유명인의 삶에 대해서 다음과 같이 말했다.

잘랄 알 딘은 코니아 마드라사의 인기 있는 파키흐로 사회생활을 시작했다. 어느 날 당과를 파는 상인이 좌판을 들고서 강의실로 들어왔다. 샤이흐에게 맛있는 당과를 1조각 건네고는 다른 사람들은 본 척도 하지 않고 강의실을 떠났다. 샤이흐는 그 당과를 받아먹고는 학생들을 내버려둔 채 상인을 따라나섰다. 샤이흐는 돌아오지 않았고 그를 찾느라 벌인 수색은 전혀 성과가 없었다. 이븐 바투타의 이야기가 이어진다.

> 샤이흐는 몇 년이 흐른 뒤 학생들에게 돌아왔지만, 완전히 넋이 나가 페르시아어로 자구를 맞춘 2행시만 지껄였고 이를 아무도 이해하지 못했다. 제자들이 따라다니며 그가 뱉어내는 시를 받아 적고《마스나위》라는 제목의 책으로 묶었다. 아나톨리아 사람들은 이 책을 대단히 귀히 여기며 책의 내용으로 묵상하고 가르치며 목요일 밤마다 자위야에서 낭송을 했다.

이 일화는 이븐 바투타가 떠돌이 수피 샴스 알 타브리지(당과 상인)와 잘랄 알 딘의 만남을 서술하기 위해 선택한, 당시로서는 꽤 유명했던 이야기로 보인다. 어쨌든 잘랄 알 딘은 신비롭게 사라졌다가 다시 돌아와서는 이상한 행동을 보였으며, 실제적으로 정통 종교법을 가르치던 선생에서 형이상학적 신비주의 시인으로 변모했다. 한편 이븐 바투타는 잘랄 알 딘이 너무나 유려하게, 그리고 종종 아주 애매하게 표현했던 문제들, 예를 들어 알라와의 원시적 합일에서 분리된 인간의 형이상학적 상태와 같은 주제에 대해서도 아무런 관심을 표명하지 않는다. 그는 잘랄 알 딘을 "고결한 지도자(이맘 살리흐)"라고 표현했으며, 존귀한 지위로 말하자면 또한 "당대 최고의 성자(쿠트브)"라고 말했다. 오직 최정예의 수피들에게만 성자의 칭호가 부여됐는데 여기에는 수피와 법학자 등의 심사를 포함한 일종의 사회적 합의가 필요했다. 성자적 위계의 정점, 즉 쿠트브로 인정받으려면 성자들의 비공식적 합의를 통해 또다시 공인을 받아야 했다.

하이다리야 교단

이븐 바투타가 언급한 또 다른 타이파 즉 당파는 하이다리야였다. 이는 후라산의 자와 출신인 쿠트브 알 딘 하이다리의 이름에서 유래했다. 이들은 가난한 형제(파키르. 복수형은 푸카라)의 집단으로 설명된다. 이는 페르시아에서 발생한 교단으로, 일정한 주거지 없이 동페르시아와 인도 지역을 떠돌아다니는 칼란다리야라는 단체들과 관련이 있었다. 이븐 바투타는 이들이 독특하게 손목에 철제 팔찌를 차고 있으며 목과 귀뿐만 아니라 심지어 성기에도 고리를 달고 있는데 이는 성행위를 할 수 없도록 하기 위해서라고 설명했다. 이들은 성욕을 억제할 뿐만 아니라 다른 형태의 물질적 안락이나 요구를 거부했다. 그러나 독신주의 혹은 순결주의는 수피 교단에서 드문 일이었으며 '가난한 형제들'이라는 칭호가 반드시 경제적 빈곤을 의미하는 것은 아니었다. 어느 수피의 격언에 나오는 가난한 사람(파키르)은 또 다른 격언의 수피와 정확히 같은 단어로 사용된다. 즉 부족할 때 만족할 줄 알고 풍요로울 때 베풀 줄 아는 사람이 바로 가난한 사람이며 수피다. 쿠트브 알 딘은, 이븐 바투타의 용어로 샤이흐 살리흐, 즉 '고결한 지도자'로 번역이 가능하다. 이는 자기 자신과 보다 넓은 공동체의 안녕(이슬라흐)을 위해 신앙생활을 하는 수피를 의미했다. 이븐 바투타는 델리 근처에서 야영을 하는 중에 또 다른 하이다리야 공동체를 만났다. 밤 기도를 마친 후에 피워놓았던 장작이 거의 다 타들어갈 때쯤 되자 그들은 기도문을 읊조리고 춤을 추며 뒹굴기 시작했다. 무리의 지도자가 이븐 바투타에게 셔츠 하나를 달라고 청하여 훌륭한 재질의 옷을 주었다. 남자는 옷을 재빨리 입고는 뜨거운 석탄 속에서 뒹굴며 불이 꺼질 때까지 석탄을 팔로 두들겼다. 그러고는 셔츠를 이븐 바투타에게 돌려주었는데 정말이지 너무나 놀랍게도 그을음 하나 묻어 있지 않았다.

리파이야 교단

마지막 타이파인 리파이야는 이라크의 와시트 근처에 있는 한 마을에서 1183년 세상을 떠난 아부 알 아바스 아흐마드 알 리파이의 이름에서 유래했다. 이븐 바투타는 와시트 인근에서 특별히 길을 우회하여 이 유명한 성자, 말 그대로 '알라의 친구(왈리 알라)'의 무덤을 찾아갔다. 무덤은 움므 우바이다라는 마을에 있었다. 이븐 바투타는 그곳에서 커다란 텐트와 비슷한 구조물을 목격하고는 수천 명의 가난한 형제들이 모여 있었던 거대한 리바트에 버금간다고 말했다. 이븐 바투타는 이곳에서도 인도의 하이다리야 교단에서 보았던 것과 비슷한 불춤 공연을 보았다. 그는 마술행위가 "그들의 일상적 관습이자 아흐마디 형제들의 독특한 특징이며, 몇몇 사람은 커다란 뱀의 머리를 이로 물고서 아주 깨끗하게 잡아뜯어냈다"고 덧붙였다. 이들은 아부 알 아바스의 손자가 고향 아나톨리아에서 오자 집회를 열었다. 리파이야 교단은 이라크의 본거지에서 이집트, 시리아, 아나톨리아로 퍼져나갔다. 몇 년 후 이븐 바투타가 머문 아나톨리아의 수누사에 있는 한 자위야에 리파이야 교단의 지부가 있었다. 13세기 초반에는 모로코 북부에 있는 리프 산악지대에도 교단의 추종자들이 있었다. 여기서 아부 알 아바스와 아부 마드얀 슈아이브 븐 알 후사인(1198년 사망)의 영적 유대에 관한 이야기가 나왔다. 아부 마드얀은 생존 당시 가장 높이 추앙받던 모로코의 성자(왈리 알라)로, 비자야(오늘날의 알제리)에 라비타를 세우고 율법적 수피즘에 대해 가르쳤는데 무엇보다도 알 가잘리의 저작에서 받은 영향이 컸다. 그 역사적인 유대관계가 비현실적임에도 불구하고 이븐 바투타는 아부 마드얀과 아부 알 아바스가 순례 기간 동안 메카에서 만났다는 이야기를 전해준다. 아부 마드얀은 알제리의 틀렘센에서 사망한 뒤 은둔처의 묘지에 묻혔다. 그의 무덤과 그 곁에 딸린 훌륭한 모스크가 오늘날까지 남아 있다. 이 모스크는 아부 마드얀이 죽고 한참 뒤인 1339년에 마린 왕조 아부 이난의 선왕이 건립한 것이었다.

이즈음에서 "이븐 바투타는 수피였나?"라는 의문이 생길 법하다. 또한 두 번째 의문도 제기될 수 있다. 과연 그는 특정 교단에 속해 있었을까? 수피파 무슬림과 비수피파 무슬림을 구별하기가 결코 쉽지 않다는 전문가들의 견해에 귀를 기울인다면, 첫 번째 질문은 비생산적일 수 있다. 두 번째 질문도 까다롭기는 매한가지다. 이븐 바투타는 수피의 의례행위 중 한 측면에 매료됐다고 전했다. 즉 초심자는 수피파에 가입하면서 천 조각으로 기운 옷 혹은 망토(히르카)를 받는다. 이는 샤이흐의 가르침과 권위에 절대 복종하고 금욕하겠다는 상징적 결의를 나타냈다. 이븐 바투타는 예루살렘에서 만난 유명한 학자들 중에서 아나톨리아 출신의 한 신심 깊고 열성적인 샤이흐에 대해서 거의 무심한 어투로 이야기했다. 그는 지금 우리가 이야기하고 있는 리파이야 교단의 신자였다. "나는 이 샤이흐와 어울렸으며 그가 직접 수피들이 입는 헝겊으로 기운 옷을 입혀주었다"고 그는 말했다. 이 일은 이븐 바투타가 리파이야 교단의 스승인 아부 알 아바스의 이라크에 있는 무덤을 방문하기 훨씬 전에 있었던 것 같다. 정확하지는 않지만 어떤 의미에서는 이 교단의 '일원'이었던 셈이다.

그러나 여러 교단에 속하는 일은 흔했다. 나중에 이븐 바투타는 페르시아의 이스파한을 방문했을 때 깊은 인상을 받은 일이 있었다. 그는 한 자위야에서 2주를 머물렀는데, 이곳은 '냉철한' 금욕주의적 수피즘과 강한 역사적 관련성을 지니고 있었다. 이 자위야는 많은 사람들로부터 공경을 받았고, 사람들은 이곳을 방문하여 축복을 받고자 했다. 당시 자위야의 샤이흐는 신심 깊고 양심적인 열성 신자 쿠트브 알 딘 후사인이었다. 그의 아버지는 유명한 알라의 친구였다. 이븐 바투타는 쿠트브 알 딘에 대해서 "그의 예배에 대한 열정, 가난한 형제들과 곤궁한 이들에 대한 그의 사랑, 그리고 그들을 대하는 그의 겸손함을 보고 나는 경탄할 수밖에 없었다"고 말했다. 그래서 이 존경심 가득한 손님은 그 훌륭한 샤이흐의 카라마가 어떻게 자신에게 찾아들었는지 말한다. 쿠트브 알 딘은 이븐 바투타의 자위야 처소를 방문한 일이 있었다. 우연히도 그 방에서는 샤이흐의 마당이 보였고 마침 빨랫줄에 샤이흐의 세탁된 옷이 걸려 있었다. 그중 하나는 수피의 의복으로 수백 개의 헝겊이 짜깁기된 줄무늬가 들어간 하얀색 튜닉이었다. "나는 그것에 감탄했다"고 이 손님은 말했다. 그리고 이렇게 중얼거렸다. "이것이야 말로 내가 원하던 그런 것이야." 샤이흐는 방에 들어와서 마당을 내다보더니 하인 1명을 시켜 그 옷을 가져오도록 했다. 샤이흐는 손님에게 그 옷을 입혀주었고 이븐 바투타는 그에게 감사의 예를 올렸다. "나는 그의 발 앞에 엎드려 입을 맞추고, 그가 머리에 쓰고 있는 스컬캡(머리에 꼭 맞는 반구형의 모자로 주로 성직자가 많이 쓴다—옮긴이)도 씌워달라고 간청했다. 그리고 그가 부친을 비롯한 교단의 영적 사슬로 묶여진 그 모든 선임 샤이흐에게 부여받았듯 나에게도 똑같이 인가(이자자)를 내려달라고 청원했다." 그 영적 사슬의 최초의 고리는 예언자의 죽음 이후에 그 뒤를 이은 4명의 정통 칼리프 중 알리 븐 아비 탈리브(661년 사망)였다. 너무나 중요한 사실 한 가지는 이븐 바투타가 수흐라와르디야 수피 교단의 인가식 날짜를 1337년 5월 7일이라고 명확하게 기록했다는 것이다. 이 교단은 12세기에 바그다드에서 창립됐으며 나중에 아프가니스탄과 인도로 전파됐다.

마지막 인가식은 델리 도착에 앞서 인도 북부의 신드 지역에 있는 우치라는 도시에서 이루어졌다. 그곳에서 이븐 바투타는 독실한 금욕주의 샤이흐이자 위대한 성자인 샤리프 쿠트브 알 딘 하이다르 알 알라위를 만났고 그는 이븐 바투타에게 헝겊으로 기운 예복을 입혀주었다. 하지만 샤리프가 어느 교단에 속했는지는 명확하지 않다. 이븐 바투타는 이 예복을 간직하고 있었으나, 몇 년 뒤 힌두 이교도 해적들이 그가 탄 배를 습격해서 승객들의 모든 물품을 강탈했을 때 잃어버렸다.

이븐 바투타는 비록 가입 절차가 불친절한 감이 없지 않았지만 수흐라와르디야 교단의 인가식을 가장 중요하게 생각했던 게 틀림없다. 이 교단과의 관계가 이후에 어떤 도움이 됐는지에 대해서는 전혀 언급하지 않지만 아프가니스탄과 인도를 여행할 때는 도움이 될 수 있었을 것이다. 어쨌든 어떤 수피 스승이 발음이 비슷한 두 아랍어 단어를 이용해서 교단의 망토로 된 가입복(모직이나 양가죽으로 만든 수피의 의복. 교단 가입에 대한 승인의 증표로 영적 지도자가 수여한다—옮긴이)에 대해 언급했던 유명한 말처럼, "그것은 단순한 종교적 의복(히르카)이 아니라 비로소 수피가 되게 해주는 내면의 불꽃(하르카)이다."

샤질리야 교단

알렉산드리아에서 이븐 바투타는 또 다른 유명한 성자이자 알라의 친구(왈리 알라)인 아부 알 하산 알 샤질리(1258년 사망)의 제자를 만났다. 알 샤질리는 이븐 바투타의 고향인 탕헤르와 멀지 않은 모로코 북부 지역에서 12세기 말엽에 태어났다. 그는 페스에서 종교학을 공부하고 1218년에 이라크로 떠나서 아흐마드 알 리파이의 계승자와 함께 공부했다. 그가 모로코로 돌아와 몇 년 동안 은둔처에 머물다가 다시 동쪽으로 이동해서 튀니스 근처의 한 작은 마을로 간 후, 1244년경 마침내 이집트의 알렉산드리아에 정착했다. 선생이자 정신적 지도자로 명성이 자자해지자 원근에서 학생들이 몰려들었다. 그는 성지순례를 수차례 감행했고 1258년 성도로 향하는 도중에 사망했다. 이븐 바투타는 주류 수피 교단인 샤질리야가 아부 알 하산의 영적 가르침과 실천을 바탕으로 성장해서 이집트와 북아프리카 전역으로 퍼져나갔다는 사실을 언급할 필요가 없었다. 그의 독자들은 이미 그 사실을 잘 알고 있을 터였고, 또 많은 사람이 아부 알 하산이 평생 동안 쿠트브, 즉 최고의 '시대적 성자'로 추앙받았다는 사실을 알고 있을 것이 분명했기 때문이다. 생존해 있건 혹은 사망했건 간에 성자에 대한 추앙은 이단적 현상이 아니라 공동체의 폭넓은 승인의 징표였다. 빈센트 코넬이 언급한 대로, 살아 있는 사람이 성자로 인정되려면 그들의 "대중적 이미지가, 합의된 승인기준에 부합해야 했으며 그럴 때만이 비로소 그 혹은 그녀의 신성함이 인정됐다. 수피파 교리 속에 성자의 정형이 마련된 것은 나중 일이다."[4]

이븐 바투타는 아부 알 하산의 기적 중 하나를 기록했다. 사실 그의 마지막 기적으로, 그는 자신의 죽음과 묻힐 장소를 예언했다. 바로 상부 이집트의 후마이시라였다. 보통 때라면 이곳을 그냥 지나치고 홍해의 아이자브 항구로 가서 맞은편의 지다, 그리고 메카로 갔을 터였다. 아부 알 하산의 하인은 카이로를 떠나기 전, 방부 처리에 쓰는 향료를 포함해서 그의 매장에 필요한 것들을 챙기도록 지시를 받았다. 그는 기도의 마지막 엎드림을 마치자마자 세상을 떠났다. 이븐 바투타는 여러 번의 여행을 통해 한 번 이상 그 무덤을 방문했고, 무덤에 새겨진 글귀를 통해 아부 알 하산이 예언자 무함마드의 손자의 후손, 즉 예언자의 사촌이자 사위인 알리의 아들 알 하산의 후손으로 예언자의 피를 이어받았다는 그의 주장을 확인했다고 기록했다.

아부 알 하산 알 샤질리에 대한 이븐 바투타의 짧은 언급에서 가장 흥미로운 것은, 그 성자가 지은 짧지만 가장 유명한 작품인 《바다의 기도문*Litany of the Sea*》의 구절을 인용했다는 사실이다. 아부 알 하산은 수차례에 걸친 메카 성지순례 중에 배를 타고 홍해를 건널 때마다 매일 아침 이 기도문을 암송했다. 《코란》에 나오는 구절과 유명 문구, 그리고 《코란》의 암시로 가득한 이 작품은 알라의 미천한 탄원자가 알라의 자비, 가호, 용서, 그리고 도움을 청하는 열렬한 기도문이었다. 기도문의 제목은 알 샤질리가 알라께 간청했던 기도의 내용에서 따왔다. "우리에게 주어진 모든 바다는 땅에서건 천상에서건, 의식의 세계에서건 보이지 않는 세계에서건, 이승의 바다이건 저승의 바다이건 모두 당신의 것입니다." 중심 구절은 기도문의 전체 주제를 담아낸다.

> 우리를 죄악으로부터 구해주시고 우리 영육의 삶과 내세에 행복을 주시옵소서. 진정으로 당신은 모든 것의 결정자이십니다(《코란》 3장 26절, 여러 곳). 오 알라여, 우리의 문제를 타개해주시옵소서(《코란》 22장 26절의 암시). 우리의 마음과 몸에 평안을 주시옵고 우리에게 건강과 영육의 삶의 행복을 내려주시옵소서. 우리의 여행 중에 부디 우리의 동행이 되어주시옵고, 우리가 떠난 집안의 수호자가 되어주시옵소서.

상부 이집트의 나일 강변에 자리 잡은 마을인 후Hu의 마드라사에서, 이븐 바투타는 학생들이 매일 《코란》의 한 부분과 알 샤질리의 《바다의 기도문》을 암송하는 것을 들었다. 비록 제목은 그러했지만, 사실 이 기도문은 바다의 재앙을 물리치려는 단순한 부적이 아니었다. 학생들은 교실에서 매일 수행하는 종교적 훈련의 하나로 《코란》과 《바다의 기도문》을 암송했다. 알라의 말씀인 《코란》은 무슬림 신앙과 지침의 근본원리이며, 알라의 친구가 창작한 《바다의 기도문》은 그 성스러운 경전의 중심 주제, 즉 종복과 주인의 관계에 대한 해설서였다. 아부 알 하산의 글귀는 신앙인들의 결의를 더욱 굳건히 하고, 알라의 자비가 내적인 영혼의 삶과 물질적인 육체의 삶, 그리고 현재와 내세에서 언제나 그들과 함께한다는 확신을 심어주는 데 목적을 두고 있었다.

이븐 바투타는 《코란》의 구절, 즉 "너희로 육지와 바다를 여행하게 하시는 분이 바로 알라이시다(《코란》 10장 22절)"라는 말씀을 알고 있었을 것이다. 그는 분명 여행하는 내내 《바다의 기도문》 한 부를 몸에 지니고 있었을 것이며, 그렇지 않더라도 이미 암송하고 있었을 것이다. 이 기도문은 또한 영적 여행의 동반자이기도 했다.

| 이븐 바투타의 영적 여행

그리고 또 하나의 여행, 즉 영적 여행은 과연 무엇이었을까? 이븐 바투타의 사색적 천성은 작자미상의 수피가 말했던 격언에 대한 대답이었는지 모른다. "여행(사파르)이 그 이름을 얻은 것은 여행자의 진정한 본성을 드러내기(유스피르) 때문이다."[5] 이런 관점에서 보면 리흘라는 자기 발견의 모험에 대한 기록이겠으나 이븐 바투타는 이를 명시적으로 주장하지는 않는다. 여행에 관한 수피파의 또 다른 견해를 살펴보면 알 쿠샤이리(1072년 사망)가 있다. 그는 두 가지 방식의 여행이 존재한다고 말했다. "한 장소에서 다른 장소로 이동하는 것을 의미하는 몸의 여행, 그리고 하나의 (영적) 특성에서 다른 특성으로 올라서는 것을 의미하는 마음의 여행이다. 몸으로 여행하는 사람은 많지만 마음으로 여행하는 사람은 거의 없다." 수피에게 마음의 여행은 몸의 여행과 마찬가지로 단계가 있었다. 그러나 마음의 여행은 영적 안내자의 도움을 받으며 알라를 향해 올라가는 도정의 그 수많은 단계 혹은 '장소들(마카마트)'을 거치는 일종이 '상승'이라는 점에서 몸의 여행과 달랐다. 장소는 '상태들(아흐왈)'과 짝을 이룬다. 상태란 여행자가 한 장소에서 다음 장소로 계속해서 앞으로 나아가면서 드디어 신성한 빛에 완전히 탁 트여지는 순간에 도달하기까지 겪게 되는 심리적 · 영적 변화를 의미한다. 이븐 바투타는 이러한 감각으로 '여행'을 한 것은 아니었다. 하지만 스스로 고백한 바와 같이 때때로 그 도정에 이끌렸다. 더구나 알 쿠샤이리는 여행이 한 장소에 머무는 일보다 더 좋은가에 대해서 수피파 내부의 의견이 서로 엇갈린다는 사실을 시인했다. 한 장소에 머물기를 택한 사람들조차도 성지순례의 실천과 같은 종교적 의무는 일종의 예외임을 인정했다.

이븐 바투타는 처음 4년의 여행 동안 매우 중요한 정신적 자산을 획득했다. 그는 메카로 세 번의 성지순례를 완수하고 약 3년을 성도에 체류했다. 그는 이 3년의 시간 동안 주흐드, 즉 수행자들의 금욕행위에 대한 마음가짐을 새로이 하면서 더 큰 자산을 축적했다. 알라를 향한 신심은 주흐드를 낳았지만, 이는 육체의 극단적 배격이라고 하는 중세 기독교적 관점이 아니라 물질적 안위에 대한 경멸이었다. 무관심은 부정否定의 동의어가 아니었다. 그리고 수피에게 경제적 곤궁은 흔한 일이 아니었다. 그러나 주흐드가 무엇을 수반하느냐에 대해서는 의견이 갈렸다. 정통 한발리 법학파의 이름을 만들어낸 시조이자, 아부 알 카심 알 쿠샤이리가 《수피즘의 사도서한*Epistle on Sufism*》에도 포함시켰던 아흐마드 븐 한발(855년 사망)에 따르면, 수피의 도道에서 최초의 영적 '장소들' 중 하나는 회개(타우바)로 시작됐다. 여기에는 점차 높아지는 세 가지 달성 단계가 있었다. (1) 평신도는 샤리아가 금지하는 것을 단념했다. (2) 선택받은 사람은 법이 허락한 것 중에서 과도한 것을 버렸다. (3) 성자는 알라의 종복이 알라께 집중하지 못하게 만드는 모든 것을 버렸다. 이러한 설명을 이븐 바투타에게 적용한다면, 그는 여행하는 내내 샤리아가 금지하는 어떤 것도 하지 않겠다는 굳은 결심을 보여주었다. 따라서 평신도보다는 높은 단계에 속했다. 그러나 가장 높은 성자의 단계에 이르지는 못했다. 왜냐하면 여행의 고충이 성자에게 요구되는 독실한 실천의 전념적 헌신을 허락하지 않았기 때문이다. 그럼에도 불구하고 샤리아에 따라 적법한 행동을 하면서 과도함은 버리는, 엘리트 신자들이 실천하는 수행자적 금욕의 중간 단계에는 어렵지 않게 도달해 있었다.

이븐 바투타의 여행에서 영적 측면의 목표는 유명한 금욕주의 고행자인 말리크 븐 디나르(747년경 사망)의 이야기로 설명이 가능하다. 이븐 바투타는 바스라를 방문하면서 말리크의 무덤을 찾아갔고 또 그의 이름을 딴 리바트에서 하룻밤을 보냈다. 말리크는 알라가 선지자 모세에게 했던 충고를 이야기했다. "쇠로 만든 샌들 한 켤레와 쇠 지팡이를 가져와라. 그리고 샌들이 닳고 지팡이가 부러질 때까지 이 땅을 여행하며 현명한 전승과 경고를 찾아보라." 선지자를 향한 충고로는 상관없지만 이븐 바투타에게 쇠로 만든 여행도구는 그의 겸손한 포부에 비하면 너무 무리한 일이었다. 신심이 깊고 현명한 사람들의 계도적 이야기를 수집해서 다른 이들을 위해 그 이야기를 퍼뜨리라고 모세에게 내린 알라의 명령은, 세속의 모험여행으로 독자에게 오락과 정보를 제공하는 한편 가르침도 주겠다는 이븐 바투타의 생각과 그리 다르지 않았다. 그가 스스로 설정한 과제는 옛 성자와 수피와 독실한 신자들이 남겨놓은 자취, 즉 무덤과 묘를 비롯하여 그네들의 삶과 위업을 말해주는 이야기들과 그 제자들을 찾는 것이었다. 더불어 당대의 신심 깊은 학자, 구도자, 그리고 독실한 여성들을 만나겠다는 욕망도 있었다. 성자의 무덤, 혹은 생전에 알라의 축복을 입었던 사람들에게 가까이 다가감으로써 얻게 되는 알라의 축복 혹은 바라카를 통해 영적 풍요를 획득하기 위한 탐색이었던 것이다.

다른 한편, 이븐 바투타가 수피의 신앙심에 특별히 관심을 가진 까닭이 모로코에서 받은 교육과 개인적 편애에 일부 기인한다는 사실도 의심의 여지가 없다. 땅과 바다를 주유한 그의 여행에는 자신과 직접적으로 연관이 있건 없건 무슬림의 독실한 신앙심을 발견할 때마다 그 이야기를 기록하는 또 하나의 여행이 추가됐다. 따라서 앞서 살펴본 바와 같이 그가 성자의 무덤을 찾아갈 때에는, 오래전에 확립되고 또 공개적으로 인정된 그 성자들의 명성에 대해 이미 잘 알고 있었다고 가정하는 편이 옳다. 물론 앞으로 살펴보겠지만, 그는 무슬림 성자의 무덤뿐만 아니라, 신심 깊은 무슬림의 현재 속에 여전히 공명하고 있는 먼 옛날의 성자들, 즉 토라와 복음서에 나오는 위대한 조상들과 선지자들의 무덤도 찾고자 했다. 이들은 모두 《코란》을 통해 친숙한 인물들이었으며 아담의 시대부터 알라의 선택을 받은 무함마드가 생을 마치고 예언의 인장seal of prophecy(《코란》에 나오는 예언자 무함마드의 칭호다. 무슬림은 전통적으로 무함마드가 신의 마지막 계시를 받았다는 것에 동의한다—옮긴이)을 확정지은 때까지, 알라의 지음을 받은 여러 나라에 알라께서 하사하신 신성한 선지자의 사슬을 이어주는 연결고리로서 소중히 여김을 받았다.

| 무덤을 비롯한 축복받은 장소의 방문

이집트 : 카이로

48세의 나이로 1295년 카이로에서 세상을 떠난 하디자의 묘비에는 "알라의 미천한 종복 중 하나"라는 글귀가 씌어 있다.[6] 그리고 그녀가 메카의 성지순례를 15번 수행했고 그중 두 번을 제외하고는 모두 걸어서 갔으며, 경전을 읽는 데 허락된 일곱 가지 방식으로《코란》을 암송할 수 있었다는 내용이 약술되어 있다. 묘비의 글귀는 "오, 알라이시여, 그녀를 대신하여 자비를 간구하는 모든 자에게 자비를 베푸소서"라는 청원으로 끝을 맺는다. 이것은 흔히 목격되는 후렴구였다. 소원을 토로한 또 다른 묘비를 보면 "그리고 압달라의 무덤을 천상의 낙원 가운데 그와 믿음을 지닌 모든 남자와 여자를 위한 정원으로 만들어주옵소서"라고 되어 있고, 다음과 같은 내용으로 마무리된다. "이 글을 읽고 그를 위하여 자비를 간구하는 모든 이에게 알라의 자비가 함께하기를." 하디자와 압달라의 무덤은 성자의 것이 아니라 겸손하고 고결한 신자의 무덤이었다.

묘비에 새겨진 글 속에 공개적으로 그 기대가 표명된 묘지 방문의 관행(지야라 알쿠부르)은 친척과 친구 혹은 스승의 무덤을 찾는 일로 이어졌다. 이들의 무덤은 알라의 축복을 기도하고 간구하는 사람들이 그 축복을 받을 수 있는 장소이기도 했다. 무덤의 방문은 아주 오랫동안 지속된 관행이었지만 법학자들 사이에 논쟁이 없었던 것은 아니다. 예언자의 전승집도 이 문제를 다루었다. 예언자는 어머니의 무덤을 찾아가 흐느꼈다고 한다. 공동체를 향한 그의 권고에 따르면 무덤의 방문이 허락되는 것은 방문객에게 죽음을 상기시켜주기 때문

이븐 바투타는 여러 예술가를 만났겠지만, 그중에는 현을 타는 이와 자신의 작품을 낭송하는 시인도 있었을 것이다. 이 장면은 카이로의 모습이다.

이다. 한번은 예언자가 메디나에 있는 몇몇 무덤들 옆을 지나다가 무덤을 향해 이렇게 말했다. "너희, 무덤에 거하는 자들에게 축복이 있으라. 알라께서 너희와 우리를 용서해주시기를. 너희가 먼저 갔으나 우리도 그 뒤를 따르리라."[7] 예언자의 인가에 대한 내용에 있어서 전승집의 기록에 따라 서로 다른 한 가지 예외사항이 발견된다. 전승집의 전달자로 유명한 아부 후라이라에 따르면 예언자는 여자가 무덤을 찾는 것을 저주했다. 따라서 학식이 깊은 법학자들마다 의견이 갈렸다. 어떤 이들은 남자와 여자가 똑같이 무덤 방문을 허락받았다고 주장하지만, 반대자들은 여성이 자제심이 부족하고 크게 흥분하는 경향이 짙기 때문에 배제된다고 주장했다. 말리키 학자이면서 이븐 바투타와 동시대를 살았던 이븐 알 하즈는 반대파의 주장에 무게를 실어주고 오히려 그보다 더 심한 말을 했다.

> 그리고 부도덕한 행동이 수도 없이 많지만, 여성이 밤에 남성과 함께 무덤을 방문(지야라)해서 주변의 한적한 장소와 가까이에 있는 건물들을 걸어다닌다. 그리고 얼굴과 몸의 일부를 드러내며 마치 집과 같은 사적인 공간에서 남편과 있는 것처럼 처신한다. 뿐만 아니라, 낯선 남자들과 얘기를 나누기도 하며 여자들이 농담을 던지고 함부로 행동한다. 몸을 낮추어야 하는 이곳에서 웃음을 터뜨리고 노래를 부르기도 한다.[8]

카이로에 살았던 이븐 알 하즈는 아마도 유명한 묘지인 알카라파에서 벌어지는 일을 염두에 둔 듯하다. 이븐 바투타 또한 알카라파를 잘 알고 있었지만, 그 말리키 동료의 견해를 알지 못했거나 아니면 간단히 무시했다. 그는 알카라파가 축복의 힘(타바루크)으로 굉장히 유명한 곳이라고 설명했다. 그는 하디스에 나오는 언급을 인용해 알카라파는 천상의 낙원 중 하나가 될 것이라고 알라가 약속했음을 언급했다. 사람들은 경내에 "여러 개의 아름다운 돔 구조물을 만들어 벽으로 감쌌고 마치 여러 개의 방으로 이루어진 집처럼 보인다. 그곳에는 밤이고 낮이고 사람들에게 아름다운 목소리로 《코란》을 읽어주는 사람들이 있다." 또 어떤 이들은 유명한 망자의 묘 옆에 자위야나

마드라사를 건립했다. 그리고 이븐 바투타는 "사람들은 목요일 밤이면 아이들과 여자들을 데리고 나와서 유명한 성소들 주변을 한 바퀴 돌곤 했다"고 덧붙였다. 특별한 행사가 열릴 때는, 상인들이 여러 가지 음식을 가지고 나와 방문객들에게 팔기도 했다.

이븐 바투타는 여기서 알카라파에 있는 중요한 성소들(마샤히드) 몇 곳을 이야기했다. 그중 하나는, 예언자 무함마드의 사촌이자 사위이며 그의 뒤를 이어 네 번째 통치자로 신생 무슬림 공동체를 이끌었던 알리의 후손인 영애令愛(사이다) 나피사의 성소였다. 이븐 바투타는 그녀를 기도에 응답을 받고 알라에 대한 헌신적 경배에 열성을 다한 여성으로 묘사했다. 묘 옆에는 종교 교육과 수피의 훈련을 위해 지어진 리바트가 하나 있었다. 또 다른 묘의 주인은 순니파의 4개 법학파 중 하나를 창설한 무함마드 븐 이드리스 알 샤피(820년 사망)였다. 그 옆에도 커다란 리바트가 있었다. 게다가 이곳에는 유명한 종교학자(알림)와 성자(살리흐), 그리고 예언자의 동행자들(예언자 무함마드를 직접 보고 신봉했으며, 무슬림으로서 생을 마친 사람을 일컫는다. 주장하는 이에 따라서는 수만 명에 이르고, 유명한 동행자 수는 50~60명 정도다—옮긴이)의 셀 수 없이 많은 무덤들이 있었다. 따라서 알카라파 묘지는 카이로 시민들이 즐기는 역동적인 사교 장소였다는 점은 차치하고라도, 영적 에너지가 넘치는 공간이었다.

개별적인 학자들의 모임이나, 소수파 신분의 신비주의자들은 조직적으로 성자들의 무덤을 방문했다. 이들은 성자의 삶과 기적을 잘 알고 있는 사람들이었다.[9] 전문적인 안내자들이 밤이건 낮이건 매주 방문객들을 인도했다. 이들은 광활한 묘지의 난해한 배치에도 불구하고 안내에 포함된 무덤들의 정확한 위치를 짚어냈다. 해마다 특별히 며칠씩 가장 중요한 성자들을 기념하는 날들이 있었다. 이때에는 축제 행사가 인기리에 개최됐는데 수피 교단에서 준비한 춤과《코란》암송, 그리고 알라의 이름을 반복해서 부르는 행사 등은 모두 성자의 무덤 주변으로 엄청난 인파를 불러모았다. 그리고 이븐 알 하즈는 크게 고함을 치며 사악한 남녀 혼성의 문화에 반대하는 행사를 열었다!

오늘날까지 남아 있는 초기 무덤 방문을 위한 묘지 안내서의 저자는 이븐 우스만(1218년 사망)으로만 알려져 있다. 이러한 책들은 중세 이집트와 다른 여러 곳의 무덤을 찾아다니던 어마어마한 수의 신자들이 존재했다는 사실을 보여준다. 묘지 안내서는 올바른 행동과 같은 문제들을 다루었지만 비판적인 내용이 전혀 없었던 것은 아니다. 하지만 자신의 눈에 들어온 폐습의 사례를 힘주어 강조하는 것이 의무라고 생각했던 이븐 알 하즈 같은 법학자들의 강박적 견해보다는 훨씬 균형이 잡혀 있었다. 이븐 우스만은 기본적으로 묘지에 들어가고 싶은 방문객들의 '순수한 뜻'이 중요하며, 진심 어린 신자라면 바로 이러한 자세로 기도와 단식 혹은 여타의 의식에 참여해야 한다고 강조했다. 그 뜻이란 오직 알라를 위해서 무덤을 찾고 신자의 마음에서 타락한 것을 제거하는 것이었다. 방문객들은 묘지 안내서를 통해 망자들, 특히 예언자의 친척과 예언자의 동행자, 혹은 신심 깊은 성자의 삶을 다시 한번 기억하고, 이를 통해 자신의 신심을 키웠다. 또한 이 방문으로 알라의 자비와 축복을 경험했다. 알라께 은혜를 베풀어달라고 탄원을 올리는 행위(두아), 혹은 방문객이나 망자를 위한 청원도 허락됐다. 그러나 과도한 비통함의 표출은 인내와 자제로 삼가야 했다. 이러한 맥락에서 보면 이븐 바투타는, 비록 다른 경우에서는 아니더라도, 동시대인이자 말리키 법학파의 동료인 이븐 알 하즈

보다 갑남을녀의 독실함에 훨씬 더 가까이 있었던 것으로 보인다.

시리아 : 다마스쿠스

알카라파는 이븐 바투타가 처음 접했던 대규모 묘지로, 그 생동감 넘치는 묘지의 문화 또한 처음이었다. 다마스쿠스와 그 주변 지역에 대한 이븐 바투타의 묘사에서, 도시의 관문 중 두 곳 사이에 묘지가 하나 있었고 그곳에는 예언자의 동행자 다수가 무명의 순교자들(슈하다)과 함께 묻혀 있었다. 신록이 우거진 도심 주변에 중요한 성소이자 모스크들이 자리를 잡고 있었으며 서로 다른 바라카의 힘으로 유명했다. 두 곳의 바라카는 서로 다른 원천, 즉 매우 다른 장소에서 비롯됐다. 이 장소들은, 비록 《성경》 속 이야기에 대한 《코란》식 해석이기는 하지만, 이슬람이 물려받고 받아들였던 유대교 및 기독교의 전통에 등장하는 선지자와 조상들 중 한 사람 혹은 그 이상과 깊은 관련이 있었다. 한 장소는 발자국 모스크Mosque of the Footprint라는 이름으로 도심부 남쪽의 약 3킬로미터 지점에 있었다. 그곳의 한 바위 위에 찍힌 발자국은 모세의 것이라고 전해졌으며, 이는 모세의 마지막 거처라는 영광을 자처하는 중앙 시리아와 팔레스타인의 수많은 장소들 중 하나였다. 도시의 북쪽에 있는 카시윤 산의 밑자락에 위치한 살리히야는 선지자들이 하늘로 승천한 장소로 일컬어졌다. 이븐 바투타는 산비탈의 한 동굴 위에 커다란 모스크가 지어져 있으며 바로 그 동굴이 아브라함의 탄생지라고 주장했다. 하지만 이라크의 바그다드 근처에 있는 한 마을도 아브라함의 탄생지라고 한다는 사실을 그 역시 잘 알고 있었다. 아브라함의 동굴 근처에 있는 또 다른 성소는 피의 동굴Cave of Blood이었다. 아벨의 생명력의 흔적을 만날 수 있는 바로 이곳에서 형 카인은 동생 아벨을 살해했으며 시신을 끌고 동굴로 들어갔다. 알라는 그 증거가 생생히 남아 있게 했다. 이 동굴은 특히 성서의 조상들인 아브라함, 모세, 예수, 욥, 그리고 롯의 축복을 받았다. 이들은 《코란》에 언급되어 있으며, 모두 이곳에서 기도를 올렸다. 이븐 바투타의 시대에는 커다란 모스크로 그 장소를 기념했다. 모스크에서는 일주일에 두 번씩 동굴에 촛불을 켜는 행사를 개최했고 그때마다 방문객들이 찾아왔다. 산꼭대기에 위치한 선지자 아담의 이름을 딴 동굴은 더 훌륭했다. 바로 그 아래에는 굶주림의 동굴이 있었다. 그곳에서 70명의 이름 없는 선지자들이 굶어 죽었다. 동굴에 피신해 있는 동안 그들에게는 오직 한 덩어리의 빵만 있었을 뿐이었고, 모두가 그것을 먹지 않고 옆 사람에게 넘겨주기만 하여 모두 죽었다. 실제로 다마스쿠스의 성벽과 살리히야 사이의 지역에는 700명 혹은 7만 명의 선지자들과 성자들이 묻혀 있다고 했다. 그야말로 숭고한 축복의 땅이었다.

카시윤 산의 서쪽 끝에는 예수와 그의 어머니 마리아가 피난처로 삼았던 라브와가 있었다. 이븐 바투타는 전체적인 경관에 매우 감탄했다.

> 세상에서 가장 아름다운 풍경 중 하나이며, 그 휴양지와 우뚝 솟은 궁전부터 웅장한 건물들과 눈부신 정원까지, 가장 즐거운 풍경이기도 하다. 축복받은 라브와는 작은 방 하나 크기의 동굴이다. 그 맞은편에는 방 하나짜리 구조물이 있는데 거기서 알 히드르가 기도를 올렸다고 전해진다. 그 오두막에서 기도를 올리려는 사람들로 북적인다.

알 히드르는 《코란》에 명확하게 언급되어 있지 않다. 하지만 《코란》의 주해자들은 그가 모세의 우화적 여정에 등장하는 신비로운 인물로 암시된다고 주장했다(《코란》 18장 60~82절). 하지만 그들도 알 히드르의 족보에 대해서는 이견을 보였으며, 그가 선지자였는지, 얼마나 오래 살았는지, 그리고 예언자 무함마드의 시대에 살았는지, 아니면 그 훨씬 후에 생존했는지를 두고 논쟁을 벌였다. 알 히드르, 즉 '녹색'을 뜻하는 그 이름은, 그가 마른 땅을 상징하는 하얀색 털 위에 앉았더니 초록색으로 변했다는 이야기에서 유래했다. 이븐 바투타가 살던 시절에는 고대의 선지자들에 대한 유명한 전설들이 많았다. 그 중 한 얘기를 보면 알라는 모세에게 주지 않았던 지혜를 알 히드르에게 주었다고 한다. 한번은 모세가 그 지혜를 간구하자, 알라는 먼 바다의 섬에 살고 있는 알 히드르를 만나도 좋다고 허락했다. 모세는 드디어 그를 만나 모든 지식을 가르쳐달라고 청했지만 대답은 실망스러웠다. 알 히드르는 자신을 찾아온 손님에게 이렇게 경고했다. "당신은 나와 함께 참아내지 못할 것이다(《코란》 18장 67절)." 왜냐하면 알 히드르의 지혜는 사물의 내면적 의미로부터 나오는 것인 반면 모세의 경험이란 그저 외면적인 측면에 그치고 있기 때문이었다. 모세의 이 유명한 전설에 관해서는 여러 가지 판본이 존재했는데, 다른 판본에서는 알 히드르 대신, 알라가 천상과 지상을 아우르는 인간이자 천사인 존재로 만든 선지자 일리아스, 즉 《성경》의 표현으로 엘리야가 나온다. 이 두 사람의 연관성은 이븐 바투타가 방문했던 은둔처 두 곳의 명칭을 설명해준다. 한 곳은 이라크 남쪽에 있었고 다른 한 곳은 아나톨리아에 있었으며, 이곳의 이름 모두 특별한 두 유명인사의 이름을 딴 알 히드르 일리아스였다.[10]

팔레스타인

무슬림들의 기억 속에서 성서의 역사적 인물들로부터 가장 흔히 떠올리는 지역은 시리아의 남부, 즉 팔레스타인이었다. 이븐 바투타는 헤브론에서 커다란 축복을 보유한 동굴 위에 지어진 모스크를 방문했다. 이곳은 아브라함과 이삭과 야곱의 무덤이 각자의 아내의 무덤을 마주하고 있는 것으로 유명했다. 그는 무덤으로 들어가는 통로가 막혀 있었다고 말했지만, 독자들에게 그 무덤들의 존재를 확실히 알려주기 위해 성자와 같이 신심 깊고 나이가 많은 부르한 알 딘 알 자바리(1332년경 사망)에게 물어 사실을 확인해주었다. 이는 중요한 사실을 연상시켜준다. 예언자 무함마드의 생애를 다룬 가장 오래된 이야기에서, 예언자가 천사 가브리엘과 동행하여 메카에서 예루살렘으로 하룻밤 여행을 했다는 유명한 일화가 나온다. 이븐 바투타의 해석에 따르자면, 천사 가브리엘은 먼저 무함마드를 헤브론으로 데려와서 '네 아버지' 아브라함의 무덤에서 기도를 드리게 하고 베들레헴으로 가서 '네 형제' 예수의 무덤에서 기도를 올리게 한 후, 예루살렘의 바위돔 모스크(이슬람교의 성지로, 예언자 무함마드가 하늘로 올라간 자리에 세워졌다—옮긴이)에 도착했다. 이 이야기에 대한 이븐 이샤크(768년 사망)의 오랜 해석에 따르면, 옛날 선지자들은 자유롭게 돌아다니고 무덤에 갇혀 있지도 않았던 것으로 보인다.

> 사도 무함마드와 가브리엘은 메카를 떠나 예루살렘의 바위돔 모스크에 도착했다. 그곳에서 그들은 선지자 무리들 중 아브라함과 모세, 예수를 발견했다. 사도가 인도하여 다 함께 기도를 올렸다. 그러고는 각각 우유와 포도주가 담긴 그릇 2개가 놓이자, 사도는 우유를 들어 마

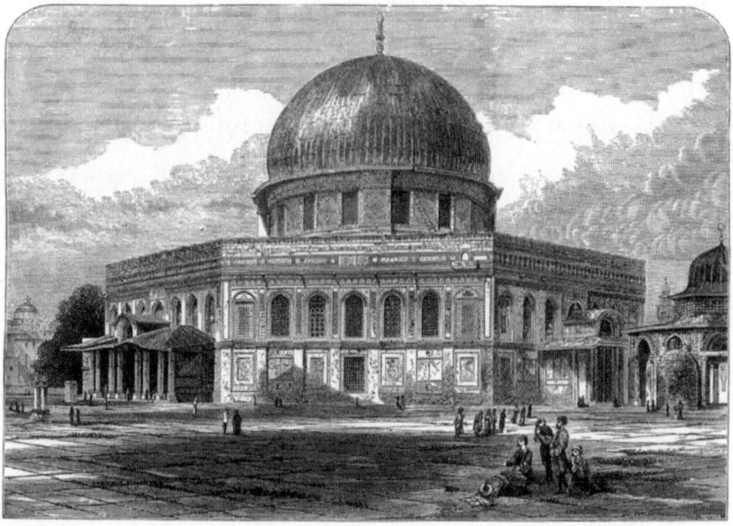

19세기 유럽 미술가가 예루살렘의 바위돔 모스크의 사진을 보고 그린 그림. 이븐 바투타는 691년에 건립된 이곳이 세 번째로 가장 거룩한 이슬람 성소라고 말했다.

시고 포도주를 남겨놓았다. 가브리엘이 말했다. "무함마드여, 너는 옳게 인도됐으니 네 백성도 그러하리라. 너희는 포도주를 금하리라."[11]

이븐 이샤크에 따르면, 다음 날 메카에 사는 현실주의자들과 이교도, 상인들과 주민들이 무함마드의 이야기를 듣고는 터무니없는 소리라고 일축했다. 왜냐하면 메카에서 예루살렘까지는 낙타를 타고 한 달은 족히 걸렸으며 돌아올 때에도 마찬가지라는 사실을 모르는 사람이 없었기 때문이다. 심지어는 무함마드의 신봉자들 몇몇도 믿음을 잃고 떨어져나갈 정도였다. 이븐 이샤크는 이 사건이야말로 알라가 모든 메카 사람을 시험한 것이었으며 육체의 여행이건 심령의 여행이건 간에 "모두 사실이고 분명히 일어났다"고 설명했다.

이븐 바투타는 예수가 태어난 베들레헴도 방문했다. 거기서 그는 《코란》에 나오는 예수 탄생의 이야기(《코란》 19장 22~23절)를 떠올리며 산통을 겪는 마리아에게 그늘을 만들어준 야자나무의 흔적을 예수탄생교회의 예배당에서 아직도 볼 수 있다고 서술했다. 그는 이 교회가 기독교도들의 숭배를 받으며 교회 문 앞에 이른 모든 사람을 따뜻하게 맞이한다고 말했다. 또 이븐 바투타는 예루살렘에서 어느 한 건물 자리는 예수가 하늘로 승천한 장소로, 이는 예수가 십자가에 매달려 죽은 것이 아니라 알라의 안전한 처소로 들어올림을 받고 알라의 허락으로 다시 지상으로 돌아가 적敵그리스도와 싸움을 벌여 승리한 후, 심판의 날이 선포될 때까지 계속 그곳에 거한다는 무슬림의 믿음과도 일치한다고 말했다. 이러한 믿음의 근거 중 일부는 《코란》의 구절인데, 여기서 알라는 "오 예수야, 내가 너를 택하여 나에게로 들어올려 믿지 않는 자들로부터 너를 깨끗이 하리라(《코란》 3장 55절)." 따라서 이븐 바투타는 잘못 알고 있는 기독교도들이 성묘교회를 순례 장소로 삼아 숭배하고 있는데, 이는 그들이 그 교회 안에 예수의 매장지가 위치한다고 믿고 있기 때문이라고 언급했다. 무슬림들 사이에서는 예수와 관련한 또 다른 유명한 이야기가 회자됐다. 예수가 적그리스도와 싸워 승리한 후에, 천사 가브리엘이 그에게 지상의 사명을 완수했으니 알라의 모든 창조물과 마찬가지로 죽을 것을 권고했다. 천사들이 내려와 그의 몸을 씻기고 매장을 준비하자 그는 무함마드의 묘지 옆에 누워 안식을 취했다.[12]

갈릴리 바다 근처의 티베리아스에 있는 선지자의 모스크라는 이름의 건물에는 아랍의 선지자 슈아이브와 그 딸의 무덤과 모세 아내의 무덤, 그리고 솔로몬과 유다와 르우벤의 무덤이 있다고 전해졌다. 또한 근처에는 형제들이 요셉을 빠뜨렸던 우물이 있었으며 이에 대한 이야기는 〈창세기〉와 《코란》 모두에 실려 있지만 서로 다른 방식으로 언급된다. 이븐 바투타는 헤브론의 한 모스크에서 요셉의 무덤을 보았다. 그의 이야기는 《코란》에서 아주 상세하게 다루어지며(수라 12), 이는 실제로 무슬림 경전에서 가장 완벽하게 일관된 서술을 보여주고 있다.

메카와 메디나

이븐 바투타는 아브라함을 자주 언급했으며, 그와 연관된 모든 장소가 축복을 받은 것으로 여겼다. 팔레스타인 남부의 아스칼론에는 아브라함의 우물이 있었고, 아랍어로 할라브인 시리아의 북부도시 알레포는 할라브 이브라힘, 즉 '아브라함의 젖'이라고도 불렸다. 이븐 바투타가 전해준 당시의 유명한 이야기에 따르면, 아브라함은 그곳에 살면서 큰 규모의 양 떼를 키우고 이것으로 가난하고 궁핍한 사람들을 돌보았는데, 그 불행한 사람들이 모여들어 아브라함에게 젖을 달라고 하곤 했다. 이슬람의 전통에서 이브라힘으로 알려진 그는 알할릴 혹은 알라의 친구라는 특별한 경칭을 받았다. 그러나 무슬림들에게 아브라함과 특별히 관련된 장소는 무함마드의 고향인 메카였다. 메카와 메디나, 그리고 그 주변 지역들은 모두 성스러운 영토(하람)로 여겨졌다. 하지만 아브라함의 빛으로 더 큰 혜택을 본 곳은 메카였다. 도시로 진입하자마자 이븐 바투타는 알라의 성소인 성스러운 모스크로 가면서, 알라의 친구인 아브라함의 처소이자 알라의 택함을 받은 한 사람인 무함마드의 포교의 집이라고 말했다. 드넓은 모스크의 광장 한가운데 정육면체 모양의 카바가 서 있었고, 무슬림들

성지순례 기간 중인 메카의 성스러운 모스크. 순례자들이 카바 주위를 도는 의식을 수행하고 있다.

은 매년 순례 기간 동안 그 주변을 일곱 번씩 도는 의식을 치렀다. 무슬림의 전설에 따르면 이 구조물의 탄생은 창건자 아브라함(이브라힘)과 그의 아들 이스마일 덕분이며, 이러한 내용은 《코란》(《코란》 2장 127절)에도 암시되어 있다. 구조물이 어느 정도 높이에 이르자 이브라힘은 가까이에 있던 돌덩이 위에 올라가 자신이 만든 작품을 살펴보았다. 이브라힘의 발자국이 남아 있다는 그 돌덩이는 오늘날 작은 돔 건축물 안에 모셔져 있으며, 이 돔 건축물을 일컬어 '이브라힘이 서 있던 곳(마캄 이브라힘)'이라고 한다. 이븐 바투타는 그 성스러운 장소에 들어갈 수 있게 해주어서 감사하다는 짧은 기도를 올렸다. "우리에게 이 성스러운 집에 들어올 수 있는 영예를 허락하시고 또 우리로 하여금 (알라의 친구인) 알할릴의 기도에 들어 있던 그 사람들 중 하나가 되게 해주신 알라께 찬양을." 이 말은 《코란》에 나오는 아브라함의 기도를 일컬음이었다. "알라여, 이(카바)를 저희에게서 받아주시옵소서.……알라여, 저희가 (무슬림으로서) 모든 것을 당신께 맡기게 하옵시고, 저희의 후손 공동체(움마 무슬리마)가 당신께 모든 것을 맡기게 하옵소서(《코란》 2장 127~128절)."

성문 중 하나의 바깥에는 묘지가 있었으며 역시 축복받은 땅이었다. 이븐 바투타는 그곳을 이렇게 묘사했다. "예언자의 동행자들과, 학식이 높고 신심이 깊으며 성자와도 같은 그 직속 후계자들이 거대한 무리를 이루고 있었지만 그 무덤들은 흔적도 없이 사라져 이제 메카에 사는 사람들은 그들이 누구인지도 알지 못한다. 오로지 아주 극소수의 사람들만 겨우 알 뿐이다." 이 무덤들의 주인 중에 주목할 만한 인물로는 무함마드의 첫 번째 부인인 하디자가 있었다. 그녀는 1명을 제외한 모든 자녀의 어머니였다. 그 1명은 유아기에 죽었는데 이름이 또한 이브라힘이었다. 이븐 바투타는 하얀색의 둥근 지붕으로 덮인 이브라힘의 무덤을 메디나 외곽에 있는 성소들 중 한 곳에서 발견했다. 그는 메카 외곽의 약 1킬로미터 지점쯤에서 성소의 수가 얼마나 되는지 헤아려보았는데, 바로 그 장소에 커다란 평석이 겹쳐서 쌓여 있었다. 예언자가 앉아서 휴식을 취했던 곳으로 알려져 있어 사람들이 찾아와 돌에 입을 맞추거나 몸을 기대어 서곤 했다. 이는 몸으로 돌의 축복을 받고자 함이었다.

메디나는 예언자가 초기 무슬림 공동체를 설립하고 마지막 나날들을 보낸 곳이었으므로, 아브라함의 유산이 살아 숨쉬고 연례적으로 거행되는 성지순례의 중추인 메카에 못지않게 성스러운 곳이었다. 이븐 바투타는 평화의 문을 지나 예언자의 모스크로 들어서서 무함마드의 무덤과 설교연단(민바르) 사이에서 기도를 드리고 있는 무리에 합류했다. 예언자의 전승집에 따르면, 그 구역은 천상의 낙원들 중 하나와 같다고 여겨졌다. 예언자의 무덤에는 예언자의 가장 오래된 동행자들인 아부 바크르와 우마르의 무덤도 함께 있었다. 이 두 사람은 무슬림 공동체의 초대 칼리프들로 무함마드 사후를 계승하여 통치했다. 이븐 바투타는 메카를 서술하면서 시 외곽에 있는 성소들과, 예언자의 생전에 일어났던 사건들과 연관되어 무슬림에게 특별한 의미를 지니는 장소들을 열거했다. 한 모스크의 벽에는 사람들이 기도를 올리는 움푹 패인 지점이 있었다. 바로 이곳에서 무함마드는 어쩔 수 없이 메카에서 탈출한 이후 처음으로 다시 메카에 입성하게 된 것을 고개 숙여 기도했다. 기나긴 여행을 마치고 무함마드의 낙타가 무릎을 꿇고 쓰러졌던 바로 그 장소는 이제 기도를 드리며 축복을 간구하는 사람들로 가득했다. 이븐 바투타는 말리키 법학파에 속했으므로, 학파의 창설자인 아부 압달라 말리크 븐 아나스(795년 사망)에 대한 두 가지 기념물, 즉 예언자의 모스크 동쪽에 위치한 창설자의 집과 자그맣고 단출한 돔 지붕이 얹어진 묘지를 그냥 보아넘길 수만은 없었다. 이븐 바투타는 메디나에서 나흘을 머물렀고 매일 밤 예배에 참석했다. 어떤 예배자들은 마당에서 촛불을 켜놓고 원형으로 무리를 지어 《코란》을 암송했고 또 어떤 사람들은 알라를 찬양하는 노래를 읊조렸으며, 또 어떤 사람들은 예언자를 찬양하는 찬미가 사방에서 울려퍼지는 가운데 자리를 잡고 앉아서 예언자의 무덤을 조용히 응시했다.

이라크 : 쿠파와 바스라

이븐 바투타는 특정한 묘지나 무덤을 언급하면서 실제로 방문하는 과정에 흥미로운 당대의 이야기들을 첨가하여 서술하는 경우가 많았다. 어느 한 무덤은 거의 출입이 통제되어 있었다. 종교적인 이유에서가 아니었다. 이라크 남부의 도시 바스라에서 약 9킬로미터쯤 떨어진 곳에 아나스 븐 말리크의 무덤이 있었다. 그는 무함마드의 종복이자 전승집의 전달자로 유명했다. 이븐 바투타는 거리가 멀고 야생짐승들로 인해 위험하기 때문에 반드시 무리를 지어 방문한다고 언급해놓았지만, 자신이 직접 그 무덤을 방문했는지는 명확하게 말하지 않는다.

방문이 용이한 다른 무덤은 인근 쿠파의 주민들로부터 깊은 반감을 샀다. 이븐 바투타는 그 묘지의 서쪽 한 지점에 땅바닥이 시커멓게 변해 있는 모습을 보았다. 사람들에게 들어본 바로 그곳은 이븐 물잠이라고 하는 저주받은 한 남자의 무덤이었다. 해마다 쿠파 사람들은 장작더미를 잔뜩 가져와서 큰 불을 놓고는 7일 동안 불살랐다. 그러니 이곳을 찾는 방문객들은 바라카를 전혀 원하지 않았다! 이러한 시민적 증오 운동의 대상인 이븐 물잠에 대해서는 초기 이슬람 연보에 그 악명이 잘 나와 있다. 그는 예언자의 죽음 이후 무슬림 공동체의 책임자 지위를 계승했던 이른바 정통 칼리프 중 네 번째 칼리프를 암살한 주범으로 엄청난 비난을 샀다. 희생자는 661년에 살해된 알리 븐 아비 탈리브로, 무함마드의 사촌이자 사위였다. 따라서 그를 이슬람을 창립한 지도자로 받드는 시아파 무슬림뿐만 아니라 순니파 무슬림도 그를 숭배했다.

이븐 바투타는 쿠파의 서쪽으로 몇 킬로미터 떨어진 곳에 위치한 나자프에서 장대한 알리의 묘를 찾아갔다. 도심의 향수시장을 지나면 곧바로 알리의 묘가 나오고 그 주변으로 다양한 종교 건축물들이 둘러져 있었다. 여기서 이븐 바투타는 알리의 무덤 위로 돔형의 성소를 씌웠다고 "그들이 주장했다"며 조심스럽게 말했다. 그러고는 이 도시 사람들이 전부 라피디라고 단언했다. 추측컨대 이는 시아파의 이교도 분파가 하는 말은 신뢰할 수 없다는 표현이었을 것이다. 또 무덤 옆에 있는 마드라사에는 "시아파 학생들과 수피"가 유숙한다고 서술했다. 여기서 보다 넓은 의미로 '시아'를 사용한 것은 이들이 좀 더 신뢰할 만한 사람들이라는 것을 말하기 위함이었다. 사실 이때 그의 신앙적 호기심은 참을 수 없을 정도로 온몸을 근질거리게 했고 어쨌든 가려운 곳을 긁어주어야만 했다. 그는 사람들에게서 기적이 행해진다는 얘기를 들었다. 이것은 진정으로 알리의 무덤이 그 안에 모셔져 있다는 증거인 셈이었다. 이러한 기적들 중 하나가 해마다 라자브, 즉 일곱 번째 달의 27일 밤에 일어났으며, 원근에서 찾아든 수십 명의 신체불구자들이 그날의 마지막 기도를 마치고 무덤 옆에 자리를 잡았다. 구경꾼들이 모여들고 기대감에 차서 기적을 기다렸다. 밤이 지나고 이른 아침이 되면 그들은 전혀 아무런 고통 없이 자리에서 일어나 시아파의 신앙고백을 반복해서 외쳤다. "알라 외에 신은 없나니 무함마드는 알라의 사자이며 알리는 알라의 친구(왈리 알라)다." 이븐 바투타는 솔직하게 말한다. "이 일은 많은 사람들이 이야기하는 것으로 나 역시 믿을 만한 사람들한테 들었으나 그 밤에 실제로 참석하지는 못했다."

쿠파로 돌아온 이븐 바투타는 도시의 한창 때와 비교하면서 현재는 쇠락했다고 말했다. 하지만 쿠파에는 자랑할 만한 훌륭한 모스크가 있었다. 한편 그는 여기서 적이 당황했다. 모스크 내부와 인근 지역에 모여 있는 신성한 유적(아사르 카리마)이 조금 이상했기 때문이다. 유적은 다음과 같이 구성되어 있었다. 이븐 물잠이 알리를 살해했던 바로 그 장소는 칼리프를 추모하는 기도자들의 발길이 끊이지 않았다. 두 번째는 아브라함과 관련된, 기도를 올리는 틈새였다. 세 번째는 노아와 관련된 4개의 장소였고 이중 한 곳에서 노아의 방주가 건설됐다. 그리고 《성경》에 나오는 에녹(아랍어로는 이드리스)이 사용했다는 작은 방과 알리가 살해된 뒤 매장하기 전에 시신을 씻겼던 방이 있었다. 이븐 바투타는 간결하게 글을 맺었다. "그러나 이 모든 것에 어떤 진실이 담겨 있는지는 오직 알라만이 아신다." 정말이지, 사람과 시대와 사건에 대한 속수무책의 혼란스러움은 오직 알라만이 풀 수 있을 터였다.

바스라에 세워진 알리 븐 아비 탈리브의 이름을 딴 커다란 모스크에는 첨탑이 7개 있었고 가장 높은 첨탑은 멀리 떨어진 도시 외곽에서도 보일 정도였다. 나자프에 있는 알리의 무덤과 관계된 기적의 이야기들을 전해들은 이븐 바투타는 강한 호기심을 느꼈고, 모스크의 첨탑 중 하나가 알리 븐 아비 탈리브의 이름을 말하기만 하면 몸체를 떤다는 얘기를 듣고서 그 호기심이 다시 솟구쳤다. 하지만 이번 호기심은 다소 헛갈렸다. 그는 기적이라는 표현을 쓰지 않았지만 일부 바스라 사람들은 분명히 경이적인 사건으로 인식했다. 이븐 바투타는 현지 사람 1명과 함께 첨탑 꼭대기의 발코니까지 올라갔다. 첨탑 벽면에는 나무 손잡이가 단단히 달려 있었다. 함께 올라온 사람이 손잡이를 잡고 흔들면서 알리의 이름을 말했다. 그랬더니 첨탑 몸체 전체가 흔들렸다. 이븐 바투타도 그대로 따라하면서, 이번에는 알리 대신 예언자의 죽음 이후 1대 칼리프였던 아부 바크르를 말했다. 그랬더니 첨탑 몸체가 흔들렸다. 같이 올라온 사람은 꽤나 놀랐다. 이븐 바투타의 행동은 알리라는 이름의 효과를 깎아내리려는 것이 아니라, 이슬람의 주류인 순니파가 절대다수를 차지하는 바스라에서는 아부 바크르의 이름을 발설해도 좋다는 것을 보여주기 위함이었다. 반면 알리의 선임 칼리프들을 혐오하는 극단주의 라피디들(라피다 갈리야)이 있는 나자프 같은 곳에서 그렇게 했다가는 안전을 보장받기 어려울 것이었다. 이븐 주자이는 여기서 독자들에게 확신을 심어주기 위해 주해를 달아놓았다. 그의 말에 따르면 첨탑은 흔들렸거나, 혹은 충분한 수의 사람들이 꼭대기로 올라가 발코니 양쪽을 잡고 힘껏 흔들면 실제로 흔들리게 할 수 있었다.

페르시아 : 시라즈

이븐 바투타는 페르시아 남부 시라즈의 도시 끝자락에 있는 성소를 조용히 방문했다. 거기서 "당시 페르시아어 시인 중 가장 위대했던" 알 사디(1292년 사망)의 무덤을 발견했다. 알 사디는 나중에 자신이 묻힐 묏자리 옆에 훌륭한 자위야를 직접 지었는데 눈부신 정원이 넓은 강의 수원지에 닿아 있었다. 덕분에 알 사디는 대리석으로 작은 물탱크를 지어 빨래용으로 썼다. 이 무덤을 찾아온 시라즈 사람들은 자위야에서 식사를 하고 옷을 세탁한 후 집으로 돌아갔다. 이븐 바투타는 말했다. "나도 그의 무덤에서 똑같이 했다. 그에게 알라의 자비가 함께하길." 그는 알 사디를 시인이라고 말했지만 그의 저작은 수피즘에 대한 친밀감과 동조를 표현하는 내용들이었다.[13] 자위야는 모든 사람을 환영했기 때문에 방문객들은 그만큼 더욱 망자를 추모했다. 시라즈에는 여러 개의 성소가 있었고 그중에 아흐마드 븐 무사의 묘가 있었다. 그는 알리 븐 아비 탈리브의 아들인 알 후사인의 후손이었다. 이곳은 지역민들이 높이 숭배하는 성소로 "사람들은 그의 축복을 얻기 위해 무덤을 찾고 그의 이름을 빌려 알라께 청원을 드렸다."

아부 압달라 븐 하피프(982년 사망)의 카라마는 실론 섬에서 일어났다. 이븐 바투타는 이 섬을 방문해서 그에 대해 언급했다. 하피프는 성자이자 알라의 친구로 알려져 있는 인물이었다. 시라즈의 '냉철한' 수피즘을 창시한 하피프는 간단하게 '샤이흐'라고 불렸으며 시라즈에 묻혔다. 시라즈를 제1의 도시로 삼고 있는 파르스 전역에서 참배객들이 몰려들었다. 이븐 바투타도 시라즈에 머물며 무덤에서 거행되는 특별한 예식을 목격했다. 그는 아침이고 저녁이고 숭배자들이 무덤을 찾아와 축복을 받기 위해 손을 비비고 입을 맞추었다고 말했다. 이들 중에는 매일 목요일 저녁에 무덤을 찾아오는 시라즈 술탄의 모후도 있었다.

실론 섬에는 아담의 봉우리라고 알려진 원뿔 모양의 큰 산이 있었다. 이 이름은 검은 돌 위에 새겨진 커다란 자국 때문이기도 했다. 이슬람 전설에서는 그것을 아담의 발자국이라고 믿었으며 에덴 동산에서 쫓겨나와 지상에 처음으로 당도한 곳이 바로 그 지점이라고 한다. 사실 이곳은 다양한 신앙의 유적지다. 이슬람뿐만 아니라 불교도와 힌두교도, 그리고 기독교도 역시 자신들의 유적이라고 주장한다. 꼭대기까지 올라가는 일은 성지순례에 필적했다. 2개의 길 중 하나는 오르기가 보통 어려운 것이 아니었다. 약 30명의 가난한 형제들과 동행한 이븐 하피프는 산 정상을 향해 가다가 길을 잃었고 이내 몹시 배가 고팠다. 샤이흐는 어린 코끼리를 잡아서 먹으면 어떻겠느냐는 질문을 받았다. 그곳에는 어린 코끼리들이 아주 많았다. 샤이흐는 이를 막았으나 그의 말에 불복한 형제들이 코끼리 1마리를 잡아 도살하여 그 고기를 먹었다. 그는 먹기를 거부했다. 그날 밤 모두가 잠들었을 때 도처에서 코끼리들이 모여들더니 무리 가운데로 와서 냄새를 맡고는 코끼리 고기를 먹은 자들을 모두 죽였다. 샤이흐 혼자만 남게 되자 코끼리 1마리가 코로 그의 몸을 말아서 등에 싣고는 마을로 데려가 땅에 얌전히 내려놓았다. 이에 깜짝 놀란 마을 사람들은 천천히 샤이흐에게 다가가 축복을 받기 위해 그의 옷을 만지고 그를 왕에게 데려가 영예로운 손님으로 대접했다. 이븐 바투타는 실론을 방문해서 그 샤이흐의 기적이 가져온 효과가 지속되고 있다고 말했다.

> 이들은 아직도 알라를 모르는 이교도(복수형은 쿠파르)의 상태에 있지만, 무슬림의 가난한 형제들에게 커다란 존경심을 가지고 집에 묵게 하고 밥을 먹이며 자신들의 부인과 아이와 함께 방에 머물도록 한다. 이는 인도의 다른 모든 이교도의 행동과 대조를 이룬다.

중앙아시아 : 부하라와 발흐

이븐 바투타는 시라즈에서 동쪽으로 한참을 이동해 중앙아시아(오늘날의 우즈베키스탄)의 국경지대에 있는 부하라에 도착했다. 한때 화려했던 도시는 13세기 초 칭기즈 칸의 군대에 의해 멸망했다. 예언자 전승집의 뛰어난 편집자이자 이 도시에서 이름을 얻은 무함마드 븐 이스마일 알 부하리(870년 사망)도 다른 학식 높은 학자들과 함께 이곳에 묻혀 있었다. 이븐 바투타는 그들이 쓴 책의 제목이 나와 있는 묘비문을 베껴 적었다. 하지만 인도 해적들이 항해 중인 선박에 난입해 승객들의 모든 소지품을 강탈해가면서 이때 베껴쓴 종이를 잃어버렸다(1346). 부하라에 머무는 동안 이븐 바투타는 크고 전통 있는 자위야에 머물렀으며 이곳의 이름은 학식이 높고 신심 깊은 금욕주의 고행자(알림, 아비드, 자히드)인 사이프 알 딘 알 바하르지(1260년 사망)에서 유래했다. 그는 쿠브라위야 수피 교단 창립자의 후계자로 이 교단은 나중에 인도에 전파되어 피르다우시야 교단으로 불렸다. 그의 무덤은 교외에 있었다. 사이프 알 딘은 또한 위대한 성자, 즉 알라의 친구들 중 1명이기도 했다. 이븐 바투타는 자위야에서 터키어와 페르시아어로《코란》을 읊는 낭송자들의 목소리와 설교, 찬송을 들으면서 "매우 아름답고 기분 좋은 저녁"을 보냈다. 부하라 남쪽에는 도시 발흐가 있었다. 거기서 이븐 바투타는 아름다운 돔을 위에 얹은 에제키엘(히즈킬)의 무덤을 발견했다. 그는《코란》에 줄키플(《코란》 21장 85절, 38장 48절)이라고 나오며 일부 주해자들은 이를 에제키엘로 이해했다. 한편 줄키플은 팔레스타인과 이라크에 있는 무덤들과 관련이 있었다. 발흐에 있는 동안 이븐 바투타는 성스러운 사람들(살리힌)의 많은 무덤을 방문했지만 이들의 이름은 기억하지 못했다.

| 아라베스크

이븐 바투타는 이븐 주자이에게 여행기를 말해주면서 중세의 세계 여행자가 안내하는 무슬림 세계의 묘지 여행기를 따로 기획해보려고 했던 것은 아니다. 하지만 가끔은 그런 의도가 있었던 것처럼 보여진다. 그가 독자들을 위하여 기록한 수백 개의 묘지와 무덤과 성소는 거의 대부분 이집트, 시리아(그리고 팔레스타인), 아라비아, 그리고 이

모로코의 페스에 있는 14세기 마드라사의 벽을 장식한 아라베스크. 이슬람의 전통적인 도자기 타일 디자인으로 매우 복잡하고 장식적인 기하학적 무늬가 특징이다.

라크 등 아랍 무슬림 세계와 관련이 있었다. 그리고 위에서 살펴보았듯이, 이 장소의 주인들 중에는 역사적으로 혹은 전설적으로 유대교와 기독교의 성서 속에서 비롯된 인물들이 있었고 이들은 또한 이슬람 경전들을 통해 무슬림의 기억 속에 생생히 살아 있었다. 물론 무슬림의 과거 역사는 유명한 법학자와 재판관과 통치자들의 무덤뿐만 아니라 세상을 떠난 가족들의 무덤을 찾은 방문객들에게도 생생히 살아 있었다. 이 모두는 방문객들이 알라께 원하고 바라는 바라카의 원천들이었다.

이븐 바투타의 여행은 모로코의 모스크와 마드라사를 꾸미는 데 널리 애용되던 장식 판넬의 모습과 실제로 점차 비슷해지고 있었다. 반들반들한 타일 조각을 복잡한 기하학적 아라베스크로 배치하는 질리즈 기법이 그것이다. 너무나 훌륭한 한 가지 사례는 1325년경에 세워진 페스 소재 아타린 마드라사의 벽에 있는 장식 판넬이다(239쪽 참조). 이 문양의 가운데 부분은 장미꽃 무늬의 장식을 하고 있으며, 12개의 별선이 바깥으로 뻗어나가 서로 띠와 띠로 묶이고 교차되어 다른 장미꽃 장식 모양을 만들고 또 만든다. 이 장식의 반복되는 대칭 구조는 틀 속에 가두지 않고 사방팔방으로 무한정 뻗어나가면서, 눈에 보이는 것은 단지 우주적 전체 속의 작은 일부분에 불과하다는 생각을 갖게 해준다. 또한 하나뿐인 신이 도처에 편재한다는 종교적 믿음을 강하게 시사한다. 《여행기》는 이러한 사상을 지상에서 구현하여 알라의 바라카를 공유하는 지역과 사람의 그물망을 서술했다. 따라서 이븐 바투타의 전체적인 여정의 설계는 움마의 생명과도 같은 신심을 상징한다고 말할 수 있다. 이 신심은 도처에 편재하는 알라의 바라카의 은총을 통해서만 확인될 수 있으므로 그는 가능하다면 어디가 됐든 움마의 가장 먼 경계까지도 탐험을 하겠다고 마음먹은 듯했다.

신성의 현존은 여타의 현상들 속에서도 명백했다. 이는 '은총의 행위' 혹은 '기적'으로 다양하게 불렸다. 이슬람 전통에는 '기적'을 가리키는 2개의 아랍어가 존재한다. 하나는 이븐 바투타가 곧잘 사용하던 카라마다. 이는 살아 있거나 혹은 죽은 성자에게 알라가 하사한 개인적 특별함을 의미했다. 이와 구별되는 것은 은총의 행위, 즉 무지자 또한 알라의 하사다. 이는 명확하게 선지자의 시험적 기적을 가리켰다. 다시 말해 선지자의 사명과 전언이 갖는 진실성을 논란의 여지없이 분명하게 입증하는 것이었다. 이슬람에서 예언자 무함마드는 여러 기적(복수형은 무지자트)을 실현했지만, 가장 눈에 띄고 크게 인정받은 기적의 사례는 알라가 《코란》의 계시를 그에게 말해주었다는 사실이다. 여기서 논의하려는 것은 첫 번째 유형의 기적이다.

이븐 바투타는 '신적 권능의 징후'를 보여주는 성자 혹은 여타의 인물을 묘사할 때 아주 풍부한 어휘력을 구사했다. 하지만 영어와 아랍어에는 적절한 일대일의 등가단어가 존재하지 않는다. 앞서 등장했던 단어들로는 알라의 친구(왈리 알라), 시대의 성자(쿠트브) 등이 있다. 또 다른 예로는 살리흐(여성형은 살리하)가 있다. 이는 대략적으로 '고결한 사람'을 뜻하며, 다시 말해서 사회적으로 인식된 덕성, 즉 살라흐를 구현한 사람이다. 코넬은 모로코 전승문학에서 이를 성자의 전형으로 정의한다.[14] 이븐 바투타는 기적으로서 알라의 은총을 입은 당대 혹은 과거의 성자들을 기술하기 위해 살리흐라는 말을 자주 썼으며 종종 다른 단어들과 조합해서 쓰기도 했다. 이러한 기적의 현상에 관한 여행자의 이야기를 몇 편 살펴보자.

| 기적 : 이븐 바투타

이븐 바투타에게 알렉산드리아와 나일 삼각주에서 상부 나일의 룩소르까지 뻗어 있는 이집트는 마치 성자와 기적으로 가득한 저수지 같았다. 그는 첫 번째 성지순례를 끝마치기도 전에 자그마치 세 번에 이르는 '은총의 행위'에 직접 연루됐고, 모두 세계여행과 관련이 있었다. 그것은 마치 알라가 지상의 대리인인 신심 깊은 성자들을 통해 이븐 바투타의 전 지구적 여정을 예비해놓은 것만 같았다.

첫 번째 사건은 알렉산드리아였다. 이븐 바투타는 '절름발이' 부르한 알 딘 알 아라즈(알 아라즈는 절름발이라는 의미다. 이를 설명하기 위해 저자는 '절름발이'를 아랍어 이름 뒤에 첨언했으나 우리나라 어법상 이름 앞에 번역했다—옮긴이)와 함께 머물고 있었다. 이븐 바투타는 그를 학식이 높고 극기의 도가 텄으며 신앙심이 깊고 겸양의 미덕을 지닌 이맘, 즉 위대한 금욕주의적 고행자이며 빼어난 헌신가라고 표현했다. 부르한 알 딘은 손님에게 "나는 당신이 이곳에서 저곳으로 여행하고 방랑하기를 좋아한다는 것을 안다"고 말했다. 이븐 바투타는 그렇다고 대답했지만, 당시는 메카보다 더 먼 여행을 생각도 하지 않던 때였다. 부르한 알 딘은 계속해서 "당신은, 별일이 없는 한 나의 형제들, 인도의 파리드 알 딘, 신드(인도)의 루큰 알 딘(1335년 사망), 중국의 부르한 알 딘을 만나게 될 테니 그네들에게 내 안부를 전해달라"고 말했다. 이븐 바투타는 이런 기적의 예언에 말 그대로 깜짝 놀랐다. 나중에 그는 이때를 회상하면서, 일단 "그 나라들에 간다는 생각을 하고 나니 그가 거명하고 인사를 전해달라던 세 사람을 만날 때까지 내 방랑을 멈출 수 없었다"고 말했다. 그는 델리 술탄국의 수도 델리에 도착하기 전, 인도에서 첫째와 둘째 번 사람을 만났다. 파리드 알 딘은 아조잔의 치슈티야 수피 교단 창설자의 후손이었고 루큰 알 딘은 인도 수흐라와르디야 교단 창설자의 손자였다.

마지막으로 중국에서 부르한 알 딘을 만났다. 이 만남은 우연의 일치 같기는 하지만 뭔가 혼란스럽고 기이한 이야기와 관련이 있었는데, 따로따로 산재했던 이야기의 조각들은 카라마를 통해 모두 제자리를 찾았다. 이븐 바투타는 벵골 산악지대로 늙은 성자를 만나러갔다. 이븐 바투타의 도착은 성자에 의해 예견됐다. 그는 이미 몇몇 동행자들에게 모로코의 여행자를 만나보라고 말했고 그들은 성자의 지시에 따라 그의 거처에서 이틀쯤 걸리는 거리까지 나왔다. 이븐 바투타는 성자와 처음 대면하는 자리에서 그의 복색을 꽤 인상 깊게 바라봤다. 성자는 손님을 맞이하기 위해 특별히 산양털 옷을 입고 있었는데 이븐 바투타가 탐을 내는 낯빛을 보이자 그 망토와 스컬캡을 주었다. 사실 그는 이 일이 있기 훨씬 전, 동행자들에게 모로코의 여행자가 옷에 탐을 낼 것이며 나중에 이교도 지방지사가 그 옷을 갖게 되지만, 결국에는 옷의 원래 주인인 자신에게 돌아오게 될 것이라고 말했다. 그로부터 시간이 한참 지나서 이븐 바투타는 중국에 당도했다. 그때 현지의 재상 1명이 지사에게 이븐 바투타를 소개해주면서 유난히 그의 옷에 시선을 주었다. 그는 산양털 옷에 완전히 매료되어 예복 10벌과 완벽하게 장식용 천을 씌운 말, 그리고 돈과 맞바꾸었다. 이듬해 이븐 바투타는 중국의 수도에 있으면서 부르한 알 딘의 자위야를 찾아갔다. 마침 책을 읽고 있는 그를 발견했는데, 바로 똑같은 산양털 망토를 걸치고 있는 것이 아닌가! 그뿐이 아니었다. 이븐 바투타는 부르한 알 딘이 꺼내 보여준 편지 때문에 두 배로 더 놀랐다.

벵골의 영적 형제가 보낸 편지에는 이러저러한 경로를 거쳐 그 옷이 그에게 도착할 것이라고 적혀 있었다. 구체적인 내용들 하나하나가 이븐 바투타가 경험한 것과 정확하게 일치했으며 모두 입증이 가능했다.

이븐 바투타가 생존한 성자를 두 번째로 만난 것은 이집트에서였다. 아부 압달라 알 무르시디(1337년 사망)의 명성은 입에서 입으로 멀리 넓게 퍼져 있었다. 맘루크 왕조의 술탄 알 말리크 알 나시르(1285~1341. 일한국의 침입을 막고 몽골족의 이집트 진출을 억제했다. 《천일야화》의 상황이 그의 치세 때 모습을 주로 묘사했다—옮긴이)가 그를 만나기 위해 카이로에서 찾아올 정도였다. 이븐 바투타도 그를 만나려고 알렉산드리아에서 길을 잡았다. 그는 알 무르시디가 신심 깊고 고결한 안내자이며 보이지 않는 세계를 볼 줄 알고 필요한 경우에는 신의 힘을 빌려다 쓰는 특별한 능력을 소유한 사람이라고 말했다. 그는 이븐 바투타의 꿈을 듣기도 전에 예지하고 또 해몽을 통해 미래의 세계여행을 예견하는 카라마를 보여주었다. 특별히 인도에 관해서, 알 무르시디가 다음과 같이 말했다고 이븐 바투타는 전했다. "당신은 오랫동안 그곳에 머물면서 내 형제인 인도 사람 딜샤드를 만날 텐데 그가 당신을 위험에서 구해줄 것이오." 이븐 바투타는 그와의 만남에 대해서 "그의 축복의 힘은 내가 여행하는 내내 큰 도움이 됐다"고 말했다.

약 20년이 흐른 후, 이븐 바투타는 술탄 무함마드 븐 투글루크에게 중국 대사로 임명받아 델리를 떠났다. 바로 여기서 이븐 바투타의 여행에 있어 가장 극적인 만남이 실현된다. 결과적으로, 이는 알 무르시디가 예언한 기적의 종국적 완성이었다. 출항을 위해서 델리를 떠나 연안의 항구로 향해가던 궁정의 관리들과 인상적인 군대로 이루어진 대규모 사절단은 인근 마을이 이교도 힌두 무리에게 약탈을 당했다는 소식을 듣고 길의 방향을 바꾸었다. 현지의 무슬림 군관을 도와서 폭도들을 처결하자고 결론을 내렸기 때문이었다. 초반부 몇 번의 싸움을 이겼으나 결국 이븐 바투타는 이교도에게 붙잡히고 말았다. 영락없이 죽을 판이었던 순간에 그는 교묘한 말솜씨로 폭도의 손아귀를 벗어나는 데 성공했다. 한참을 무작정 걸어갔지만 한번도 와본 적이 없고 아는 이도 없는 그런 곳이었다. 여드레째 되는 날, 극심한 탈수와 기아로 사경을 헤매고 있을 때, 갑자기 검은 피부에 물주전자와 지팡이를 들고 배낭을 진 한 남자가 그의 앞에 나타났다. 그가 무슬림식으로 인사를 건넸다. "평화가 당신과 함께하길!" 이븐 바투타도 같은 방식으로 화답했다. "당신에게 평화와 알라의 축복과 자비가 함께하길!" 이 낯선 남자는 아랍어로 자신을 알 칼브 알 파리흐('기쁨을 주는 사람')라고 소개하고 음식과 물을 주었다. 이븐 바투타는 몸이 너무 약해져 있어서 이 소박한 식사를 마친 다음에도 혼자서 걸을 수조차 없었다. 이 새로 만난 친구는 우선 그를 자신의 등에 업은 후 다음의 《코란》 구절을 계속 소리 내서 말해야 한다고 강권했다. "알라만 계시면 족하다. 얼마나 훌륭한 수호자이신가(《코란》 3장 172절)." 이븐 바투타는 당시 상황을 이렇게 전한다. "나는 그 구절을 반복하고 또 반복했지만 도무지 눈이 떠지지를 않았다. 땅에 내려진 것 같은 느낌이 들었을 때 간신히 정신을 차렸는데 거기까지 데려다준 사람은 흔적조차 없었고, 나는 사람들이 사는 동네에 들어와 있었다." 그곳은 힌두교도의 마을이었고 촌장 격인 한 무슬림이 이븐 바투타를 데려가 돌봐주었다. 바로 그때, 이븐 바투타는 인도에서 영적 형제 딜샤드의 도움을 받아 불운에서 구제될 것이라고 (몇 년 전에) 했던 알 무르시디의 말을 떠올렸다. 그는 딜샤드가 페르시아어로 '기쁨을 주는 사람', 즉 자신을 구조해주었던 바로 그 사람의 이름이라는 것을 깨달았다. 이븐 바투타는 이렇게 말했다. "그래서 나는, 내가 만나게 되리라고 성자가 예언했던 바로 그 사람이었음을 깨닫게 됐다. 그리고 그 역시 성자였다는 사실도 알게 됐다. 하지만 나는 그토록 짧은 시간밖에는 그와 함께하지 못했다."

이븐 바투타가 이집트에서 세 번째로 성자를 만난 때는 알 무르시디를 만나고 얼마 되지 않아서였다. 상부 나일의 마을 후에서 아부 무함마드 알 하사니를 만났는데 그는 '가장 성자다운 사람(민 쿠바르 알살리힌)'이었다. 그를 찾아간 것은 직접 얼굴을 보고 인사도 하면서 바라카를 얻고자 하는 마음 때문이었다. 이븐 바투타는 알 하사니에게 첫 번째 성지순례를 완수하기 위해 홍해를 건너 메카로 갈 생각이라고 말했다. 알 하사니는 그가 이번에는 바다를 건너지 못하며 다마스쿠스에서 시리아를 통해 메카에 이른다고 말했다. 여기서 흥미로운 사실 하나는 이븐 바투타가 성자의 경고 혹은 조언을 무시했다는 것이다. 하지만 나중에는 그의 '예견'을 일종의 기적으로 받아들였다. 실제로 아이자브에서 지다로 가는 뱃길이 막히고 결국 다마스쿠스를 통해서 메카로 입성했기 때문이다.

영국의 인류학자 마이클 길세넌은 1960년대 중반부터 1970년대 초반까지 이집트와 레바논에서 현장 연구를 수행했다. 이집트 도시 지역의 수피 교단을 대상으로 기적을 관찰한 그의 연구는 이븐 바투타의 여행기와 같은 중세 문서의 해설서로 주목할 만하다. 기적의 기본원리는 명확했다.

> 이 세상에는 사람들이 일상생활을 영위하는 표면적 실재(자히르) 아래에, 숨은 실재(바틴)라는 근원적 차원이 존재한다. 성자의 명상 혹은 신의 대가 없는 바라카를 통해 그 숨은 실재에서 발현되어나오는 기氣와 힘은 신과 인간과 자연의 상호관계에 대한 증거다.

그는 카라마를 일종의 작은 수난극, 즉 우주의 '진정한' 본질을 극적으로 상기시키는 신호에 비유한다. 극도로 외양(자히르)의 치세가 번성한 현대 사회에서 기적이란, 비록 바로 눈앞에서 벌어진다고 해도 결코 보이지 않는 그런 것이다. (길세넌이 연구한 이집트의 수피와 마찬가지로) 이븐 바투타에게 있어서도,

> 세상에는 기적의 가능성에 대한 공유된 이해체계가 존재한다. 그 중심에 바라카, 카라마, 그리고 무지자의 관념이 있다. 비록 그 기적적인 일이, 단어 의미상 이상한 일이라 할지라도, 그것은 일상의 잠재성 속으로 편입된다. 그것은 언제든 일어날 수 있다. 사람들은 그것을 기대하고 또 고대한다. 그리고 그것이 실제로 일어났을 때, 사람들은 특이함이 아니라 경이로움에 놀란다.[15]

경이의 놀라움은 정확하게 이븐 바투타가 이집트 성자들의 예언에 보인 반응이었다. 성자들은 이븐 바투타가 미래에 인도와 중국에서 자신들의 영적 형제를 만난다고 예언했다. 비록 많은 세월이 흐른 후였지만 예언은 모두 현실이 됐다.

어쩌면 이런 기적들은 전부 이븐 바투타가 자신의 여행이 처음부터 끝까지 신의 후의에 힘입어 특별하게 가호를 받고 또 선택됐다는

인상을 주기 위해 의식적으로 사용한 서술 기법이라고 볼 수도 있다. 이러한 비평과, 항상은 아니지만 계속적으로 성자를 통한 은총의 형태로 알라가 그 내밀한 목적을 천명하고 있다는 그의 확고한 믿음 사이에는 종이 한 장 정도의 차이만 존재할 뿐이다. 더구나 이븐 바투타는 기꺼이 신의 도움을 스스로 간구할 준비가 되어 있었다. 그는 어떤 징조를 바라는 기도(살라트 알이스티하라)를 올렸는데, 이는 특정 행동을 취할지 말지를 결정해야 할 때 흔히 사용되는 방법이었다. 고아 섬의 이교도 인도인들에게 대항하기 위해 히나우르의 술탄과 함께 지하드에 참전할 것인지를 결정할 때는 다른 방법을 썼다. 그는 길흉을 알아보기 위해 《코란》을 들고 아무 쪽이나 펼쳤는데 "알라께서는 알라를 돕는 자를 도우신다(《코란》 22장 40절)"는 구절이 나왔다. 그는 이를 좋은 징조로 받아들이고 원정군에 합류했다.

이와 동시에, 최소한 두 번의 경우에서 이븐 바투타는 방랑벽을 버리고 그 대신 완전한 금욕(주흐드)의 영적 평안을 선택하고 싶은 충동을 고백했다. 페르시아에 인접한 이라크 남부 국경지대의 아바단에 선지자 알 히드르와 일리야스의 이름을 딴 은둔처가 자위야와 나란히 있었는데, 4명의 가난한 형제들과 그들의 가족이 두 곳을 운영했다. 이븐 바투타는 이들에게서 매우 훌륭한 열성 신자인 샤이흐가 시내에서 혼자 살고 있다는 이야기를 들었다. 찾아가보니 반쯤 허물어진 모스크에서 기도를 올리고 있었다. 이븐 바투타가 옆에 앉자, 기도를 끝내고 그의 손을 잡으며 그가 이렇게 말했다. "당신이 이 세상과 다음 세상에서 바라는 소원을 알라께서 이루어주시길." 그는 이 대목을 이븐 주자이에게 구술하다가 이렇게 덧붙였다.

나는 정말로, 알라께 찬미를, 지구를 두루 여행하고 싶었던 이 세상에서의 내 소원을 이루었으며, 내가 아는 한 세상의 그 어느 누구도 이 방면에서 이루어내지 못한 것을 성취했다. 다가올 세상은 아직 남아 있으나, 나의 희망은 알라의 자비와 온유로 확고하나니, 천국의 낙원에 들어가는 소원을 이루리라.

아바단의 이야기로 돌아가서, 그날 저녁에 그 이름을 알 수 없는 열성 신자가 이븐 바투타에게 주기 위해서 가난한 형제들 중 1명과 같이 잡은 물고기를 보내왔다. 생선은 요리를 해서 자위야에 있는 다른 사람들과 나누어 먹었다. 그러고 나서 이븐 바투타는 "바로 그 순간, 내 나머지 생을 이 샤이흐를 모시면서 살면 어떨까 하는 생각이 들었지만 불요불굴의 내 영혼이 그 생각을 만류했다"고 말했다.

두 번째 비슷한 사건은 이후 예멘의 도시 할리에서 일어났다. 가난한 형제들의 집단이 아름다운 모스크를 소유하고 있었는데, 이들은 오로지 종교생활에만 모든 것을 바친 사람들이었다. 그중에는 카불라라고 하는 인도인 성자도 있었다. 그는 모스크 옆에 있는 자그마한 방에 기거했고 세간이라고는 아무것도 없었다. 그는 헝겊으로 기운 옷을 입고 펠트모자를 썼다. 모스크를 찾은 방문객들은 말린 빵 몇 조각에 소금과 마조람(허브의 일종—옮긴이)을 제공받았다. 이 모스크의 신도들은 기도와 지크르에 하루 중 대부분의 시간을 바쳤다. 지크르는 신의 이름이나 다른 성스러운 문장들을 리듬감 있게 읊조리는 것을 말한다. 이븐 바투타는 신앙생활에 전념하는 그들에게 감동하여 이렇게 말했다. "그들 곁에 남아서 내 남은 생을 보내고 싶은 마음이 간절했으나 내 소망은 이루어지지 않았다. 지고하신 알라께서 알라의 자비와 행운으로 우리에게 보상해주시길."

비평가들은 이븐 바투타가 여행의 규모와 관련해서 자신에게 내려진 특권적 은총의 징조를 설명하거나, 모험여행을 끝내고 싶은 속 깊은 열망을 표현하는 대목을 간과하거나 무시해왔다. 그럼에도 불구하고, 이러한 순간들은 그가 겪은 육체적 여행의 도전에 못지않은 정신적 여행의 서술에 있어서 없어서는 안 될 긴요한 부분을 구성한다. 한편, 이븐 바투타는 알라의 성자들이 그에게 보여준 은총의 행위들을 근거로 자신은 희망하는 어느 곳이든 여행할 수 있는 알라의 축복을 입었다고 확신했다. 다른 한편, 이븐 바투타는 그동안 만났던 몇몇 사람들이 일상 속에서 영위하는 영적인 삶에 크게 감화되어 이끌렸고, 비록 순간적이기는 했지만, 잠시 멈칫하며 먼 여행 계획의 포기를 고려했다. 두 경우 모두 영적인 목표와 관련이 있었지만, 그는 자신이 혹시 뒤에 남았더라면 받게 됐을 것들에 대해서는 알라의 보상을 기도했다. 그리고 계속 길을 나섬으로써, 알라가 그에게 베푼 은총에 대한 맡은 바 소임을 다했다.

더구나 기적은 종종 지루해 보이는 평범한 일상에 새삼스러운 의미를 부여해주었다. 현대인들이라면 이를 우연 혹은 운의 결과라고 생각할 것이다. 이븐 바투타가 자신과 관련된 은총의 행위로 서술했던 이야기들은 전부 예언적 가치를 지니고 있음에도 불구하고, 기적이 '진짜인 것으로 증명'됐을 때 비로소 회고적으로 확증될 뿐이었다. 다시 말해서 이븐 바투타가 인도에서 알 무르시디의 형제 성자인 딜샤드의 도움을 받게 된다고 했던 예언은, 그가 아랍어와 페르시아어로 의미가 같은 이름을 소유한 어떤 사람에 의해 구조된 뒤에 완성됐다. 그리고 일상 속 기적의 사례는 시라즈에서 경험했다. 이븐 바투타는 정오기도회를 마친 후 《코란》을 암송하려고 모스크에 들어갔다. 그때 《코란》을 앞에 한 권 펼쳐놓고 독송을 하면 좋겠다는 생각이 들었다. 바로 그 순간 한 청년이 모스크로 들어오더니 불쑥 《코란》 한 권을 그에게 내밀며 "가져요!"라고 말하고는 이내 자리를 떴다. 이븐 바투타는 그날 《코란》을 통째로 다 읽고 청년을 기다렸다. 혹시 책을 가지러올까 싶어서였다. 청년을 다시 보지는 못했지만 그가 슐 부족이라는 사실을 알게 됐다. 그들은 시라즈에서 하루거리인 평원에 살고 있었다. 이븐 바투타는 시라즈를 떠나 슐의 영토에서 하룻밤 야영을 하면서 비로소 그곳에 성자나 진배없는 열성 신자들(살리훈)이 많이 산다는 사실을 알게 됐다. 여기서 확인되는 것은 카라마가 종교의식이나 《코란》에 관련될 때 가장 자연스럽고 납득이 가능했다는 사실이다.

다음으로 이븐 바투타는 다양한 방식으로 자신들이 속한 사회에서 정신적 조언자로 적극적인 역할을 수행하고 있는 동시대 인물들을 소개한다. 신앙심 깊은 신도 혹은 성자라고 하는 그들의 명성은 각종 이야기를 통해 확인되고 강화됐으며 또한 더욱 널리 퍼져나갔다. 이븐 바투타는 그들 중 몇몇을 직접 만났고, 회자되는 이야기만큼이나 그들의 깊은 신앙심에 매혹됐다.

| 시라즈

시라즈에 묻힌 아부 압달라 븐 하피프의 이야기는 앞서 언급됐다. 이븐 바투타는 이 도시에 완전히 매료됐다. 단지 도시의 아름다움 때문은 아니었다. 이곳 사람들은 "깊은 신심과 건강한 종교생활, 그리고 특히 여성들의 순수한 태도로 유명했다." 그는 이스파한을 떠나 시라즈로 열흘거리의 여행길을 나서면서 마즈드 알 딘(1355년 사망)을 만나겠다는 한 가지 목적만을 품고 있었다. 이븐 바투타는 그를, 명백한 기적들로 유명한 샤이흐이자 카디이자 이맘이며 성자의 극치(쿠트브 알아울리야)이고 시대의 외알박이 보석(파리드 알다흐르)이라며 아주 거창하게 소개했다. 그는 자신의 이름을 딴 마드라사에 머물고 있었다. 이븐 바투타도 거기서 그를 만날 수 있었다. 그는 이제 고령의 나이로 시력이 아주 나빴다. "그에게 인사를 하자, 그는 나를 껴안고는 내 손을 잡고서 기도석까지 갔다. 그러고 난 다음 내 손을 놓더니 몸짓으로 그의 옆에서 함께 기도하자고 했다." 그는 여전히 매일 시민들의 송사訟事를 다루고 중요인물들을 접견했다. 이븐 바투타는 시라즈 사람들이 그를 가리켜 단지 '카디'라 하지 않고 '우리의 가장 존경받는 스승(마울라나 아잠)'이라 말한다고 서술했다.

마즈드 알 딘의 명성은 정치적으로나 종교적으로 중요한 사건과 관계가 있었다. 몽골의 황제인 정복자 칭기즈 칸의 후손이 1304년부터 1316년까지 페르시아와 이라크를 통치했는데 이름이 울자이투(1280~1316. 일한국의 제8대 칸. 형인 가잔 칸과 함께 이슬람교로 개종했다. 일한국을 이슬람 몽골 국가로 재건하는 정책을 펴 재정과 군사, 종교 문제 등을 안정화시켰다—옮긴이)였다. 그의 형제이며 전임자인 가잔 칸(1271~1304. 일한국의 제7대 칸으로 이슬람교로 개종했다. 조세와 세제를 개혁하여 일한국의 전성기를 이루었다—옮긴이)이 조상 전래의 샤머니즘적 신앙에서 이슬람으로 개종했지만, 울자이투는 다수파인 순니 무슬림과 그 경쟁자인 소수파 시아 무슬림의 전통 사이에서 결정을 내리지 못한 채 갈팡

질팡하고 있었다. 시아파와 가까웠던 1310년경에는 자신의 영토 내에 있는 모든 사람들이 라피디파(이븐 바투타는 시아파를 이렇게 불렀다)에 입교해야 한다고 명령을 내렸다. 이는 당연히 저항을 낳았고, 시라즈에서는 그 저항의 지도자가 카디인 마즈드 알 딘이었다. 당시는 훨씬 젊은 때였다. 그는 울자이투의 궁정으로 소환되어 개의 무리 속에 던져지는 형벌에 처해졌다. 이븐 바투타는 그 이야기의 일부를 전한다.

> 사람을 잡아먹도록 훈련받은 목에 사슬을 맨 개들이 엄청나게 많이 있었다. 일단 개의 무리에 던져지기로 되어 있는 사람이 등장하면, 사슬이 풀린 개들은 넓은 땅을 제 마음대로 활보했다. 그러고 나서 사람이 던져지면, 개들이 달려들어 갈가리 찢고 그 인육을 먹었다. 하지만 마즈드 알 딘이 나오자, 개들은 그에게 다가가 아양을 떨며 꼬리만 흔들 뿐 전혀 공격을 하지 않았다.

이 이야기는 야생 코끼리들로부터 생명을 건진 아부 압달라 븐 하피프를 생각나게 한다. 마즈드 알 딘의 놀라운 능력은 거기서 끝이 아니었다. 그 소식이 울자이투에게 전해지자, 그는 "맨발로 뛰어나와 카디의 발에 몸을 엎드리고 입을 맞춘 다음, 손을 마주잡고는 자신이 입고 있던 옷을 전부 그에게 입혀주었다." 이것은 통치자가 내리는 최고의 영예였다. 또한 이 일을 계기로, 이븐 바투타가 보기에 아주 흡족하게도, 울자이투는 라피디의 교리를 단념하고 순니파의 신도가 됐다.

| 후라산

페르시아의 동쪽 끝자락에 있는 후라산에서, 이븐 바투타는 여러 주요 도시들을 두루 여행했다. 그중에서도 헤라트(오늘날의 아프가니스탄)는 인구가 많은 도시로 후사인이라는 술탄이 통치했다. 이븐 바투타는 헤라트를 "사람들이 청렴하고 불법적 쾌락을 삼가며 신앙생활이 진실되고 범죄가 없는" 모범적인 도시로 묘사했다. 이븐 바투타는 이러한 헤라트 시민들의 도덕성에 기여한 인물인 니잠 알 딘 마울라나에 대해 "뛰어난 덕성으로 수행자의 삶을 살고 있는 신심 깊은 인물"이라고 말했다. 시민들은 그에게 깊은 존경심과 애정을 가지고 있었다. 니잠 알 딘은 시민행동의 비공식적 검열관 역할을 수행하고 있었으며, 시민들의 지지 속에 이슬람법을 위반하는 행위를 바로잡았다. 니잠 알 딘은 투르크족 유목민의 어느 지도자와 갈등을 빚고 있었다. 이 유목민들은 헤라트 너머의 넓은 땅과 인도 국경지대를 방랑했지만 술탄 후사인과 맺은 협약에 따라 행동했다. 문제가 된 것은 투르크족 지도자가 나쁜 욕심을 품고 한 무슬림 여성을 잡아간 일이었다. 니잠 알 딘은 투르크족이 여성을 풀어주게끔 하는 데 성공했다. 그러나 이 일이 있고 나서 헤라트는 투르크족의 보복공격에 시달렸다. 이들은 니잠 알 딘을 손에 넣을 때까지 공격을 멈추지 않겠다고 맹세한 터였다. 이 지점에서 치슈티야 수피 교단의 유명한 일원인 아부 아흐마드 알 지슈티가 개입했다. 그는 니잠 알 딘의 안전을 보장할 것을 약속하며 투르크족을 달래기 위한 만남을 주선했다. 이 만남은 시작되기도 전에 끝이 났는데, 그 투르크족 지도자가 자신의 철퇴로 니잠 알 딘의 머리를 후려쳤다. 결국 이 문제는 니잠 알 딘의 추종자들이 해결했다. 이들은 니잠 알 딘이 잘못된 판단으로 투르크족을 방문했던 그날, 그 투르크족을 칼로 베어버렸다. 조금은 길게 이 이야기를 서술하는 이븐 바투타의 목적은, 어쩌면 진정으로 신심 깊은 사람들의 순수한 의도와 이들이 여타의 무슬림 사회에서 수행하고 있는 종종 위태로운 역할들에 대해서 분명히 보여주고 싶었던 것이다.

그는 헤라트를 떠나 자그마한 도시 알잠으로 갔다. 거기서 그는 '극기와 금욕의 성자'인 시하브 알 딘 아흐마드의 이야기를 들었다. 젊은 시절의 시하브 알 딘은 친구들과 돌아가며 각자의 집에서 술자리를 마련하여 과음을 즐기곤 했다. 시하브 알 딘이 자리를 마련할 차례가 됐을 때, 그는 이를 회개하고 알라의 평안을 구하기로 결심했다. 그는 친구들의 힐난을 피하느라 일단은 평상시와 다름없이 음식과 술을 준비했다. 포도주를 담은 가죽 부대를 열자, 친구들은 술이 '달다'는 것을 깨달았다. 알코올이 전혀 들어 있지 않았다. 그러자 시하브 알 딘은 친구들에게 회개를 시인했다. 하지만 와인은 항상 마시던 것과 전혀 다르지 않다고 고집했다. 바로 그 순간, 친구들은 모두 회개했고 자위야를 지어 알라에 헌신하는 삶을 살았다. 이븐 바투타는 이 이야기를 다음과 같이 언급하며 끝맺는다. "수많은 기적적인 은총(카라마트)과 예언(무카샤파트)이 이 샤이흐 시하브 알 딘의 손을 통해 드러났다."

알잠 다음으로는 크고 유명한 도시 투스로 갔다. 이곳은 학자 아부 하미드 알 가잘리의 탄생지로 유명했으며 이븐 바투타는 가장 유명한 이 학자의 무덤을 찾아갔다. 그리고 투스를 지나 여러 곳을 거쳐 후라산의 거대 도시인 니샤푸르에 도착했다. 그는 그곳 모스크의 아름다운 설계, 그리고 많은 수의 학생들이 살고 있는 네 곳의 마드라사를 언급했다. 그럼에도 불구하고 그는 세상의 어떤 학교도, 크기로나 아름다움으로나, 이슬람법을 경애하는 모든 칼리프 가운데 가장 위대한 통치자인 마린 왕조의 아부 이난이 지은 페스의 마드라사에 견줄 수 없다고 단언했다. 니샤푸르는 멀리 서쪽 끝자락의 마그리브까지 그 명성이 자자했지만, 이븐 바투타는 페스의 특별함을 따라오려면 아직 멀었다고 독자들에게 힘주어 강조했다. 니샤푸르에는 자랑할 만한 자위야와 그곳의 상주학자이자 설교자이며 시대의 성자인 인물이 1명 있었다. 이븐 바투타는 그와 함께 묵으며 후한 대접을 받았다. 이러한 성자 같은 인물과 가까이 있다보니 기적의 일화를 소개하지 않을 수 없었다. "나는 니샤푸르에서 터키 노예 소년을 하나 샀다. 그런데 나와 함께 소년을 살펴보던 그 샤이흐가 내게 이렇게 말했다. "이 소년은 당신에게 좋지 않습니다. 파세요." 나는 대답했다. "좋습니다." 그리고 바로 그 다음 날 한 상인에게 소년을 팔았다." 얼마 후 이븐 바투타는 니샤푸르에 있는 친구에게서 편지를 받았다. 그 노예 소년은 사람을 죽였고 또 그에 대한 복수로 결국 죽임을 당했다는 내용이었다. 이 일을 두고 이븐 바투타는 "명백히 이 샤이흐(알라께서 이 사람으로 기꺼워하시길)에게 부여된 기적"이라고 말하면서 그 성자가 과연 존경받을 만하다는 자신의 의견을 덧붙였다.

마즈드 알 딘처럼 아직 생존해 있는 유명한 성자가 아주 연로하지만 그 쇠잔한 몸이 허락하는 한도 내에서 활발하게 활동하고 있다는 것은 별로 놀랄 일이 아니다. 그러나 이븐 바투타는 또 다른 성자를 만나면서 자신의 쉽게 잘 믿는 성격을 시험당하기도 했다. 그는 인더스 강 유역 및 인도 국경지대에 도착하기에 앞서 판지르(오늘날의 아프가니스탄) 계곡에서 자위야를 우연히 발견했는데, 이곳에 성자와 같은 샤이흐가 살고 있었다. 아타 아울리야라는 그의 이름은 터키어와 아랍어의 조합으로 '성자들의 아버지'라는 뜻이었다. 페르시아어로는 '300'을 의미했는데, 추종자들은 그의 나이가 350살이라고 주장했다. 그는 그 고장과 주변 마을에서 유명하고 또 인기가 있어서 방문객들 중에는 술탄들과 공주들도 있는 듯했다. 이븐 바투타는 그의 용모를 약 50살 정도 되는 남자로 묘사했고, 그 성자는 "100년마다 새로 머리카락과 이가 난다"고 말했다. 이븐 바투타는 따뜻한 환대를 잔뜩 받았음에도 아타 아울리야를 떠나면서 이런 생각을 했다. "그는 조금 미심쩍은 구석이 있다. 그가 하는 말 속에 진실이 얼마나 들어 있는지는 알라께서 아신다." 이븐 바투타는 그 후로도 여러 차례, 아나톨리아와 인도와 중국에서 아주 나이 많은 노인들을 만나 축복을 받았다. 겉모습은 천차만별이었지만 정신만큼은 여전히 날카로웠다. 그들이 주장하는 나이는 140살에서 200살 사이였다.

| 인도 : 델리 술탄국

알다시피 여행기의 둘째 권은 이븐 바투타가 인더스 강을 건너 델리 술탄국의 무함마드 븐 투글루크의 영토로 들어가면서 시작된다. 그는 성벽으로 둘러싸인 수도 델리에 도착해서 그 엄청난 크기에 놀라며 이렇게 말했다. "인도에서 가장 큰 도시, 아니, 동쪽 이슬람에서 가장 커다란 도시."

델리는 어마어마한 크기의 모스크를 자랑했다. 원래 힌두교 우상들을 모셨던 사원의 자리로 이 건물은 1192년의 무슬림 정복 후 건립

델리에 있는 쿠와트 알이슬람 모스크의 쿠트브 미나르. 높이가 약 70미터인 이 첨탑을 두고 이븐 바투타는 "이슬람 세계 어디에도 이에 필적할 것이 없다"고 말했다.

됐다. 힌두교의 과거 유물은 모스크 마당 한복판에 세워져 있었고, 이는 14세기 비슈누 사원에서 가져온 유명한 강철기둥이었다. 쿠트브 미나르라는 이름의 붉은 돌 첨탑은 높이가 70미터에 달했고 "이슬람 세계 어디에도 이에 필적할 것이 없다"며 모로코의 여행자는 경탄했다.

델리와 그 술탄들의 역사를 살펴보기 전에, 이븐 바투타는 도시에서 '방문해야 할 곳(마자라트)', 즉 성소들 중 몇 곳에 대해서 간단하게 언급했다. 그중 하나가 성자 쿠트브 알 딘 바흐티야르 알 카키(1232년 사망)의 무덤이었으며, 그는 아지메르의 치슈티야 수피 교단의 창립자를 승계한 델리의 후계자였다. 그의 무덤은 "축복의 힘이 물씬 느껴졌으며 대단한 숭배의 대상이었다." 그는 채무자들과 곤궁하고 가난한 사람들을 도와준 것으로 유명했다. 법학자 알라 알 딘 알 키르마니의 무덤 또한 "축복을 받고 빛으로 반짝였다." 그 외에도 신심 깊은 성자들의 많은 무덤이 같은 지역에 있었지만 더 이상 하나씩 거명하지는 않았다.

독실한 신자들 중에서 이븐 바투타가 만났다고 주장하는 사람의 이름은 마흐무드 알 쿠바인데, 그는 아마도 유명한 치슈티야 교단의 성자이자 '델리의 등불'로 불렸던 나시르 알 딘 마흐무드(1356년 사망)였을 것이다. 그는 훨씬 더 유명한 치슈티야 교단의 성자인 니잠 알 딘 아울리야(1325년 사망)의 영적 승계자이기도 했다. 이븐 바투타에 따르면, 신비스러운 무아지경 상태에 빠져서 무함마드 븐 투글루크가 아버지의 대를 이어 통치자로 나설 것이라고 예언한 사람이 바로 니잠 알 딘이었다. 실제로 얼마 지나지 않아 초상이 났고 무함마드 븐 투글루크는 장례식 때 아버지의 상여를 같이 맸다. 그리고 또 한 사람의 성자이자 학자인 사드르 알 딘 알 쿠흐라니가 있었다. 그는 "계속해서 단식을 하고 밤새도록 서서 기도를 올리곤 했다. 그는 완전히 세상과 절연했고 모든 물건을 거부했으며 양모 망토 외에는 아무것도 입지 않았다." 술탄과 재상들이 찾아와도 거절하기 일쑤였으며, 술탄이 주는 그 어떤 선물이나 돈을 절대로 받지 않았고 가난한 형제들에게 도움이 될 기금까지도 거부했다. 델리라는 도시의 규모와 중요성, 그리고 이븐 바투타가 그곳에서 머물렀던 거의 9년이나 되는 긴 시간을 감안할 때, 성소와 생존해 있는 성자들에 대한 서술은 그가 방문했던 여타의 도시들에 비해 터무니없이 적다. 델리를 완전히 떠난 후, 이븐 바투타는 인도 서부 연안 지역과 남부로 여행하면서 자위야와 같은 낯익은 시설들과 성스러운 인물들을 만날 수 있게 됐다. 동시에 무슬림이 극소수에 불과한 정도까지는 아니었을지라도 그는 힌두 인구가 절대다수를 차지하는 이곳 현지인들의 종교적 특성이 혼합적이라는 사실에 보다 주목했다. 그러는 사이, 이븐 바투타의 관심은 다른 곳을 향해 있었다.

| 무함마드 븐 투글루크

델리 술탄국은 인도 여행기 서술의 전체를 지배했다. 이븐 바투타가 그에 대해 균형 잡힌 시각을 견지한다는 것은 이 장을 시작하면서 언급한 바 있다. 술탄은 기본적으로 너그러웠으나, 정적이라고 판단되는 상대에 대해서는 잔혹한 일면을 보여주었다. 이븐 바투타는 술탄의 후한 인심을 독자들이 여간해서는 믿지 않을 것이라 생각하고 이렇게 미리 못을 박아두었다. "알라와 그의 천사들과 그의 선지자들은 술탄의 엄청난 아량에 대해 내가 말했던 모든 내용이 절대적 진실임을 밝히는 증인이 되어줄 것이다." 그는 자신이 직접 목격한 사실에 근거하고 또 여타의 독자적인 자료에 도움을 받아 기술했다고 첨언했다. 또한 그는 자신 역시 술탄의 너그러운 성격에 덕을 보았다고 말했다. 가구를 완비한 집과, 자신은 물론 약 40명에 달하는 일행 모두가 먹을 수 있는 음식을 받았고, 여러 마을에서 거두어들이는 5천 디나르의 세금을 해마다 지급받았으며 거기에 1만 2천 디나르를 더 얹어서 받았다. 술탄은 그를 델리의 카디로 임명하고 월급으로 (또?) 1만 2천 디나르를 주었으며, 이것으로도 모자라 임명과 동시에 국고에서 1만 2천 디나르를 꺼내주었다. 총 합계금액이 얼마인지는 혼란스럽지만 어쨌든 그의 고향에 있는 독자들이 들으면 깜짝 놀랄 만했다. 또 여기에다 때때로 술탄이 하사하는 선물이 있었으며, 이븐 바투타의 경우는 더욱 특별히 그가 지은 큰 빚까지 탕감해주었다. 이러한 엄청나게 후한 인심 덕분에 술탄의 명성은 해외에까지 자자해서 아랍과 페르시아의 학자들과 또 여타의 사람들이 그의 궁정으로 이끌렸다. 이븐 바투타는 외국인들의 환심을 사려고 고안된 정책의 일부분이라고 말했다. 또한 외국인들은 아지즈, 즉 '존경하는 선생'이라고 불렸는데 스스로를 이방인이라고 느끼지 말라는 배려였다. 한편 외국인들이 델리에 오는 이유는 "한몫 챙겨서 고국으로 돌아가기" 위해서였다. 그러나 안타깝게도 인도에서 아무리 부자가 되어도, "그 재산을 고스란히 가지고 인도를 빠져나가는 사람은 거의 없었다. 일단 인도를 떠나서 다른 나라로 가게 되면, 알라께서 그를 재난에 빠뜨려 결국 가지고 있던 모든 것을 잃게 만들었다." 이븐 바투타는 어쩌면 다른 누구보다 훨씬 더 운이 좋았는지도 모른다. 비록 결말은 불운했지만 어쨌든 그는 술탄의 사절단이라는 임무를 띠고 인도를 떠났다. 그는 모로코의 고향으로 돌아올 때 경제적 상황이 어땠는지는 전혀 언급하지 않았다.

그리하여 무함마드 븐 투글루크의 통치전략 중 하나가 관대함으로 충성심을 사는 것이라면, 또 하나의 통치전략은 잔혹한 폭력이었다. 잠재적 적수들에게 공포심을 불어넣기 위함이었다. 이븐 바투타는 전자의 예들을 살펴본 다음에 "살인을 비롯한 비난받아 마땅한 술탄의 행동들"이라는 말로 후자의 경우를 설명하기 시작한다.

> 우리가 지금까지 술탄에 대해서 얘기했던 그 모든 겸손함과 공정함, 그리고 곤궁한 사람들을 향한 동정심과 비범할 정도의 자유로움에도 불구하고, 술탄은 또한 피를 흘리는 일에도 너무나 거리낌이 없었다.……그가 크고 작은 잘못을 처벌할 때는 인간에 대한 존중은 찾아보기 힘들었다. 학자건 독실한 신자건 귀족이건 상관이 없었다.……알라께서 우리를 그러한 불운에서 구해주시길.

그는 거의 매일 벌어지는 술탄의 폭력행위 때문에 괴로워했던 것이 분명했다. 어느 날엔가는 사지가 잘려나간 죄수들의 몸통과 무엇인가로 속이 채워진 살가죽이 성벽에 걸려 있는 모습을 보고서 경악했다. 그는 대중에게 공포를 유포시키기 위해서 자행되는 행위라고 설명했다. 그가 술탄의 어두운 면을 보여주기 위해 들었던 실증사례들은 주로 신앙심이 높은 수피파 샤이흐, 법학자, 카디, 시장 감독관, 그리고 델리의 최고 설교자 같은 지식인 계급(울라마)의 희생자들에 맞추어져 있었다. 희생자 하나하나에 대한 설명을 마무리하면서, 이븐 바투타는 동정의 축복을 토해냈다. "지고하신 알라의 자비가 그들에게 함께하길." 나머지는 왕실의 분노를 산 술탄의 친척이나 귀족들의 사례였는데, 여기서는 축복이 언급되지 않았다. 이것은 우연이 아니다. 그 역시 지식인 계급의 일원이었으므로, 비록 외국인이기는 하나 그들에게 가해진 폭력에 대해서 특히 민감했다. 현지의 관료 엘리트들에 대해서는, 자신이 외부인인지라 더 무관심했다.

수피파 샤이흐인 시하브 알 딘에게 일어난 일은 충격적이었다. 무함마드 븐 투글루크는 정직성과 덕성으로 유명한 이 존경받는 수피를 등용하고자 했으나 시하브 알 딘은 공개적으로 그 제안을 거절했다. 그러자 술탄은 존경받는 또 다른 샤이흐에게 시하브 알 딘의 턱수염을 모조리 뽑아버리라고 명령했다. 그러나 이 샤이흐 역시 이를 거절했다. 그렇게 해서 이 두 샤이흐는 강제적으로 수염이 전부 뽑히고 몇 년 동안 델리에서 추방됐다. 시하브 알 딘은 남쪽의 다울라타바드(옛 이름은 데오기리. 무함마드 븐 투글루크가 수도를 델리에서 이곳으로 옮기며 개칭했다—옮긴이)로 보내졌다. 다시 술탄이 손을 내밀자 시하브 알 딘은 결국 공직을 수락했고 지위는 더 높아졌다. 나중에 그는 수도를 떠나서 인근 마을로 갈 수 있도록 청하고 허락을 받았다. 거기서 그는 거대한 동굴을 파서 농지 경작과 관개에 필요한 노동력을 받아들였다. 기근이 끊이지 않던 때인지라, 그는 농작물을 팔아 큰돈을 벌었다. 그렇게 2~3년이 흐른 후 술탄은 다시 그를 수도로 불러들였다. 하지만 시하브 알 딘은 술탄의 폭군적 행태들을 일일이 열거하며 다시는 압제자를 위해 일하지 않겠다고 선언했다. 이 발언으로 인해서 샤이흐는 결국 쇠사슬에 묶여 델리로 압송되어 감옥에 갇혔다. 그리고 그는 2주 동안 모든 음식과 음료를 일절 거부했으며 동료 샤이흐들과 법학자들은 그 발언을 철회하라고 강하게 설득했다. 그는 계속 저항했고 술탄이 보낸 음식까지 거부하며 옛 순교자들처럼 기꺼이 죽을 준비가 되어 있다고 말했다. 술탄은 강제로 인분을 먹이라는 명령까지 내렸고, 그가 완강하게 굴복을 거부하자 결국에는 참수시켰다. 이븐 바투타는 시하브 알 딘의 이야기를 이렇게 마무리 짓는다. "지고하신 알라의 자비가 그에게 함께하길!" 그는 샤이흐와 잘 아는 사이였다. 그의 동굴을 직접 찾아간 적도 있었다. 이러한 두 사람의 관계는 결과적으로 이븐 바투타에 대한 술탄의 의심으로 이어졌다. 시하브 알 딘이 체포된 직후에, 이븐 바투타는 노예 4명의 감시를 받으며 술탄의 정전正殿에 억류됐다.

통상적으로 술탄이 이런 행동을 취하면 누구도 무사하기 어렵다. 그러나 지고하신 알라께서 나에게 알라의 말씀을 암송하게 하셨다. "알라만 계시면 족하나니, 얼마나 훌륭한 보호자이신가(《코란》 3장 167절)." 나는 첫날에 이 구절을 3만 3천 번 암송하고 궁정에서 그날 밤을 보냈다. 결국에는 닷새 동안 굶었는데 매일 《코란》을 처음부터 끝까지 독송하며 오로지 물만 마셨다. 닷새가 지난 후 단식을 잠깐 쉬었다가 또 나흘 동안 계속 단식했다. 나는 샤이흐가 처형된 뒤 풀려났다. 지고하신 알라께 찬미를.

주지하다시피 이러한 충격적인 일련의 사건들이 일어나고 얼마 지나지 않아 이븐 바투타는 델리 체류에 종지부를 찍었다. 아마도 이런 사건들 때문에 술탄의 신하를 그만두려는 결심을 하게 된 것으로 보인다. 하지만 여기에는 약간 미묘한 문제와 위험이 따를 수 있었다. 이븐 바투타는 이러한 복잡한 상황을 해결하고자 신앙심 깊은 인물인 카말 알 딘 압달라에게 정신적으로 의지했다. 그는 알 가리, 즉 '동굴에 사는 사람'으로 더 많이 알려져 있었으며, 위대한 치슈티야 교단의 성인인 니잠 알 딘 아울리야의 무덤 및 자위야와 가까운 델리 외곽의 작은 동굴에 기거하고 있었다. 이븐 바투타는 학식이 높고 성자와 같은 이맘(알이맘, 알살리흐, 알알림)이자 알라를 경외하는 겸손한 신자(알아비드, 알와리, 알하시)이며 알라의 친구들(아울리야) 중 1명으로 시대를 대표하는 유일무이한 인물이라고 알 가리를 매우 화려하게 소개했다. 알 가리는 몇몇 기적을 행했으며 이븐 바투타도 직접 목격했다고 주장했다. 그리고 이렇게 덧붙인다. "나는 전력을 다해 샤이흐를 위해 봉사했고, 내가 가지고 있던 것들을 가난한 형제들과 곤궁한 사람들에게 주었다." 이때 처음으로, 이븐 바투타는 수피의 종교 수련에 대한 직접적이고 깊이 있는 참여와 실천을 기록했다. 그는 한 번에 10일 혹은 20일까지 단식을 하는 자신의 영적 스승을 모방하려고 한 듯하다. 알 가리는 속담을 인용하며 이븐 바투타에게 주의를 당부했다. "그는 나를 살펴보더니 너무 무리하게 신앙수련을 하지 말라며 "지쳐서 쓰러지면 걸을 수도 말을 탈 수도 없다"고 말했다." 하지만 그는 여전히 극복해야 할 장애물이 있는 것으로 느꼈다. "그래서 크건 작건 가지고 있는 모든 것을 버렸다. 옷은 벗어서 탁발수도자에게 주고 나는 그의 옷을 입었다." 이븐 바투타는 알 가리 곁에서 5개월 동안 제자로 머물렀다.

그러던 중에 술탄이 이븐 바투타의 피정避靜 소식을 듣고 불러들였다. 그는 탁발수행자의 옷을 입고 무함마드 븐 투글루크를 알현해서 아주 융숭한 대접을 받았다. 술탄은 궁정으로 복귀할 것을 명했다. 이븐 바투타는 이를 고사하고 메카 성지순례를 허락해줄 것을 부탁하여 수락을 받았다. 그때부터 40일 동안 이븐 바투타는 한 자위야에서 영적 수련을 계속했다. 《코란》을 독송하며 철야예배를 드리고 닷새 연속으로 단식을 할 수 있을 때까지 계속 단식수련을 했다. 그때 술탄은 다시 그를 소환하여 사절단을 이끌고 술탄의 대사 자격으로 중국에 다녀올 것을 제안했다. 그는 한동안 말없이 신중하게 생각을 해본 후 그 지시를 따랐다. 그렇게 동양을 향한 긴 여정의 준비가 시작됐다.

이렇든 저렇든 시하브 알 딘과 술탄의 갈등을 둘러싼 일련의 사건들과 그의 처참한 처형은 이븐 바투타에게 중요한 전환점이 됐다. 술탄을 위해 일하며 그가 받고 또 즐겼던 모든 물질적 보상에도 불구하고 그는 괴로웠다. 어쩌면 무함마드 븐 투글루크의 정적을 향한 끔찍한 분노를 목격하고 난 후 외국인이라는 불안정한 신분이 점차 더 걱정스러워졌을 것이다. 이븐 바투타는 술탄이 사저에서 여는 만찬 자리에 자주 초대를 받았으며, 아마도 그 자리에서 술탄의 오랜 친구인 역사학자 디야 알 딘 바라니(1357년 사망)를 만났을지 모른다. 두 사람은 성장배경이 서로 달랐다. 바라니는 인도에서 태어났고 가문 자체가 토박이 귀족들로 이루어진 델리의 지배층과 가까웠으며, 그가 매진하는 일 자체가 정권의 안정을 도모하는 것이었다. 바라니와 이븐 바투타는 통치자의 정치적 폭력에 대해서는 비슷한 견해를 공유하고 있었던 것으로 보인다. 일반적으로 국왕이라고 하는 지위에 관해서, 그리고 특히 무함마드 븐 투글루크에 대해서, 두 사람은 잔혹성과 자비라고 하는 상반된 특성의 발휘가 필수적이라는 사실을 잘 알고 있었다. 바라니는 자신의 저작 중 하나에서 이에 대한 관점을 자세히 설명했다. 술탄과 함께 나눈 대화라고 주장되는 부분에서, 그는 무함마드 븐 투글루크가 스스로 왕좌에 대한 자신의 견해를 밝히도록 했다.

> 나는 반역이나 무질서, 그리고 음모가 의심되거나 그렇다고 추정이

> 되면 중벌을 내린다. 아주 작은 것이라도 불복종이 내 눈에 띄면 사형에 처한다. 나는 내가 죽을 때까지, 혹은 백성들이 바로 서고 반역과 반항을 포기하는 그날까지 이런 식으로 계속해서 중벌을 내릴 것이다.

자신의 입장을 합리화하기 위해서인지, 그는 말미에 매서운 말을 남긴다. "내가 그 많은 보물을 백성들에게 하사하건만, 충심으로 나의 안녕을 기원하는 사람은 1명도 없다."[16]

술탄을 위해 계속 봉직하는 일이 점차 이븐 바투타에게 얼마나 가시방석이었을지 어렵지 않게 상상이 될 것이다. 시하브 알 딘의 일과 그로 인한 충격은 이븐 바투타로 하여금 수피파의 친구인 알 가리에게서 정신적 위로와 강건함을 찾게 했으며, 동시에 델리를 영구히 떠나는 방법들을 궁리하게 만들었다. 그는 궁정 직위로 복귀하라는 술탄의 요구를 받아들이는 대신 메카로 성지순례를 떠날 수 있게 해달라고 청원했다. 종교적 의무이니 술탄도 거절하기가 힘들었을 것이다. 이로써 이븐 바투타는 성지순례에 나설 때까지 정신수련을 재개할 수 있는 시간을 벌 수 있었다. 이븐 바투타는 중국에 사절단으로 보내주겠다는 술탄의 다음 번 제안으로 궁정에 복귀했다. 하지만 이븐 바투타가 생각하기에 그 임무는 델리와 인도를 떠날 수 있는 절호의 기회였다.

남쪽 여행

첫 번째 목표는 인도 남서쪽 연안에 있는 항구로 가서 출항을 준비하는 것이었다. 성자 딜샤드에 의해 탈수와 기아에서 '기적적인' 구조를 받은 후, 이븐 바투타는 델리를 함께 떠났던 일행 중 남아 있던 사람들과 사절단의 임무를 계속 수행했다. 그들은 이제 인도의 국경을 지나 무슬림 통치자가 다스리는 카나우지와 같은 요새도시의 지대로 발을 들여놓고 있었다. "무슬림의 통치를 받지만 주로 이교도들이 사는" 이 마을들은 "이슬람권에 속하지만 이교도 영토에 위치한" 곳으로 표현됐다. 그는 여정을 서술하는 간간이 이교도와 무슬림 사이에 벌어진 전쟁의 이야기를 들려주었다. 괄리오르는 산 정상에 위치한 요새마을로 이곳 지사와는 일면식이 있었다. 이븐 바투타는 지사의 판결을 중재하면서 한 힌두인의 처형을 막은 적이 있는데, 이는 그가 참수형을 한번도 목격한 적이 없기 때문이었다. 결국 그 힌두인은 투옥됐다. 훨씬 남쪽에 위치한 몇몇 지역의 이교도 술탄들은 무함마드 븐 투글루크의 종주권 아래에 있으면서 매년 공물을 바쳤다. 다른 지역들도 같은 예를 갖추었지만 또 동시에 끊임없이 델리에 저항하며 반역을 꾀했다.

모두 위험천만한 지역이었다. 하지만 사람만 위협적이었던 것은 아니었다. 파르반이라는 마을에서 이븐 바투타는 사람을 잡아먹는 호랑이에 관한 이야기를 들었다. 인육은 먹지 않고 사람의 피만 마시는 등 아주 독특한 습성을 지닌 호랑이였다. 그러나 어떤 사람의 설명에 따르면 그런 만행을 저지르는 것은 진짜 호랑이가 아니며, 사람이 호랑이의 탈을 쓰고 나타나는 것으로 이들은 주키(요기)라고 불리는 마술사들이었다. "그 이야기를 들었을 때, 나는 믿지 않았다. 하지만 똑같은 얘기를 해주는 사람이 너무 많다보니 이 마술사들에 대해 한두 가지 이야기를 해보고자 한다"고 이븐 바투타는 말했다.

여러 가지 놀라운 일을 행하는 요기들은 아무것도 먹지 않고 물도 마시지 않은 채 몇 달을 버틸 수 있었으며 어떤 이는 땅 밑에 파묻힌 채로 숨구멍만 뚫어놓고 몇 달을 보냈다. 이븐 바투타는 무슬림도 요기의 제자가 되어 그 기술의 비밀을 배울 수 있다고 주장했다. 실제로 망갈로르에서 한 무슬림 요기를 만났다. 그는 높은 좌대의 꼭대기에 앉아서 거의 한 달 동안 음식도 먹지 않고 물도 마시지 않았는데 얼마나 오랫동안 그렇게 있을 수 있는지는 말하지 않았다. 요기들 대부분은 채식주의자였다. 이븐 바투타는 긍정의 어조로 "그들은 스스로를 금욕주의로 강하게 단련시켜서 그 어떤 물질도, 세상의 허영도 전혀 필요가 없다"고 말했다.

한번은 이븐 바투타가 술탄의 사저를 방문했을 때 마침 요기들도 초대되어 와 있었다. 이븐 바투타는 2명의 요기가 그곳에 모여 있는 사람들의 흥을 돋우는 모습을 지켜보았다. 술탄은 손님이 한번도 보지 못했을 법한 요술을 보여주라고 말했다. "그러자 요기 1명이 바닥에 쪼그리고 앉더니 공중으로 떠올라, 앉아 있는 그 자세 그대로 우리들 머리 위까지 올라갔다. 나는 너무 놀라고 또 충격을 받아서 기절하여 바닥에 쓰러져버렸다." 그는 약을 먹고서야 깨어났는데 또 다른 극적인 장면이 눈앞에서 펼쳐지고 있었다. 그 앉은 자세의 요기와 함께 온 또 다른 요기가 신고 있던 샌들로 바닥을 계속해서 세게 쳤더니 샌들 역시 공중으로 떠올랐다. 그 샌들이 요기의 목을 때리자, 그가 공중에서 서서히 바닥으로 내려왔다. 술탄은 이븐 바투타가 정신만 차리고 있을 수 있다면 요기에게 더 괴이한 것들을 보여달라고 부탁했을 것이라고 말했다. 이븐 바투타는 여전히 심한 어지럼증을 느꼈는데 강도가 더 센 물약을 처방받고서야 가라앉았다.

이와 비슷하지만 훨씬 더 극적인 묘기의 시연은 중국에서 목격됐다. 젊은 남자와 나이 많은 조력자 두 사람은 각자 밧줄 위로 기어올라가더니 마당 위 공중에서 흔적도 없이 사라졌다. 그리고 칼을 들고 있던 그 나이 많은 남자는 젊은 남자의 사지, 머리, 발, 손, 그리고 몸통을 잘라서 바닥으로 내동댕이쳤다. 그러고는 내려와서 사지를 이어붙이고 난 뒤 그 젊은 남자를 발로 뻥 차자, 그는 맡은 바 본분대로 육체를 완전히 회복하고서 관중들 앞에 우뚝 섰다. 이븐 바투타는 놀라움으로 경악했다. 또 약을 먹고서야 펄떡거리는 심장을 안정시킬 수 있었다. 옆에 앉아 있던 카디는 그를 진정시키고자 부드러운 목소리로 이렇게 말했다. "알라께 맹세코, 공중으로 올라가고 내려가고 사지를 자르고 하는 일은 없소. 전부 속임수(샤와자)에 불과하다오!"

요기는 나병과 상피병象皮病 같은 질병을 고치는 것으로도 유명했다. 한 술탄의 죽음이 이와 관련이 있었다. 인도 남부 마바르 지역에 있는 마두라이의 술탄 기야스 알 딘은 무슬림이었지만 아주 혐오스러운 사람이었다. 이븐 바투타와 이 술탄은 델리의 지배에 항거하여 남쪽에서 반란을 일으켰던 술탄 샤리프 잘랄 알 딘 아흐산 샤의 딸들과 결혼한, 말하자면 동서지간이었다. 기야스 알 딘은 남자건 여자건, 어린아이건 할 것 없이 힌두교도 포로들을 죽이는 것을 특별히 즐겼다. 한번은 이븐 바투타도 함께 자리한 때였다. 힌두교도 죄수들이 꼬챙이 말뚝에 꿰어져서 죽임을 당하는 모습에 이븐 바투타는 증오의 마음을 이렇게 표현했다. "이런 혐오스러운 짓은 그 어떤 왕들한테서도 들어본 적조차 없다. 그 때문에 알라께서 그의 목숨을 서둘러 거두셨던 것이다." 알라의 도구는 순진무구한 요기였다. 그는 기야스 알 딘의 요청으로 이 80살 노인이 최음제로 먹을 알약 몇 알을 만들었다. 그 알약 속에는 쇳가루가 들어 있었는데 효험이 너무 좋은 나머지 그 노인은 과다복용을 하고 죽어버렸다. 이븐 바투타의 설명은 좀 애매하다. 사망원인이 쇳가루인지 과도한 성생활인지가 불명확하다.

요기에 대한 이븐 바투타의 태도는 복합적이었다. 이들은 기적이 아니라 놀라운 일을 수행했다. 그것들 중 몇몇은 일종의 종교수련으로써 이루어진 것이었지만, 다른 것들은 정말로 겁을 집어먹게 했다. 그는 다양한 요가 형식들의 차이점이 무엇인지는 알지 못했지만 사기꾼들의 쇼는 구분할 수 있었다. 인도, 특히 남부 지역에는 재미있는 구석이 많았다. 그는 종교적 관심 차원에서 여러 가지를 목격하고 기록했지만 그 이상에 대해서는 언급하지 않았다.

이븐 바투타는 배를 타고 항구도시 힐리에 도착했다. 이곳은 캘리컷, 퀼론과 함께 중국발 선박의 가장 먼 종착지였다. 이곳에 예배모스크가 있었기 때문에 무슬림과 힌두교도를 막론하고 모두 힐리를 찾았다. 모스크는 사람들의 숭배를 받았는데, 이는 "커다란 축복이 넘치고 찬연한 빛으로 빛나기 때문이었다." 뱃사람들은 기꺼이 봉헌물을 바쳤다. 모스크의 재정부에서는 종교학을 공부하는 학생들을 위해 용돈을 지급하거나 모든 여행자와 동네의 가난한 무슬림들을 위해 음식을 제공했다. 이븐 바투타는 그 모스크에서 자신과 똑같은 사람을 만날 뻔했는데, 그는 신심 깊은 법학자(파키흐 살리흐)로 소말리아의 모가디슈 출신이었다. 메카와 메디나에서 거의 30년 동안 수학한 그는 인도와 중국을 여행했다. 다음으로 흥미로운 장소는 다흐파탄으로 쿠와일이라는 이름을 가진 주르파탄의 술탄이 통치했다. 거기에는 예배모스크와 함께 "잎이 꼭 무화과 이파리처럼 생겼지만 그보다 부드럽고 담벼락에 둘러싸여 있는 연초록의 나무가 하나 있었다." 증명의 나무로 알려진 이 나무는 매년 가을마다 이파리 하나가 처음에는 노랗게 변한 후 다시 빨갛게 변해서 떨어졌으며, 그 이파리에는 "알라의 권능의 연필로 쓰였나니 '알라 외에 다른 신은 없나니 무함마드는 알라의 사도다'"라는 글귀가 새겨져 있었다. 무슬림과 이교도들은 나무 아래서 이파리가 떨어지기를 함께 기다렸다. 이파리가 떨어지면 반쪽은 무슬림이 갖고 다른 반쪽은 힌두교도 왕의 금고에 보관되어서 병자를 치유하는 데 사용됐다. 이 나무는 술탄 쿠와일의 조상이 개종하는 계기가 됐으며 그 조상은 이파리에 새겨진 글귀의 의미를 제대로 이해하고 앞서 말한 모스크를 건립했다. 한번은 한 이교도가 그 나무를 난폭하게 뽑아버려서 아무런 흔적도 남지 않게 됐는데, 나중에 다시 새순이 돋아나 그 어느 때보다 아름답게 자라났다. 그 이교도는 무자비한 일을 저지른 후 곧바로 비명횡사했다.

다음으로 간 고장은 부드파탄으로 주거민 대다수가 브라만이었다. 이들은 이교도의 공경을 받지만 무슬림을 혐오해서, 그 마을에는 무슬림이 한 사람도 살지 않았다. 마을 바깥에 모스크가 하나 있어서 무슬림들은 그곳을 찾아가 예배를 올렸다. 이븐 바투타는 그 모스크와 관련해서 교훈적인 이야기를 하나 소개했다. 한 브라만이 모스크의 지붕을 뜯어서 자신의 집 지붕으로 썼는데 나중에 그 집에 화재가 나 일가족이 모두 사망했으며 재산은 전부 불에 탔다. 그 일이 있은 후에는 아무도 그 모스크를 건드리지 않았으며 브라만들은 모든 여행자가 모스크에 들어와서 물을 마실 수 있도록 했다.

이븐 바투타는 남쪽으로 여행하면서, 이슬람 영토에서 여러 종교가 경쟁하는 지역으로 이동해간다는 자각을 스스로 높여가고 있었다. 후자의 지역에는 무슬림의 가치가 전혀 통용되지 않는 곳도 상당했다. 이븐 바투타에 따르면, 무함마드 븐 투글루크의 미덕 중 하나는 무슬림의 신앙의례를 엄수하고 종교적 의무사항을 숙지케 하며 샤리아의 준수를 강력하게 천명했다는 사실이다. 예를 들어, 금요일 기도예배의 참석은 의무사항이었고 이 의무를 태만히 하면 무거운 처벌을 받았다. 일반인들은 무슬림과 관계된 사항들에 대해 문답을 받아야 했고, 대답이 틀리면 그 벌로 강제 수업을 들어야 했다. 이븐 바투타가 이런 조처들을 환영한 것은 개인적 규범과 인식 때문이기도 했지만, 인도에서 이슬람의 역사가 아직 얼마 되지 않았고 또 신앙의 깊이가 얕아 적극적인 국가적 지원이 필요하다고 생각했기 때문이었다. 그러나 그가 관찰하기에 델리의 영토를 벗어난 지역에는 여전히 비무슬림 인구가 압도적으로 많았다. 따라서 술탄이 아무리 엄격하게 이슬람 규범의 준수를 강제해도, 델리의 중앙권력이 영향을 미칠 수 있는 지역에 국한될 뿐이었다.

이븐 바투타는 특히 델리 술탄국의 수도를 벗어난 지역에서는 무슬림과 비무슬림(그는 어김없이 '이교도'라고 지칭한다)이 바로 근접해서 살고 있다는 사실을 날카롭게 지적했다.

> 인도의 이교도들은 무슬림의 영토에서 지리적으로 분리되지 않은 지역에 거주한다. 영토는 서로 근접해 있다. 무슬림의 힘이 보다 우세하다고 할지라도 이교도들은 접근이 불가능한 산악지대나 척박한 땅에 살고 있으며……숲 속에 사는 경우도 있어서 숲이 성벽과도 같은 역할을 해주니……강력한 군사력이 없으면 그들을 정복할 수 없다.

이와 같은 이븐 바투타의 설명은 델리에서 남인도로 향하는 여정에서 확실히 증명됐다. 그럼에도 불구하고 그에게 치열한 종교수련의 순간이 한번 더 찾아온다. 이는 델리의 술탄이 중국 왕에게 보내는 선물, 사절단 일행 다수의 목숨, 그리고 자신의 물건 전부를 선박과 함께 잃고 난 이후에 벌어진 일이었다. 그는 인도 연안에 있는 히나우르의 무슬림 술탄을 찾아간 지 얼마 되지 않아 다음과 같이 이야기했다.

> 나는 거의 하루 종일 모스크에서 시간을 보내며 매일 《코란》을 독송했다. 나중에는 하루에 두 번씩 독송을 했는데, 새벽기도회를 마친 후 그날의 첫 독송을 시작해서 이른 오후에 마치고, 새롭게 세정식을 거친 후 두 번째 독송을 시작해서 일몰 즈음에 마쳤다. 나는 이런 생활을 3개월 동안 했으며 그 기간 중에 40일 동안 피정을 떠났다.

그는 이븐 주자이에게 인도 이야기를 구술하면서, 또 다른 국경지대에서 무슬림이 가장 가까운 적수와 벌이고 있는 위험하고 복잡미묘한 상황에 대해서도 이미 깊이 생각해봤을 것이다. 가톨릭 기독교도들은 북아프리카 마린 왕조의 영토와 가까운 이베리아 반도를 재정복하겠다며 전쟁을 감행하고 있었다. 이러한 두 전선에서, 강력한 지도자와 군대는 점차 줄어드는 움마의 영토를 방어하거나 혹은 유지하고 확장하기 위해 절대적으로 필요한 존재들이었다. 이븐 바투타가 보기에 아부 이난과 무함마드 븐 투글루크는 바로 그 최전방의 통치자들이었다. 비잔티움 제국을 마주하는 무함마드 우즈베크도 마찬가지였다. 이븐 바투타는 군사전략가가 아니었기 때문에 이러한 문제에 대해서 일괄적으로 생각해보지 않았을지도 모른다. 그는 움마의 그 모든 불완전함을 인정하면서도, 알라가 계속해서 신앙심이 깊고 열정적인 사람들에게 은총의 행위를 내려주어 움마를 축복으로 채워주는 한 움마는 계속해서 번성하리라는 신념을 가지고 살아갔을 것이다.

제 5 장

'타자' 이야기

IBN BATTUTA 05

지금까지 이븐 바투타의 여행기가 중요하게 다룬 주제들을 살펴보았다. 우리는 《여행기》의 다소 길고 복잡한 제목이 "여러 도시의 경이로움과 여행의 신비로움을 열망하는 사람들에게 주는 선물"임을 기억한다. 이븐 바투타는 어디를 여행했는지 이야기하면서 어떤 경험을 했는지도 말한다. 그 경험은 주로 육지여행에 초점이 맞추어졌으며, 배가 난파됐을 때와 해적의 습격을 받았을 때를 제외하면 그 엄청난 항해여행을 하면서도 바다의 위험성에 대해서는 거의 완전히 침묵한다. 항해여행의 규모와 범위로 볼 때 이례적으로 두 번의 사고만 일어났다면, 물론 그 충격의 여파가 컸다 하더라도, 그 외에는 아주 놀라운 행운의 시간을 보낸 셈이다.

이번 마지막 장에서는 여행의 전체 성격을 규정하는 '경이'와 '신비'에 대해 약간의 세련화 작업을 시도해보고자 한다. H. A. R. 깁은 이븐 바투타를 가리켜 "자신도 모르게 지리학자"라고 표현했다. 사실 이것은 "장소에 대한 관심이 사람에 대한 관심을 따라올 수 없었다"[1]

는 설명을 위해 꺼낸 서두였다. 이 장에서 논의될 사항들 몇몇은 앞선 장들에서 이미 시작이 됐으며, 즉 이븐 바투타가 여행 중에 만났던 '타자들'을 기억하는 방식, 그리고 여행기에서 그들을 재현하는 방식에 대해 살펴보고자 한다.

록산느 유번은 《여행기》가 채용한 재현의 기법을 논의하면서, 이러한 재현 기법은 이븐 바투타가 본 것을 체계화하는 데 도움이 됐을 뿐만 아니라 보는 방식과 서술방식을 한정짓기도 한다고 주장했다. 이븐 바투타가 보기에 충분한 가치가 있다고 판단되는 모든 것을 기록했다는 말은 동전의 다른 면, 즉 그가 보거나 재현하지 못한 사람 혹은 사물이 존재한다는 것을 의미한다. 예를 들어, 인도에 장기간 체류했지만 "이븐 바투타는 힌두교와 불교의 차이점이나, 매일같이 마주했을 카스트 제도의 존재에 대해 거의 인식조차 못하는 모습"이라고 유번은 말했다. 다른 한편, 요기와 그들의 공포스러운 마술 시연은 아주 잠깐 봤을 뿐인데도 진실한 종교생활에 전념하며 치유자의 역할을 담당하는 요기들도 있음을 잘 인식하고 있었다. 따라서 "이븐 바투타가 가난하고 평범하며 힘없는 사람들의 이야기는 거의 서술하지 않으며, 심지어 그들의 존재와 기동성과 수고가 없다면 자신이 매우 불편해질 수밖에 없는 상황에서도 그러한 서술태도가 바뀌지 않는다"[2]는 주장은 확실히 부인할 수 없는 사실이다. 침묵의 논거, 즉 저자가 기록하지 못한 내용을 가지고 논의를 전개하는 것은 어려운 일이다. 결국 일종의 의견 제시는 가능할지 모르지만 결정적 설명은 불가능하기 때문이다. 앞서 언급한 예시에서 이븐 바투타는 자신이 누리는 편안함이 타인의 노동력에 근거한다는 사실을 잘 알고 있었으나 그에게는 너무나 당연한 일이기에 언급할 가치를 느끼지 못했을 것이다. 여기서 우리의 목표는 이븐 바투타의 '타자' 재현에 대한 실증적 고찰이다. 따라서 그가 기록에서 누락시킨 사항들에 대한 의미추론이 아니라, 가능한 한 그가 재현하는 대상에 대해 무엇을 말했는지 살펴볼 것이다. 이렇게 하다보면 그의 행동을 통해 묻어나오는 인간적 면모도 발견하게 될 것이다. 이븐 바투타의《여행기》에서 흥미로운 주제 한 가지는 그가 다양한 사회집단과 관련을 맺으면서 여성을 어떻게 인식하고 재현했는가 하는 문제다.

| '타자'로서의 여성

먼저 이븐 바투타의 사생활과 관계된 여성들로 시작해보면 부인은 10명이었던 것으로 언급되나 더 많았을 수도 있다. 그가 우리의 이해를 허락하는 한도에서 보자면, 그는 일부다처주의자보다는 연속적인 일부일처주의자에 가깝다. 한 가지 예외가 있다면 그는 18개월(어쩌면 단지 8개월) 동안 몰디브 제도에 체류하면서 법적 한도인 4명의 아내를 동시에 맞이하고 첩실까지 여럿 두었다. 하지만 이는 몇 년 후의 일이다. 앞으로 소개할 이야기들에 관해서 우선 주목해야 할 사항은 다음과 같다.

> (독자들은 이븐 바투타의《여행기》를 읽으면서) 아주 사적이거나 혹은 글로 표현하기에 불편할 수도 있는 문제에 대해서 비교적 거침없이 말하는 그의 태도에 적잖이 놀란다.……일반적으로 중세 아랍의 저자들은 여성에 대한 언급을 특별히 피하지 않는다. 그네들이 말을 아끼

> 는 것은 집안에 속해 있는……즉 문학이 본성적으로 속해 있는 공적 영역의 바깥에 존재하는 여성들일 뿐이다.[3]

그래서 렘케 크룩의 논문은 이븐 바투타의 가정생활을 주제로 논의를 전개했다.

아내들

여행기의 시작 부분부터 보자면, 이븐 바투타는 성지순례를 완수하겠다는 열정에도 불구하고 탕헤르를 떠나는 마음이 무겁기만 했다. 부모에 대한 '이별의 슬픔'으로 그는 괴로웠다. 그의 어머니도 아직 젊을 때였다. 물론 이는 '여자와 남자 가족들'에 대한 마음이기도 했다. 이븐 바투타는 출발 후 몇 달이 지나서 첫 번째 혼인을 하기로 되어 있었는데 이내 첫 번째 이혼으로 끝을 맺었다. 이유는 밝혀지지 않았지만 여자의 잘못이 아니라, 이븐 바투타와 신부의 아버지 사이에 다툼이 있었기 때문이었다. 곧장 두 번째 결혼으로 이어졌고 부부는 함께 알렉산드리아로 갔다. 카이로와 나일 강 유역으로 이어지는 여행도 함께했는지는 알 수 없다. 어쨌든 이러한 결혼은 고향을 떠난 슬픔과 길 위의 고독을 치유한다는 요구를 충족시킨 것으로 여겨진다.

그 다음 혼인 이야기는 《여행기》의 거의 마지막 부분, 즉 귀향길에 다시 다마스쿠스를 지날 때야 등장한다. 그는 20년 동안 부재중이었다. "나는 그때 임신한 아내를 두고 떠났다. 인도에 있을 때 사내아이를 낳았다는 소식을 들었다. 마그리브의 메크네스 출신인 아이의 외할아버지에게 아이 어미를 위해 쓰라고 인도 금화 50디나르를 보냈다. 이번에 다마스쿠스에 도착해서는 아들의 안부 말고는 아무것도 궁금하지 않았다"고 말했다. 그는 결국 아들이 10여 년 전에 죽었다는 소식을 듣지만, 그 어머니의 운명은 언급하지 않는다. 그가 세 번째 결혼을 하는 시점에 두 번째 부인이 함께 있었는지는 확실치 않다. 하지만 아마도 1326년이었을 다마스쿠스의 결혼은 첫 번째 성지순례를 마치기 이전 시점이었다. 아무리 봐도 다마스쿠스의 체류 기간이 문제다. 결혼도 결혼이지만, 그는 공부에 푹 빠져지냈다고 말했다. 그는 최소한 2명의 신심 깊은 여성학자에게서 예언자의 언행을 공부했고, 이 두 하디스 연구자는 함께 공부한 저작들을 가르칠 수 있는 일종의 자격증을 그에게 수여했다. 그중 한 사람이 유명한 자이나브였고, 방대한 지역을 여행한 것으로 유명해서 별명이 '세계여행의 목표'일 정도였다.

그러나 여기서 어떤 정형화가 수립된다. 즉 이븐 바투타는 혼인의 장소를 벗어난 먼 곳으로 아내를 데려가는 일이 거의 없었다. 첫 번째 성지순례 때 메카에 아내를 데려갔다는 언급은 그 어디에도 없으며 무자위르의 신분으로 성도에 머물렀을 때도 마찬가지였다. 렘케크룩에 따르면 아내를 남겨둔다는 결정은 서로의 동의 아래 내려졌을지 모른다.[4] 여성이 가족의 익숙함과 보호막을 떠나겠다고 결심하는 것은 쉬운 결정이 아니었다. 이븐 바투타는 약속한 기간까지 자신이 외국에서 돌아오지 않을 때에는 아내가 결혼계약을 깨도 좋다고 합의한 적이 한 번 있었다. 인도에 체류하면서 아이를 낳은 다마스쿠스의 부인에게 돈을 부친 것은, 여전히 혼인관계에 있으므로 어느 정도는 책임이 있다고 생각했기 때문일까? 한편, 만약 그 다마스쿠스의 부인이 임신을 하지 않았다면 남편과 함께 메카 성지순례의 의무를 수행하자는 제의를 수락하지 않을 이유가 있었을까?

이븐 바투타는 메카에서 그 어떤 혼인도 하지 않았지만, 메카의 여성에게서 강한 인상을 받았다. 현지 사람들은 대부분 우아하고 깔끔했다. 그는 여성에 대해 이렇게 묘사한다.

> 보기 드문 빼어난 아름다움에 신심도 깊고 순수했다(아파프). 남자들과 마찬가지로 향수를 많이 쓰는데 차라리 밥을 한끼 굶고 그 돈으로 향수를 살 정도다. 여성들은 가장 좋은 옷을 차려 입고 매주 금요일 전야前夜마다 성스러운 모스크를 도는 의식을 수행한다. 이때는 성소가 향수 냄새로 푹 젖는다. 여성 하나가 자리를 뜨면 사람이 있던 자리에 향수 냄새만 남는다.

현대의 독자들은 이븐 바투타가 아름답다고 말한 의미가 무엇인지 궁금할 것이다. 이와 같은 묘사는 특별히 순례 기간에 행해지는 의식을 지칭하지는 않는다. 순례의식의 여성들은 베일을 벗고 솔기가 없는 단순한 모양의 하얀 옷을 입는다. 그렇다면 그가 인지한 것은 개별적인 여성의 특징이었을까, 아니면 성도라고 하는 장소의 특성 때문에 메카의 여성이 본질적으로 정신적 아름다움을 지닌 사람들이라고 인식하게 된 것일까? 향수의 과도한 사용은 예언자가 좋아했다던 장신구를 흉내내려는 것이었을까?

다음으로 부인을 언급한 내용은 인도 남부에서 델리 술탄국에 대항해 일어난 지역봉기를 설명하면서 아주 우연히 등장했다. 술탄의 군대에서 전염병이 돌자 많은 희생자가 발생했고, 술탄이 직접 무릎을 꿇었다는 풍문이 돌았다. 이븐 바투타는 반란을 일으킨 지사의 아들이 훌륭한 용모에 용감하며 배포가 넓다고 했다. 그는 술탄의 권좌를 빼앗을 야망까지 품었다. 이븐 바투타는 중간에 이런 이야기를 했다. "나는 그의 누이인 후르나사브와 결혼했다. 그녀는 신심 깊은 여자로 밤마다 기도를 올렸으며 알라를 기억하기 위해 기도문을 짓기도 했다. 그리고 내 딸을 낳았다." 이븐 바투타는 알라께서 그 두 사람을 어떻게 하셨는지 알지 못한다고 말했다. 그는 이름이 거명된 유일한 아들인 아흐마드에 대해서도 똑같은 말을 했다. 아흐마드는 어머니가 아니라 이븐 바투타의 친구인 어떤 유명한 남성과 함께 델리에 남겨졌다. 그 어머니가 아마도 후르나사브였던 것으로 보인다.

몰디브의 아내들

술탄이 중국의 왕에게 보내는 엄청난 선물더미를 잃어버리고 대사직 수행까지 엉망진창이 되는 등 델리를 떠나 일련의 사건들을 겪은 후에, 지상의 낙원인 몰디브 제도를 발견한 그의 기쁨은 대단했을 것이다. 몰디브 사람들의 주식은 생선과 코코넛 부산물이었다. 코코넛은 "정력제로서 무엇과도 비교할 수 없는 놀라운 효능이 있었고 이 섬사람들은 그 분야에서만큼은 아주 능력이 대단하다. 나는 거기서 아내 넷을 거느렸고 첩도 두었다. 나는 매일 그들의 처소를 찾아 그날 순서가 된 아내와 밤을 보냈으며" 이런 생활은 그가 섬에 머무는 동안 계속됐다. 이제 40대 초반이 된 이븐 바투타는 이런 말로 자신의 성적 기량을 과시하지는 않았지만, 《코란》의 명령(《코란》 4장 3절)에 따라 4명의 아내를 공평하게 대우했다고 강조했다. 그가 모로코에서 논란을 불러일으켰던 이 유명한 책을 봤는지는 알 수 없지만, 알 가잘리의 저서 《종교학의 부흥》에는 결혼에 대한 신앙인의 자세가 소개되어 있다. "남자는 아내를 나흘에 한 번씩은 찾아주어야 한다. 아내가 넷이므로 이것이 가장 공정하다. 남자라면 이 정도는 기다릴 수 있을 것이다. 하지만 확실히, 남자는 그보다 더 많이 혹은 적게 아내를 찾아야 하는데, 이는 아내가 정숙한 상태를 유지하는 데 필요한 횟수가 얼마나냐에 따라 다르다. 남자는 아내의 정숙한 상태(타신)를 유지시킬 의무가 있다."[5] 문제의 여성들은 전부 몰디브의 사교계에서 확실한 위치를 차지하고 있었다. 2명의 재상이 자신의 딸을 이븐 바투타와 결혼시키려고 경쟁했다. 1명은 불길하다며 이븐 바투타가 거절했다. 이유인즉 그 여성은 두 번이나 과부가 됐는데 여전히 처녀였다. 다른 혼사는 수락했지만 결혼식 날 끝이 나버렸다. 이 여성은 '자유로운 몸'으로 설명되어 있다. 와지르가 위로의 차원에서 아들의 장모에게 줄 지참금을 자신이 지불하겠다고 하자 이븐 바투타는 이를 받아들였다. 이 여성에 관해서 그는 이렇게 말했다. "그녀는 최고의 여성 중 하나다. 너무나 매력적이었다. 우리가 결혼하자 그녀는 내 머리에 향수를 발라주고 내 옷에는 향을 피워주었다. 시종일관 웃음을 잃지 않고 얼굴 한번 찌푸리지 않았다." 그는 다른 아내를 지나칠 정도로 좋아했다고 말했다. 또 다른 재상의 딸로 그의 네 번째 아내였는데, 자신이 가장 좋아하는 아내로 꼽았다. 그러나 스스로 법률전문가인 입장에서 볼 때, 각각의 아내를 공평하게 대하지 못했다는 의미는 아닐 것이다. 지체 높은 여성들과의 결혼과 더불어, 그는 한 재상으로부터 노예 소녀들, 즉 첩실들을 선물로 받았다. 이름이 거명된 두 사람은 몰디브인이 아니라 인도 출신이었다. 한 소녀의 이름은 안바리였다. 다른 소녀의 이름은 굴리스탄(페르시아어로 '장미정원'이라는 뜻)으로 페르시아어로 대화가 가능했기 때문에 이븐 바투타가 특히 좋아했다. 그도 그럴 것이 "이 섬사람들은 내가 알지 못하는 자신들의 언어가 있었기" 때문이다. 아마도 부인들과 의사소통은 가능했을 것이며 어느 정도 교육을 받았기 때문에 이븐 바투타의 장인들과 마찬가지로 아랍어나 페르시아어가 가능했을 것이다.

그러나 안타깝게도 지상의 낙원생활은 얼마 못 가 끝이 났다. 가장 좋아하는 부인의 아버지와 공개적으로 껄끄러운 사이가 되어버린 것이다. 이 장인은 중요 정치인이었으며, 첫 남편의 사후에 왕위를 물려받은 술타나(술탄의 여성형—옮긴이) 하디자와 결혼한 사람이었다. 그는 이븐 바투타가 자신을 제거하기 위해 내부적으로 계략을 꾸미고 있거나, 아니면 델리 술탄국의 하수인으로 자신에게 대항하여 반란을 일으키려 한다고 경계했다. 이븐 바투타는 이 재상과 사이가 멀어졌을 때 이미 또 다른 결혼으로 자신과 연을 맺었던 인도 남부 지역의 술탄에게 도움을 청해서 정말로 재상과 맞설 것을 심각하게 고려했다고 솔직히 인정했다. 하지만 그가 이내 내린 결정은 카디 자리를 사임하고 몰디브를 떠나는 것이었다. 문제는 부인들이었다. 몰디브 여성들은 당연히 낙원을 떠나고 싶어 하지 않았다.

한 아내와는 이혼을 했다. 두 번째 아내에게는 아이가 있어서 9개월 내로 돌아올 것을 약속하고 이를 어길 때에는 아내가 자유로운 몸이 되도록 했다. 그러나 결국 몰디브를 떠나기 직전에 이 부인과도 이혼했다. 나중에 아들을 낳았다는 소식을 전해들었다. 다른 아내 2명은 여행길에 동참했는데, 그중 1명은 섬을 빠져나가기도 전에 병이 들어 돌아가길 원했기 때문에 역시 이혼했다. 마리나 톨마체바는 이 일화와 관련해서 "이븐 바투타가 부인의 청을 들어주고 아내의 안전에 대해서 걱정했던 것은 현지의 풍습과 정치적 고려가 혼합된 듯하다. 중요한 사실은……여행기의 서술 속에서 이혼이란 아내를 버리는 것이 아니라 마땅히 해야 할 행동으로 분명히 인식되고 있다는 것"[6]이라고 말했다. 그는 마지막까지 남은 부인과 자신이 좋아해서 데리고 나온 노예 소녀(자리야)와 함께 섬 여행을 계속했다. 그는 아름다운 섬 물루크의 처가에 아내를 맡기고 두 달가량을 머물렀는데, 설명할 순 없지만 여기서 두 번 더 결혼하고 마지막 길을 떠나기 전에 모두 이혼을 했던 것으로 여겨진다. 어쨌든 이것은 이븐 바투타가 마지막으로 언급한 결혼이었다. 전체 10명의 아내 중에서 6명은 상대적으로 짧았던 몰디브 체류 동안 결혼한 사람들이었다. 그의 계산에 따르자면, 그는 몰디브에서 평균적으로 3개월에 한 번씩 결혼을 했던 셈이다. 다음은 그의 설명이다.

> 이 몰디브 제도에서는 지참금이 적고 여성들이 사교를 즐기기 때문에 결혼을 하기가 쉽다.……선박이 도착하면 선원들이 여성들과 결혼을 하는데 바다로 나가야 할 때면 이혼을 한다. 말하자면 정말로 임시 결혼(니카흐 무타흐)인 셈인데 여자들은 자기네 고향 땅을 절대 떠나지 않는다. 나는 세상에서 이곳 여성들처럼 사귀기가 쉬운 여성들은 본 적이 없다.

그리고 별로 놀랍지도 않게, 이곳 부인네들은 남편 시중을 다른 사람이 들지 못하게 했다. 직접 음식을 가져오고 남은 음식을 치우며 남편의 손을 씻어줄 뿐만 아니라, 기도 전 세정식에 쓸 물을 가져다 주고 밤에는 이불로 남편 발을 덮어주었다. 한편 이븐 바투타의 눈에 비친 몰디브 결혼의 단점은, 흥미롭게도 그를 좌절시킨 요인이기도 했다. 전통적으로 여성은 남편과 함께 식사를 하지 않았고, 심지어 남편은 아내가 무엇을 먹는지도 알 수 없었다. 그는 아내에게 함께 식사하자고 한두 번 꼬드기며 애를 써봤지만 결국에는 한 사람도 혼자 무엇을 먹는 모습을 보지 못했다. 이러한 풍습은 교제하기를 좋아하는 그의 천성에 맞지 않았다.

아이들

절대다수의 무슬림이 경험하는 가정생활은 이븐 바투타의 생활방식과 어울리지 않았다. 그는 다섯 자녀를 보았다고 말했는데, 모두 다른 부인들에게서 얻은 자식이었고 그중 셋은 사내아이였다. 이중에는 각서를 썼다가 결국에는 이혼한 몰디브의 아내가 낳은 아들도 포함된다. 그는 인도로 돌아간 후 얼마 있지 않아 아들을 낳았다는 소식을 전해듣고 다시 몰디브 제도로 갔다. 하지만 부인은 함께 있지도 않았던 아버지가 아이를 멀리 데려가려 한다며 불평했다. 그러나 와지르는 막지 않겠다고 말했다. 결국 이븐 바투타는 아이를 가족 곁에 놔두는 것이 최선의 선택이라고 결정했다.

자녀와 관련해서 가슴 뭉클한 장면이 하나 등장한다. 여행을 하면서 많은 노예를 거느리게 됐고 그중 한 노예에게서 딸을 얻었다. 이 노예의 이야기는 이븐 바투타가 부하라를 떠난 직후에 갑자기 등장한다. 출산이 가까워진 산모는 낙타가마를 타고 있었고 아이의 아버지는 며칠거리에 있는 전설의 도시 사마르칸트에서 출산하길 바랐다. 하지만 대신 '신심 깊고 지체 높으신' 트란속사니아의 술탄 알라 알 딘 타르마시린의 숙영지를 발견했다. 마침 술탄은 부재중이었다. 이븐 바투타 일행은 터키 유목민의 전통양식인 펠트 천으로 덮인 둥근 지붕의 텐트를 제공받았고 바로 그날 밤 아기가 태어났다. 이븐 바투타는 아들이라는 소식을 들었다. 그런데 일주일 뒤 아기의 작명 예식을 치른 후 동료들이 와서 아이가 딸이라고 말했다. 당황한 여자 하인도 그 사실을 확인해주었다. 이븐 바투타는 이 소식을 듣고 이렇게 반응했다. "이 계집아이는 행운을 타고났다. 아이가 태어나면서 나는 내가 누릴 수 있는 기쁨과 흡족함을 모두 경험했다."

하지만 이븐 바투타가 델리에 도착하고 몇 주 지나지 않아 아기는 첫돌도 채우지 못한 채 죽었다. 술탄의 와지르는 유명한 아나톨리아 출신의 샤이흐의 무덤이 가까운 자위야에 아기를 묻도록 해주었다. 반란군을 토벌하느라 수도를 비운 술탄은 와지르의 편지를 통해서 아기의 이야기를 알고 있었다. 이븐 바투타는 매장 후 사흘째 되는 날에 거행된 전통의례를 자세히 기록했으며 모두 그 와지르가 주재했다. 궁정 시종과 수석 카디, 그리고 현지의 많은 주요 인사들이 참석하여 독송 전문가를 따라서 《코란》을 독송했다. 수석 카디가 죽은 아기를 위한 애가哀歌와 함께 부재중인 술탄을 찬미하는 글을 읊으면서 행사는 정치색을 띠었다. 참석한 사람들 위로 장미향수가 뿌려졌고, 컵에 담긴 사탕셔벗과 구장나무 잎사귀도 나누어주었다. 이븐 바투타와 동료들은 각자 예복을 한 벌씩 받았다. 그러고는 집으로 돌아와서 깜짝 놀라고 말았다. 술탄의 눈먼 모후 마흐두마 자한('세계의 안주인')이 어마어마한 양의 음식을 보냈기 때문이었다. 이븐 바투타는 나중에 그녀를 방문했을 때를 이렇게 기록했다. "가장 덕이 깊은 여성이며 아낌없는 자선가로 여러 자위야를 설립했고 그곳에 식량을 조달하여 모든 여행자가 먹을 수 있도록 했다." 술탄의 모후가 보낸 음식 중 남는 것은 가난한 사람들에게 나누어주었다. 이븐 바투타는 그에 대한 답례로 술탄의 모후에게 아나톨리아에서 샀던 터키 노예 소녀를 선물로 보냈다. 그리고 며칠 후 모후의 궁에서 온 환관들이 비단커튼을 드리운 가마를 가지고 와서는 죽은 아기의 어머니를 데려갔다. 그녀는 하룻밤 동안 궁에 머무른 후에 돈과 호화로운 선물과 함께 돌아왔다. 이 일화는 이븐 바투타가 마흐두마 자한에게 받은 선물과 돈을 동료들에게 나누어주고 또 채무관계의 상인들에게 빚을 갚는 것으로 끝을 맺는다. 그는 떠나온 이유를 이렇게 설명했다. "나를 지키고 내 명예를 수호하기 위해서였다. 정보원들이 내 일거수일투족을 술탄에게 모두 보고했다." 죽은 아기의 행운은 그 빛을 잃었으나 아기(그리고 그 어머니)에 대한 그의 마음은 진실했던 것으로 보인다. 렘케 크룩은 이 이야기가 여러 가지 측면에서 주목할 만하다고 보았다.

> 첫째, 이븐 바투타는 임신한 소녀에 대해 호들갑을 떨면서도 이를 품위가 떨어지는 행동이라고 전혀 생각하지 않았다. 그리고 여인은 (대단한 관심을 받던) 그 아기가 여자아이라는 소식을 전하며 어쩔 줄 몰라 당황했지만, 정작 이븐 바투타는 아기에 대해 매우 긍정적으로 답한다. 아기의 존재 자체만으로 너무 행복하여, 자신에게 일어난 좋은 일들을 전부……아기의 탄생과 결부시켰다.[7]

노예 소녀와 첩

이븐 바투타는 여행을 하면서 어느 시점에서인가 여자 동행이 꼭 필요하다는 생각을 했다. 이는 그가 직접 사거나 선물로 받았던 노예와 관련이 있다. '노예'라는 말이 종종 첩실과 동의어로 사용되기도 했는데 구체적으로 어떤 경우인지는 명확하지 않다. 그는 이런 관습을 처음으로 언제 어디서 따르게 됐는지 기록하지 않는다. 하지만 아나톨리아에서 정황적 증거는 발견된다. 비르기의 술탄은 인정 넘치게도 2주 동안 이븐 바투타와 그 일행을 접대하고, 떠날 때는 금화와 은화, 그리고 미하일이라는 이름의 한 그리스 노예를 선물로 주었다. 그리고 얼마 안 있어 아야 술루크를 지나면서, 이븐 바투타는 값비싼 말 1필과 처녀인 그리스 노예 소녀를 금화 40디나르를 주고 샀다. 비르기의 술탄이 준 선물로 값을 치렀을 것이 거의 분명하다. 그리고 곧장 니쿨라라는 이름의 그리스 남자 노예를 선물로 받고 또 1명의 그리스 노예 소녀인 마르갈리타를 샀다고 말했다. 이븐 바투타는 킵차크한국의 술탄인 무함마드 우즈베크의 주둔지를 향해서 떠날 때, 자신과 노예 소녀 1명이 같이 탈 용도로 마차를 구입했다. 그 다음으로 후라산으로 향하는 여정에서는 그의 마차에 3명의 노예 소녀들이 동승했다. 거기서부터 델리에 도착할 때까지 최소한 노예 소녀 1명씩을 꼭 대동했는데, 나중에 애통함을 토로하는 그 딸의 어머니도 있었다. 만약 노예제도가 지중해 주변에서 당연시됐다면, 이와 관련된 어떤 행위에 대한 이븐 바투타의 질책을 기억해볼 만하다. 그가 보기에, 라지크 사람들은 카디까지 포함해서 전부 비도덕적 행위를 서슴지 않는 죄인들이었다. 예쁘장한 그리스 노예 소녀들을 사다가 매춘을 시켰기 때문이다. 이븐 바투타는 특히 공중목욕탕에서 남자들과 뒤섞여 타락한 행동(파사드)을 하는 모습에 분통을 터뜨렸다.

전쟁에서 승리한 군대가 적지의 주민들을 잡아오면, 그들은 거의 100퍼센트 노예 신분이 됐다. 이는 델리 술탄국의 군대가 시골마을들을 습격해 잡아온, 이븐 바투타의 표현대로, '이교도' 인도인들도 똑같은 운명이었다. 한번은 델리 술탄국의 와지르가 10명의 노예 소녀를 보내주었는데 이븐 바투타의 반응은 다소 심드렁했다.

> 나는 이들을 데려온 이에게 1명을 주었지만 그는 전혀 기꺼워하지 않았다. 내 친구가 그중 3명을 데려갔다. 나머지 노예들에 대해서는 어떻게 됐는지 나는 알지 못한다. 여자 포로들은 더럽고 문명생활도 모르기 때문에 값이 아주 싸다. 심지어 교육을 받은 경우에도 값이 쌌기 때문에 거기서는 아무도 돈을 주고 포로를 사지 않았다.

그들은 아무런 가치도 없는 인간 소모품에 지나지 않았다.

중국에서는 약간 다른 상황이 언급된다. "노예 소녀의 값은 싸다. 하지만 중국인들은 전부 아들이고 딸이고 자식들을 내다팔며 또 부끄럽게 생각하지도 않는다." 부모는 구매자를 상대로, 도덕관념이 있다면 아이를 올바르게 대우해줄 것이라고 말하며 아이를 보호하기 위한 방책을 약속받고자 했다. 외국 상인이 중국 소녀와 결혼하는 일은 가능했지만 방탕한 관계를 갖거나 소녀의 뜻에 반해서 데려가버리는 행동은 쉽게 할 수 없었다. 이븐 바투타는 일반적인 중국인들의 태도가 흥미롭다고 말했다. "그들은 이렇게 말한다. 우리는 무슬림들이 자신들의 나라로 돌아가서 중국은 아주 방탕하고 순간적인 쾌락만 좇아서 결국 돈만 탕진할 뿐이라고 말하는 것을 원하지 않는다."

이븐 바투타는 자신이 소유한 또 다른 노예 소녀를 대하면서 다시금 섬세함을 보여주었다. 그는 수영을 못한다고 솔직하게 말했다. 그러니 배를 타는 것이 마음 편할 리 없었다. 그래서 아마도 실론의 짧은 항해여행 중 말라바르 연안에서 배가 좌초됐을 때 그가 처음에 그런 반응을 보였던 듯하다. 선원들이 선박에서 아직 멀쩡한 부분을 떼어내 간신히 뗏목을 만들었고 이븐 바투타가 그 위에 오르려 하자, 동행들이 으르렁거리며 자신들을 버릴 것이냐고 따졌다. 그때 그는 2명의 노예 소녀를 데리고 있었고 그중 1명을 몹시 사랑한다고 토로했다. 그는 우선 노예 소녀들을 안전하게 승선시키고 동행 2명을 먼저 태워보냈다. 수영을 아주 잘한다는 두 번째 소녀는 뗏목 밧줄을 붙잡고 헤엄을 쳤다. 이븐 바투타와 나머지 일행은 다음 날 구조됐다.

자비드의 여성들

앞서 살펴봤듯이 《여행기》에서 여성과 가정사를 다룬 부분은 많다. 그는 여행 중에 만난 여성들 개개인뿐 아니라 다양한 여성집단에 대해서도 언급했는데, 앞서 살펴본 메카 여성들의 정신적 아름다움에 대한 이야기가 그런 예다. 그는 예멘의 두 번째 도시인 자비드 사람들에게 꽤 놀랐다. 그들은 공손하고 강직하며 잘생기기까지 했다. 여성들에 대한 설명이다.

> 타의추종을 불허하는 뛰어난 미모……덕성과 자애로움까지 갖추었다. 우리나라 여성들처럼 이방인을 아주 좋아해서 결혼을 마다하지 않는다. 만약에 남편이 여행을 떠나고 싶어 하면 남편을 배웅하고 작별인사를 고한다. 그리고 혹시 아이가 있으면 아버지가 돌아올 때까지 아이를 돌보고 양육하는 일은 여자의 몫이다. 남편이 부재중일 때, 아내는 남편에게 생활비나 의복비나 기타의 비용을 요구하지 않는다. 그리고 남편과 함께할 때도 양육비나 옷이 별로 없어도 불만을 갖지 않는다. 그러나 여성들은 절대 고향 땅을 떠나지 않는다. 큰돈을 줄 테니 떠나자고 해도 절대 따라나서지 않는다.

이는 메카 여성의 종교적 심성을 설명하던 때와는 다른 모습인데, 여행자의 관점에서 바라본 자비드 여성의 장단점에 대한 사회학적 평가에 보다 가깝다. 그가 자비드를 방문했을 때 아내를 동행했는지 여부는 알 수 없지만 그동안 배우자를 뒤에 남겨놓고 떠나는 행태를 보여왔다는 사실에 준해서 보자면, 자비드 여성과의 결혼은 한 가지 부담만큼은 확실히 덜어낼 수 있었을 것이다. 한편 그는 자비드의 여성을 탕헤르의 여성에 비유했는데, 이 내용만으로는 낯선 이방인과 결혼하는 탕헤르 여인들의 행동이 좋다는 것인지 나쁘다는 것인지는 판단하기 어렵다.

시라즈의 여성들

그가 생생하고 신심 깊은 언어로 묘사했던 여성집단이 또 있다. 페르시아 남부의 시라즈 사람들은 깊은 신앙심과 건전한 종교생활, 그리고 강직(아파프)하기로 유명했다. 특히 여성들이 그랬다.

> 이 여성들은 목이 짧은 부츠를 신으며 집 밖으로 나갈 때는 망토 같은 것으로 몸을 가리고 머리가리개까지 쓰기 때문에 신체 부위가 밖으로 전혀 드러나지 않는다. 그리고 자선구호 등 각종 선행으로 유명한 이들은 매주 월요일, 목요일, 금요일마다 모두 대사원에 모여서 설교를 듣는 뜻밖의 관습이 있었다. 어떤 때는 1천~2천 명이나 되는데, 더위를 피해볼 요량으로 손에 부채를 들고 온다. 나는 어디서도 그렇게 많은 여성이 한자리에 모이는 것을 본 적이 없다.

그는 열심히 설교를 듣는 여성들의 태도를 칭찬하면서도, 비록 모스크이기는 하지만 어쨌든 그토록 많은 여성이 공공장소에 한꺼번에 모여드는 흔치 않은 광경 탓인지 칭찬의 강도를 누그러뜨린 듯하다. 여기서 흥미로운 사실 한 가지는 영어에서 "망토 같은 것으로 몸을 가리다"로 번역되는 아랍어 동사의 어근에서 명사 부르카가 파생됐다는 것이다. 이제 서구 사회에서는 부르카를 입은 여성이라고 하면 아프가니스탄 여성을 연상할 정도로 익숙한 단어가 됐다. 14세기 시라즈의 부르카와 오늘날 아프가니스탄의 부르카가 어느 정도로 비슷한지 알 수 있다면 그 또한 흥미로울 것이다. 중세 지중해 지역에서 섬유제조업은 유일하고도 가장 중요한 산업이었다. 하지만 당시의 일상 의복은 작은 천 조각조차도 남아 있는 것이 거의 없다. 무리도 아닌 것이, 고대 주거공간이야 어느 정도 남아 있을 수 있지만 직물은 워낙 잘 썩기 때문이다. 섬유는 생산된 그 순간부터 확연히 가치가 삭감된다. 다행히 언어로 그려진 그림이 문학작품 속에 살아남아 전해지고 있다. 이븐 바투타의 이러한 설명이 좋은 예다. 여성들은 아무리 날씨가 더워도 몸 전체와 머리를 가리는 옷을 입고 외출하는데, 이렇게 해서 다른 사람들의 시선으로부터 자신을 완벽하게 차단시켰다.

이븐 바투타가 여러 지역의 여성집단을 관찰한 내용은 또 다른 관점에서 주목할 만하다. 중세에는 움마 전체를 통틀어 무슬림 여성을 위한 단일한 의복체계 같은 것이 존재하지 않았다. 이는 남성도 마찬가지였다. 따라서 오늘날 몇몇 무슬림 공동체와 집단들이 여성의 '이슬람식 복장 규정'을 두고 격론을 벌이며 그러한 규정을 여성에게 적용시키려 애쓰는 모습은 중세적 상황과는 전혀 상관이 없다. 현대의 격론은 너무 복잡해서 여기서 살펴보기는 어렵다. 이븐 바투타는 여러 가지 민족, 문화, 사회적 맥락에 속한 무슬림 여성들을 만났다. 모로코 여성의 의복에 관해서는 전혀 언급이 없기 때문에, 타지 여성들의 겉모습에 대한 이야기에 주목할 수밖에 없다. 몇 가지 사례를 살펴보고자 한다.

아나톨리아와 킵차크한국의 여성들

앞서 살펴봤듯이, 투르크족의 나라, 빌라드 알룸, 혹은 지금까지 애용해온 아나톨리아라는 이름의 나라에 대한 설명은 간단하지만 아주 열정적인 칭찬으로 시작된다. "알라께서는 다른 나라들에 흩어놓으셨던 좋은 것들을 이 나라에 다 모아놓으셨고" 주민들은 "알라의 창조물 중에서 가장 친절하다." 아나톨리아 여성들에 대한 첫인상은, 우선 베일을 쓰지 않고 바깥 출입을 한다는 사실이었다. 따라서 언급할 만한 가치가 충분했다. 나중에 킵차크한국 술탄의 숙영지에 머물면서, 그는 투르크족의 관습 몇 가지를 이야기하던 말미에 여성에 대한 인상을 서술했다. "내가 이 나라에서 목격한 놀라운 점 한 가지는 바로 여성에 대한 존중이었다. 실제로 여성들은 남성보다 훨씬 더 품위가 있었다." 한 군지휘관의 아내(하툰)가 좋은 예다. 그녀는 아주 화려한 장식 천을 두른 마차를 타고 있었으며, 마차의 창문과 문을 열어두고 있었다. 상인들, 그리고 심지어는 보통 사내들의 부인들 역시 뚜껑이 달린 마차를 타고 여행했고 비록 장식은 덜 우아했어도 창문을 열어놓고 있어서 마차를 탄 사람의 얼굴이 잘 보였다고 그는 말했다. "투르크족의 여인들은 베일을 쓰지 않는다." 어떤 여자들은 시장에 갈 때도 베일을 쓰지 않았고, 손에는 다른 물건과 교환할 물건만 들려 있었다. 때때로 남편을 대동하고 시장에 오는 여성의 모습을 볼 수 있었는데, "누가 보면 남편은 하인이라고 하면 딱 맞다. 남편이라는 사람은 양가죽 망토만 걸쳤고 더 입은 것이라고는 모자뿐이다." 탕헤르의 여행자가 보기에 남성이 이런 복장으로 거리에 나서는 것은 스스로 위신을 깎는 행동이었다. 왜냐하면 이런 행동 자체가 자신보다 아내의 품격이 높다는 사실을 보여주기 때문이다.

이븐 바투타는 무함마드 우즈베크의 거대한 이동궁전에 머물면서 술탄의 아내 4명을 각각 만났다. 타이투글리라는 이름의 첫 번째 서열의 아내는 술탄이 가장 총애했기 때문에 모두들 그 앞에서 머리를 조아렸다. 하지만 아량이 넓은 여성은 아니었다. 이븐 바투타는 아주 자신감 있는 태도로 그 술탄의 부인에 대해 가장 흥미로운 묘사를 서술한다.

> 술탄이 첫째 부인에 매료된 이유는 이 여성의 독특한 특성 때문이다. 술탄은 마치 매일 밤 처녀를 찾아가듯 그녀를 찾았다.……이유인즉 그녀의 질이 고리 모양을 하고 있어서라고 한다. 나는 어디서도 이렇게 생긴 여자를 만나봤다는 사람을 보지 못했으며, 이 술탄의 부인 말고 다른 여성이 또 그렇다는 얘기도 들어본 적이 없다. 그런데 중국에서 이런 식으로 생긴 여자들이 있다는 얘기는 들었다. 하지만 나로서는 그와 같은 경험을 전혀 해보지 못했으며 그 말이 진짜인지도 알지 못한다.

술탄의 나머지 세 부인들은 훨씬 더 유쾌했다. 서열 두 번째의 부인은 이름이 카바크였는데 이븐 바투타가 찾아갔을 때 마침《코란》을 읽고 있었다. 그리스 출신인 세 번째 부인은 이름이 바얄룬으로, 콘스탄티노플 황제의 딸이었다. 부인들과의 대화는 주로 손님의 여행 이야기로 맞추어졌으며, 이 황제의 딸은 고향을 떠난 동병상련의 심정으로 흐느끼기도 했다. 세 번째 부인의 후덕한 본성은 나중에 콘스탄티노플로 함께 여행하면서 알게 됐다. 그녀는 콘스탄티노플로 가서 아이를 낳고 가족도 만나고 싶어 했다. 마지막 부인은 우르두자였고 가장 커다란 인상을 남겨준 인물이기도 하다. 이븐 바투타는 그녀에 대해서 덕이 깊고 정감 있으며 "아름다운 성정과 자애로운 마음은 누구도 따라올 수 없다"고 말했다. 술탄의 딸 또한 이븐 바투타 일행에게 크게 인심을 쓰고 커다란 호의를 베풀었다. 그는 술탄의 첫째, 둘째 부인이 쿠미스가 담긴 그릇을 자신에게 몸소 건네주는 최고의 예우를 해주었다고 자랑스럽게 말했다.

델리 술탄국

이제 그는 머리나 얼굴을 가리지 않는 다양한 계급의 여성들에 익숙해져 있었다. 그러나 델리 술탄국에서는 최고 권력자의 아내를 만나는 영예를 누리지는 못했다. 델리의 궁정에서 이븐 바투타가 여성을 본 것은, 두 차례의 대규모 무슬림 종교축일 때 등장했던 악사와 무희들이 전부였다.

> 우선, 그해 전쟁에서 포로로 잡아온 인도 이교도 왕들의 딸들 여럿이 나와서 노래를 부르고 춤을 추면 술탄은 그중 몇몇을 골라 군사령관과 외국인 명사들에게 주었다. 그러고 나서 나머지 이교도들의 딸들이 또 노래를 부르고 춤을 추고 나면 술탄은 자기 형제와 일가, 그리고 결혼으로 맺어진 친척들에게 그들을 주었다.

이븐 바투타는 이런 광경을 보면서 아무런 논평도 하지 않았다. 아마도 이런 관습은 자신이 아나톨리아에서 혹독하게 비판했던 것, 즉 노예를 매춘부로 이용하는 경우에 해당된다고 보지 않았던 듯하다. 혹시 그가 느꼈을지 모르는 양심의 가책 같은 것은 다양한 축제 행사가 열린 며칠 후에 깨끗이 사라졌을 것이 분명하다. 왜냐하면 술탄이 남녀 노예를 순차적으로 해방시켜주고 노예들끼리의 결혼도 주재한 다음, 아주 요란하게 생색을 내가며 구휼품까지 나누어주었기 때문이다.

다시, 몰디브 제도

복장 문제에서 누구보다 이븐 바투타의 인내심을 가장 극렬하게 시험한 것은 몰디브의 여성들이었다. 그는 앞서 언급했던 몰디브 여성들에 대한 설명과는 별도로, 거의 애처로운 어조로 다음과 같이 말했다.

> 그들은 머리를 가리지 않는다. 이는 그들의 통치자 술타나도 마찬가지다. 이들은 머리를 빗어서 한쪽으로 모은다. 대개 배꼽부터 발까지 내려오는 행주치마 같은 것만 입고 나머지 신체 부위는 드러내놓는다. 그런 차림으로 시장이며 어디든 돌아다닌다. 내가 그곳에서 카디로 재임할 때 그러한 관행에 종지부를 찍기 위해 부단히 노력하며 옷을 반드시 입으라고 명령을 내렸지만 전혀 성과가 없었다. 급기야 몸을 가리지 않으면 재판관 앞에 서지 못하도록 했는데, 오직 이것밖에는 내가 할 수 있는 일이 없었다. 어떤 여자들은 그 행주치마 같은 옷에다 셔츠를 하나 더 걸치고 왔지만, 그 셔츠라는 것이 통이 넓은 반

소매였다. 나는 여자 노예들 몇몇에게 델리의 노예들이 입는 식으로 옷을 입히고 머리를 가리게끔 해보았는데, 더 보기 좋은 것이 아니라 아주 꼴사나웠다. 여기 사람들이 이런 옷에 익숙하지 않은 탓이었다.

이븐 바투타는 화가 났다기보다는 거의 애처롭다는 투였다. 그러나 몰디브 제도에 머물면서 육체적 쾌락은 원 없이 즐겼다고 솔직하게 시인했다. 그는 이 몰디브의 여성들을, 인도에서 들었던 어느 힌두 부족 여성들의 이야기에 비유했다. 이 부족의 "여성들은 미모가 빼어났을 뿐만 아니라 잠자리의 매력과 쾌락이 대단한 것으로 유명했다." 그가 몰디브 여성들에 대해 탐탁지 않아했던 점은 부적절한 옷차림으로 바깥 출입을 한다는 것뿐이었다. 이는 다분히 종교적인 도덕관념 때문이었다.

이외에 그가 중요하게 여기는 여타의 문제들에 관해서는 평가가 긍정적이었다. "이 제도에 사는 사람들은 신앙심이 깊고 독실하며 믿음이 순수하고 뜻이 진실했다. 이들은 이슬람법이 정한 음식만 먹으며 기도에 화답을 받았다. 누군가를 만나면 항상 이렇게 말한다. "알라는 나의 하느님이시며 무함마드는 나의 예언자이시니, 나는 배운 것 없고 미천한 존재다." 이 문구는 무함마드가 가난하고 무학 혹은 문맹(움미)이었기 때문에 비판자들이 말하듯 계시의 날조는 불가능했다고 하는, 예언자 무함마드에 대한 무슬림의 보편적 믿음을 상징한다. 이븐 바투타는 그들이 식습관과 기도회 등과 관련해서 샤리아를 지키는 데 다소 한계를 보인다는 사실을 인정하면서도, 신앙과 믿음의 실천에서 가장 중요한 것은 뜻이라고 강조했다. 다른 한편, 여성들의 의복 습관을 바꾸려던 그의 노력이 실패한 사례에서 엿볼 수 있듯이, 그는 쓸모없이 자리만 차지하고 있던 한 관료를 대신해서 카디로 임명이 된 후 여성과 관련된 여러 관습을 바꾸기 위해서 고군분투했다. "그곳의 소송은 우리나라와 같지 않다. 내가 바꿔놓은 최악의 관습은 이혼한 여성이 다른 남자와 결혼할 때까지 전 남편의 집에 머무는 관례였다." 또한 그는 태만한 자들에게 벌을 내려서 기도회를 보다 철저하게 엄수하는 분위기를 만들고자 노력했고 어느 정도 성공을 거둔 듯했다.

흑인들의 땅(수단)

모로코에서 남쪽으로 방향을 잡은 이븐 바투타의 마지막 여행지는 중세 무슬림 지리학자들이 흔히 하는 말로 빌라드 알수단, 즉 글자 그대로 흑인들의 땅을 뜻하는 서西수단이었다. 사하라 사막에 인접한 영토는 대서양에서부터 나이저 강의 거대한 만곡부까지 뻗어 있었고 오늘날로 치면 마우리타니아, 말리, 니제르가 모두 서수단의 영토였다. 이곳은 모로코를 포함한 북아프리카 무슬림 나라들과 교역을 하면서 이슬람의 정체성을 확보했다. 그리고 11세기까지 무역을 생업으로 하는 마을 대부분에는 무슬림 거주구역이 있었으며 무슬림은 지사의 중요한 조언자 역할을 담당했다. 이븐 바투타가 살던 시절에는, 말리 왕국이 가장 번성했으며 이 나라의 통치자와 궁정 엘리트들은 이슬람을 숭상했다. 당시 군주는 술탄(혹은 만사) 술라이만으로, 유명한 전임 군주였던 만사 무사(재위 1307~31)의 동생이었다. 만사 무사는 1324년에 카이로를 방문하여 자신들의 왕국에 금이 아주 풍부하다는 것을 세상에 알렸다. 이븐 바투타는 2년(1352~54) 동안 머문 것으로 추정되며, 이제 막 50살이 된 시점이었다.

그는 마그리브의 시질마사를 출발해서 대상과 함께 남쪽 여행길에 올랐고 2개월 만에 이왈라탄에 도착했다. 그는 이왈라탄이 흑인들의 땅의 맨 끝 가장자리에 위치한다고 설명했다. 대상의 우두머리는 마수파족 출신으로 투아레그족과 비슷한 베르베르족 중 하나였다. 이들은 투아레그족처럼 베일을 써 얼굴에서 눈만 보였다. 이러한 복색은 아마도 모래와 사막먼지, 그리고 악령으로부터 자신을 보호하기 위한 의도였을 것이다. 이왈라탄의 주민들 대부분은 마수파족 출신이었고, 이븐 바투타는 즉시 여성들에 관해서 "상당히 아름답고 남자들보다 더 높이 존중을 받는다"고 언급했다. 하지만 이들의 생활방식은 꽤 낯선 것이었다. 그곳은 일종의 모계 사회였으며, 그때까지 인도의 말라바르에 사는 힌두교도들에게서 딱 한번 봤을 뿐인, 그런 종류의 생활방식이었다고 그는 말했다. 그럼에도 불구하고, 마수파족은 무슬림이었으며, 엄격하게 기도회를 준수하고 샤리아를 연구했으며 《코란》을 암송했다. 여성들도 역시 이슬람법을 지켰다. 하지만 이븐 바투타는 재빨리 다음과 같이 덧붙였다.

> 여자는 남자 앞에서 부끄러워하지도 않고 베일로 몸을 가리지도 않는다.……누구든지 아내를 취하고 싶으면 그렇게 하지만 남편과 함께 여행을 가지는 않는다. 간혹 그렇게 하고 싶어 하는 여자가 있어도 가족들이 가로막고 나선다. 그곳 여성들에게는 혼인 금지 촌수를 벗어난 남자친구나 남자동행이 있었으며, 마찬가지로 남성들에게도 똑같이 여자친구가 있었다. 남자가 집으로 들어갔을 때 아내가 남자친구와 함께 있어도 남편은 불쾌해하지 않는다.

간단히 말하자면, "이 남자들은 질투라는 게 전혀 없다"는 게 그의 짜증 섞인 결론이었다. 이러한 망측한 사회상은 두 가지 일화로 소개됐다. 하나는 성지순례를 완수했다는 의미에서 하지라고 불리는 도시의 카디와 관련이 있었고, 다른 일화는 마그리브에 살아본 적이 있기 때문에 최소한 샤리아의 기본쯤은 이해하리라고 여겨졌던 한 남자와 관련이 있었다. 이븐 바투타는 카디의 집에 갔다가 아주 미모가 뛰어난 여성이 있는 것을 보고 당황하여 얼른 돌아서 나가려고 했다. 그 여자는 소리 내어 웃었고 카디는 그 여자를 자신의 친구라고 소개했다. 나중에 이븐 바투타는 카디가 심지어 그 여자와 동행하여 성지순례를 떠나겠다며 허가를 요청한 적이 있다는 것을 알게 됐다. 두 번째 일화에서도 이븐 바투타는 대상과 여행하면서 사귀게 된 지인의 집을 방문했다가 거기서 그는 놀랍게도 집주인인 지인의 옆에서 한 남자와 한 여자가 차일을 친 침상 위에 같이 앉아 이야기를 나누는 모습을 목격했던 것이다. 더욱 끔찍한 것은 그 여자가 집주인의 부인이었다는 사실이다! 어떻게 그런 상황을 참을 수 있느냐고 묻자, 집주인은 대답하길, "우리들에게는 여성과 남성이 친구가 되는 것은 좋은 일이고 또 기꺼운 일이다. 잘못된 일을 했다고 여기지 않는다. 당신네 나라의 여성들과는 다르다"고 했다. 이븐 바투타는 그 대답이 너무 황당하고 기가 막혀 그 집을 나와서 다시는 가지 않았다. 그는 여러 번 초청을 받았지만 모두 거절했다.

이븐 바투타가 다음으로 머문 곳은 흑인들의 술탄이 사는 수도 말리였다. 그는 그곳에서 집을 1채 빌렸다. 그는 델리 술탄국에서처럼 흑인들의 술탄에 대해서도 좋은 점과 나쁜 점을 함께 기록했다. 나쁜 관행은 사실상 모두 여성한테 집중되어 있었다.

> 하녀와 노예 소녀, 그리고 어린 소녀들이 벌거벗은 채로 성기까지 내보이며 사람들 앞에 나타난다. 나는 라마단 기간에 이런 모습을 여러 차례 보았다. 군사령관들은 단식을 쉴 때 관례적으로 술탄의 궁전에서 시간을 보냈는데, 이때 20명이 넘는 노예 소녀들이 벌거벗은 채로 음식을 날랐다. 술탄을 모시는 여자들도 전부 실오라기 하나 걸치지 않았으며 술탄의 딸들도 역시 알몸이다.……나는 100여 명에 이르는 나체 노예 소녀들이 술탄의 궁전에서 음식을 들고 나오는 것을 봤다. 그중에는 젖가슴이 불룩한 술탄의 두 딸도 있었는데 둘 다 실오라기 하나 걸치지 않았다.

이들이 벌거벗은 정도는 몰디브의 여인들보다 훨씬 더 심했지만, 이번에 그는 굳이 항의할 뜻을 비치지는 않았다.

마지막에 유목생활을 하는 베르베르족 중 하나인 바르다마족과 대면하면서, 이븐 바투타는 그때까지 품고 있던 여성의 아름다움이라고 하는 개념에 대해 어느 정도 새로운 정의를 내리게 됐다. 바르다마족도 마수파족과 마찬가지로 사막에서 대상을 보호해주는 것을 업으로 삼고 있었으며 여성들 또한 마수파족의 풍습과 마찬가지로 남성보다 훨씬 중요하게 여겨졌다. 그들은 아름답기까지 했다. "그들은 가장 완벽하게 아름다운 여성들이며 가장 우아한 존재들이다. 그들은 순백색 피부를 가졌고 아주 뚱뚱하다. 나는 그렇게 뚱뚱한 여자들을 본 적이 없다. 주식은 소젖과 기장가루였으며 익히지 않고 물에 섞어서 아침저녁에 마신다." 이븐 바투타는 이들과 결혼하려면 베르베르족의 이동경로 안에 있는 지역에 살아야 한다고 덧붙였다. 모로코로 돌아오는 길에 그는 노예 장사가 번성한 여러 도시를 지났다.

그가 함께 여행하던 대상도 600명의 여자 노예들을 데리고 있었다. 그는 교육받은 여자 하인(하딤) 1명을 사고 싶었지만 드물기도 하고 값도 비쌌다. 아젤리크에서 현지의 카디가 그에게 친구의 하인을 1명 보내주어서 25미스칼을 주고 샀다. 그런데 원래 주인이 그 거래를 철회하길 원하면서 또 다른 여자 하인을 주었다. 훨씬 잘 교육받은 여자였다. 그러나 그녀는 이븐 바투타와 함께 모로코에 가지 않았다. 대신 그는 선물로 노예 소년 1명을 받았고, 페스에서 이븐 주자이에게《여행기》를 구술할 때도 그 소년을 대동하고 있었다.

정치영역의 여성들

《여행기》는 3명의 여성에 대해 개별적으로 간략히 서술했는데 모두 아랍 세계 외부 출신들이었다. 이들을 하나로 묶어주는 공통점은, 각자가 속한 사회에서 권력의 자리에 있었다는 사실이다. 2명은 무슬림이었으며 실존하는 인물들이었고 세 번째 인물은 허구적 존재였는데 이에 대한 이야기는 나중에 하도록 하겠다. 이븐 바투타는 몰디브 제도의 술타나를 짧게 설명하면서 "이 제도의 희한한 점은 군주가 하디자라고 하는 여성이라는 사실"이라고 말했다. 이는 단지 무슬림 세계뿐만 아니라 당시 중세 시대의 세계 전체를 포괄하는 거의 획일적인 정치권력적 관점에서 볼 때도 정말이지 드문 일이었다. 그러나 이븐 바투타가 간접적으로 설명해놓았듯이, 몰디브의 실제 권력은 확실히 여왕의 중추세력을 구성하는 남성들의 손에 있었다. 가장 큰 권력은 여왕의 연이은 남편들에게 있었고 그 다음은 여왕의 아들에게 있었다.

두 번째 예시는 이븐 바투타가 델리 술탄국의 영토에 대한 역사를 설명하면서 아주 짧게 언급한 내용에 등장한다. 이는 술타나 라디야에 대한 이야기로, 그녀는 1236년부터 1240년까지 4년 동안 인도의 델리 술탄국을 통치했다. 오빠가 죽자 군부가 그녀를 왕으로 추대했다. "그녀는 남자들과 똑같이 말을 타고서 활과 화살통을 메고 다녔으며 얼굴을 가리지도 않았다. 그녀가 노예와 연인관계를 맺어왔다는 의심을 받게 되자 사람들은 그녀를 폐위시킨 후 결혼을 시키자는데 동의했다. 결과적으로, 그녀는 한 친척과 결혼을 했고 다른 남자형제가 왕이 됐다." 그녀는 남자들처럼 말을 탔을 뿐만 아니라 남자들이 여자 노예를 데리고 하듯 노예와 관계를 맺었던 것이다. 그러나 남자들은 그런 측면에서까지 여자가 남자처럼 행동하는 것은 창피스러운 일이라며 용납하지 않았다. 그렇게 해서 그녀는 폐위됐고 그 자리는 남성에 의해 채워졌다. 그리고 이 남성들은 결혼을 통해 그녀의 적당한 사회적 지위를 복원시켜주었다. 그리하여 세상은 정돈됐다. 라디야 여왕과 하디자 여왕은 무슬림 정치권력의 규범에 위배되는 존재들이었다. 사실상 그 두 사람은 공동체가 용인하는 가운데 안전하게 존재했다고 하더라도, 그들을 적절하게 관리하고 조종하는 것은 바로 남성 보호자들이었다.

| 종교적 '타자'와 인종적 '타자'

여러 곳에서 언급했듯이 이븐 바투타는 다수파인 순니 무슬림 공동체라고 하는 보다 큰 틀 안에서 말리키 법학파의 철학과 실천을 고수했다. 또 다른 3개의 법'학파들'은 샤피이, 한발리, 그리고 하나피였다. 말리키 법학파의 창시자는 말리크 븐 아나스였다. 이븐 바투타는 메디나에서 그의 무덤을 찾았다. 종교 율법적 판결에서 4개의 법학파는 차이점보다 공통점이 훨씬 많았다. 대략적으로 추정해보자면, 학자들 사이에 75퍼센트의 합의가 이루어져 있었다. 나머지 25퍼센트의 의견 차이는 신성한 1차 자료인 《코란》과 예언자 전승집을 해석하거나 증명하는 원칙과 절차상의 문제였다. 또한 같은 법학파에서도 관점의 차이는 존재했다. 여기서 중세 이슬람법 문화와 관련하여 한 가지 중요한 사실이 있다. 순니파 학자들은 그 어떤 율법적 판단도 절대적으로 확실한 것은 없으며 오로지 개연성이 있다고 여겨질 뿐이라고 인정했다. 이것은 개별적인 법학자의 역량이나 지식과는 별개의 문제였다. 샤리아가 알라의 뜻을 천명한 이후로, 모든 법학자는 과연 무엇이 알라의 뜻인지를 이해하기 위해 고군분투해왔다. 그래야 무슬림들이 일상생활 속에서 그것을 지키며 살아갈 수 있기 때문이었다. 그러한 법학자들의 노고(이즈티하드)는 예언자 전승의 한 구절에서 힘을 얻었다. 전승에 이르길, 법학자는 옳은 판단을 내리면 내세에서 두 가지 보상을 받고 잘못된 판단을 내리면 한 가지 보상만 받는다. 다른 말로 하면, 법학자들의 노고에 대해서는 결과가 무엇이든 간에 그 어떤 죄도 묻지 않는다는 것이다. 수세기에 걸쳐 이어져 온 법학자들의 집단적 노력 덕분에, 그 뜻에 대한 근접한 이해가 점차적으로 성취됐다.

무슬림에 대한 이븐 바투타의 시각

4개의 법학파는 발전과정의 역사적 영향으로 인하여 지리학적으로 집중되는 경향을 보였다. 예를 들어 말리키 법학파는 모로코와 알

스코틀랜드 출신 미술가 데이비스 로버츠(1796~1864)가 그린 카이로에 있는 술탄 하산(재위 1347~51, 1354~62)의 모스크 내부. 술탄 하산은 술탄 알 나시르 무함마드(재위 1299~1341)의 아들이자 훌륭한 건축가로 이븐 바투타가 《여행기》에서 여러 차례 언급한다. 이 모스크에는 4개의 마드라사가 있었는데, 순니파 이슬람 '법학파들'이 각각 하나씩 사용했다.

안달루스에 확고히 자리를 잡은 반면, 아나톨리아와 인도는 하나피 법학파가 우세했다. 카이로와 다마스쿠스 같은 교육의 중심도시에서는 각 파에 속한 법학자들이 여러 마드라사에서 교육을 받았다. 이븐 바투타는 카이로를 방문했을 때 각 법학파의 대카디들의 이름을 언급했다. 모든 법학파의 카디를 임명하고 해임하는 데 가장 높은 권한을 가지고 있는 이는 샤피이 법학파의 대카디였다. 하나피 법학파의 대카디는 혹독하기로 유명했으며 이집트 맘루크 왕조의 술탄이 그를 두려워했다고 한다. 다마스쿠스의 대모스크에서는 각 법학파의 이맘이 각자의 신도들을 위해 서로 다른 장소에서 기도회를 집전했다.

카이로에서처럼 다마스쿠스에서도 각 법학파의 카디들이 묘사됐다. 이븐 바투타는 그중에서도 말리키 재판관을 최고의 종교지도자

중 하나로 소개했는데, 본인이 말리키 법학파에 속해 있었으니 별로 놀랄 일도 아니었다. 그 재판관은 또 수피파의 대샤이흐이기도 했다. 하나피 법학파의 이맘도 지도자급의 수피인 동시에 시내에 있는 2개의 수도원의 수장이었다. 이곳의 하나피 재판관 역시 법정에서 가장 엄격한 인물로 알려져 있었다. "아내와 남편이 소송을 제기했을 때, 남편이 그의 이름만 들으면 재판관 앞에 서기도 전에 자발적으로 아내에게 올바른 행동을 하게 된다"고 여겨질 정도였다. 이븐 바투타는 그러한 완고함을 부정적으로 평가하지 않고 신자의 이익을 보호하는 동시에 알라의 법을 수호하는 효율적인 방법으로 바라봤다. 예를 들어 헤라트에서는 다수의 인구가 하나피 법학파의 의례를 따랐는데, 이슬람법이 엄격하게 적용됐다는 언급은 없었지만 "그곳 사람들은 강직하고 이슬람법에 반하는 쾌락은 추구하지 않으며 신앙생활이 진실되므로, 도시가 모든 죄악으로부터 정결하다"는 것이 말리키 법학파 여행자의 소회였다. 다른 한편, 역시 하나피 법학파이면서 예언자의 순나를 굳건히 고수하는 아나톨리아의 터키 무슬림은 "지고하신 알라께서 그들을 특별히 알아보실 수 있는 덕성"을 가지고 있었지만 "해시시를 피우면서도 전혀 문제라고 생각하지 않는" 일면을 보여주었다. 이븐 바투타는 시노페에서 고참 장교들 몇몇이 모스크 바깥에 있는 벤치에 앉아서 해시시를 피우는 모습을 목격했는데 아나톨리아 어디서도 그런 행동을 반대하는 목소리는 없었다. 우리는 이미 이븐 바투타가 술에 대한 하나피 법학파의 태도를 어떻게 서술했는지 살펴봤다. 킵차크한국의 투르크족들을 서술하면서 하나피 법학파의 관행에 따라 술이 허락된다고 설명한 바 있다. 여기서 일종의 실제적 관점을 취해보자면, 터키의 하나피 법학파가 아나톨리아에서 지배력을 행사한 것은 매우 중요한 의미를 지녔는데 그 덕분에 아나톨리아는 종교적 쇄신가들(단수형은 무브타다이)이 유포하는 이교도적 영향력으로부터 자유로울 수 있었다. 메카 공동체의 중추적 인물 가운데 1명은 덕이 깊고 자애로운 하나피 법학파의 이맘이자 재판관으로, 그는 체류자들과 가난한 여행자들에게 음식을 제공했다. 매년 그가 보는 적자가 "거의 4만에서 5만 디르함으로 엄청났지만, 알라께서 그를 위해 대신 지불해주셨다." 이처럼 이븐 바투타가 하나피 법학파에 대해 설명해놓은 몇 가지 예시를 통해서, 그는 특정 상황에 속한 개인들을 찬찬히 살펴보는 능력을 소유한 덕분에 전체 법학파의 미묘한 판결상의 차이점을 이해할 수 있었다고 추론해볼 수 있다.

말리키 법학파의 일원이었던 이븐 바투타는 자신의 동료 신자들을 위해서 자신이 직접 방문했던 말리키 법학자들의 묘소, 그리고 자신이 만남을 갖거나 함께 머물렀던, 혹은 여행 중에 듣게 된 말리키 법학파에 대한 이야기를 전달해주고자 했다. 그렇다고 할 말을 안 하고 넘어가는 법은 없었다. 알레포에 갔을 때가 좋은 예다. 그는 하나피 법학파의 수석 카디인 나스르 알 딘 이븐 알 아딤이 "훌륭한 외모와 인격을 갖춘 인물"이라고 언급한 반면, 말리키 법학파의 수석 카디에 대해서는 이름조차 거명하기를 거부했다. 이유인즉 그가 자격이 턱없이 부족했는데도 불구하고 카이로에서 공증인의 지위를 차지했던 적이 있기 때문이었다. 그는 또 다른 말리키 법학자도 비판했다. 페스 출신으로 메카에 살고 있었던 그가 초기 이슬람의 역사에 무지했던 탓에 공개적인 자리에서 메카의 현 통치자의 조상에 대해서 모욕적인 언사를 무심코 뱉어버렸기 때문이었다. 이븐 바투타는 그런 상황에서 이와 같은 실수를 저지르는 것은 '극악무도한 범죄'나 다름없다고 말했다. 결국 메카의 통치자는 그를 도시 바깥으로 추방했고 누구도 다시는 그의 모습을 볼 수 없었다. 이븐 바투타는 그 사건을 떠올리면서 "우리의 세치 혀가 실언하지 않도록 알라께서 보호해주신다"며 몸서리를 쳤다.

델리에서 카디로 임명됐을 때, 그는 무함마드 븐 투글루크에게 이렇게 외쳤다. "오, 주군이시여, 저는 말리키 법학파에 속해 있고 이 사람들은 하나피 법학파이니 서로 말이 통하지 않습니다." 그는 나중에 페르시아어를 배웠고, 그 사이에 술탄은 2명의 보좌관을 붙여주어 마음대로 부릴 수 있게 했지만, 법적 문서에 서명하는 일은 이븐 바투타의 몫이었다. 그는 몰디브 제도에서 카디로 있으면서 여성들과 관련된 문제에 조처를 취했던 것과는 대조적으로, 델리에 머무는 동안에는 카디로서 실질적인 활동을 한 것은 없다고 말했다.

우리는 어느 곳에서나, 그가 "평판이 좋은 것은 권장하고 평판이 나쁜 것은 금하라(《코란》 3장 104절)"는 《코란》의 명령에 입각하여 사람들의 행동에 대한 비판자로서 독립적으로 행동했던 모습을 본다. 이는 누구나 잘못된 것을 목격하면 그것이 바로잡혀지는 모습을 지켜봐야 하는 의무가 있다는 사실을 의미했다. 《코란》을 뒷받침하는 예언자의 전승집에 따르면 누구든지 잘못된 것을 봤을 때 그것을 직접 손으로 고칠 수 있다면 그렇게 해야 하며, 그렇지 못할 경우에는 말이라도 해야 하며, 그마저도 어렵다면 최소한 마음이라도 먹어야 한다. 이러한 처방들을 통해 이슬람법을 이해하기란 결코 간단치가 않지만, 이븐 바투타가 나일 강 상류로 처음 여행을 떠났을 당시에 이집트에서 목격한 사건이 그 실증적 예다. 그는 문야트 알 하시브라고 하는 커다란 마을에 머물고 있었다. 하루는 공중목욕탕에 들어갔더니 안에서 남자 손님들이 벌거벗고 있었다. 그의 반응은 이랬다. "나로서는 충격적인 일이었다. 그래서 지사에게 가서 그런 사실을 알려주었다. 지사는 모든 목욕탕의 임차인들을 자신 앞에 대령하라고 명령했으며 바로 그 자리에서, 누구라도 허리가운 같은 것으로 하체를 가리지 않고서 목욕탕에 들어가면 벌금을 물겠다고 합의했다." 이 경우에 잘못된 것은 목욕탕에서 서로 몸을 죄다 노출시키는 남자들의 천박함이었다. 그 마을의 카디가 말리키 법학파였기 때문에 지사 역시 같은 말리키 법학파였을 가능성이 높았고, 이븐 바투타의 문제 제기에 대한 당국의 신속한 반응이 가능했을 것이다. 이것이 '직접 손으로' 행동하는 것이었다. 하지만 앞서 보았듯이 이븐 바투타는 자신이 카디로 재임하는 동안, 법정에 서야 하는 몇 안 되는 경우를 제외하고는 거의 벗은 것과 다름없이 지내는 몰디브 여성들의 옷차림을 고치는 데는 무력했다. 수단에서는 남자와 여자가 누군가의 집에서 서로 뒤섞여 사교하는 광경을 지켜보면서, 그는 '입'으로만 분개했다. 그리고 이 모든 경우에서 가장 덜 격렬한 반응을 보였던 것은, 노예 소녀들과 술탄의 딸들이 완전히 벌거벗은 채로 돌아다니는 모습을 봤을 때였지만 이때는 못마땅한 마음만 속으로 품었다. 또 다른 한편으로, 이븐 바투타가 몰디브와 수단의 무슬림들이 이슬람법의 실천 수준은 부족하지만 신앙생활 자체는 거짓 없이 참되다고 서술했던 사실을 기억할 것이다.

라피디

또 다른 경우에서, 그는 잘못된 것을 바로잡는다는 정신으로 사람들을 비판했던 적이 있다. 한번은 그의 반응이 보다 복잡했던 듯하다. 이븐 바투타는 시리아의 해안가에 있는 티레라는 마을을 방문했는데 이곳은 한마디로 엉망이었다. 티레 외곽에 있는 마을에는 주로 라피디들이 살고 있다고 그는 말했다. 이야기를 들어보자.

> 나는 기도 전에 세정식을 하기 위해서 약간의 물이 있는 장소에 들렀다. 그때 이 마을에 사는 남자 하나가 역시 세정식을 하러왔다. 그는 발부터 닦기 시작해서 다음으로 얼굴을 씻었으며 이를 닦더니 콧구멍을 세척하지 않고서 손으로 머리를 툭툭 털고 그만이었다. 그게 무슨 행동이냐고 나무랐더니 그가 내게 이렇게 말했다. "건물을 지을 때는 기초부터 시작하는 거라오."

순니파 독자들 역시 그와 똑같이 분개했을 터였다. 시아파 무슬림이 기도를 준비하는 과정은 발부터, 즉 몸의 '기초'부터 세정식을 수행하는 것이었다. 순니파 무슬림의 세정식은 그들이 제의적으로 옳다고 생각하는 순서, 즉 얼굴에서 손, 그리고 발로 이어진다. 이처럼 일견 단순해 보이는 제의적 차이점은 상대파의 관점에서 보면 절대 아무 문제가 없다고 보아넘길 수 없었다. 이는 어느 파에 속해 있건 마찬가지였다. 올바른 의식은 알라의 승인을 보장받은 공동체에 속해 있다는 일종의 상징이었다. 만약 잘못된 의식을 수행하면 알라의 승인이 철회된다고 믿었다. 한번은 입장이 바뀌어서 이븐 바투타가 아나톨리아에서 하나피 법학파로부터 라피디로 의심을 받은 적도 있었다. 이번에도 역시 의례적 차이점이 눈에 띄었기 때문이었다. 하나피 법학파는 팔이 위로 향하도록 팔꿈치를 접고서 선 채로 기도를 드렸는데, 말리키 법학파가 팔을 그냥 늘어뜨린 채로 기도를 올린다는 사실은 알지 못했다. 그래서 하나피 법학파 사람들이 모스크에서 잘못된 방식으로(혹은 다른 방식으로) 기도를 올리는 이븐 바투타에 대해 이교도, 즉 라피디라는 결론을 내렸던 것이다. 그렇다면 대체 라피디는 어떤 사람들이었을까?

순니파 무슬림 학자들이 어떤 정확한 의미를 가지고 이 용어를 사용한 것은 아니었다. 유명한 순니파 신학자였던 알 아샤리(935년 사망)는 무슬림 분파와 '정통' 순니 공동체를 다룬 저작에서, 라피디가 시아파의 3개의 주요 집단 중 하나이거나 혹은 이마미야라고 불리는 또 다른 시아파 집단이라고 설명했다. 아마도 이 용어는 순니파가 어떤 특정한 시아파 분파를 꼭 집어서 가리켰다기보다는 시아파로 여겨지는 사람들에게 거의 무조건적으로 사용했던 일반적 표현이라고 설명하는 것이 가장 옳을 것이다. 간단히 말해서 시아는 시아트 알리, 즉 '알리파'를 의미했다. 이들은 무함마드를 알라의 예언자로 받아들이는 한편 무함마드의 적법한 직속 후계자는 무함마드의 사촌이자 사위인 알리 븐 아비 탈리브라고 믿었다. 그리고 시아파 제1의 이맘인 알리와 예언자의 딸인 파티마가 결혼해서 낳은 자손이 남성 이맘의 후손 계보를 이어야 한다고 믿었다. 따라서 시아파는 무함마드의 뒤를 이어 무슬림 공동체의 지도자가 됐던 실질적 승계자 3명이 불법적 권력 찬탈자라고 주장했다. 이들은 바로 예언자의 동행자였으며 나중에 1대, 2대, 3대 칼리프가 됐던 아부 바크르, 우마르, 그리고 우스만을 가리킨다. 바로 이들과 관련된 문제에 의해서, 그리고 그 의미에 의해서 예언자 이후 시대에 무슬림 공동체의 지도철학이 확립됐던 것이다.

이븐 바투타가 비非순니파 무슬림을 언급하는 모든 경우를 살펴보면, 시아파의 하위 분파들이 후속적으로 어떻게 발생했고, 혹은 왜, 그리고 무엇이 분파별 차이점을 낳는지에 대해서 잘 몰랐던 게 분명하다. 앙드레 미켈의 정확한 관찰에 따르면 이븐 바투타는 시아파의 극단적 행동과 신념을 뿌리 깊게 혐오했으며 이러한 시아파의 극단성은 알리와 그의 아내 파티마, 그리고 그 자손으로 귀결되는 예언자의 가족에 대한 천박할 정도로 지나친 동경심에서 비롯됐다고 생각했다.[8] 기도의식에 있어서 순니파와 시아파의 한 가지 차이점은 이미 언급했다. 또 다른 차이점은 이븐 바투타가 바레인 섬과 가까운 아라비아 본토의 아름다운 대추야자나무의 도시인 알쿠타이프를 여행할 때 등장한다. 아랍의 여러 씨족으로 구성된 주민들은 "아무도 두려워하지 않고 이단행위를 공공연히 서슴지 않는 극단주의적 라피디(라피야 굴라트)였다." 기도시간을 알리는 것과 관련한 이단적 행위는 하루에 다섯 번씩 무아진에 의해서 공개적으로 자행됐다. 순니파는 7개의 짧은 성구聖句로 기도시간을 알린다. 그런데 이븐 바투타의 설명에 따르면, 라피디는 보편적인 '증언'의 어구, 즉 "나는 알라 외에는 신이 없다는 것을 증언한다"와 "나는 무함마드가 알라의 사자임을 증언한다"는 말 뒤에 한 문장을 더 집어넣는다. 또 공통적인 감탄문인 "알라는 위대하다(알라후 아크바르)"에 이어서 마지막으로 가장 도발적인 2개의 문장을 추가한다. "무함마드와 알리는 인류 최고의 인간이다. 누구든 이들에 반대하는 자는 이교도다." 순니파는 알리를 예언자의 동행자들 중 가장 위대한 사람으로 깊이 공경했으나 무함마드와 동급의 예언자로 여기지는 않았다. 시아파는 알리 역시 알라가 무함마드를 영광되게 했던 것과 똑같은 신성의 깨달음을 이루었다고 여겼다.

이븐 바투타는 또 다른 시아파의 소수 분파를 예로 든다. 그는 시리아 북부에서 여러 곳에 점점이 박혀 있는 강력하게 요새화된 성채 몇 곳을 방문했다. 그가 일부 성채를 방문하지 않은 이유는 피다위야라는 이름으로도 알려진, 위험천만한 시아파 분파인 이스마일파에 속해 있었기 때문이었다. 그러나 당시에 그들이 하는 일은 말 그대로 "꽤나 흥미로웠다." 왜냐하면 그들을 고용한 사람이 다름 아닌, 이집트와 시리아의 순니파 맘루크 왕조의 술탄인 알 말리크 알 나시르였기 때문이다. 그는 이븐 바투타가 꼽았던 7명의 위대한 세계 지도자 중 1명이었다. 이븐 바투타는 그들을 일컬어 비유적으로 '술탄의 화살들'이라고 말했다. 왜냐하면 "술탄은 적을 암살하고 싶을 때 그들 중 1명을 뽑아보낸 후 그의 목숨 값을 지불했다. 만약 임무를 완수하고 탈출까지 성공하면 목숨 값은 그의 것이 되지만, 만약에 붙잡히게 되면 목숨 값은 그의 자녀에게 주어졌다. 그들은 독이 묻은 칼을 들고 다니면서 그것으로 대상자를 공격했으나 가끔 실패하고 스스로 목숨을 끊기도 한다." 이 암살자들의 악명은 중세의 유럽까지 퍼져서, 사람들은 그들이 해시시의 환각 상태에서 암살 임무를 수행한다고 믿었다. 그래서 대마초를 뜻하는 아랍어인 해시시에서 암살을 뜻하는 영어단어 'assassin'이 생겨났다. 이븐 바투타는 이와 같은 이단적 행위를 속으로 비판했을지는 모르나 겉으로 말하지는 않았다. 그보다는 알 말리크 알 나시르가 오랜 세월 동안 암살자를 고용하여 형제를 살해했다는 의심을 받았고 이러한 혐의를 스스로 조장한 셈이라며 독자들의 흥미를 돋웠다.

또 다른 시아파의 하위 분파로는 누사이리파가 있었다. 이븐 바투타는 이들을 시리아 북부의 연안 지역 인근에서 마주쳤다. 그는 이들의 이단적 태도와 관행에 대해 자세히 설명했다.

> 그들은 알리 븐 아비 탈리브가 알라 같은 존재라는 믿음을 가지고 있었다. 그들은 기도의례를 수행하지 않고 할례도 치르지 않으며 단식도 하지 않았다. 동네마다 모스크를 하나씩 지으라는 명령을 받으면 주택가에서 한참 떨어진 곳에 지어놓고는 사용하지도 않고 돌보지도 않으며 소나 나귀의 우리로나 쓸 뿐이었다. 또한 지나가던 이방인이 마을에 들러서 모스크에 들어가 큰 소리로 기도시간을 알리는 구절을 암송하는 일이 심심치 않게 있었다. 그러면 이곳 사람들은 이렇게 고함을 쳐댔다. "당나귀 짖는 소리 그만해, 금방 사료 갖다줄게!"

이를 벌충해줄 만한 장점은 그들에게 눈을 씻고 찾아봐도 없었다.

또 다른 분파인 카르마시안파(이스마일파의 분파로 카라미타 혹은 카르마티라고도 한다. 9~11세기에 이라크, 예멘, 특히 바레인에서 번성했다—옮긴이)에게는 일종의 정치적 동기가 있었다. 이들은 원래 877년 동아프리카 잔지의 노예봉기(아바스 왕조 때 이라크 남부의 바스라 인근에서 869~883년 사이에 흑인 노예 잔지가 일으킨 봉기. 이 봉기는 진압됐어도 아바스 왕조를 뿌리째 흔들어 이후 칼리프의 권력을 약화시켰다—옮긴이) 이후에 이라크 남부에서 아랍인들이 조직한 일종의 저항세력 연합체에 그 뿌리를 두고 있었다. 카르마시안 운동은 이라크 남부를 황폐화시켰고 메카로 가는 성지순례길을 끊어버렸으며, 930년에는 성도 메카를 함락하여 신성한 성소에 있는 카바의 검은 돌을 훔쳐가 약 20년이 지나서야 겨우 되찾을 수 있었다. 이븐 바투타는 그때의 일을 간단하게 언급하고는, 검은 돌이 수리가 되어 자신이 보았을 때는 네 조각이 한데 붙어 있었다고 말하며, 흔히 "카르마티가—알라의 저주가 그들에게—돌을 부수었다고 하지만 다른 누군가가 박살냈다는 얘기도 있다"고 전했다. 그러니 엄밀한 의미에서 보자면, 그가 도둑질한 자들한테 퍼부은 저주는 온당하지만 돌이 훼손된 책임은 카르마티에게 있지 않을 수도 있다.

이븐 바투타의 표현대로 또 다른 라피디 단체는 누사이리파에서 떨어져나간 분파라고 하는 것이 더욱 정확할 듯하다. 이들은 예언자의 동행자들을 기념하는 행위에 대해 공개적으로 모욕했다. 특히 10명의 동행자(예언자의 동행자들 중에서 천국을 약속받은 사람들이다—옮긴이) 중에는 최초의 칼리프 4명도 포함됐는데, 물론 알리는 라피디의 욕설에서 예외였다. 비슷한 분파 중에 시장에서 경매로 물건을 내다 파는 사람들은 숫자 '10'을 입 밖으로 말하는 것조차 거부해서 '9와 1'이라고 말했다. 이븐 바투타가 보기에 이는 정말이지 어처구니가 없는 짓이었다! 그는 대상을 공격하는 무리, 후라산에서 활동하며 몇몇 주요 도시들을 차지하고 있는 무리, 이라크의 도시 알힐라에서 끊임없이 반목하며 내분을 일삼고 있는 무리들 전부를 라피디라고 불렀다. 후라산에 있는 도시 마샤드 리다는 알리의 후손이자 시아파의 여덟 번째 이맘인 알리 알 리다의 이름을 따랐으며 그의 무덤도 있었다. 커다란 돔 지붕을 얹은 이 성소 안에는 자위야를 비롯해서 모스크와 마드라사가 서로 붙어 있었다. 방에는 두꺼운 카펫이 깔려 있었으며, 알 리다의 무덤이 마주하는 곳에는 유명한 아바스 왕조 칼리프이자 신자들의 사령관(이븐 바투타는 "알라께서 그로 기뻐하시길"이라고 말했다)인 하룬 알 라시드의 무덤이 있었다. 이 일화를 통해 그가 말하고 싶었던 내용은 "알 리다의 무덤을 방문하러 들어오는 라피디들은 알 라시드의 무덤을 발로 차고 알 리다의 축복을 발원한다"는 것이었다. 한편 이븐 바투타가 라피디를 어떤 식으로 이해했던지 간에 그들을 '이교도들(쿠파르. 단수형은 카피르)'이라고 부르는 일은 없었으며 힌두교도나 아프리카 다신교도와 동일시하는 경우도 없었다는 사실만큼은 짚고 넘어갈 필요가 있겠다.

시아파의 '역겨운 관행들'에 대한 이븐 바투타의 '뿌리 깊은 혐오'는 때때로 예증(록산느 유번의 용어로 설명하자면)이 되기도 했다. 예를 들어, 이븐 바투타는 라피디들이 사는 동네라 하여 이라크 남부의 비르 말라하라고 하는 야자나무 숲이 아름다운 마을로 들어가길 거부했다.[9] 대신 마을 외곽에서 야영하는 것을 택했다. 그러나 바로 다음 도시인 알힐라의 주민들에 대해서는 12이맘파(이맘파, 이마미 등으로 불린다—옮긴이), 즉 알리로부터 내려온 이맘(종교지도자) 12명의 계보를 잇는 시아파의 분파라고 말했다. 그리고 이븐 바투타는 알힐라의 이맘파가 또 두 파로 나뉘어 서로 분쟁이 끊이지 않는다고 설명했다. 그는 알힐라를 출발해 카르발라(이라크 중앙부에 있는 상업도시. 이슬람 시아파의 성지다—옮긴이)로 향했다. 이곳은 680년에 있었던 전투에서 이맘 알리의 아들인 알 후사인이, 방탕하기 이를 데 없는 칼리프 알 야지드에 의해 살해(관점에 따라서는 순교)되어 참수를 당했던 곳이었다. 이븐 바투타는 알 후사인의 성소를 설명하고, 아들과 아버지를 위해 평안의 기도(알살림 알라이훔마)를 올렸다. 카르발라의 주민에 대해서는, 이들도 역시 이맘파이며 분파적 갈등으로 동네를 폐허로 만들어버렸다고 말했다.

이븐 바투타는 라피디/이마미의 극단적인 행동과 의례적 과실에 신경이 보통 거슬리는 것이 아니었지만, 그럼에도 불구하고 그들의 과도한 이면에 신앙심과 접대의 후의가 두터웠다는 사실을 인정하며 칭찬했다. 이는 앞 장에서 살펴본 것처럼, 나자프에 있는 알리의 성소와 무덤을 찾았을 때 그가 몸소 경험한 바였다. 팔레스타인의 헤브론 근처에서 그는 동굴 속으로 들어가기를 마다하지 않았고 거기서 알 후사인의 딸의 무덤을 보았다. 그녀의 이름은 할머니를 따라서 똑같이 파티마였다. 이븐 바투타는 두 사람을 위한 평안의 축원을 빼놓지 않았다. 팔레스타인 연안에 있는 아스칼론에서 방문한 성소는 알 후사인의 머리가 카이로의 묘당으로 옮겨지기 전에 보관됐던 장소였다. 그는 카이로의 묘당도 방문한 바 있었다. 메디나에 있는 동안에는 시내의 여러 성소 중에서 알리의 형제와 조카의 성소, 알 하산의 성소, 알 후사인의 형의 성소 등에 대해 이야기했다. 다마스쿠스의 대모스크에서 기도가 진행되는 순서를 보면, 샤피이 법학파의 선임 기도인도자로 시작해서 알리와 알 후사인 성소의 기도인도자들로 이어진 후 나머지 순니파 기도인도자들로 마무리가 됐다. 이러한 예시들을 통해 어떻게 해서 이븐 바투타가 때때로 시아파의 저속한 땅에 들어가도 좋다고 생각했는지를 알 수 있다.

마지막으로 살펴볼 시아파의 하위 분파는 자이디파였다. 이 분파의 이름은 알 후사인의 손자 이름에게서 따왔으며, 9세기 초반에 예멘의 산악지대에서 발생하여 메카와 메디나의 종교지도층과 깊은 유대관계를 맺고 있었다. 첫 번째 성지순례 동안, 다마스쿠스를 출발할 때 이븐 바투타의 동행들 중에는 자이디파의 카디였던 샤라프 알 딘 카심 븐 시난이 있었다. 이름 외에는 더 이상의 설명이 없지만 그에 대한 반감 같은 것은 언급되어 있지 않다. 이븐 바투타는 메카의 라마단을 설명하면서 성스러운 모스크의 떠들썩한 준비과정을 얘기하며, "성소가 빛으로 반짝이며 찬란하고 눈부시게 불타는 듯 보일 때까지" 바닥 양탄자를 바꾸고 촛불과 횃불 수를 늘렸다고 말했다. 매일 밤, 여러 분파의 기도안내자들이 자신들의 신도들을 모아놓고 《코란》을 암송했다. 그는 순니파의 4개 법학파와 함께 자이디파도 언급했는데, 샤피이 법학파 이맘들이 가장 열정적으로 예배에 임했다고 말했다. "성소에는 틈새나 구석 한쪽도 남아 있지 않지만 거기서 예배인도자는 신도들을 이끌고 《코란》을 독송한다. 한마디로 모스크는 독송가의 낮은 목소리로 가득 찼다. 모든 영혼이 심약해지고 모든 마음이 슬퍼하며 모든 눈이 눈물로 젖는다." 따라서 이븐 바투타는 이 신성한 의식의 장소에서 적어도 시아파의 한 분파만큼은 무슬림 움마의 한 부분으로 완전히 인정한 셈이었다.

마찬가지로 흥미로운, 어쩌면 훨씬 더 흥미로운 이야기는 그가 "금욕주의자이며 겸손한 신앙인으로……기적의 능력이라는 은총을 받은 위대한 인물들 중 하나"라고 표현한 예멘 출신의 아흐마드 븐 알 우자일이 보여준 기적의 은총이었다. 이 이야기는 이슬람 문명 초기에 불타올랐던 신학적인 대논쟁과 연관이 있다. 인간은 스스로 원하는 것을 할 수 있는 자유의지를 타고났는가, 아니면 알라에 의해 인간의 모든 행위가 미리 운명지어져 있는 것인가 하는 논쟁이었다. 순니파가 분명한 아흐마드 븐 알 우자일은 이븐 바투타가 여성들이 아주 아름답다고 언급한 바 있는 예멘의 도시 자비드에서 자신의 자위야 밖에 서서 자이디파 사람들의 방문을 기다리고 있었다. 서로 인가를 주고받은 후 논쟁이 시작됐고 이 주제에 관해서 자이디파는 운명론을 믿지 않았다. 그들은 인간의 자유의지를 지지했으며 "알라의 이슬람법을 실천할 책임은 모두에게 있기 때문에 자신의 행동은 자신이 만든다"고 주장했다. 인간 행동의 책임성 문제는 그들의 핵심적 신학 윤리였다. 그러자 아흐마드 븐 알 우자일이 답했다.

> 좋소, 그 문제가 당신이 말한 대로라면 지금 이 자리에서 한번 일어서보시오. 하지만 그들은 일어서려고 아무리 해보아도 일어설 수가 없었고 샤이흐는 그들을 그 상태로 내버려두고 자위야로 들어갔다. 타는 듯한 햇볕 아래서 폭염으로 기진맥진해진 그들은 대체 자신들에게 무슨 일이 일어난 것이냐고 큰 소리로 하소연했다. 샤이흐의 조수들이 샤이흐를 찾아가 이렇게 말했다. "이자들이 알라께 회개하고 자신들의 잘못된 교리를 철회했습니다."

아흐마드는 그들에게 돌아가서 그 진실을 지켜나가겠다는 서약을 받았다. 그들은 3일 동안 자위야에서 손님으로 머물렀다가 각자의 집으로 돌아갔다. 이븐 바투타는 이 골치 아픈 신학적 문제에 대해서 자세한 이야기를 하지 않는다. 그의 관점은 아마도 수동적인 운명론이 아니라, 사람은 누구나 알라가 그를 위해 창조해놓은 행동에 책임을 져야 한다는 관념에 보다 가까웠을 것이다. 여행을 하면서 서로 상충하는 욕망으로 괴로울 때마다 그가 보여주었던 행동이 바로 그러한 태도였기 때문이다.

다시 흑인들의 땅(수단)으로

이븐 바투타의 이왈라탄에 대한 첫인상은 전혀 즐거운 것이 아니었다. 그곳은 흑인들의 땅의 첫 장소였으며 무슬림인 마수파 베르베르족 상인들과 아프리카인들이 뒤섞인 도시라고 그는 말했다. 말리의 술탄은 후사인이라는 이름의 노예를 대리인으로 보내어 대상이 최근 이왈라탄으로 가져온 물품을 감독하도록 했다. 후사인이 통역자를 통해서 마수파 상인들에게 말하는 상황을 본 이븐 바투타는, "그들을 멸시하는 것 같았다.……이즈음에서 백인들을 대하는 그들의 되지 못한 태도와 멸시를 보고 이 나라에 괜히 왔다는 생각이 들었다." 하지만 몰라서 하는 소리였다. 재판정에서, 혹은 지금의 예처럼 사업상 협의를 해야 하는 자리에서는 교섭담당자를 중간에 끼고 대화를 하는 것이 현지의 관행이었다. 모욕할 의도는 전혀 없었다. 말리의 술탄인 만사 술라이만도 나중에 이븐 바투타와 처음 대면하는 자리에서 카디이자 설교자인 사람을 중간에 놓고 얘기를 나누었다. 얼마 지나지 않아 두 번째 사건이 일어났다. 이븐 바투타는 기분전환을 위해서 강둑으로 나갔는데, "웬 흑인 한 사람이 오더니 나와 강 사이 공간에 우뚝 섰다. 나는 그 무례하고 품위 없는 행동에 깜짝 놀랐다. 그 얘기를 누군가에게 했더니, "그 사람은 근처에 악어가 있어서 당신을 보호해주려고 그렇게 한 것뿐이라오. 자신이 악어와 당신 사이로 들어간 것이지요"라고 말했다." 평생 동안 여러 나라를 돌아다니며 무슬림이든 아니든 그토록 다양한 사람들을 만나보았지만, 이븐 바투타는 여전히 문화적 학습이 끝나지 않았음을 깨달았다. 하지만 언제나 그랬듯이 학습속도는 빨랐다.

이븐 바투타는 말리의 술탄의 수도에 도착해서 곧장 북아프리카의 상인들과 종교 관계자들이 살고 있는 '백인구역(알비단)'으로 갔다. 여러 사람이 그를 환영하기 위해 나왔는데 카디인 아브드 알 라흐만이 가장 먼저 나왔다. "그는 흑인이고 성지순례자(하즈)였으며 고결한 품성을 지닌 훌륭한 사람이다. 그는 나에게 환영의 선물로 암소를 보냈다. 또 통역자인 두가를 만났는데 흑인 중에서 가장 유명하고 중요한 인물 중 1명이다. 그는 내게 황소 1마리를 보냈다." 그리고 친구인 이븐 알 파키흐는 백인구역의 자신 집 맞은편에 이븐 바투타를 위해 집 1채를 세냈다. 그는 술탄의 부친 쪽 삼촌의 딸과 결혼해서 혼혈가족을 이루고 있었다. 한편 색깔을 표현하는 이븐 바투타의 언어 사용에 변화가 일어나고 있었다. '흑인'은 '토박이', 즉 흑인들의 땅에서 태어난 사람들을 가리키는 말이 됐다. 그리고 '흑인' 무슬림이라는 긍정적 의미로 확장됐다. 한편 다신교를 믿는 아프리카인을 지칭할 때의 '흑인'은 부정적 의미였다. '백인'은 일반적으로 북아프리카 무슬림, 그리고 특히 모로코 무슬림을 가리키는 듯했다. 이븐 바투타가 말한 흑인들의 바람직한 품성들 중 하나는, "백인이 죽은 다음에 그들의 땅에 남겨놓은 재산을 건드리지 않는다는 것이다. 그 유산이 어마어마한 규모라고 해도 마찬가지다. 그들은 그 유산의 소유권자가 정해질 때까지 믿을 만한 백인의 손에 모든 것을 맡겨놓을 뿐이다." 이와 정확히 똑같은 상황에 대해서 비슷한 언어를 서술한 적이 있었다. 바로 '인도 사람들'의 태도에 대해서였는데, 이 역시 '이교도'를 뜻하는 단어였으나 긍정적 의미로 사용됐다. 이븐 바투타의 태도를 보면, 인종 문제에 관한 현대인들의 민감성에 필적하는 정도는 아니었어도 현대 서구 사회가 드러내고 있는 노골적인 인종적 증오를 보여주지도 않았다. 이에 대한 가장 통찰력 있는 주장을 제기한 록산느 유번에 따르면, 흑인들의 땅에 대한 이븐 바투타의 반응은 양면성을 지니는데, "이는 정치와 문화의 확고한 경계를 나타내고자 하는 것이라기보다는……인종과 민족과 언어의 상이성, 그리고 종교와 도덕의 공통성이라고 하는 복잡한 변증법을 반영한다. 《여행기》에서 인종 문제는 종교 실천의 공통성 속으로 사라진다."[10]

더구나 피부색은 유번이 언급했던 대로 일종의 '차별 없는 차이'가 됐다. 말리의 통치자들 가운데 가장 유명한 통치자였던 만사 무사는 "인정이 많고 덕이 깊었다. 그는 백인들을 좋아해서 호의를 베풀었다.……하지만 흑인들은 만사 술라이만이 탐욕스럽다고 싫어했다." 이는 이븐 바투타가 처음에 진심으로 동의했던 바였다. 그는 만사 무사의 관대함을 보여주는 일화를 소개하면서 만사 술라이만의 인색함과 비교하고자 했다. 그는 "수전노 왕이라서 커다란 축하선물 같은 것은 일절 기대하지 말아야 한다"고 말하며 기껏 해봐야 의복 몇 벌과 돈 약간이 전부일 것이라고 생각했다. 뒤늦게 도착한 선물은 "빵 3덩어리와 구운 쇠고기 1조각, 응고우유 1통이 전부였다. 나는 그것을 보고 웃지 않을 수 없었고, 멸시를 받아도 시원찮은 것을 대단한 것으로 착각하는 그들의 태도에 더 놀랐다." 그러나 알고 보니 그런 선물이 온 것은 뭔가 착오가 있던 탓이었다. 이번에는 술탄 쪽의 착오였던 것이다. 이 문제는 라마단 기간 동안에 수습이 됐다. 술탄은 관습에 따라서 신하들에게 돈을 나누어주었고 이븐 바투타도 일정한 몫을 받았다. 마지막에 모로코로 돌아가려고 길을 나설 때, 술탄은 그에게 선물로 금화 100미스칼을 주었다.

이븐 바투타는 많은 수의 훌륭한 흑인 무슬림들을 만났다. 그는(탐탁지 않게 여겼던 여성들의 특성과 균형을 맞추기 위해서) 흑인 무슬림들의 훌륭한 인간적 품성을 서술했는데, 무엇보다 신앙의 열정이 깊다고 강조했다. "사원에 일찍 서둘러가지 않으면 사람이 하도 많아서 기도할 자리조차 잡지 못한다." 그래서 사람들은 하인을 먼저 보내어 기도용 돗자리를 깔아놓고 자리를 지키게끔 시켰다. "그들은 금요일에는 깨끗하고 하얀 옷을 입는다. 만약에 어떤 사람에게 다 낡은 셔츠 하나밖에 없다면 그것이라도 빨아서 깨끗하게 한 후 금요예배에 입고 간다. 그들은 《코란》의 암기에 엄청나게 신경을 썼다." 이븐 바투타는 《코란》 학습에 뒤처진 아이들이 학습이 끝날 때까지 쇠고랑을 차고 있는 모습을 보고 너무 놀라서 할 말을 잊었다. 사회의 전반적 상황을 언급한 또 다른 내용을 보면, 불공정을 일소하려는 술탄의 정책과 함께 "나라 전체의 치안 덕분에 여행자든 주거민이든 누구든 도둑이나 강도를 무서워하지 않았다." 이런 점에서 술탄의 영토는 찬사를 받아 마땅했는데, 특히 당시는 라피디와 이마미들이 여러 도시와 지역에서 분란을 일으킨다는 비난이 한창이었기 때문이었다. 이븐 바투타 역시 소요를 목격했거나 강탈의 위협을 경험한 바 있었다.

마지막으로 인종(혹은 더 나은 표현으로 '피부색')과 종교라는 두 주제는, 이븐 바투타가 그 위대함을 이야기했던 술탄 만사 무사와 백인 카디에 대한 일화 속에서 아주 허망하게 맞물렸다. 아마도 모로코 사람이면서 동시에 말리키 법학파였던 것으로 여겨지는 카디는 술탄이 경비로 준 4천 미스칼을 도둑맞았다고 주장했다. 강도 높은 조사가 이루어지면서 드디어 돈을 찾았고, 카디가 자신의 집 정원에 묻어두었다는 것이 밝혀졌다. 술탄은 범인을 '아담의 자손을 먹는 이교도들의 땅', 현대의 언어로 다시 말하자면 식인종들의 땅으로 추방했다. 그렇게 여러 해가 지난 후 술탄은 그에게 모로코로 돌아가도 좋다고 허락했다. 이븐 바투타는 이번에도 역시 현지의 식도락에 대한 지식을 동원해서 그 카디의 놀라운 생존법을 설명해주었다. "이교도들은 그가 백인이기 때문에 먹지 않았다. 그들은 백인은 덜 익어서 탈이

날 수 있다고 하고, 흑인은 잘 익었다고 표현한다." 더 이상의 언급은 없었다. 잃어버린 물건은 찾았고, 벌을 내렸으며, 그 범인은 이븐 바투타가 누구한테도 일어나지 않기를 바라는 그 운명을 피했다.

'성서의 백성들'

'성서의 백성들'이라는 표현은 《코란》에 나온다(《코란》 5장 68절). 이는 유대교도와 기독교도를 통틀어, 혹은 개별적으로 가리키는 말로 알라가 그의 택함을 받은 예언자에게 내려준 일종의 계시서를 믿는 사람을 뜻한다. 《코란》에서 언급된 성서와 그 수령자는 토라와 모세, 복음서와 예수, 그리고 〈시편〉과 다윗이다. 무슬림의 관점에서 보면, 이 성서의 백성들은 나중에 알라가 그들에게 베푼 은혜를 배신하고 계시서의 원래 단어나 구절을 지우고 바꾸고 대체했다. 만약 그들이 원래의 성서를 본다면, 각각의 성서가 예언자 무함마드의 전언을 확증한다는 사실을 알게 될 것이다. 《코란》은 이러한 관념을 분명하게 밝힌다. "알라께서 너희에게 진리의 성서(《코란》)를 내려주시어 그보다 먼저 온 것을 입증하셨다. 그리고 알라께서는 백성을 위한 길잡이로, 그 이전에 토라와 복음서를 내려주셨다(《코란》 3장 3~4절)." 기독교도와 유대교도는 각자의 관점에 따라서, 자신들의 성서가 신이 내린 마지막 진실의 보고가 아니라는 관념을 철저히 거부했으며 무함마드를 거짓 예언자로 일축하고 《코란》은 그가 지어낸 작품으로 치부했다. 유대교와 기독교의 중요 공동체들은 8세기의 정복 이후에 계속해서 무슬림의 지배 아래에 있었다. 그들은 이슬람법 속에 '계약의 백성(아흘 알짐마)'으로 표현되어 있으며, 자신들의 특별한 공동시설물을 내부 종교지도자들의 관리 아래 두는 것을 보장받는 대신 가족 수만큼 부과되는 지즈야라는 인두세를 무슬림 당국에 바쳤다. 이는 완벽한 시스템은 아니었으나 종교 간 관계의 역사에 있어서 조악하나마 초기적 실험으로서 수세기 동안 지속됐다. 이는 근대 이전 시기까지 유럽의 기독교도와 유대교도가 맺어왔던 관계보다는 확실히 우수했다.

무슬림과 성서의 백성들의 관계에 대한 이후 역사는 우리의 관심사가 아니다. 이븐 바투타가 제시한 몇 가지 참조글을 보면, 그는 무슬림과 서유럽 및 동지중해 비잔티움 제국의 기독교도 사이에 벌어지고 있는 국경분쟁 등 당대의 반목을 잘 알고 있었다. 첫째로, 그는 비잔티움 제국의 동쪽 국경에서 킵차크한국의 술탄인 무함마드 우즈베크를 이렇게 소개했다. "대단히 강력한 대군주……알라의 적들인 콘스탄티노플 제국을 이긴 승리자, 그들에 대항한 지하드에 불철주야 여념이 없다." 보다 가까이에서 활동한 사람은 아나톨리아 연안 서쪽에 있는 야즈미르(스미르나. 오늘날의 이즈미르)의 왕자이며 군사령관으로, 그는 "기독교도에 대항하는 지하드에 끊임없이 참전했으며 전투용 갤리선을 가지고 콘스탄티노플 제국의 주변 지역을 급습하여 포로와 전리품을 획득했다." 결국에는 교황이 제노바와 프랑스의 기독교도들에게 그 왕자를 공격해달라고 간청하기까지 했다. 이븐 바투타는 어쩌면 현지에 도착하기 전까지 갈등 상황을 전혀 몰랐을 수도 있다. 그로부터 한 세기가 더 지나서야 오스만 제국의 무슬림이 비잔티움 제국의 수도를 성공적으로 정복한다(1453). 그는 그리스인들에게서 도시 부르사를 빼앗은, 오스만 왕조 창시자의 아들을 우연히 만났다. 아들 오르한 베크는 "또한 이교도들과 끊임없이 싸우고 계속해서 그들을 포위 아래 두었다." 이븐 바투타에게 콘스탄티노플은 먼 곳이었지만 지브롤터 해협 건너편 알안달루스에 있는 그라나다 왕국은 가까웠다. 그곳 무슬림들은 이베리아 반도 전체에 대한 기독교도의 레콩키스타에 맞서 오랫동안 싸워왔고 결국에는 패배했다. 동양에서 모로코로 돌아오는 길에, 이븐 바투타는 고향 탕헤르에 잠깐 머물다가 근처 세우타에 갔는데 긴 병치레 때문에 회복할 시간을 가져야만 했다. "그런 후 알라께서 나를 고쳐주셨으므로 나는 지하드와 국경지대 전투에 참전하고 싶었다." 소망은 이루어지지 않았다. 대신 그는 모로코에 세운 마린 왕조의 술탄이 오랜 세월 기독교 세력에 맞섰다는 사실로 위안을 삼아야 했다. 이는 《여행기》의 서론에서 강조된 바 있다.

무슬림과 기독교도는 성서의 본질을 둘러싼 차이점 말고도 여러 가지 점에서 입장이 갈린다. 신학, 종교법, 그리고 종교의식은 두 종교 전통을 나누는 또 다른 영역들이었다. 그러나 개별적인 차원에서 서로에 대한 양쪽 신자들의 태도는 보다 복잡했지만 구제불능일 정도로 적대적이지는 않았다. 이븐 바투타는 아나톨리아가 과거 그리스 기독교도에게 정복됐으나 이제는 '무슬림의 보호 아래' 있다고 말했다. 이는 특별한 세금인 지즈야의 납부도 포함된 얘기였다. 이븐 바투타는 이를 새로운 체제의 온당한 기능이라고 간주했다. 각처에서 세금을 납부하는 기독교도들은 또한, 예를 들어 예루살렘에 있는 성묘교회와 같은 곳에서 여러 가지 굴욕을 당해야 했다. 이븐 바투타는 흑해 연안 북쪽에 제노바 상인들이 주거하는 기독교 도시인 알카파에서 시끄러운 교회 종소리를 듣고 언짢은 속내를 표출하기도 했다. 다른 한편, 그는 시리아와 팔레스타인의 여러 지역에서 기독교 교회나 수도원들이 찾아오는 모든 사람을 접대했다고 기록했다. 기독교도들의 이러한 행동은 그의 특별한 관심을 불러일으키며 종교의 의미를 생각하게 했다. 그는 또 기독교도였다가 이제는 신앙심 깊은 독실한 무슬림으로 개종한 사람을 만났던 이야기를 기꺼운 마음으로 언급하기도 했다. 그러면서 동시에 한 독실한 무슬림이 금욕주의적 고행수도로 유명한 현지의 기독교 수도사를 찾아가자고 제안했을 때는 거절했지만, "나중에 그 사람에 대해서 사람들이 하는 이야기가 진실하다는 것을 알았을 때는 그를 만나지 않은 것을 후회하게 됐다"고 말했다.

이븐 바투타는 콘스탄티노플여행에서 술탄 우즈베크의 그리스인 아내인 바얄룬과의 동행이 좋으면서도 씁쓸한 경험이었다. 일행이 바얄룬의 터키인 남편의 영토를 건너서 그녀의 아버지가 통치하는 비잔티움 제국으로 들어서자, 이븐 바투타는 그녀의 확연한 변화를 목격하고 씁쓸해했다. 바얄룬이 수행단과 함께 콘스탄티노플로 들어서자 "이슬람 모스크는 잊어버렸으니 기도를 알리는 소리 또한 사라졌다. 술이 나오자 서슴없이 마셨는데, 수행원 하나가 내게 전해준 말로는 벌써 돼지고기도 먹었다고 한다." 그러한 변화에도 불구하고 그는 바얄룬이 자신에게 변함없는 아량과 친절을 베풀었다고 말했다. 콘스탄티노플에서 보낸 시간들에 대한 설명은 긍정적이었지만 거대 교회 아야 소피아에 대해서는 외관만 묘사해놓았을 뿐이었다. 내부를 보지 않아서였다. 이유인즉 그곳에 들어가려면 십자가 앞에 엎드려야만 했는데 그 행위를 거부했기 때문이었다. 거기서 만난 한 수도사는 이븐 바투타가 성지를 다녀왔다는 사실을 듣더니 이븐 바투타의 발에 자신의 손을 갖다대고는 그 손을 자기 얼굴로 옮겨갔다. 이븐 바투타는 "비록 종교가 다를지라도 이러한 장소들에 다녀왔던 사람의 가치를 알아보는 그들의 믿음에 놀랐다"고 말했다.

이븐 바투타가 기독교도들을 만난 횟수가 상대적으로 적고, 유대교도들은 훨씬 더 적다는 사실은 충분히 이해가 간다. 가장 주목할 만한 것은 그가 아나톨리아에서 비르기의 술탄을 알현했던 나이 많은 유대인에게 노골적으로 화를 낸 일이었다. 그는 술탄 앞에 앉았고 《코란》 봉독자들보다 한 단계 위에 앉았다. 이븐 바투타는 모욕적 행위를 했다며 그 남자를 질책했고 결국 그 남자는 곤란해하며 자리를 떴다. 그 분노는 내면 깊숙한 반감 때문이었는지도 모른다고 그 스스로 인정했지만, 그 반감이 무엇인지에 대해서는 설명하지 않았다. 다른 경우에 이븐 바투타와 유대인의 만남은 예를 갖춘 것은 아니었지만 우호적이었다. 아랍어를 할 줄 아는 시리아의 한 유대인이 콘스탄티노플에서 이븐 바투타에게 통역과 자문을 해주었다. 크리메아의 알마차르 시장에서는 알안달루스에서 온 유대인을 만나기도 했다. 그는 이븐 바투타에게 4개월 동안 육지경로를 이용해 이베리아 반도에서 콘스탄티노플로 남유럽을 횡단하고 다시 아나톨리아에서 알마차르로 왔다고 말했다. 이븐 바투타는 그의 위업에 깜짝 놀랐으나, 경험 많은 상인들은 그 정도의 여행시간은 충분히 가능하다고 확인시켜주었다.

이 이야기들은 모두 '타자들'에 대한 것이었다. 주로 무슬림이었지만 아닌 경우도 있었다. 이슬람 영토에 살았던 이들이 만들어낸 복잡하게 얽힌 아라베스크는 알라와 움마 사이의 영원한 예의주시적 관계를 상징했다. 이븐 바투타의 관점에서 볼 때, 이들은 상대적 관념에서 '타자들'이었다. 왜냐하면 그들은 무슬림으로서, 혹은 무슬림의 보호 아래 살고 있는 '성서의 백성들'로서 자신들의 신앙 속에 존재했기 때문이다. 인도의 상황은 가늠하기도 어렵고 또 유동적이다. 어떤 면에서는 모든 힌두인이 결코 무슬림의 정치적 지배 아래에 있지 않은 듯했기 때문이다. 움마의 서쪽 끝자락은 이븐 바투타의 고향 땅인 모로코였다. 그리고 동쪽 끝자락을 지목하자면 아마도 동남아시아의 수마트라였을 것이다. 이곳은 술탄 알 말리크 알 자히르가 지배했는데, 이븐 바투타는 그에 대해서 이렇게 말했다. "가장 고결하고 가장 후덕한 왕 중 1명이고……법학자들의 열렬한 애호가로……때때로 이교도에 맞서 싸웠다. 그는 잘난 체하지 않고 금요예배에는 맨발로 참석한다. 그의 나라의 백성은 샤피이 법학파로 이교도들과 맞서고 그와 함께 전쟁터에 나가길 주저하지 않는다. 그들은 평화를 얻는 대가로 지즈야를 지불하는 주변 이교도들을 지배한다."

움마의 동쪽 주변 너머에는 일종의 절대적 의미에서 '타자들'이 존재했다. 이븐 바투타가 곧이어 방문한 술탄은 자바의 술탄이었다. 그는 이교도였으며, 배가 도착하자 이븐 바투타를 호출했다. 이븐 바투타는 통치자에게 대담하고, 또 어쩌면 무례하게 비칠 수도 있을 인사를 올렸다. "정도를 따르는 이에게 평화(살람)를!"(정수일에 따르면 이는 무슬림이 비무슬림에게 하는 일종의 인사말이다—옮긴이) 그런데 다행스럽게도 술탄이 살람이라는 단어밖에는 못 알아들은 듯했다고 이븐 바투타는 말했다. 그래도 3일 동안은 대접을 받고 떠나라는 지시가 내려졌다. 다음 항해지는 중국 연안이었다.

에필로그

《여행기》의 깁-베킹엄 번역본은 총 4권 분량으로 거의 1천 쪽에 달하는데 그중에서 중국 부분의 서술은 겨우 22쪽에 불과하다. 그것도 상당 부분은 이븐 바투타가 중국에서 모로코로 돌아오는 귀환여행에 할애된다. 따라서 중국여행의 진위에 대해서 의문이 제기되어왔지만 학자들은 아직 최종 합의에 이르지는 못하고 있다. 그럼에도 불구하고 이븐 바투타는 그 짧은 중국여행의 서술이 상징적으로 다른 여행기와 구별되길 원했던 것 같다. 그는 중국에 대해서 움마를 벗어난 일종의 외딴 지역으로 강조하려 했지만, 그래도 이교도였던 중국의 왕을 세계의 위대한 7대 군주 중 1명으로 꼽았다. 중국 여행기의 상징적 분리는 이국성과 거대성이라고 하는 두 가지 이야기 틀을 통해 이루어진다. 각각 그의 중국 방문 직전과 직후와 결부되며 여기에는 중국 해안에 도달하면서, 그리고 벗어나면서 겪은 신비로운 바다의 항해가 포함된다.

첫 번째 이야기는 타왈리시의 공주 우르두자다. 이븐 바투타는 중국 정크선을 타고 동쪽 바다를 항해하는 중에 그 이야기를 듣게 됐다고 주장했다. 그들은 이른바 고요의 바다를 건너는 위험천만한 과정을 거쳐 타왈리시의 카일루카리라는 항구에 도착했는데 왕의 이름도 타왈리시였다. 제1장에서 언급한 대로, 이 나라에 대해서는 연구가 부족했던 것은 아니지만 만족스럽게 정체가 밝혀지지 않고 있다. 사실 그 존재의 여부는 이븐 바투타의 목적과 무관했다. 이 이야기는 방대한 양의 민담과 대중적 영웅담에서 흔히 찾아볼 수 있는 '여성 전사' 설화에서 가져온 여러 주제가 뒤섞인 일종의 혼합물이었다. 여기서 말하는 민담과 영웅담들은 아랍과 페르시아, 그리고 터키 등 무슬림 세계 전체에 회자되던 이야기들로 《천일야화*The Thousand and One Nights*》와 유사할 뿐더러 때때로 내용상 겹치는 수많은 이야기들을 의미한다.

간단하게 소개되는 이 일화에서 타왈리시 사람들은 우상숭배자로 묘사되지만 용감하고 대담한데다, 여성들은 말을 타고 활을 쏠 줄 알며 남성들처럼 싸움까지 했다. 정크선이 정박했던 그 항구도시는 타왈리시의 딸인 우르두자 공주가 통치했다. 공주는 관습에 따라서 선장과 선원, 승객들을 초대해 만찬을 베풀었다. 처음에 이븐 바투타는 "그들은 이교도이므로 그들의 음식을 먹는 건 이슬람법에 어긋난다"며 종교 윤리상 초대를 거절했다. 그러다가 뜻을 굽히고 공주를 알현했다. 공주를 보필하는 여성들이 참석했으며 재상들도 여성이었다. 이븐 바투타가 보기에 가임 연령을 훨씬 넘긴 여성들 같았다. 우르두자의 군대에는 여성 하인과 노예가 있었고 이들은 남성과 똑같이 전장에서 싸움을 했다. 군대의 기량은 아주 뛰어나 단독으로 싸워서 승리를 거두었으며 공주는 적군의 왕의 머리를 창에 꽂고 귀환했다. 그녀에게 청혼이 많이 들어왔다고 하지만 모두 거절하면서 공주는 이렇게 말했다고 한다. "나는 나와 맞서서 이기는 남자하고만 결혼하겠다." 이븐 바투타는 우르두자와 관련된 이 모든 구체적인 사연들을 재구성하여 자신이 참여적 관찰자임을 분명히 하며 이야기에 사실성을 부여했다. 대화를 나누는 중에, 우르두자는 이븐 바투타가 인도에 다녀왔다는 이야기를 듣고서 "나는 꼭 인도를 쳐들어가 정복할 것이다. 나는 그 부유함과 군병들이 아주 마음에 든다"고 말했다. 이에 이븐 바투타는 그렇게 할 수 있을 거라고 우호적으로 답했다. 이러한 우르두자의 모습은, 무기와 권력을 휘두르며 자신을 전장에서 정복할 수 없는 남자와는 절대 결혼하지 않겠다는 유명한 민담 속 '여성전사'의 이미지 그대로였다.[11] 아버지가 국왕이라는 사실만 빼면 그 나라는 완벽한 역전, 혹은 전통적인 가부장적 사회체제에 대한 도전을 상징하는 듯했다. 이 이야기의 요점은 저 너머 중국에서 펼쳐지는 부자연스러운 상황, 그리고 조심성 없는 무슬림 여행자 앞에 놓인 위험 등에 대한 일종의 경고였다고 볼 수 있다.

두 번째 짧은 이야기는, 중국에서 돌아오는 길에 정크선이 '이름 없는 바다'에서 갈 길을 잃어 다시금 타왈리시가 눈앞에 나타날지 모른다고 생각할 때 일어난 일과 관련이 있다. 갑자기 처음 보는 산 하나가 저 멀리 바다 한가운데에 솟아 있었다. 일행 모두 "바람에 이끌려 저리로 가면 틀림없이 우리는 죽는다"며 잔뜩 겁에 질려 회개와 애원의 기도를 드리고 생의 마지막을 준비하고 있었다. 그런데 너무나 놀랍게도 그 산이 바다에서 솟구치더니 공중으로 사라져버리는 것이 아닌가! 이븐 바투타는 대체 그것이 무엇이냐고 물었다. 뱃사람들은 "우리가 산이라고 생각했던 것이 실은 루흐였으며 만약 그 눈에 띄었으면 목숨을 부지하지 못했을 것이다"라고 말했다. 이븐 바투타는 자비롭게도 알라가 그들에게 축복을 베풀어서 순풍이 불어와 위험에서 벗어날 수 있었다고 말하고는, 좀 어리둥절한 채로 "우리는 그것을 보지 못했든지, 아니면 그 진짜 모습을 알지 못했다"고 이야기를 마무리 지었다. '여성 전사'의 이야기와 마찬가지로 루흐가 무엇인지는 독자들에게 설명할 필요가 없었다. 왜냐하면 기묘할 정도로 이상하고 무시무시한, 유명한 아랍 민간설화의 일부였기 때문이다.

뱃사람 신드바드는 《천일야화》의 유명한 이야기인 두 번째 항해 때 지척에서 루흐를 보았다. 그의 배가 그를 낯선 섬에 떨어뜨려놓고 가버리자 정처 없이 여기저기를 돌아다니다가 어마어마하게 크고 하얀, 반짝이는 돔과 마주쳤다. 입구도 없고 미끈거리는 옆면은 크기를 가늠할 수도 없었다. 그래서 주변을 한 바퀴 돌면서 측정해보았더니 둘레가 큰 걸음으로 50보폭이나 됐다. 그런데 갑자기 어둠이 밀려와서 위를 쳐다보니, "거대한 몸체에 커다란 날개를 가진 어마어마한 크기의 새가 허공을 날면서 해를 완전히 가리고 있었다." 그때 신드바드는 루흐라는 새가 새끼에게 코끼리를 먹인다고 했던 여행자와 성지순례자들의 얘기가 기억났다. 그제서야 그는 그 커다랗고 하얗고 반짝이던 돔이 다름아닌 루흐의 알이었다는 사실을 깨닫게 됐다![12] 마르코 폴로도 루흐가 마다가스카르 남쪽의 섬들에 산다는 것을 알았다. 그는 유럽 사람들이 이 생물체에 대해서 몸의 반은 새이고 나머지 반은 사자인 그리폰으로 잘못 알고들 있다며, 실제로 무슬림 목격자들이 얘기하는 것을 들어보니 그것은 일종의 거대한 독수리라고 그의 독자들에게 단언했다.[13] 자연계의 괴물에 대한 이 두 번째 이야기도 역시 '여성 전사'라고 하는 부자연스러운 사회체제에 대한 이야기와 동일하다. 양자 모두, 미지의 땅으로 모험여행을 감행하는 사람들에 대한 경고등인 셈이다.

다시 중국의 이야기로 돌아오면서, 이븐 바투타는 중국을 이교도 왕이 다스리는 이교도들의 땅이라고 설명했다. 그럼에도 불구하고 중국은 미개함과는 거리가 멀었다. 무슬림 상인들의 자그마한 공동체들은 중국의 여러 도시에서 특별구역을 점유하고 있었으며 '이슬람 영토'에서 온 형제를 따뜻하게 환영했다. 그는 중국에서 칭찬할 만한 여러 가지 긍정적인 측면을 목격했다. 그곳에 머물면서 받은 인상 중에 오랫동안 잊히지 않는 것은 무엇보다 훌륭한 음식이었지만 어떤 식사를 했는지는 전혀 언급하지 않았다. "우리나라에서 먹는 모든 과일이 그곳에 있고 품질이 우리 것만큼 좋거나 아니면 더 좋았다. 옥수수는 아주 풍부하며 더 좋은 옥수수를 어디서도 본 적이 없다.

베이징의 가장 오래된 모스크. 니우지에牛街('황소 거리')라고 불린다. 전설에 따르면 997년에 건립됐다. 모스크처럼 생긴 첨탑이 중앙에 세워져 있으며 중국 건축 양식이다.

렌즈콩이나 병아리콩도 마찬가지다." 아마도 그에게 중국이 갖는 특별한 매력은, 앞 장에서 살펴보았듯이, 자신에 관해 예언됐던 마지막 특사가 완성되는 바로 그 장소라는 사실이었을 것이다. 다른 한편, 만약 그가 여행하면서 어떤 지역에 대해 양가감정이 들었다면, 그곳은 바로 중국이었다. 이교도 왕이 통치한다는 사실도 그렇거니와, 그는 무슬림들이 올바른 신앙생활 속에서 삶을 자유롭게 영위할 수 없을 것이라며 걱정했다. 인도의 무슬림과 힌두교도는 충돌이 많았지만, 그래도 무슬림이 통치를 하기 때문에 중국보다는 훨씬 나았다. 그의 양가감정은 다음에 가장 잘 표현되어 있다.

참으로 아름답지만 그것으로 기쁘지는 않았다. 나는 만연한 이교도의 행태 때문에 심히 우울했고, 일단 숙소를 나오면 불쾌한 일이 한두 가지가 아니어서 너무 괴로웠기 때문에 꼭 필요한 경우를 제외하고는 집에 머물렀다. 나는 무슬림들을 만나면 그들이 마치 내 가족이나 친지 같은 마음이었다.

이러한 상황에서 이븐 바투타는 어느 무슬림 법학자를 만난 이야기를 했다. 두 사람 모두 모로코의 이웃 동네 출신이라는 것을 알고서 서로 부둥켜안고 눈물을 흘렸다. 전에는 없던 일이었다. 그는 움마 안에서는 고향 사람을 만나더라도 그런 식으로 감정을 표출하지 않았다. 그는 전체를 모두 다닌 것은 아니지만 여러 외곽 지역을 많이 여행했고 풍부한 문화적 복잡성을 두루 경험했으며, 고요의 바다 너머에 있는 땅을 빼고는 밤에 머리를 뉘일 수 있는 곳이면 어디든 집처럼 편안했다. 그러나 중국에서는 이제 집으로, 최소한 영적 안위가 보장되는 움마의 내부로 돌아가야 할 때가 됐다고 스스로 인정했다.

이제 서술의 마침표를 불과 몇 쪽 남겨놓지 않은 상황에서 모로코로 돌아온 이븐 바투타는 다음과 같이 선언했다. "나는 과다할 정도의 불편부당을 통해서 여기가 최고의 나라임을 확증한 후 이 고결한 땅에 내 여행의 지팡이를 던져버렸다." 그러고 나서 다음 문단은 그의 후원자이자 신자들의 사령관인 아부 이난에 대한, 진정으로 '과다할 정도의' 찬미로 급속히 이동한다. 하지만 이 기다랗고 번지르르한 문장은 더욱 사실적이고 진심어린 여행의 감회로부터 독자들의 관심을 빼앗아오지 못한다. 알렉산드리아에서 고향으로 돌아오는 항해길에서 가족과 친구, 그리고 나라에 대해서 그가 토로했던 애착과 사랑은 도착 후, 어머니가 전염병으로 얼마 전에 사망했다는 가슴 아픈 소식과 하나로 뒤섞인다. 그는 어머니의 무덤을 방문하지만 모로코에 오래 머물지 않고 또 다시 길을 떠났다. 처음에는 알안달루스로, 그 다음에는 말리 왕국으로. 이 진짜 마지막 여행을 끝내고 페스로 돌아가기 위해 걸어서 아틀라스 산맥을 넘는 동안, 그는 어느 때와도 비교할 수 없을 정도로 춥고 고약한 겨울 날씨를 만났다. 두 번의 귀향길에서, 한번은 사람을 잃었고 또 한번은 극도의 고생이 그와 함께했다.

이븐 바투타의 진정한 '귀향'은 그 모든 여행을 스스로 다시 한번 살려내는 것이었으며, 그리하여 이븐 주자이에게 모든 것을 설명하고 이를 통해 다른 이들이 그의 육체적 · 정신적 경험을 간접적으로 공감할 때 비로소 실현되는 것이었다. 10년 혹은 그보다 적은 그의 남은 생에서 그가 어디에 갔는지, 혹은 어떤 활동을 했는지에 대해서는 확실한 증거가 남아 있지 않다. 그는 명성과 부를 기대했을까? 아니면 성취하지 못한 것에 대해 실망하고 가슴 아파했을까? 혹시 카디로 다시 재직하며 비교적 조용한 삶을 택했던 것은 아닐까? 아니면 완벽하게 한데로 물러나 오직 추억과 함께 홀로 지냈을까? 이 마지막 가정은 남과 어울리기 좋아하는 이 여행자의 특성상 가능성이 희박해 보인다. 그는 또한 언젠가 독자들에게 주지시켰다시피, 자신이 속한 시대의 위대한 여행자 중 하나라는 자의식도 가지고 있었다. 그러나 이븐 바투타는 불굴의 여행자, 열정적 후원자, 그리고 헌신적 편집자가 한데 모이는 행운을 통해 탄생한 자신의 《여행기》가 중세의 이슬람 또는 기독교 세계에서 등장한 동종의 작품 중에서 가장 독창적인 서술로 인정받게 되는 날이 오리라고는 한번도 상상해보지 못했을 것이다.

| 용어 사전 |

나르질narjil 코코넛.

나이다naida 꿀처럼 단 것. 물에 불린 후 말려서 빻은 밀로 만든다.

니크리스niqris 통풍.

다이르dayr 기독교 수도원.

두아dua 알라를 향한 탄원, 기원.

디야파diyafa 집주인이 여행자에게 주는 환대의 선물.

디브스dibs 포도나 대추야자로 만든 일종의 잼.

라피디Rafidi 순니파 무슬림이 시아파 전체 혹은 시아파의 일부 분파를 경멸적으로 부르는 이름이다.

룹rubb 걸쭉한 (과일) 농축액.

리바트ribat, **라비타**rabita 단어 자체는 말을 묶어놓는 곳을 의미한다. 캐러밴서라이(대상이 유숙하는 곳—옮긴이) 같은 시설물을 가리킨다. 하지만 수피들의 자위야를 의미하는 경우가 흔하다.

리흘라rihla '여행기'. 메카의 성지순례가 목적인, 혹은 더 넓게는 종교적 지식을 습득하는 것이 목적인 여행을 서술해놓은 것을 이른다.

마드라사madrasa 이슬람 정통 교리와 법을 공부하는 상급 종교학교.

마슈하드mashhad(복수형은 마샤히드mashahid) 성자와 관련된 성소.

마캄maqam(복수형은 마카마트maqamat) 수피가 영적 도상에서 거치는 '단계(들)'. 스스로의 노력으로 달성된다(할 참조).

맘루크Mamluk 단어 자체는 '소유된', '~에 속한'이라는 뜻이며 노예, 혹은 특정 계급의 군인을 지칭한다. 또한 13세기 중반부터 16세기 초반까지 이집트와 시리아를 지배했던 왕조의 이름이기도 하다.

무리드murid 수피 교단의 초심자로 샤이흐나 영적 지도자의 관리를 받는다.

무슌크mushunk 완두콩의 일종.

무아말라트muamalat(복수형) 이슬람법에서 상업, 형사, 가정 문제와 같은 사회적 관계를 다룬 영역.

무자위르mujawir '체류자'. 순례 기간 이후에도 메카나 메디나 같은 성도에서 몇 년 동안 머무는 사람.

무지자mujiza 예언자의 증거적 기적. 성자가 행하는 은총의 행위(카라마)와 구별된다.

바라카baraka(복수형은 바라카트barakat) 축복. 성자, 성소, 성유물에 깃든 영적 권능. 무슬림은 바라카의 실재적 현존성을 믿는다. 다시 말해 영적 권능이 있다고 여겨지는 사람이나 물건을 접촉하면, 그 권능이 접촉한 사람에게 전달된다고 믿는다.

바르키barki 샤키와 더불어 인도에서 나는 '잭프루트'를 말한다. 한국어로 '바라밀'이라고도 한다.

바와르지bawarji 고기를 써는 사람.

사마sama 단어 자체는 '청취'라는 뜻이다. 수피의 의식 중 하나로 《코란》 구절, 종교적 시문, 혹은 음악을 집단적으로 청취하며 황홀경의 상태로 나아가는 것을 말한다.

사얄란sayalan 대추야자 꿀.

살리흐salih 덕인德人. 도덕적으로 강직하고 사회적 책임을 다하는 사람을 의미한다. 모로코에서는 성자로서의 기본적인 자질을 모두 갖추고 있는 사람, 따라서 '성자'를 지칭한다.

샤리아sharia 이슬람법. 법학자(파키흐)나 전문가들이 《코란》과 예언자 전승집(하디스)을 해석하여 그 토대를 마련한다.

샤이흐shaykh 단어 자체는 '연장자' 혹은 '수장'을 뜻하며, 학자, 정치지도자, 혹은 수피파에서처럼 정신적 지도자 혹은 안내자라는 의미도 있다.

샤히드shahid(복수형은 슈하다shuhada) 순교자.

순니Sunni 무슬림 다수파의 이름. 예언자 무함마드 이후에 무슬림 공동체의 적통은 예언자의 동행자들 중에서 지도자로 뽑힌 이들에게 이어진다는 신념을 견지한다. 또한 순니파는 예언자 무함마드가 보여준 본보기(순나)를 예언자의 동행자들이 보존하고 전달해준 대로 따를 것을 서약한다. 4개의 '정통' 법학파가 있다.

수피Sufi 아랍어 수프, 즉 '양모'에서 유래했으며 모직 옷은 금욕적 삶을 상징했다. 무슬림 '신비주의자'를 일컫는다. 모든 성자(왈리 알라)를 수피라고 할 수는 없지만, 많은 학자(알림) 혹은 법률전문가(파키흐)가 수피였다. 수피와 무슬림 지식인이라는 말은 사실상 확연한 구분 없이 사용됐다.

순나sunna 예언자 무함마드의 모범적 실천과 관행.

시아Shia 전 세계 무슬림 공동체인 움마 안의 소수파. 예언자의 죽음 이후에 공동체의 적법한 지도자는 예언자의 딸 파티마와 결혼한, 예언자 무함마드의 사위이자 사촌인 알리라는 입장을 견지한다. 여기서 이어져내려온 역대의 남자 후손을 이맘이라고 하여 정신적 지도자로 숭배한다.

아루즈arruz 쌀.

아비드abid 신심 깊은, 독실한.

아야aya(복수형은 아야트ayat) 단어 자체의 의미는 '기호'이지만 《코란》의 한 구절을 지칭하며, 알라가 자연과 우주에 창조한 '기적'을 의미하기도 하다.

아트라프 알티브atraf al-tib 향신료.

아히akhi 여행자를 환대하기로 유명한 아나톨리아 청년(피트얀) 공동체의 지도자.

안바anbah 망고.

알림alim(복수형은 울마마ulmama) '학식 있는 사람', '박식한 사람', '학자'. 일반적으로 하디스, 피크, 혹은 샤리아의 전문가를 일컫는다.

알미슈미시 알라우지al-mishmish al-lawzi 아몬드 살구. 하얀 살구로도 불린다. 씨앗은 단맛이 나는 아몬드 같다.

왈리 알라wali allah 직역하면 '알라의 친구'다. 유명한 성자를 일컫는다.

움마umma 세계의 무슬림 공동체 전체를 이르는 말. 예언자 무함마드가 메디나에 세운 핵심 공동체에서 시작됐다.

이담idam '향신료', '양념'.

이바다ibada(복수형은 이바다트ibadat) 기도, 단식, 성지순례, 구휼 자선 등 알라를 경배하는 무슬림의 의무.

자위야zawiya 숙관宿館. 일반적으로 수피의 시설물을 지칭한다.

자히드zahid 금욕주의적 고행자로 주흐드, 즉 극기의 도를 수련하는 사람이다.

지즈야jizya 무슬림 통치자의 보호(짐마)를 받으며 살고 있는 유대교 또는 기독교 가정의 가족 수에 따른 세금.

지크르dhikr (알라를) 기억함. 기억, 회상, 추모, 추도. 수피의 예배의식 중 하나로 신의 이름이나 성서 구절을 리듬감 있게 읊조리면서 명상 혹은 황홀경의 상태에 이르는 것을 말한다.

짐미 dhimmi 보호를 받는 사람 혹은 공동체. 처음에는 유대교 혹은 기독교 신앙을 가진 사람들에 해당됐으나 나중에 조로아스터교도도 포함됐으며, 이들은 모두 자신들의 성서를 가지고 신앙생활을 했다. 다시 말해서, 무슬림 통치자에게 보호(짐마)를 받는 대신 지즈야를 납부하는 사람들을 의미한다.

카디 qadi 무슬림의 종교재판관.

카라마 karama(복수형은 카라마트karamat) 알라가 허락하고 성자가 실행하는 기적. 알라와의 가까운 관계를 증명한다. 알라가 허락한 예언자의 기적인 무지자와 구별된다.

카마르 알딘 qamar al-din 말린 살구.

카바 kaaba 검은 양단 천(키스와)을 두른 정육면체 모양의 구조물로서 검은 돌이 보관되어 있다. 전설에 따르면 예언자 아브라함이 메카에 지었다. 세계의 모든 무슬림이 이곳을 향해 기도한다.

카크 kaak(복수형은 쿠아이카트kuaykat) 보리로 만든 작은 빵.

카피르 kafir(복수형은 쿠파르kuffar) '믿지 않는 사람', 즉 비무슬림을 일컫는 말. 알라의 행함에 감사할 줄 모르는 태도로 인해 알라의 긍휼과 자비를 받을 자격이 없다고 여겨진다.

쿠르스 qurs 얇고 편편한 빵 덩어리. 주로 보리로 만든다.

쿠르쿰 kurkum 강황(인도에서는 자르드 슈바라고 한다).

쿠미스 qumiss 말젖으로 만드는 터키 유목민의 주식 음료.

쿠트브 qutb 단어 자체는 '천막 기둥' 혹은 '축'을 뜻하지만, 당대의 가장 위대한 수피 성자를 지칭하는 용어로 사용됐다. 따라서 최고의 '시대적 성자'를 의미한다.

키스와 kiswa 메카의 카바를 덮은 색깔이 있는 양단.

타우바 tawba 회개. 알라가 용인하거나 명령한 행동을 하기 위해서 죄악을 버리는 것.

타이파 taifa 중세 모로코에서 수피 교단을 일컫는 말.

툰불 tunbul 구장나무 잎사귀. 빈랑과 함께 귀한 손님에게 대접했다.

파키르 faqir(복수형은 푸카라fuqara) 가난한 형제 혹은 형제들. 영적 가난(파크르)을 수도하는 수피를 이르는 말. 경제적 지위와는 상관없이 세속을 초월한 사람들로 일컬어진다.

파키흐 faqih 이슬람 법학자.

푸카fuqqaa 보리물, 즉 보리 맥주.

푼두크funduq 여관, 호텔. 장사 혹은 무역을 다니는 여행자들을 위해 마련된 규모가 큰 시설물로, 캐러밴서라이와 유사하며 도시와 시골 지역 모두에서 찾아볼 수 있었다.

피트얀fityan 청년들. 아나톨리아 아히 공동체의 구성원들.

하디스hadith '예언자 전승', 즉 예언자의 동행자들이 전해준 예언자 무함마드에 관한 일화 혹은 그의 언행과 관련된 이야기. 또한 방대한 분량의 전승집을 총괄해서 하디스라고 부르며 이는 이슬람법(샤리아)의 공식적 근본원리 중 하나다.

하툰khatun 사회적으로 지위가 높거나 저명한 여성 혹은 부인.

하티브khatib 금요예배에서 설교의 의무가 부과된 무슬림 설교자.

한카khanqa '수도원'. 수피를 지원할 목적으로 설립된 일종의 기부 재단으로 샤이흐 1명이 관리감독한다.

할hal(복수형은 아흐왈ahwal) 단어의 뜻은 '상태' 혹은 '상태들'. 이는 진정한 실재(알라)에 영적으로 통합되는 도상적 '단계들(단수형은 마캄)'과는 구별된다. '상태'는 수피 개인이 통제할 수 있는 범위를 벗어난 것으로, 알라로부터 마음으로 전해내려오는 것이라고 말할 수 있다. '단계'는 수피의 금욕주의적이고 윤리적인 수련과 관계가 있는 반면, '상태'는 일종의 병렬적인 심리적 발달과정이다.

하즈hajj 건강한 몸과 마음, 그리고 필요한 만큼의 돈을 가진 무슬림 성인이라면 누구나 생애에 한번은 이슬람력 마지막 달인 줄 히자에 실천해야 하는 메카 성지순례.

히르카khirqa 수피 샤이흐가 신도에게 수여하는 가입복.

| 지은이 주 |

제1장 여행기, 작가, 그리고 비평가

1) 알 마수디의 역사 연구방법에 대해서는 다음을 참조하라. Tarif Khalidi, *Islamic Historiography : The Histories of Masudi*(Albany, NY : State University of New York Press, 1975), chapter 2.
2) Al-Muqaddasi, *The Best Divisions for Knowledge of the Regions*, trans Basil Collins(Reading : Garnet Publishing, 2001), p. 41.
3) 아르쿨프에 대한 아돔난의 글은 다음을 참조하라. 'The Holy Places', in John Wilkinson, *Jerusalem Pilgrims : Before the Crusades*(Warminster : Aris & Phillips, 1977), p. 93.
4) Hugeburc on the 'Life of St Willibald'(excerpts), in ibid., p. 135.
5) Marco Polo, *The Travels*, trans Ronald Latham(Harmondsworth : Penguin Books, (1958) 1979) ; 루스티첼로의 논평은 서론에 담겨 있다. pp. 33~34.
6) *The Travels of Ibn Battuta AD 1324-1354*, trans H. A. R. Gibb(New Delhi : Munshiram Mooharlal Publishers, 2004) ; 이븐 주자이의 논평은 vol. 1, p. 6에 실려 있다.
7) John Larner, *Marco Polo and the Discovery of the World*(New Haven : Yale University Press, 1999), p. 97.
8) 이븐 할둔의 《역사서설(*Prolegomena*)》에 나오는 설명에 관해서는 다음을 참고하라. Ibn Battuta, *Voyages d'Ibn Batoutah*, Arabic text and French translation by C. Defremery and B. R. Sanguinetti(Paris, (1852~58) 1874~79), vol. 1, pp. 464~467.
9) Ibn Battuta, *Travels in Asia and Africa*, selections translated by H. A. R. Gibb(Delhi : Pilgrims Book, (1929) 1998), pp. 12~13 ; 연대 서술에 관한 깁의 논의는 다음에서도 찾아볼 수 있다. Ibn Battuta, *The Travels*, Appendix, vol. 2, pp. 528~537.

10) Ivan Hrbek, 'The Chronology of Ibn Battuta's Travels', *Archiv Orientalni* 30(1962), pp. 473~483, at p. 481.

11) Harry Norris, 'Ibn Battuta's Journey in the North-Eastern Balkans', *Journal of Islamic Studies* 5/2(1994), pp. 209~220, at p. 219.

12) Ross Dunn, *The Adventures of Ibn Battuta : A Muslim Traveller of the Fourteenth Century*(London : Croom Helm, 1986), p. 253.

13) Marco Polo, *The Travels*, p. 14.

14) Ibn Jubayr, *The Travels of Ibn Jubayr*, Arabic edition by William Wright (London : Luzac, 1907), p. 17.

15) Charles Pellat, *Encyclopaedia of Islam*, new edition(Leiden : Brill, 1960~2002), article on 'Ibn Djubayr'.

16) J. N. Mattock, 'Ibn Battuta's use of Ibn Jubayr's Rihla', *Proceedings of the Ninth Congress of the Union Européene des Arabisants et Islamisants*, ed Rudolph Peters(1981), pp. 208~218, at p. 218(emphasis added).

17) Ibn Jubayr, *Ibn Yubayr : A traves del Oriente(Rihla)*, trans Felipe Maillo Salgado(Madrid : Alianza Editorial, 2007), p. 49.

18) Ibn Jubayr, *The Travels*, Arabic edition by William W. Wright, p. 218 ; Broadhurst translation, p. 226.

19) Ibn Battuta, *The Travels*, trans Gibb ; on Medina see vol. 1, p. 164, fn. 42 ; p. 178, fn. 84.

20) 같은 책, on Mecca, vol. 1, p. 190, fn. 9.

21) Mattock, 'Ibn Battuta's use of Ibn Jubayr's Rihla', pp. 210~211.

22) Ibn Jubayr, *The Travels of Ibn Jubayr*, trans R. J. C. Broadhurst(London : Jonathan Cape, 1952), p. 185.

23) Amikam Elad, 'The description of the travels of Ibn Battuta in Palestine : Is it original?', *Journal of the Royal Asiatic Society*(1987), pp. 256~272, at p. 266.

24) 맨더빌의 페르소나에 대해서는 다음을 참조하라. *The Travels of John Mandeville*, trans C. W. R. D. Moseley(Harmondsworth : Penguin Books, 1983), p. 18.

25) Roxanne Euben, *Journeys to the Other Shore : Muslim and Western Travelers in Search of Knowledge*(Princeton : Princeton University Press, 2006), pp. 63~89. 이븐 바투타에 대한 한 가지 논의로 참고할 만하다.

26) Abderrahmane El Moudden, 'The ambivalence of *rihla* : community, integration and self-definition in Moroccan travel accounts, 1300–1800', in Dale Eickelman and James Piscatori(eds), *Muslim Travellers : Pilgrimage, Migration and the Religious Imagination*(London : Routledge, 1990), pp. 69~84, at pp. 69, 79, 82.

제2장 여행

1) Larner, *Marco Polo*, p. 64.

2) Marco Polo, *The Travels*, p. 290.

3) William of Rubruck, *The Mission of Friar William of Rubruck : His Journey to the Court of the Great Khan Mongke, 1253-1255*, trans Peter Jackson with introduction, notes and appendices by P. Jackson with David Morgan (London : Hakluyt Society, 1990), pp. 140~141.

4) John of Plano Carpini, 'History of the Mongols', in Christopher Dawson(ed), *The Mongol Mission : Narratives and Letters of the Franciscan Missionaries in Mongolia and China in the 13th and 14th Centuries*(London : Sheed & Ward, 1955), quoted pp. xv~xvi.

5) Ibn Jubayr, *The Travels*, Broadhurst translation, pp. 27, 29~30.

제3장 음식과 접대

1) Al-Tabrizi, *Mishkat al-Masabih*, trans James Robson(Lahore : Muhammad Ashraf, 1990), vol. 2, p. 877(lawful and unlawful food).

2) Al-Muqaddasi, *The Best Divisions*, p. 167.

3) Joseph Chelhod, 'Ibn Battuta, Ethnologue', *Revue de l'Occident Musulman et de la Méditerranée* 25(1978), pp. 5~24, at p. 10.

4) 부리에 대해서는 작자미상의 다음 자료를 참조하라. *Kanz al-Fawaid fi Tanwi al-Mawaid*, ed Manuela Marin and David Waines(Beirut/Stuttgart : Franz

Steiner Verlag, 1993), recipe 254, p. 99.

5) 부리에 대한 또 다른 참조자료. Ibn Razin al-Tujibi, *Kitab Fadalat al-Khiwan fi Tayyibat al-Taam wal-Alwan*, ed Muhammad bin Shaqrun(Rabat, 1984), p. 198.

6) 나이다에 대해서는 다음 자료를 참조하라. al-Muqaddasi, *The Best Divisions*, p. 172. 여기서 저자는 이를 일종의 잼이라고 부른다.

7) 디브스의 활용에 대해서는 작자미상의 다음 자료를 참조하라. *Kanz al-Fawaid*, index; a recipe for sabuniyya is on p. 115, number 302.

8) 도덕적 위기에 대해서는 다음 자료를 참조하라. al-Ghazali, *Breaking the Two Desires*, trans T. J. Winter(Cambridge : Islamic Texts Society, 1995), p. 106 ; 식탁예절에 대해서도 알 가잘리의 다음 자료를 참조하라. *On the Manners Relating to Eating*, trans D. Johnson-Davies(Cambridge : Islamic Texts Society, 2000), pp. 29~45.

9) 영적 굶주림에 관한 예언자의 말은 다음 자료를 참조하라. al-Ghazali, *Breaking the Two Desires*, p. 108.

10) 쌀밥과 쌀빵에 관해서는 다음 자료를 참조하라. Marius Canard, 'Le riz dans le Proche Orient aux premiers siècles de l'islam', *Arabica*(1999), pp. 120~125; Ibn Qayyim al-Jawziyya, *Medicine of the Prophet*, trans Penelope Johnstone(Cambridge : Islamic Texts Society, 1998), pp. 206~207 ; Ibn Sayyar al-Warraq, *Kitab al-Tabikh*, ed Kay Ohrnberg and Sahban Mroueh(Helsinki : Finnish Oriental Society, 1987), p. 12 ; Anonymous, *Kanz al-fawaid*, A33에는 쌀 요리법 64가지가 나온다.

11) 사워크에 대한 시문은 다음을 참조하라. Ibn Sayyar al-Warraq, *Annals of the Caliphs' Kitchens*, English translation, introduction and glossary by Nawal Nasrallah(Leiden : Brill, 2007), p. 127.

12) Ibn Mujawir, *A Traveller in Thirteenth-Century Arabia : Ibn Mujawir's Tarikh al-Mustabsir*, trans and ed G. Rex Smith(London : Hakluyt Society, 2000), pp. 34, 36.

13) 대추야자에 대해서는 다음을 참조하라. Ibn Qayyim al-Jawziyya, *Medicine of the Prophet*, p. 211.

14) 꿈과 현시에 대해서는 다음을 참조하라. al-Tabrizi, *Mishkat al-Masabih*, vol. 2, p. 962 ; Annemarie Schimmel, *And Muhammad is His Messenger : The Veneration of the Prophet in Islamic Piety*(Chapel Hill : University of North Carolina Press, 1985), pp. 67~80.

15) 잠문에 대해서는 다음을 참조하라. *Hobson-Jobson : The Anglo-Indian Dictionary*, ed Henry Yule and A. C. Burnell(Ware : Wordsworth Editions, (1886) 1996), p. 449.

16) 구장나무 잎사귀에 대해서는 다음을 참조하라. Alan Davidson, *The Penguin Companion to Food*(London : Penguin Books, 2002) ; see also *Hobson-Jobson* on areca and betel.

17) 아트라프 알티브에 대해서는 작자미상의 *Kanz al-Fawaid*에서 요리법 434를 참조하라.

18) 푸팔의 약용에 대해서는 다음 자료를 참조하라. Ibn al-Tilmidh, *The Dispensatory of Ibn at-Tilmid*, Arabic text, English translation, study and glossaries by Oliver Kahl(Leiden : Brill, 2007), recipes 133, 323.

19) 코코넛의 성질에 대해서는 다음 자료를 참조하라. Efraim Lev and Zohar Amar, *Practical Materia Medica of the Medieval Eastern Mediterranean According to the Cairo Geniza*(Leiden : Brill, 2008), pp. 383~384.

20) 룹에 대해서는 다음 자료를 참조하라. Ibn al-Tilmidh, *The Dispensatory*, chapter 6, receipts 161~169 ; Ibn Sayyar al-Warraq, *Annals of the Caliphs' Kitchens*, pp. 488~490.

21) 예언자의 전승에 나오는 사리드에 대해서는 다음 자료를 참조하라. Ibn Qayyim al-Jawziyya, *Medicine of the Prophet*, p. 213 ; for tharid recipes, see Ibn Sayyar al-Warraq, *Kitab al-Tabikh*, p. 162.

22) John of Plano Carpini, in Dawson(ed), *The Mongol Mission*, p. 16.

23) 투르크족의 빵과 당과류의 이용에 대해서는 다음 자료를 참조하라. Paul D. Buell, 'Mongol Empire and Turkicization : The evidence of food and foodways', in R. Amita-Preiss and D. O. Morgan(eds), *The Mongol Empire and its Legacy*(Leiden: Brill, 2000), pp. 200~203.

24) 쿠미스에 대해서는 다음 자료를 참조하라. 'The Journey of William of

Rubruck', in Dawson(ed), *The Mongol Mission*, pp. 98~99.

25) 통풍 치료제로서의 무화과에 대한 주의사항은 다음 자료를 참조하라. Ibn Qayyim al-Jawziyya, *Medicine of the Prophet*, p 212.

26) Jackson, *The Sultanate of Delhi*, pp. 126, 155.

27) Davidson, *The Penguin Companion to Food*, 'jackfruit'; see also *Hobson-Jobson*, 'jack'.

28) 루카이마트 알카디, 카히리야, 사무사크에 대해서는 작자미상의 요리책 《유익함의 보고(*Kanz al-Fawaid*)》에 각각의 조리법이 소개되어 있다. 루카이마트 알카디는 '재판관의 작은 한입거리'라는 뜻으로 요리법 286에 나와 있으며, 모양이나 크기가 디나르 동전만하다고 설명되어 있다(《이븐 바투타 여행기》(창비, 2001)의 옮긴이 정수일은 이를 '카디의 간식'이라고 번역했다—옮긴이). 당과류인 카히리야는 '승리자'라는 뜻으로 요리법 322에 소개되어 있다. 사무사크는 요리책에서 산부사크라는 명칭으로 소개되어 있고 달게 만드는 방법과 짭짤하게 만드는 방법이 있다. 각각 요리법 115와 116에 소개되어 있다.

제4장 성지와 성자, 그리고 기적과 경이

1) '율법적 수피즘'이라는 표현은 Vincent J. Cornell에게서 비롯됐다. 모로코 수피즘에 대한 그의 훌륭한 저작은 다음과 같다. *Realm of the Saint: Power and Authority in Moroccan Sufism*(Austin: University of Texas Press, 1998), pp. 67, 109~111.

2) Marshall Hodgson, *The Venture of Islam*(Chicago: University of Chicago Press, (1958) 1974), Vol. 2, p. 203.

3) William Chittick, *Sufism: A Beginner's Guide*(Oxford: Oneworld, 2008), quoted p. 21.

4) Cornell, *Realm of the Saint*, p. 94.

5) 여행에 관한 수피의 언설은 다음을 참조하라. Abul-Qasim Al-Qushayri, *Al-Qushayri's Epistle on Sufism*, trans Alexander Knysh(Reading: Garnet Publishing, 2007), pp. 297~302; 수피즘 일반에 대한 설명은 pp. 288~292를 참조하라.

6) 묘비명에 관해서는 다음의 자료에 언급되어 있다. Christopher Taylor, *The Cult*

of Saints in Late Medieval Egypt(Ann Arbor : University Microfilms International, 1989), p. 85.

7) 무덤 방문에 관한 하디스는 다음을 참조하라. al-Tabrizi, *Mishkat al-Masabih*, vol. 1, pp. 369~370.

8) 이븐 알 하즈에 관한 내용은 다음에서 인용됐다. Taylor, *The Cult of Saints*, p. 97 ; 아랍어 원전은 다음을 참조하라. Ibn al-Hajj, *Kitab al-Madkhal*(Cairo : Dar al-Fikr, 1982), pp. 267~268.

9) 묘지 안내 및 안내서에 관해서는 다음을 참조하라. Taylor, *The Cult of Saints*, pp. 100~120.

10) 알 히드르와 일리야스에 관해서는 다음을 참조하라. Al-Kisai, *The Tales of the Prophets of al-Kisai*, trans W. M. Thackston(Boston : Twayne Publishers, 1978), pp. 247~251, 262~270.

11) 이븐 이샤크의 밤여행에 관한 이야기는 다음에 진술되어 있다. Ibn Ishaq, *The Life of Muhammad : A Translation of Ibn Ishaq's Sirat Rasul Allah*, trans Alfred Guillaume(Karachi : Oxford University Press, (1955) 1980), p. 182.

12) 무슬림 선지자로서의 예수에 관해서는 다음을 참조하라. Al-Kisai, *Tales of the Prophets*, pp. 326~336.

13) 시인 알 사디에 관해서는 다음의 자료를 참조하라. Katouzian, 'Sufism in Sa'di', in Lewis Lewisohn, *The Heritage of Sufism*(Oxford : Oneworld, 1999), Vol. 2, p. 201.

14) 살리흐에 관해서는 *Realm of the Saints*, pp. 3~31에서 나오는 코넬의 논의를 참조하라.

15) 기적을 '신(神)적 힘의 징표'라고 풀이하는 마이클 길세넌의 논의는 다음을 참조하라. *Recognising Islam*(London : Croom Helm, 1982), pp. 79~80.

16) 바라니의 견해에 관해서는 다음을 참조하라. David Waines, 'Ibn Battuta on public violence', in A. Vrolijk and J. P. Hogendijk(eds), *O Ye Gentlemen : Arabic Studies on Science and Literary Culture*(Leiden : Brill, 2007), pp. 242~243.

제5장 '타자' 이야기

1) Ibn Battuta, *Travels in Asia and Africa*, selections translated by Gibb, p. 12.

2) 힌두교도와 가난한 사람들에 대해서는 다음을 참조하라. Euben, *Journeys to the Other Shore*, p. 83.

3) Remke Kruk, 'Ibn Battuta : Travel, Family Life and Chronology', *al-Qantara* 16/2(1995), pp. 369~384, at p. 370.

4) 같은 책, p. 376.

5) Al-Ghazali, cited in Ahmad ibn Naquib Al-Misri, *Reliance of the Traveller*, Arabic text and translation by Nuh' Ha Mim Keller(Maryland : Amana Publications, 1991), p 525.

6) Marina A. Tolmacheva, 'Ibn Battuta on women's travel in the Dar al-Islam', in B. Frederick and S. H. McLeod(eds), *Women and the Journey*(Washington : Washington State University Press 1995), p. 126.

7) Kruk, 'Ibn Battuta', p. 375.

8) André Miquel, 'L'Islam d'Ibn Battuta', *Bulletin d'Etudes Orientales* 30(1978), pp. 75~83, at p. 78.

9) Euben, *Journeys to the Other Shore*, p. 69.

10) 같은 책, pp. 79~80.

11) Remke Kruk, 'Warrior women in Arabic Popular Romance : Qannasa bint Muzahim and other valiant ladies', *Journal of Arabic Literature* 24(1993), pp. 213~230.

12) 신드바드와 루호에 대해서는 다음을 참조하라. *The Arabian Nights*, abridged translation by Richard Burton(New York : The Modern Library, 2001), p. 342.

13) 마르코 폴로가 서술한 루호에 대해서는 다음을 참조하라. *The Travels*, trans Latham, pp. 300~301.

| 참고문헌 |

참고 저작물

Encyclopaedia of Islam, new edition(Leiden : Brill, 1960~2002).

Encyclopaedia of the Quran(Leiden : Brill, 2001~2006).

주요 저서

Al-Abdari, Abu Abdallah Muhammad, *Rihla al-Abdari(al-Rihlat al-Maghrabiyy)*, ed Muhammad al-Fasi(Rabbat, 1968).

Anonymous, *Kanz al-Fawaid fi Tanwi al-Mawaid*, ed Manuela Marin and David Waines(Beirut/Stuttgart : Franz Steiner Verlag, 1993).

The Arabian Nights, abridged translation by Richard Burton(New York : The Modern Library, 2001).

Benjamin of Tudela, *The Itinerary of Benjamin of Tudela*(New York : Joseph Simon, 1983).

Dawson, Christopher(ed), *The Mongol Mission : Narratives and Letters of the Franciscan Missionaries in Mongolia and China in the 13th and 14th Centuries*(London : Sheed & Ward, 1955).

Deluz, Christiane, *Jean de Mandeville : Le Livre des Merveilles du Monde*, édition critique(Paris : CNRS Editions, 2000).

Al-Ghazali, *Breaking the Two Desires*, trans T. J. Winter(Cambridge : Islamic Texts Society, 1995).

____, *On the Manners Relating to Eating*, trans D. Johnson-Davies(Cambridge : Islamic Texts Society, 2000).

Ibn Battuta, *Cathay and Way Thither*, vol. 4, *Ibn Battuta*, trans and ed Henry Yule(new edition by Henri Cordier)(New Delhi,(1916) 1998).

____, *The Rehla of Ibn Battuta(India, Maldive Islands and Ceylon)*, trans with commentary by Mahdi Husain(Baroda : Oriental Institute, 1953).

____, *Rihla Ibn Battuta*, ed Abd al-Hadi al-Tazi, 5 vols.(Rabat : Royal Maghrib Academy, 1997).

____, *Travels in Asia and Africa*, selections translated by H. A. R. Gibb(Delhi : Pilgrims Book(1929) 1998).

____, *The Travels of Ibn Battuta AD 1325-1354*, trans H. A. R. Gibb, 3 vols. (New Delhi : Munshiram Mooharlal Publishers, 2004).

____, *The Travels of Ibn Battuta AD 1325-1354*, vol. 4, trans with annotations by H. A. R. Gibb and C. F. Beckingham(London : Hakluyt, Society, 1994).

____, *The Travels of Ibn Battutah*, abridged and annotated by Tim Mackintosh-Smith(Oxford : Picador, 2002).

____, *Voyages d'Ibn Batoutah*, Arabic text and French translation by C. Defremery and B. R. Sanguinetti, 4 vols.(Paris, (1852~58) 1874~79).

Ibn al-Hajj, *Kitab al-Madkhal*, 4 vols.(Cairo : Dar al-Fikr, 1982).

Ibn Ishaq, *The Life of Muhammad : A Translation of Ibn Ishaq's Sirat Rasul Allah*, trans Alfred Guillaume(Karachi : Oxford University Press, 1955(1980)).

Ibn Jubayr, *Ibn Yubayr : A Traves del Oriente(Rihla)*, trans Felipe Maillo Salgado(Madrid : Alianza Editorial, 2007).

____, *The Travels of Ibn Jubayr*, Arabic edition by William Wright(London : Luzac, 1907).

____, *The Travels of Ibn Jubayr*, trans R. J. C. Broadhurst(London : Jonathan Cape, 1952).

Ibn Mujawir, *A Traveller in Thirteenth-Century Arabia : Ibn Mujawir's Tarikh al-Mustabsir*, trans and ed G. Rex Smith(London : Hakluyt Society, 2000).

Ibn Qayyim al-Jawziyya, *Medicine of the Prophet*, trans Penelope Johnstone (Cambridge : Islamic Texts Society, 1998).

Ibn Razin al-Tujibi, *Kitab Fadalat al-Khiwan fi Tayyibat al-Taam wal-Alwan*, ed Muhammad bin Shaqrun(Rabat, 1984).

Ibn Sayyar al-Warraq, *Annals of the Caliphs' Kitchen*, English translation, introduction and glossary by Nawal Nasrallah(Leiden : Brill, 2007).

____, *Kitab al-Tabikh*, ed Kay Ohrnberg and Sahban Mroueh(Helsinki : Finnish Oriental Society, 1987).

Ibn al-Tilmidh, *The Dispensatory of Ibn at-Tilmid*, Arabic text, English translation, study and glossaries by Oliver Kahl(Leiden : Brill, 2007).

Al-Kisai, *The Tales of the Prophets of al-Kisai*, trans W. M. Thackston(Boston : Twayne Publishers, 1978).

Mandeville, John, *The Travels of John Mandeville*, trans C. W. R. D. Moseley (Harmondsworth : Penguin Books, 1983).

Al-Misri, Ahmad ibn Naquib, *Reliance of the Traveller*, Arabic text and translation by Nuh Ha Mim Keller(Maryland : Amana Publications, 1991).

Al-Muqaddasi, *The Best Divisions for Knowledge of the Regions*, trans Basil Collins(Reading : Garnet Publishing, 2001).

Polo, Marco, *The Travels*, trans Ronald Latham(Harmondsworth : Penguin Books,(1958) 1979).

Al-Qushayri, Abul-Qasim, *Al-Qushayri's Epistle on Sufism*, trans Alexander Knysh(Reading : Garnet Publishing, 2007).

Al-Tabrizi, *Mishkat al-Masabih*, trans James Robson, 2 vols.(Lahore : Muhammad Ashraf, 1990).

Voyage du Marchand Arabe Sulayman en Inde et en Chine Rédigé en 851 suivi de Remarques par Abu Zayd Hasan(vers 916), trans Gabriel Ferrand(Paris : Editions Bossard, 1922).

Wilkinson, John, *Jerusalem Pilgrims : Before the Crusades*(Warminster : Aris & Phillips, 1977).

William of Rubruck, *The Mission of Friar William of Rubruck : His Journey to the Court of the Great Khan Mongke, 1253-1255*, trans Peter Jackson with introduction, notes and appendices by P. Jackson with David Morgan (London : Hakluyt Society, 1990).

Wright, Thomas, *Travels in Palestine*(New York : KTAV Publishing House, (1848) 1968).

2차 자료

Agius, Dionisius A. and Ian R. Netton(eds), *Across the Mediterranean Frontiers : Trade, Politics, and Religion, 650-1450*(Selected proceedings of the International Medieval Congress, University of Leeds, 10~13 July 1995, 8~11 July 1996)(Turnhout : Brepols, 1997).

Aigle, Denise(ed), *Miracle et Karama : Hagiographies Mediévales Comparés* (Turnhout : Brepols(Bibliothèque de l'école des hautes études sciences religieux, vol. 109), 2000).

Allen, Roger and D. S Richards, *Arabic Literature in the Post-Classical Period*(Cambridge : Cambridge University Press, 2006).

Amita-Preiss, R. and D. O. Morgan, *The Mongol Empire and its Legacy* (Leiden : Brill, 2000).

Berkey, Jonathan P., *Popular Preaching and Religious Authority in the Medieval Islamic Near East*(Seattle : University of Washington Press, 2001).

Blair, Sheila S., 'Sufi saints and shrine architecture in the early fourteenth century', *Muqarnas* 7(1990), pp. 35~49.

Bousquet, G.-H., 'Ibn Battuta et les institutions musulmans', *Studia Islamica* 24(1996), pp. 81~106.

Buell, Paul D., 'Mongol Empire and Turkicization : The evidence of food and foodways', in R. Amita-Preiss and D. O. Morgan(eds), *The Mongol Empire and its Legacy*(Leiden : Brill, 2000), pp. 200~223.

Campbell, Mary B., *The Witness and the Other World : Exotic European Travel Writing 400-1600*(Ithaca : Cornell University Press, 1988).

Canard, Marius, 'Le riz dans le Proche Orient aux premiers siècles de l'islam', *Arabica*(1959), pp. 113~131.

Chelhod, Joseph, 'Ibn Battuta, Ethnologue', *Revue de l'Occident Musulman et de la Méditerranée* 25(1978), pp. 5~24.

Chittick, William, *Sufism : A Beginner's Guide*(Oxford : Oneworld, 2008).

Constable, Olivia Remie, *Housing the Stranger in the Mediterranean World : Lodging, Trade and Travel in Late Antiquity and the Middle*

Ages(Cambridge : Cambridge University Press, 2003).

Cook, Michael, *Forbidding Wrong in Islam*(Cambridge : Cambridge University Press, 2003).

Cornell, Vincent J., 'Ibn Battuta's Opportunism : The networks and loyalties of a medieval Muslim scholar', in Miriam Cooke and Bruce Lawrence(eds), *Muslim Networks from Hajj to Hiphop*(Chapel Hill : University of North Carolina press, 2005).

_____, *Realm of the Saint : Power and Authority in Moroccan Sufism*(Austin : University of Texas Press, 1998).

Davidson, Alan, *The Penguin Companion to Food*(London : Penguin Books, 2002).

Dunn, Ross, *The Adventures of Ibn Battuta : A Muslim Traveller of the Fourteenth Century*(London : Croom Helm, 1986).

Eickelman, Dale E. and James Piscatori(eds), *Muslim Travellers : Pilgrimage, Migration and the Religious Imagination*(London : Routledge, 1990).

Elad, Amikam, 'The descripition of the travels of Ibn Battuta in Palestine : Is it Original?', *Journal of the Royal Asiatic Society*(1987) pp. 256~272.

Euben, Roxanne L., *Journeys to the Other Shore : Muslim and Western Travelers in Search of Knowledge*(Princeton : Princeton University Press, 2006).

Fanjul, Serafin, 'Elementos folkloricos en la Rihla de Ibn Battuta', *Revista del Instituto Egipcio de Estudios Islamicos en Madrid* 21(1981~82), pp. 153~179.

Fauvelle-Aymar, Francois-Xavier and Bertrand Hirsch, 'Voyage aux frontières du monde : Topologie, narration et jeux de miroir dans la Rihla de Ibn Battuta', *Afrique et Histoire* 1(2003), pp. 75~122.

Friedman, John Block and Kristen Mossler Figg(eds), *Trade, Travel and Exploration in the Middle Ages : An Encyclopedia*(London : Garland Publishing, 2000).

Gilsenan, Michael, *Recognizing Islam*(London : Croom Helm, 1982).

Goldziher, Ignaz, 'Veneration of saints in Islam', in his *Muslim Studies*, trans C. R. Barber and S. M. Stern(London : George Allen & Unwin, 1971), vol. 2, pp. 255~341.

Goody, Jack, *Cooking, Cuisine and Class*(Cambridge : Cambridge University Press, 1982).

von Grunebaum, G. and Roger Caillois(eds), *The Dream and Human* Societies(Berkeley : University of California Press, 1966).

Hambly, Gavin R. G.(ed), *Women in the Medieval Islamic World*(London : St Martin's Press, 1998).

Hobson-Jobson : The Anglo-Indian Dictionary, ed Henry Yule and A. C. Burnell(Ware : Wordsworth Editions,(1886) 1996).

Hodgson, Marshall, *The Venture of Islam*, 3 vols.(Chicago : University of Chicago Press, (1958) 1974).

Hrbek, Ivan, 'The chronology of Ibn Battuta's Travels', *Archiv Orientalni* 30(1962), pp. 409~486.

Islam, Riazul, *Sufism in South Asia : Impact on Fourteenth Century Muslim Society*(Karachi : Oxford University Press, 2002).

Janicsek, Stephen, 'Ibn Battuta's Journey to Bulghar : Is it a fabrication?', *Journal of the Royal Asiatic Society*(1929), pp. 791~800.

Janssens, Herman, *Ibn Batouta, 'Le Voyaguer de l'Islam'*(Brussels, 1948).

Khalidi, Tarif, *Islamic Historiography : The Histories of Masudi*(Albany, NY : State University of New York Press, 1975).

King, Noel, 'Reading between the lines of Ibn Battuta', *Milla wa Milla*(Australian Bulletin of Comparative Religion) 19(1979), pp. 26~33.

Kruk, Remke, 'The Arabian Nights and the popular epics', in Ulrich Marzolph and Richard van Leeuwen(eds), *The Arabian Nights Encyclopedia*(Oxford : ABC Clio, 2004), vol. 1, pp. 30~34.

____, 'Clipped Wings : Medieval Arabic adaptations of the Amazon Myth', *Harvard Middle Eastern and Islamic Review* 1/2(1994), pp. 132~151.

____, 'Ibn Battuta : Travel, Family Life and Chronology', *al-Qantara* 16/2(1995), pp. 369~384.

____, 'The Princess Maymunah : Maiden, mother, monster', *Oriente Moderno*

22/2(2003), pp. 425~442.

____, 'Warrior Women in Arabic Popular Romance : Qannasa Bint Muzahim and Other Valiant Ladies', *Journal of Arabic Literature* 24(1993), pp. 213~230.

____, and Claudia Ott, 'In the Popular Manner : Sira-recitation in Marrakesh anno 1997', *Edebiyat*(Journal of Middle Eastern Literatures) 10/2(1999), pp. 183~195.

Larner, John, *Marco Polo and the Discovery of the World*(New Haven : Yale University Press, 1999).

Lev, Efraim and Zohar Amar, *Practical Materia Medica of the Medieval Eastern Mediterranean According to the Cairo Geniza*(Leiden : Brill, 2008).

Lewicki, Tadeusz, *West African Food in the Middle Ages*(Cambridge : Cambridge University Press, 1974).

Lewisohn, Lewis, *The Heritage of Sufism*, 3 vols.(Oxford : Oneworld, 1999).

Lutfi al-Sayyid-Marsot, Afaf(ed), *Society and the Sexes in Medieval Islam*(Malibu : Undena Publications, 1979).

Lyons, Malcolm, *The Arabian Epic : Heroic and Oral Storytelling*, 3 vols. (Cambridge : Cambridge University Press, 1995).

Mackintosh-Smith, Tim, *The Hall of a Thousand Columns : Hindustan to Malabar with Ibn Battutah*(London : John Murray, 2005).

____, *Travels with a Tangerine : A Journey in the Footnotes of Ibn Battutah* (Oxford : Picador, 2001).

von Martels, Zweder(ed), *Travel Fact and Travel Fiction : Studies on Fiction, Literary Tradition, Scholarly Discovery and Observation in Travel Writing* (Leiden : Brill, 1994).

Mattock, John, 'Ibn Battuta's use of Ibn Jubayr's Rihla', *Proceedings of the Ninth Congress of the Union Européene des Arabisants et Islamisants*, ed Rudolph Peters(1981), pp. 208~218.

McGregor, Richard and Adam Sabra, *Le développement du Soufisme en Egypte à l'époque Mamelouke*(Institut Français d'Archéologie orientale, Caire(Cahiers des Annales Islamologiques 27, 2006)).

Miquel, André, 'L'Islam d'Ibn Battuta', *Bulletin d'Etudes Orientales* 30(1978), pp. 75~83.

Mollat, Michel, 'Ibn Battoutah et la Mer', *Travaux et Jours* 18(1966), pp. 53~70.

Montanari, Massimo, *The Culture of Food*(Oxford : Blackwell, 1996).

Morgan, David, 'Ibn Battuta and the Mongols', *Royal Asiatic Society of Great Britain and Ireland* 11/1(2001), pp. 1~11.

El Moudden, Abderrahmane, 'The Ambivalence of *Rihla* : Community, Integration and Self-Definition in Moroccan Travel Accounts, 1300-1800', in Dale Eickelman and James Piscatori(eds), *Muslim Travellers : Pilgrimage, Migration and the Religious Imagination*(London : Routledge, 1990), pp. 69~84.

Murata, Sachiko and William Chittick, *The Vision of Islam : The Foundations of Muslim Faith and Practice*(London : I. B. Tauris, 1996).

Netton, Ian Richard, 'Myth, Miracle and Magic in the Rihla of Ibn Battuta', *Journal of Semitic Studies* 29/1(1984), pp. 131~140.

____, (ed), *Golden Roads : Migration, Pilgrimage and Travel in Medieval and Modern Islam*(London : Curzon Press, 1993).

Norris, Harry T., 'Ibn Battuta on Muslims and Christians in the Crimean Peninsula', *Iran and the Caucasus* 8/1(2004), pp. 7~14.

____, 'Ibn Battutah's Andalusian Journey', *The Geographical Journal* 125(1959), pp. 185~196.

____, 'Ibn Battuta's Journey in the North-Eastern Balkans', *Journal of Islamic Studies* 5/2(1994), pp. 209~220.

Peters, F. E., *The Hajj : The Muslim Pilgrimage to Mecca and the Holy Places*(Princeton : Princeton University Press, 1994).

____, *Jerusalem and Mecca:The Typology of the Holy City in the Near East*(New York : New York University Press, 1986).

Renard, John, *Seven Doors to Islam : Spirituality and the Religious Life of Muslims*(Berkeley : University of California Press, 1996).

Richard, Jean, *Croises, Missionnaires et Voyageurs : Les Perspectives Orientales du*

Monde Latin Mediéval(London : Variorum Reprints, 1983).

____, *Les Récits de Voyages et de Pèlerinages*(Turnhout : Brepols, 1981).

Robinson, Chase F., 'Prophecy and Holy Men in Early Islam', in J. Howard-Johnston and P. A. Hayward(eds), *The Cult of Saints in Late Antiquity and the Early Middle Ages*(Oxford, 1999), pp. 241~260.

Schimmel, Annemarie, *And Muhammad is His Messenger : The Veneration of the Prophet in Islamic Piety*(Chapel Hill : University of North Carolina Press, 1985).

Seymour, M. C., *Sir John Mandeville*(Aldershot : Variorum, 1993).

Tatsuro, Yamamoto, 'On Tawalisi (as) described by Ibn Batuta', *Memoirs of the Department of Research of the Toyo Bunko* 8(1936), pp. 94~133.

Taylor, Christopher, *The Cult of Saints in Late Medieval Egypt*(Ann Arbor : University Microfilms International, 1989).

Al-Tazi, 'Abd al-Hadi, 'al-Mara inda Ibn Battuta'('Women according to Ibn Battuta'), in Conference Proceedings of *al-Rahhalat al-'Arab wa'l Muslimun* (Arab and Muslim Travellers)(Rabat : Moroccan Ministry of Culture(2003)), pp. 55~68.

Touati, Houari, *Islam et Voyage au Moyen Age*(Paris : Editions du Seuil, 2000).

Verdon, Jean, *Travel in the Middle Ages*, trans George Holoch(Notre Dame University Press, 2003).

Waines, David, 'Dietetics in Medieval Islamic Culture', *Medical History* 43/2(1999), pp. 228~240.

____, 'Ibn Battuta on public violence', in A. Vrolijk and J. P. Hogendijk(eds), *O Ye Gentlemen : Arabic Studies on Science and Literary Culture*(Leiden : Brill, 2007), pp. 228~246.

| 옮긴이의 말 |

중세의 이슬람 여행자가 전해주는 박진감 넘치는 여행기

세계 역사상 가장 위대한 여행자 중에 한 사람인 이븐 바투타. 그의《여행기》는 마르코 폴로의《동방견문록》, 오도리크의《동유기》, 혜초의《왕오천축국전》과 더불어 세계 4대 여행기에 꼽힌다. 이 책의 번역을 의뢰받고 작업하면서, 마음먹으면 어디든 가지 못할 곳이 거의 없는 21세기에 살면서도 맨발과 낙타, 돛단배 말고는 달리 의지할 것이 없던 700년 전의 이븐 바투타보다 세계의 경험은 고사하고 지구적 의식마저 극렬히 빈한한 나의 처지를 돌아보게 됐다. 평범함이 주는 안전함에 감사해야 할지, 아니면 그 평범함의 지루함에 한숨을 지어야 할지……. 그만큼 그의 여행은 대단히 흥미롭고 박진감이 넘치는 한편, 또한 그만큼 위험천만했다.

이븐 바투타, 그가 700년의 시간을 뚫고 한국의 독자들에게 다시금 인사를 건넨다.

그의 여행기는 이미 한국어로 완역되어《이븐 바투타 여행기》(정수일 옮김, 창비, 2001)로 출간됐다. 당시 출판사가 놀랄 정도로 높은 판매고를 올렸다고 하니 이 역사적 여행기에 대한 한국 독자들의 관심이 자못 컸음을 알 수 있다. 하지만 책의 분량도 그렇거니와, 방대하게 나열된 낯선 역사 · 문화 · 지리적 사실들을 읽고 흥미롭게 이해해내기란 여간 인내심이 필요한 것이 아닐 것이다.

그런 가운데, 14세기의 메카, 메디나를 비롯한 성지순례부터, 시리아, 이라크, 동아프리카, 터키, 인도, 몰디브 제도, 중국 등 약 12만 킬로미터의 광범위한 지역과 지명, 복잡한 정치적 상황, 생경한 문화적 습성 등을 담은 상세하고도 방대한 분량의 이 여행기를, 꼼꼼하지만 간략하게 축약해 흥미로운 주제들로 일목요연하게 묶어 소개하는 일종의 '안내서'가 절실했던 독자들이 있다면 이 책《이븐 바투타의 오디세이》가 안성맞춤일 것이다.

이 책에는 충직한 무슬림인 이븐 바투타가 30년 동안 여행하며 만났던 다양한 이슬람 분파들에 대한 자세하고 흥미로운 설명뿐만 아니라, 그가 솔직하게 보여준 여성 편력에서 한걸음 더 나아가 당시 이슬람 사회의 남녀평등에 관한 흔치 않은 지식이 친절하게 정리되어 있다. 또한 손님 접대를 아주 중요한 일상사로 여겼던 무슬림의 풍성한 음식문화에 대한 소개도 독자들의 이목을 끌기에 충분할 것이다. 음식 이야기를 읽다보면 책에 나오는 레시피를 한번쯤 따라 해보고 싶은 충동마저 일게 된다.

저자인 데이비드 웨인스는 이 모든 주제와 함께, 이슬람 전문 학자답게 그동안 서구 학계가 품어왔던 이 이슬람 여행자에 대한 미천한 이해와 오해의 현주소를 적나라하게 파헤친다. 동시에, 일반 독자들도 관심을 가질 법한 이븐 바투타와 그의 여행기에 관한 학술적 주제들을 결코 무겁지 않게 다루어내는 미덕도 보여준다. 아마도 이 책을 읽다보면 그 방대한 여행기를 가로세로로 자르고 이어붙이고 엮어내는, 거의 편집증에 가까운 저자의 꼼꼼한 노고에 누구든 혀를 내두르게 될 것이다. 이슬람 여행자를 통해 본 흥미진진한 중세 세계에의 초대에, 독자의 일독을 권한다.

2011년 2월

옮긴이 이정명

| 찾아보기 |

가

가베스 67
가브리엘(Gabriel) 225~227
가잔 칸(Ghazan Khan) 252
가즈나 49, 104
간자르 111
고아, 술탄 113
고요의 바다 117, 333, 338
괄리오르 181, 268
광저우(廣州. 칸톤) 117
구디, 잭(Goody, Jack) 137
구자라트 59
구장나무 잎사귀 160~163, 184~186, 289
굴리스탄 285
굶주림의 동굴 223
그라나다 34, 53, 120
《근본원리에 관한 책(*Kitab al-Madkhal*)》 132
기야스 알 딘(Ghiyath al-Din) 270
기적 70, 78, 79, 129, 130, 141, 156, 157, 211, 220, 233, 234, 237, 241, 242, 244, 246, 247, 250, 252, 256, 265, 271, 321
길세넌, 마이클(Gilsenan, Michael) 246, 247
깁, H. A. R.(Gibb, H. A. R.) 8, 25, 26, 31, 36, 42, 43, 46, 134, 278, 332
꿈, 의미 155~157

나

나블루스 140, 143
나스르 알 딘 이븐 알 아딤(Nasr al-Din Ibn al-Adim) 310
나시르 알 딘 마흐무드(Nasir al-Din Mahmud) 259
나자프 73, 232, 234, 235, 320
나크다 95
나피사(Nafisa), 영애(令愛. 사이다) 220
노리스, 해리(Norris, Harry) 28
누사이리파 316, 318
니네바 74
니샤푸르 255, 256
니자미야 학교, 바그다드 40
니잠 알 딘 마울라나(Nizam al-Din Mawlana) 254
니잠 알 딘 아울리야(Nizam al-Din Awliya) 259, 265
니쿨라(Niqula) 291

다

다르 알이슬람 40, 52, 53, 180
다르 알하르브 180
다마스쿠스 26, 34~37, 42, 45, 48, 70, 71, 118, 141, 143, 160, 162, 203, 222, 223, 246, 281, 282, 308, 320
《다빈치 코드(*The Da Vinch Code*)》 35
다우 62

다이르 알파루스 69, 148
다흐파탄 271
대상 15, 38, 67, 68, 70, 71, 73, 74, 79, 121, 122, 124, 129, 141, 142, 148, 153, 302~305, 318, 323
던, 로스(Dunn, Ross) 28
데프레메리, C.(Defremery, C.) 24, 34, 42, 105
델리 49, 105~110, 114, 124, 179, 180, 184, 185, 187, 188, 191, 206, 209, 242, 244, 257, 259~268, 270, 273, 274, 284, 289, 291, 298, 300, 311
델리 술탄국 22, 49, 94, 105, 106, 179~181, 191, 242, 257, 260, 273, 283, 286, 291, 292, 298, 303, 305, 306
두미아트 139, 142
디나르, 말리크 븐(Dinar, Malik b.) 74, 215
디브스 141, 144, 150
딜샤드(Dilshad) 244~246, 250, 268

라

라너, 존(Larner, John) 22, 59
라디야(Radiya) 306
라란다, 술탄 93, 167
라브와 223
라이트, W.(Wright, W.) 34, 35
라지크 91, 167, 168
라타키아 69, 88
라피디파 170, 233, 235, 253, 312~315, 318, 319, 326
라하리 107, 108
레이덤, 로버트(Latham, Robert) 29
론다 120
롯(Lot) 223
루브룩의 윌리엄(William of Rubruck) 59~61, 89, 173, 174
루큰 알 딘(Rukn al-Din) 242, 243
루흐 335, 336
룸 163
리, 새뮤얼(Lee, Samuel) 23
리슈타 174
리파이야 교단 149, 206~208
리흘라 24, 54, 213

마

마두라이 270
마르갈리타(Marghalita) 93, 291
마르딘 36, 73, 79
마르베야 120
마린 왕조 19, 51, 119, 120, 192, 193, 195, 207, 256, 274, 329
마바르 해안 115
마샤드 리다 318
마수파족 302, 304
《마스나위(*Mathnawi*)》 204
마안 71
마즈드 알 딘 이스마일(Majd al-Din Ismail) 78
마흐두마 자한(Makhduma Jahan) 289, 290
만라위 139
만팔루트 143
말라가 120
말라바르 해안 106, 113
말리 24, 47, 120, 122, 301, 323, 325
말리키 법학파 41, 48, 51, 67, 155, 170, 194, 195, 199, 221, 231, 306, 307, 309~312, 314, 326
망갈로르 269

매턱, 존(Mattock, John) 36, 37, 43, 46
맨더빌, 서 존(Mandeville, Sir John) 32~34, 50
메디나 16, 19, 34, 36~38, 42~44, 46, 55, 64, 70, 71, 141, 155, 156, 218, 228, 230, 231, 271, 307, 320
메블레비 교단 199, 203
메카 16, 19, 24, 31, 34, 36~38, 42~44, 46, 50, 54, 55, 63, 64, 67, 68, 70~73, 80, 81, 83~86, 101, 105, 108, 118, 129, 134, 137, 141, 148, 153~155, 157, 160, 187, 203, 207, 211, 212, 214, 217, 225, 226, 228, 230, 231, 242, 246, 265, 267, 271, 282, 283, 310, 311, 317, 320
모가디슈 84, 157~161, 271
모세(Moses) 215, 222~225, 327
모술 74, 79
모즐리, C. W. R. D.(Moseley, C. W. R. D.) 48
몰디브 24, 56, 114, 116, 163, 164, 188, 280, 284~288, 299, 304, 305, 311, 312
몸바사 84, 159
몽골족 15, 41, 172, 173, 244
몽케(Mongke) 59
무사, 만사(Musa, Mansa) 301, 325, 326
무사, 아흐마드 븐(Musa, Ahmad b.) 235
무스탄사리야 학교, 바그다드 40
무자위르 73, 80, 81, 282
무자파리야 학교, 메카 157
무지자 241, 247
무함마드, 예언자(Muhammad, the Prophet) 15, 30, 35, 64, 67, 80, 81, 97, 131, 132, 148, 153~156, 168, 211, 216, 220, 224, 225, 241, 300, 327
문야트 알 하시브(Munyat al-Khasib) 311
물루크 287
물탄 107, 108, 185
미켈, 앙드레(Miquel, André) 315
미하일(Mikhail) 94, 291
밀야나 65

바

바가마 93
바그다드 16, 36, 37, 39~41, 53, 73, 76, 78, 79, 88, 100, 118, 151, 192, 197, 199, 203, 209
《바다의 기도문(*Litany of the Sea*)》 211~213
바라니, 디야 알 딘(Barani, Diya al-Din) 266
바라카 69, 71, 73, 90, 157, 216, 222, 232, 240, 246, 247
바르다마족 304
바르키 182, 183
바바 왈라드(Baba Walad) 203
바스라 73~75, 148~151, 215, 231~234
바알베크 141
바얄룬(Bayalun) 101, 102, 176, 297, 330
바위돔 모스크 225
바이바르스(Baybars) 192
발자국 모스크, 다마스쿠스 222
발흐 104, 203, 237, 238
뱃사람 신드바드(Sindbad the Sailor) 335, 336
베들레헴 225, 227
베르베르족 51, 163, 183, 302, 304, 322
베이징(北京) 117, 337
베자족 83, 87, 139

베킹엄, C. F.(Beckingham, C. F.) 8, 25, 128, 332
본 66
볼덴셀레의 윌리엄(William of Boldensele) 33
부드파탄 272
부르사 31, 94, 98, 328
부르카 295
부르크하르트, 요한 루트비히(Burckhardt, Johan Ludwig) 23
부르하니 174
부르한 알 딘 알 아라즈(Burhan al-Din al-Araj) 242
부르한 알 딘 알 자바리(Burhan al-Din al-Jabari) 225
부를루스 139
부리 139, 142, 143
부제 65, 66
부하라 103, 122, 131, 179, 237, 238, 288
불가르 27, 28
불리 169
브라만 272
브라운, 댄(Brown, Dan) 35
비르 말라하 319
비르기 26, 93
비르기, 술탄 167, 174, 291, 331
비시 다그 100, 174
비자야 207
빈랑 161~163, 184~186
빌라드 알룸(아나톨리아) 88, 94, 165, 296
빌라드 알수단(흑인들의 땅) 120, 301
《빛 중의 빛(*Mishkat al-Masabih*)》 131

사

사나 83
사드르 알 딘 알 쿠흐라니(Sadr al-Din al-Kuhrani) 259
사라추크 103
사란디브 115
사르데냐 61, 119
사르민 140
사르자 152
사리드 166, 167
사마르칸트 103, 104, 122, 288
사뭄 71
사얄란 150
사와킨 83, 136
사위크 153, 154
사이프 알 딘 알 바하르지(Sayf al-Din al-Bakharzi) 238
사흐윤 148
사흘 븐 압달라(Sahl b. Abdallah) 151
살가도, 펠리페 마이요(Salgado, Felipe Maillo) 37
살라딘(Saladin) 45
살리흐(Salih) 38
살리히야, 다마스쿠스 222, 223
상귀네티, B. R.(Sanguinetti, B. R.) 24, 34, 42, 105
샤리아 41, 95, 215, 273, 300, 302, 303, 307
샤질리야 교단 210, 211
샤키 182, 183
샤피이 법학파 41, 306, 308, 320, 321, 332
샴스 알 딘 타브리지(Shams al-Din Tabrizi) 203
《서 존 맨더빌의 여행기(*A Trevel of Sir John Mandeville*)》 32, 47
선지자의 모스크 227

《성경》 130, 222, 224, 234
성묘교회 227, 329
성서의 백성들 327, 328, 331
성스러운 모스크, 메카 42, 43, 228, 229, 283, 321
《성혈과 성배(*Holy Blood, Holy Grail*)》 35
세례 요한(John the Baptist) 143
세우타 120, 329
셀주크투르크족 88, 89
수나르카완 116
수누사 207
수르 85
수마트라 54, 56, 116, 332
수피 교단 199, 206, 209, 211, 221, 238, 243, 246, 254, 259
수피즘 195, 198, 207, 235, 236
《수피즘의 사도서한(*Epistle on Sufism*)》 224
수흐라와르디야 교단 209, 210, 243
순나 145, 309
순니파 41, 51, 81, 88, 193, 198, 199, 220, 232, 235, 253, 307, 313~316, 320, 321
술라이만(Sulayman) 301, 323, 325
슈슈타르 77, 151, 152
슈아이브(Shuayb) 227
슐 부족 251
슐호드, 조제프(Chelhod, Joseph) 136
스팍스 67
시난, 샤라프 알 딘 카심 븐(Sinan, Sharaf al-Din Qasim b.) 320
시노페 92, 98, 170, 309
시돈 140
시라즈 73, 75, 78, 158, 169, 235~237, 250, 251, 253, 294
시리아 17, 24, 26, 29, 34, 36, 39, 48, 59, 69~71, 90, 99, 134, 137~141, 143, 148, 192, 207, 222, 225, 228, 238, 246, 313, 316, 317, 329, 331
시아파 30, 73, 81, 88, 134, 170, 198, 232, 233, 253, 313~316, 318~321
시와시탄 181
시질마사 121, 122, 302
시첸, 울리히 야스퍼(Seetzen, Ulrich Jasper) 23
시하브 알 딘 아흐마드(Shihab al-Din Ahmad) 255
신(新)사라이 99, 100, 102, 103, 174, 178
신드 49, 107, 161, 179, 209, 242
신자르 79
신자르, 산 147
실론 24, 28, 99, 106, 114, 158, 188, 236, 237, 292
12이맘파 319
쌀빵 149

아

아나톨리아 26, 27, 31, 53, 56, 86, 88, 89, 93, 94, 97, 124, 136, 138, 139, 165, 166, 169, 170, 172, 173, 175, 180, 187, 203, 207, 208, 224, 257, 289~291, 296, 299, 308~310, 313, 329, 331
아담(Adam) 115, 216, 223, 236, 326
아담의 봉우리, 실론 236
아덴 83~85, 87, 106, 136, 153
아돔난(Adomnan) 17
아라베스크 238, 240, 331
아라비아 16, 36, 48, 68, 137, 138, 141, 144, 148, 159, 181, 238, 315

아르잔잔 91
아르쿨프(Arculf), 주교 17
아바단 74, 75, 248, 249
아바스 왕조 39, 53, 88, 129, 133, 166, 192, 193, 197, 199, 317, 318
아바스 칼리프 39, 166, 318
아부 마드얀 슈아이브 븐 알 후사인(Abu Madyan Shuayb b. al-Husayn) 207
아부 무함마드 알 하사니(Abu Muhammad al-Hasani) 70, 246
아부 바크르(Abu Bakr) 170, 231, 234, 235, 314
아부 바크르 알 라지(라제스)(Abu Bakr al-Razi(Rhazes)) 134, 149
아부 바크르 알 칼라바지(Abu Bakr al-Kalabadhi) 198
아부 사이드(Abu Said. 모로코의 술탄) 192
아부 사이드(Abu Said. 이라크의 술탄) 78, 100
아부 아흐마드 알 지슈티(Abu Ahmad al-Jishti) 254
아부 알 아바스 아흐마드 알 리파이(Abu al-Abbas Ahmad al-Rifai) 206, 210
아부 알 카심 알 쿠샤이리(Abu al-Qasim al-Qushayri) 213, 214
아부 알 하산(Abu al-Hasan) 66
아부 알 하산 알 라흐미(Abu al-Hasan al-Lakhmi) 67
아부 알 하산 알 샤질리(Abu al-Hasan al-Shadhili) 210~213
아부 압달라 말리크 븐 아나스(Abu Abdallah Malik b. Anas) 237, 307
아부 압달라 븐 하피프(Abu Abdallah b. Khafif) 236, 251, 253
아부 압달라 알 무르시디(Abu Abdallah al-Murshidi) 68, 146, 244, 246, 250
아부 이난 파리스(Abu Inan Faris) 19, 119, 192
아부 탈리브 알 마키(Abu Talib al-Makki) 198
아부 탐맘(Abu Tammam) 40
아부 하니파(Abu Hanifa) 41, 78
아부 후라이라(Abu Hurayra) 218
아브드 알 라흐만(Abd al-Rahman) 323
아브드 알 말리크 븐 하비브(Abd al-Malik b. Habib) 134
아브드 알 카디르 질라니(Abd al-Qadir Jilani) 199
아브라함/이브라힘(Abraham/Ibrahim) 228, 229
아브라함의 우물 228
아슈문 알룸만 139
아스칼론 228, 320
아야 소피아, 콘스탄티노플 330
아야 술루크(에페수스) 91
아젤리크 122, 305
아크리두르 165, 166
아크사라 136
아타 아울리야 257
아하와라 107
아히야 94, 95
악고(아크레) 38
안바리(Anbari) 285
안타키야 26, 148
안탈리아 90
알 가잘리, 아부 하미드(al-Ghazali, Abu Hamid) 132, 145, 148, 198, 207, 255, 284
알 나시르, 알 말리크(al-Nasir, al-Malik)

139, 244, 316
알 라시드, 하룬(al-Rashid, Harun) 116, 318, 319
알 리다, 알리(al-Rida, Ali) 318, 319
알 마문(al-Mamun) 166
알 마수디(al-Masudi) 15~17
알 만수르, 모스크 40
알 말리크 알 아프달 알 아바스(al-Malik al-Afdal al-Abbas) 161
알 무카다시(al-Muqaddasi) 16, 17, 135, 138
알 무타심(al-Mutasim) 41
알 물크, 알라(al-Mulk, Ala) 107
알 미스리, 압달라(al-Misri, Abdallah) 98
알 바스리, 하산(al-Basri, Hasan) 74
알 발라위, 아부 알 바카 할리드(al-Balawi, Abu al-Baqa Khalid) 34, 35, 47
알 부하리, 무함마드 븐 이스마일(al-Bukhari, Muhammad b. Ismail) 131, 237
알 사디(al-Saadi) 235
알 샤피, 무함마드 븐 이드리스(al-Shafii, Muhammad b. Idris) 220
알 아샤리(al-Ashari) 314
알 아이야시, 아부 살림 압달라(al-Ayyashi, Abu Salim Abdallah) 55, 56
알 아즈라키(al-Azraqi) 47
알 압다리, 무함마드(al-Abdari, Muhammad) 35, 45~48
알 야지드(al-Yazid) 319
알 우마리, 이븐 파들 알라(al-Umari, Ibn Fadl Allah) 47, 160
알 우자일, 아흐마드 븐(al-Ujayl, Ahmad b.) 321, 322
알 자히르, 알 말리크(al-Zahir, al-Malik) 332
알 주나이드(al-Junayd) 77
알 주바이디(al-Zubaydi) 65, 66
알 쿠바, 마흐무드(al-Kubba, Mahmud) 259
알 키르마니, 알라 알 딘(al-Kirmani, Ala al-Din) 259
알 타브리지, 왈리 알 딘(al-Tabrizi, Wali al-Din) 131
알 타브리지, 잘랄 알 딘(al-Tabrizi, Jalal al-Din) 116
알 투스타리, 사흘 븐 압달라(al-Tustari, Sahl b. Abdallah) 75, 77
알 투자리, 알 하즈 압달라(al-Tuzari, al-Hajj Abdallah) 88
알 하산(al-Hasan) 211, 320
알 할라즈(al-Hallaj) 197, 203, 204
알 후사인(al-Husayn) 30, 235, 319, 320
알 히드르(al-Khidr) 75, 223, 224, 248
알 히드르 일리아스(al-Khidr-Ilyas) 224
알나흐라리야 139
알라지키야 ⇨ 라타키아
알레포 26, 34~37, 42, 70, 228, 310
알렉산드리아 34, 61, 67, 68, 83, 119, 138, 139, 146, 156, 210, 242, 244, 281, 338
알리 븐 아비 탈리브(Ali b. Abi Talib) 209, 235, 314, 317
알리 븐 아비 탈리브 모스크, 바스라 234
알리 븐 아비 탈리브의 장대한 묘, 나자프 232
알리가르 110
알마라 140
알마차르 331
알안달루스 16, 24, 34, 52, 53, 56, 67,

120, 133, 134, 170, 193, 194, 308, 328, 331, 339
알알라야 88, 96
알울라 71
알잠 255
알카라파 묘지, 카이로 219, 220, 222
알카파(테오도시아) 92, 329
알쿠타이프 315
알푸스타트 135
알힐라 318, 319
야곱(Jacob) 225
야마모토 다쓰로(山本達郎) 29
야즈니크 94
야즈두하스 152
야즈미르(이즈미르) 94, 328
에르주룸 26
에제키엘(Ezekiel) 238
엘 모우덴, 압데르라흐만(El Moudden, Abderrahmane) 54, 55
엘라드, 아미캄(Elad, Amikam) 45
엘리아스(Elias. 선지자) 75
엘리야(Elijah) 224
《여행기(*The Travels*)》 7, 24, 33, 48, 50, 51, 55, 105, 123, 146, 190, 192, 240, 278~281, 293, 305, 325, 329, 332, 339
《역사선집(*Uyun al-Akhbar*)》 133
예루살렘 16, 17, 32, 45, 46, 55, 208, 225~227, 329
예멘 68, 69, 80, 81, 83, 86, 87, 115, 136, 138, 147, 152, 155, 161, 163, 249, 293, 317, 320, 321
예수 148, 223, 225, 227, 327
예언자의 동행자 220~222, 230, 314, 315, 318
예언자의 의술 134
《예언자의 의술(*Tibb al-Nabawi*)》 150, 166
오르한 베크(Urkhan Bak) 94, 328
오만 85, 136, 150, 159
오스만 제국 53, 94, 328
와시트 74, 148, 149, 206
요기 268~271, 279
요나(Jonas. 선지자) 74
요르다누스(Jordanus), 수도사 182
요리책 133, 142~144, 149, 150, 163, 166
요셉(Joseph) 228
욥(Job) 223
우르두자(Urduja), 공주 333, 334
우마르(Umar) 170, 231, 314
우불라 75
우스만(Uthman) 314
우즈베크, 무함마드(Uzbek, Muhammad) 99, 101~103, 171~174, 177, 178, 187, 274, 291, 297, 328, 330
우치 209
울자이투(Oljaytu) 252, 253
움마 54~56, 240, 241, 274, 275, 295, 321, 331~333, 338
움므 우바이다 206
윌리발드, 성인(Willibald, St) 17, 18
유번, 록산느(Euben, Roxanne) 50, 51, 279, 319, 324, 325
《유익함의 보고(*Kanz al-Fawaid*)》 133, 150~152
《유일한 목걸이(*Unique Necklace*)》 133
〈음식의 효용에 관한 책과 그 책의 해악을 피하는 방법(The book of Nourishment's Benefits and the Warding Off of its Harmful Effects)〉 134

이담 158, 159, 165
이드푸 69
이마미야 314
이븐 라진 알 투지비(Ibn Razin al-Tujibi) 143
이븐 물잠(Ibn Muljam) 232, 234
이븐 사이야르 알 와라크(Ibn Sayyar al-Warraq) 133, 149, 166
이븐 아브드 라비히(Ibn Abd Rabbihi) 133
이븐 알 무자위르(Ibn al-Mujawir) 141, 154, 161
이븐 알 아사키르(Ibn al-Asakir) 47
이븐 알 파키흐(Ibn al-Faqih) 135, 324
어븐 알 하즈(Ibn al-Hajj) 132, 219, 221
이븐 우스만(Ibn Uthman) 221, 314
이븐 이샤크(Ibn Ishaq) 225, 226
이븐 주바이르(Ibn Jubayr) 35~44, 46~48, 61, 73, 81~83, 141
이븐 주자이, 무함마드(Ibn Juzayy, Muhammad) 19, 20, 24, 29, 35~37, 40~42, 47, 48, 56, 76, 82, 123, 160, 173, 190, 192~194, 235, 238, 248, 274, 305, 339
이븐 카임 알 자우지야(Ibn Qayyim al-Jawziyya) 134, 149, 155, 166, 178
이븐 쿠타이바(Ibn Qutayba) 133
이븐 할둔(Ibn Khaldun) 22
이삭(Isaac) 225
이샤크 이븐 술라이만 알 이스라일리(Ishaq Ibn Sulayman al-Israili) 134
이스마일(Ismail) 229
이스마일파 316, 317
이스파한 73, 77, 78, 80, 140, 151, 152, 179, 208, 252
《이슬람 실정법 해설(*Tabsira fi-l Fiqh*)》 67
이왈라탄 121, 302, 322, 323
이자즈 77
이즈티하드 307
이집트 24, 33, 44~46, 48, 61, 68~70, 80, 86, 98, 99, 133~135, 137~141, 143, 146, 148, 161, 192, 207, 210, 211, 217, 221, 238, 242, 244, 246, 247, 308, 311, 316
인도 16, 22, 24, 31~33, 49, 52, 53, 56, 59, 64, 69, 79, 81, 85~88, 94, 99, 104~108, 110, 112, 114~116, 124, 138, 146, 159~163, 173, 178~183, 187, 193, 194, 205, 207, 209, 210, 237, 238, 242~245, 247, 250, 254, 256, 257, 260, 261, 266~268, 270, 271, 273, 274, 279, 281~283, 286, 288, 298, 300, 306, 308, 331, 334, 337

자

자나니 179
자말 알 딘(Jamal al-Din) 187, 188
자바, 술탄 332
자발 루브난 140
자비드 83, 161, 293, 294, 321
자와 205
자위야 27, 68, 69, 76~78, 90, 95~97, 146, 148, 151, 152, 166, 169, 170, 172, 175, 187, 193, 199, 204, 207~209, 219, 235, 238, 248, 249, 255, 256, 260, 265, 289, 318, 322
자이나브 282
자이디파 320, 321

자일라 137
자파르 84, 85, 106, 118, 137, 159, 161
잔지의 노예봉기 317
잘랄 알 딘 루미(Jalal al-Din Rumi) 203~205
잘랄 알 딘 아흐산 샤(Jalal al-Din Ahsan Shah) 270
잘바 81, 83, 87
잠문 159
장례의식 162
장센스, 에르망(Janssens, Herman) 128
잭슨, 피터(Jackson, Peter) 180
정크선 28, 112, 113, 116~118, 333~335
정통 칼리프 73, 192, 232
제니섹 스티븐(Janicsek, Stephen) 27, 28
《종교학의 부흥(*Ihya Ulum al-Din*)》 132, 284
주흐드 214, 248
줄라브 168, 186
중국 19, 21, 28, 32, 33, 53, 54, 56, 64, 99, 106, 109~111, 113, 114, 117, 118, 242, 243, 247, 257, 266, 267, 270, 271, 284, 292, 297, 332, 333, 335, 337
지다 68, 70, 82, 83, 86, 87, 211, 246
지브롤터 120
《지역의 이해를 위한 최선의 구획(*Ahsan al-Taqasim fi Marifat al-Aqalim*)》 16
지옥의 계곡 71
지즈야 89, 328, 329, 332
질리즈 240

차

취안저우(泉州, 자이툰) 117
치슈티야 교단 243, 254, 259, 264
칭기즈 칸(Genghis Khan) 39, 49, 53, 99, 171, 172, 237, 252

카

카나우지 268
카넴 160
카디리야 교단 199
카라마 78, 156, 208, 236, 241, 243, 244, 247, 251
카르마시안 317
카르발라 319
카말 알 딘 무함마드 븐 알 부르한(Kamal al-Din Muhammad b. al-Burhan) 49
카말 알 딘 압달라(알 가리)(Kamal al-Din Abdallah(al-Ghari)) 264, 265, 267
카바, 메카 44, 80, 81, 228, 230, 317
카바크(Kabak) 297
카불 104
카불라(Qabula) 249
카스타무니야 97, 98
카시윤 222, 223
카우카우 160
카이누크 92
카이로 26, 34, 55, 68, 69, 87, 88, 124, 135, 138, 139, 143, 147, 192, 193, 211, 217, 219, 244, 281, 301, 308, 310, 320
카이사리야 93, 96
카인과 아벨(Cain and Abel) 222, 223
카일루카리 333
카주란 152
카쿨라 116
칼하트 85, 86, 159~161
캄베이 111

캘리컷 112~115, 118
코넬, 빈센트(Cornell, Vincent) 211, 241
코니아 26, 89, 203, 204
《코란》 15, 38, 44, 67, 81, 92, 96, 129~132, 134, 187, 194, 195, 197, 204, 212, 213, 216, 217, 219, 221~224, 227~231, 238, 241, 245, 248, 251, 264, 265, 274, 284, 289, 297, 302, 307, 311, 321, 326, 327, 331
코로만델 해안 114
코코넛 82, 161, 163, 164, 284
콘스탄티노플 28, 53, 94, 99, 101, 102, 165, 298, 328, 330, 331
쿠미스 171, 173, 175~177, 298
쿠샨 157, 158
쿠스 70
쿠와일(Kuwail) 271, 272
쿠트브 미나르, 델리 258
쿠트브 알 딘 바흐티야르 알 카키(Qutb al-Din Bakhtiyar al-Kaaki) 259
쿠트브 알 딘 하이다르 알 알라위(Qutb al-Din Haydar al-Alawi) 209
쿠트브 알 딘 하이다리(Qutb al-Din Haydari) 205
쿠트브 알 딘 후사인(Qutb al-Din Husayn) 208
쿠파 36, 73, 80, 141, 148, 231~233
쿨와 84, 159
퀼론 115, 118, 271
크룩, 렘케(Kruk, Remke) 9, 281, 282, 290
키림 172
키스와 44
킵차크한국 99, 100, 124, 138, 171~175, 177, 178, 180, 187, 291, 296, 309, 328

타

타드모르 118
타르마시린, 알라 알 딘(Tarmashirin, Ala al-Din) 288
타리카 199
타부크 71
타브리즈 73, 79, 100
타와스 165
타왈리시 28, 29, 117, 118, 333~335
타이즈 83
타이투글리(Taitughli) 176, 297
타자(Taza) 193
타카다 122
테르메즈 104, 185
톨마체바, 마리나(Tolmacheva, Marina) 286
투글루크, 무함마드 븐(Tughluq, Muhammad b.) 105, 109, 179, 180, 184, 187, 191, 193, 194, 244, 257, 259, 260, 262, 263, 265, 266, 268, 273, 274, 311
투델라의 벤하민(Benjamin of Tudela) 18, 58
투스 255
툴루크투무르(Tuluktumur) 100
튀니스 65~67, 119, 128, 210
트리폴리 67
틀렘센 65, 207
티레 38, 313
티베리아스 227

파

파르반 268
파리드 알 딘(Farid al-Din) 242, 243
파우와 68, 139, 146
파티마(Fatima) 314, 315
판지르 계곡 256
팔레스타인 17, 26, 45, 46, 140, 222, 225, 228, 238, 320, 329
페르시아 33, 39, 49, 73, 75, 76, 78, 88, 96, 133, 138, 140, 148, 149, 151, 152, 187, 195, 197, 203, 205, 208, 235, 248, 252, 254, 261, 294, 333
페스 51, 64, 68, 106, 119, 121, 122, 192, 193, 210, 240, 256, 305, 310, 339
펠라트, 샤를(Pellat, Charles) 35, 36
평화의 문, 메디나 230
폴로, 니콜로(Polo, Niccolo) 29
폴로, 마르코(Polo, Marco) 8, 18~22, 25, 29, 33, 50, 58, 59, 64, 89, 115, 336
폴로, 마페오(Polo, Maffeo) 29
프레데노네의 오도리크(Odoric of Pordenone), 수도사 33, 362
플라노 카르피니의 요한(John of Plano Carpini) 30, 60, 171
피다위야 316
피르다우시야 교단 238
피사의 루스티첼로(Rustichello of Pisa) 19, 20, 22, 29
피의 동굴 222

하

하나피 법학파 41, 170, 174, 176, 177, 308~311, 313, 314
하디스 129, 131, 153, 194~196, 219
하디자((Khadija, 무함마드의 부인) 230
하디자(Khadija) 217
하디자(Khadija), 술타나 286, 305, 306
하룬 알 라시드(Harun al-Rashid) 166, 318, 319
하마 140
하시크 75
하이다리야 교단 205, 207
하툰 296
한발리크 ⇨ 베이징
할리 83, 249
할릴(Khalil) 155, 157
허벡, 이반(Herbek, Ivan) 28, 31
헤라트 254, 255, 309
헤브론 45, 225, 228
호라즘 103, 178
호지슨, 마셜(Hodgson, Marshall) 198
《황금 초원(*Muruj al-Dhahab*)》 15
후 69, 212
후게부르크(Hugeburc) 17, 20, 21
후나인 이븐 이샤크(Hunayn Ibn Ishaq) 134
후라산 9, 104, 107, 122, 254, 255, 291, 318
후르나사브(Hurnasab) 284
후마이시라(Humaythira) 211
훌라구(Hulagu) 39
훌라이스의 연못 153
휠링 데르비시 203
흑인들의 땅 120, 121, 301, 302, 322, 324
히르카 208, 210
힌두쿠시 산맥 104
힐리 271